深圳梦

Shenzhen Dream

黄国晟◎著

九州出版社 JIUZHOUPRESS | 全国百佳图书出版单位

图书在版编目（CIP）数据

深圳梦 / 黄国晟著. -- 北京 : 九州出版社,
2014.8
ISBN 978-7-5108-3230-7

Ⅰ. ①深… Ⅱ. ①黄… Ⅲ. ①长篇小说－中国－当代
Ⅳ. ①I247.5

中国版本图书馆CIP数据核字(2014)第206490号

深圳梦

作　　者	黄国晟　著
出版发行	九州出版社
出 版 人	黄宪华
地　　址	北京市西城区阜外大街甲 35 号 (100037)
发行电话	(010)68992190/3/5/6
网　　址	www.jiuzhoupress.com
电子信箱	jiuzhou@jiuzhoupress.com
印　　刷	三河市九洲财鑫印刷有限公司
开　　本	787 毫米 ×1092 毫米　16 开
印　　张	20.25
字　　数	330 千字
版　　次	2014 年 10 月第 1 版
印　　次	2014 年 10 月第 1 次印刷
书　　号	ISBN 978-7-5108-3230-7
定　　价	39.80 元

“为什么我的眼里常含泪水？
因为我对这土地爱得深沉……”

——艾青《我爱这土地》/ 题记

目　录

第一章　收条无间道

那些年深圳湾填海时，那里就生成了很多半月形大大小小的海塘。2008 年临近惊蛰的一个周末下午，仍然春寒料峭，一身 T 恤西裤的周昊南来到福田竹子林海边垂钓。远处，连接蛇口与香港元朗的深圳湾大桥气势如虹，身后一马平川的滨海大道川流不息。头顶上，从宝安机场升空的飞机呼啸掠过。慢慢地，阴云密布，一场大雨迫在眉睫，周围休闲的人们开始往回赶。周昊南整理了一下鱼篓，也萌生退意。忽然手机声响，是久违的张福强的来电。周昊南一按了通话键，就传来了张福强如炒黄豆般清脆爽朗的笑声："我还活着。哈哈！"

"没人说你死得这么快嘛！"周昊南顺着对方的语气打趣。

"听说你最近都不在深圳，常跑越南、老挝？那里做外贸好赚吗？"

"只要你带着五百元人民币资本，一到越南境内你就可成为百万富翁！"周昊南说。

张福强惊问缘故，周昊南就解释说："一元人民币可兑换两千多越南盾嘛。"

"噢噢！原来如此。"张福强在电话中咋舌。然后，张福强再问周昊南跑越南、老挝有没有赚到钱，周昊南就无奈地回答说："不赔都算万幸了，我永远都记得你的'张福强语录'啊！"

"我的什么语录？我能有什么资格让称'语录'？"张福强挠头疑惑。

"十几年前在皇岗水围村潜龙宾馆，你对我说的，'在国外，赚小钱容易，但发大财很难；而在中国，赚小钱比较难，但发大财容易！'，这话，人们通常还难以参透呢。"周昊南答。

"哈哈！我选择后者，希望成为你说的什么'一语成谶'。咦？你会越南话吗？"

"才学会不久。"周昊南道。去年他曾在广西东兴强化学了三个月的越南语。当初他一入境越南，就发现越南人大都英语很差，出于"工欲善其事，必先利其器”的考虑，一直以英语为第一外语的周昊南就自费学会了第二外语——越南语。这方便了越南人，就等于方便了自己。

去年一开始学越南语，他就发现深受法语影响的越南人在书写字母“r”时，大都写得流畅、漂亮，一气呵成。当它以连笔方式出现在越南语或英文中时，就像是在草丛中弯弯地昂起头的一条微微吐信的小蛇，相当夺人眼目。周昊南多年来对这个“r”的手写体相当敏感，但他承认总写得不好，是书写中的一个盲区。

张福强又问：“据说越南那里一夫多妻，男的在家饮茶享福，女的出外下地干活，但越南男子不论春夏秋冬都戴绿帽。哈哈！你就好，会越南话。如果我跟越南妹打交道，我就只能打手语，靠‘身体语言’了，哈哈！你懂的。”

周昊南听着一笑，说：“但我这几次去越南全是为了跑红木进口生意，也曾从越南入境老挝，那天车子在越老两国边境大山绕了一整天，才入得老挝，车子还差点冲下深不可测的悬崖了。不去不知道，在老挝这个‘森林王国’，原始森林里竟有两三米直径的原木，你见过没？”

“没啊！这真够粗的了！对了，越南不是有很多黄花女卖吗？很珍贵的。”张福强三句不离本行。

“黄花女？你是说红木中的黄花梨吧？”周昊南纠正。

“正是，倒点回来吧！据说现在越南黄花梨卖一百万人民币一个，哦不，是一吨！”

“是的，但越南政府也明令禁止黄花梨买卖。”

张福强又打听了更多的名贵实木品种。周昊南就说：“在中国还有沉香、乌木和金丝楠，但更难操作。”

“那就搞酸枝木吧！据说，一张清朝乾隆年代的酸枝木床价值等于好几辆奔驰S600和宾利哪！”

“那是大红酸枝，现在以老挝产的大红酸枝最为抢手，国内现爆炒得相当厉害，福建莆田、广东新会，现在都不知屯了多少的货，博行情，准备出手。”

“越南男人白天戴绿帽，晚上躺大红酸枝床，左搂右抱；睡够了就起来喝一口普洱茶，真是神仙一般的享受哇！”张福强流着口水感叹，“你的大红酸枝进口生意，做得怎样？”

“酸枝？我的心才酸！越南骗子太多了，连外面一顿饭都骗你请他吃的。甚至我到了他们家里，还得我请客呢！”

"唔？我才不怕骗子。什么时候再去越南，得叫上我！我要到越南戴绿帽，娶'黄花梨'去！然后带大红酸枝床回来。"

"你还是'口花花'，眼中只有票子和妹子……拜拜啦！"周昊南说完，挂了电话盯着摆动的鱼竿，接着听到"叮咚"一声，他的手机来了短信，打开一看，是蒋矶连发来的。去年从东兴回到深圳以后，他从没接到过蒋矶连的短信。这一短信的内容是："周昊南，你写的那张二十万元人民币的收条原件，还在我手里！"

周昊南的心"咯噔"一下，身体马上像禅师打坐一样定格。

难道我当时撕毁的只是假的收条？周昊南想。但在当时，经他认真核实过的字确实是他的手迹。他知道中国之大，迄今无人可模仿他这既含柳公权风骨，又富启功神韵的美妙绝伦的书法笔迹。

那么，我当时撕毁的只是复印件？他又深吸一口气问自己，是不是蒋矶连当时用了高仿真的彩色复印机，制作出跟原件一模一样的收条？而真真切切的原件却还攥在他手里？周昊南不禁颤栗。当时在东兴，因他所签大红酸枝合同中两个条款的不慎，以致他瞬间倒持泰阿，被蒋矶连玩弄于股掌之间。

"你等着，我要你双倍赔偿我！我将启动黑白两道向你追索！"蒋矶连又一短信涌入。

"我已取得银行当时的视频监控！"连续发来短信的蒋矶连步步进逼，就像盘旋上空的老鹰正要俯冲扑向荒原上一只孤伶逃跑的跛脚雏鸡。

周昊南承认，蒋矶连有权到银行取证。周昊南也知道，根据《合同法》，买方交纳定金之后，卖方若不能或不愿供货，那么卖方周昊南就要以双倍定金偿还给买方。多年来，他所审阅的外贸合同如恒河沙数，即使面对长达三十页乃至六十页的纯英文合同，他都驾轻就熟，仿佛律师都炼成了法官，可惜偏偏就这一次，在仅仅只有一页的中文内贸合同中，作为中间商角色的他却临阵出错。如今，既然蒋矶连仍然持有那张收条原件，那么，当时收受了定金却未能交货的周昊南就铁定要向蒋矶连赔偿四十万。

四十万！这对周昊南不是一个小数目，去年从深圳远赴东兴的他没赚到利润不说，差旅费全部倒贴，如今到头来还得赔付对方四十万！他可谓是屋漏偏雨，雪上加霜。

接着，蒋矶连还发来了一条彩信。在照片中，这个身高只有$\sqrt{2}$、体重大抵一百斤的五十六岁小男人高昂着头，露出满嘴让烟熏黑的牙，狞笑着对周昊南蔑视、挑衅，还洋洋自得地竖起一根中指。

风陡然增大，天空越来越黑暗。

蒋矶连到底是真来索偿？还是仅为恐吓？周昊南内心忐忑。

猛地，在一阵狂风之中，黝黑的天空上划过一道火花四溅的霹雳闪电，像是要将地球劈成两半，随即响起了天崩地裂般的一声惊雷，这不，远处一棵被击中的荔枝树就“唰”地被烧焦，冒起了青烟。然后，豆大的雨点开始“噼啪”砸下。在这深圳初春降下如此大的雨实属罕见，这种震惊骇人的开年雷声更是百年不遇。难道这是老天在暗示着什么吗？周昊南蹙眉抬头望天，一种不祥的预感正渗透心头。

收条！收条！坐着纹丝不动的周昊南止不住地对自己说。

突然，他如同植物人惊醒一般，脑中灵光一闪，就立刻回了对方一条短信：“当时我在东海大酒店交出定金，以及我当众撕毁收条原件的全过程，我都做了录音录像。你也没注意到吧？我当时戴的一块白色全钢手表，表壳边沿的微型摄像针正对着你呢！那感光元件还带有锁定了你的 GPS 功能，一切动静都在我的内存卡里；再说东海大酒店也有监控。至于你刚才发给我的所有短信，在法庭上都可成为你向我敲诈的呈堂证供！”

仿佛鸡蛋清一被敲下发烫的锅底，就瞬间凝固一般，这一短信立竿见影，蒋矶连很久都没了回音。

“还有，当时现场七人中，至少有四人可为我这一确凿的事实作证！我证人、证言、证物俱全，你尽管放马过来！”在暴雨中，周昊南回复了第二条掷地有声的短信。

一道道闪电狂掠，一声声惊雷炸响，兀自坐着不动的周昊南已全身湿透。

逾千里之外东兴那边的蒋矶连终于像蔫了的瓜苗，没了回应。

而“道高一尺，魔高一丈”，这仅仅是周昊南临时应急的一则计谋！事实上周昊南当时并没进行录音录像！可是，既然老奸巨滑的蒋矶连欲擒故纵，那么周昊南就不得不铆足了劲来对付。尽管蒋矶连要追魂索命，但就像周昊南不能确定蒋矶连是否真的还攥有定金收条原件一样，蒋矶连又怎么晓得周昊南当时是否真的做了录音录像呢？

狂风加剧，在一道又一道如蛟龙盘空般的惊栗闪电之后，阵阵炸雷贴着耳边滚过，在倾盆大雨中，人们全已溜光。尽管周昊南不远处的单车已被吹倒，但已然浑身雨水的他仍一任大雨浇灌，就像耸立在海边寒风中的一块磐石。暴雨越来越猛，但他仍手握鱼竿坐在原地岿然不动。突然间，一条头部特大特扁的眼镜蛇竟悍然爬上已形同活化石的他的大腿，他猛又大惊，但只能全身不动，如同屠场尸体堆中装死的士兵，眼睁睁地看着眼镜蛇爬过——他知道蛇类若非受到攻击，就从不主动咬人。这不，眼镜蛇果然遁入了五米开外的草丛。然后，惊魂稍定的他仍如僵尸一般，死死盯着正随海浪不断摇摆的鱼线和浮标。他身子继续保持不动，但无边的思绪正如滔天巨浪般翻滚涌动……

第二章　暗度陈仓

那年 8 月，周昊南大学毕业后在粤西工作刚满一个月时，他出差到汕头办理货物出口报关，在回程前打了个电话给张福强。张福强一接到他的电话就跳了起来，非要叫周昊南马上过来深圳，到他在福田区沙嘴村开设的那家“化州白切鸡饭店”看看。其实张福强这家店的招牌，还是当初周昊南在粤西时帮他所写，这七个漂亮的柳体正楷大字被张福强带到深圳，制成牌匾后挂在了店门正上方。周昊南从没到过深圳，他一如 30 年代热血青年奔赴延安一样向往经济特区深圳，张福强这一声召唤正中下怀。

但周昊南疑惑的是，张福强郑重告诉他至少要多带十位朋友过来。这不是张福强的婚宴宅宴，亦非饭店开张迎新之喜，为什么非得带这么多人来呢？张福强王顾左右，只说你带够人来就行，自有好酒好菜伺候。周昊南在深圳无甚亲友，只有一个在蛇口“上海酒家”做楼面经理的表哥罗振锋。于是打了电话给罗振锋，而罗振锋一听就觉得奇怪了：“哪有吃饭还找不够人的？”一下子就如韩信点兵，做好了蹭饭人员安排。

周昊南傍晚抵达时，看见沙嘴村海边的一列酒家饭店，凤尾舞榭，亭台楼阁，仿如城隍庙一隅。他一眼认出是自己书法笔迹的那个招牌，就径直走向这家饭店。其时饭店里坐满了人，门口还有很多顾客，全都各持一张纸条，或蹲或站，勾肩搭背的，是在等着别的客人散去才叫号入座。周昊南闪展腾挪，拨开人群，好像幼时在粤西家乡穿越齐头高的黄麻地一样，但仍找不到人。

忽见是谁高高地举起了一个作为参照物如砖头状黑乎乎的蜂窝无线“大哥大”手提电话，这手提电话无疑就增加了他的高度，这人大喊：“这里！这里！”原来是眼尖的内外奔走的张福强率先发现了周昊南，然后拥着周昊南进了一间雅座，周昊南这才找到了坐在里面呷茶良久的表哥一干人等。只见大热天的，因酒家工作使然，中等身材、一头浓浓黑发的表哥还工装笔挺，系着领带。在这雅座里，一共十三人围成了一席。

终于坐下来的张福强一开口，就自豪地向大家介绍他的招牌佳肴——“化州白切鸡”，说他这里的阉鸡并非在沙嘴饲养，而是靠着每晚从化州开来福田的长途大巴，一笼一笼地托运过来，是正儿八经的化州本地鸡，佐以他开发的正宗的化州沙姜香油和蒜头等秘制调料，闻香识味前来这里进食的多是化州老乡、周围工业区的港商台商以及其他游客。

高瘦的张福强穿了黑西裤白短袖，他宽阔的嘴巴像类人猿一样明显地向前凸出。他自我解嘲地说就凭这，他吃西瓜可抢尽先机，甚至吻起小妹也比别人更近距离。在桌上，稳稳地立着他的宝贝——那个手提电话，电话顶端的绿色荧光一闪一闪。张福强可谓饮了“头啖汤”，属于国内手提电话第一批的持有人。有一次他不慎摔致重伤，左右肘关节全让打了石膏板，但不管是日间忙着还是在夜里躺着，他都仍紧握着这“大哥大”，像“糖黐豆”一样毫不放松。周昊南看着这宝贝，艳羡不已。

“你很快也会有的，屌头！”张福强对周昊南笑着说。

“屌头”是张福强惯用的一句口头禅，是他们粤西家乡化州当地习俗中骂人的土语，类似“鸟人”之意。但双方关系如果过于稔熟，在轻松随意地开玩笑时，也可用作称呼对方的口语。所以张福强说的“屌头”，有时候是骂人，有时则是亲热的戏称。

然后，张福强吆喝:“来！屌头们，一起喝酒！”

旁边的酒坊也热闹非凡，海面上不时响起轮船过往的“呜呜”笛声。防波堤上，向着沙嘴海边这些酒家驶来的小车坐满了人。璀璨的夜色中，像一条河一般的车灯正向海边缓缓流动。

“1979 年，我就跟我父母来深圳了，”张福强一边抽着粤西特色的“大碌竹”水烟，一边讲述着自己的谋生历史。他一直在深圳不打紧，还把粤西茂名、湛江一带独有的水烟筒也带到了深圳。这种“大碌竹”，让周昊南忆起儿时在村口的树林里乘凉，炎炎夏日，蝉鸣声声，坐在竹凳上的老人们都抽着这种“大碌竹”，一边喷着轻烟，一边笑说远近轶闻。

“化州白粥，也是地方一大特色，”俨然是一位美食家的张福强滔滔不绝地说，“不仅是白粥煮得好，米熟而不烂，粥煮得恰恰够火候。配上那一碟碟的小菜：萝卜干、番薯叶、蕹菜、酸菜、豆苗、豆叶、黄榄、洋桃，加上鲜榨的化州花生油、蒜头和豉油。往往是饱嗝都打了好几个，但还是不肯放下筷子。”

一番话，说得整日置身酒家的罗振锋他们也对家乡小吃产生了好一番回味。

“我来沙嘴村做‘化州白粥’时年龄很小，那时周围都是杂草丛生。我爸妈张罗饭店，我就帮忙着斟茶递水，我读书不多，只能来深圳做生意啦！”在喷了一口水烟之后，他又接着说，“蛇口作为特区中的特区，蛇口微波山和龟山之间放的开山第一炮，被誉为我国改革开放第一炮。当时我就在旁边捂着耳朵见证了。那是二十吨炸药，六洞齐爆，地动山摇，呵呵！”

“那个引爆第一炮的日子是 1979 年 7 月 8 日，后来于 1979 年 8 月 26 日，深圳特区正式获批成立。”周昊南对这些历史如数家珍。然后他问张福强：“你当时感觉深圳怎么样？”

“这地方我一见纵情，是对深圳来自全国各地年轻漂亮的妹子们一见纵情，”张福强说着，从嘴里又喷出一口浓烟，对周昊南说，“是放纵的‘纵’，不是闹钟的‘钟’，我说得对不对？我没你文化高，我只是最近迷上了看报纸，念成语。呵呵！”

“还说文化不高，用得妙！来！我们一饮而尽！”大家异口同声。随即，他们站起来，装满啤酒的十三个玻璃杯又乒乓相碰。

“你好花心啊！”罗振锋指着张福强说。

“不，我对每个靓女都很专心的！”张福强乐不可支地说，“见一个专心一个。”

大家忍俊不禁。

周昊南道：“你真够见异思迁的了。”

“哦？不过也是，一见到漂亮的异性，我就‘心思思’，想搬迁到她那里去住。”张福强答。

大家又被逗得前仰后合。

“你整天就想着 Touch 和 Put into！”周昊南不由得插了这样一句。

“‘塞住’什么？‘泼’什么？‘吐’什么？”不明就里的大家赶紧追问。

“天机不可泄漏，不说，不说。”周昊南忙摆手搪过。

“我也想学英语呀！‘好好学习，天天向上’是不是‘Good Good Study, Day Day Up!’？”闲暇时也偶翻各类杂志的张福强英文发音不准，然后就又举杯，“今天大家到此一聚，祝我们全都杯水车薪！”

所有人都迟疑了，张福强却解惑说：“我的意思是，我们每天都饮几杯水，月底就能拿到够买一辆轿车的薪金。”

大家就又大笑起来。罗振锋叉着腰，笑指张福强说：“你胡诌得真是比昊南的文化还高了。”

“我这能叫什么文化？我只是乱侃罢了。你看昊南，我这饭店的牌匾，他写的！他的书法堪称一流，跟碑帖一样！‘碌蔗咁掂’，英语也棒，还有——”张福强回应道。

说着说着，周昊南感叹道：“现在全国的年轻人都往深圳涌啊！”

一位像陀螺一样转着的女楼面经理刚好推门进来上菜，看见周昊南长得顺眼面善，就毫不见外地插嘴说：“那你还不快来？有句话说，不入虎穴，焉得虎子嘛！”

张福强却接过话茬：“我们这包房就是虎穴，人人都是雄老虎，你如果入得这里久，你就会生出一窝虎子来！”

平时与张福强开惯了玩笑的这位女楼面经理就嗔怪嬉骂说：“你这个瘦猴子，我将你挂起来，用502定型胶水，将你粘贴到墙上去！”然后她狠狠地擂了张福强肩头一拳，再关门出去。

张福强就诡异地笑了半天，周昊南于是数落了张福强的坏心眼。

罗振锋忽然发问：“福强兄，听说你驾驶技术好，一边开着奔驰，一边剥着橙子。”

“别提！我那车子，一开出马路就影响市容。”张福强摆摆手说。那时候，他开着一辆S180，尽管它是Benz车系中较低档次的车，但仍比其他品牌的车子夺人眼球。

“不会还剪指甲吧？”有人插话。

“还剪脚指甲呢！”大家哄然大笑。

“哥俩好呀……”不远处的一群人在猜拳喝酒。

渐渐入夜，酒家内仍然觥筹交错，沸反盈天。

“福强，你约的大客户来了！”大家依然兴致不减地聊着时，有人边喊张福强，边从饭店收银台后走了出来。

这一对珠光宝气的是张福强的父母，他们浸淫了深圳特区的繁华，但也不难看出从化州农村带来的农民本色。

这时候，从门外进来一胖一瘦的两个男人。张福强先对大家说了声“失陪一下”，就起身走过去，招呼两个男人进入饭店另一间“雅座”。但这两个男人并非前来用餐，他们只是一边呷着张福强倒的绿茶，一边观看着用餐的满座宾客，不时得意地对张福强说："生意还真像你说的，挺旺的！"

张福强就赶快答道："那还用说？我的话还有假？"

这两人还站起来，背着手到饭店的周围走了走，不停地低声嘀咕，脸上洋溢着喜色，张福强始终陪在身边，三人谈了大约二十分钟后，两男人告别。事实上，张福强有所不知，这两个男人在入得饭店之前，还在饭店外站着，偷偷地观察了足足半个钟头。而今这两个男人说是离去，却还是站在饭店外面的隐蔽处，神不知鬼不觉地继续观察着这家饭店的动静……

大约十五分钟后，这两个陌生男人才真正驾车离开。

周昊南还得坐夜车赶回粤西，罗振锋也要返回上海酒家，张福强就送他们到饭店门口。

来到饭店外的一个僻静处时，张福强给每个人派了一百元的红包，众人惊问："怎么又吃又拿？"于是都推让起来，就像是夜色中一群练太极推手的拳友——只见张福强一个云手，罗振锋就来个揽雀尾，周昊南冷不防一个单鞭，就差没起一记侧踹腿。张福强寡不敌众，遂赶忙大声说："停手！拿住！拿住！今晚多亏你们这么多人来捧场，是真正意义的捧场！其实今天还有很多客人都是我特意请来的，我对他们同样地全都派了红包。"

大家听得如坠云里雾里，那望着张福强的目光都在问："特意请来的？"

张福强解释说："今晚你们看到的那一起来的两个男人，是准备接手我这家饭店的。其实我这家饭店最近食客偏少，生意不怎么好了。我们家准备改行，有更好的生意要做了。于是都叫你们过来，是为了凑足食客人数，人越多越好，人气越旺越好，旺给那两个男人看。这不，那两个男人刚才已经决定接手我这家饭店了，十三万元转让费我都收了！"

"那么坐在饭店门口等着叫号入座的食客，莫非？——"周昊南若有所思。

张福强就答："那帮人？我早就安排他们在店里吃饱喝足啦，然后叫他们坐在那里装样子，是故意造势给那两个男人看的。"

原来如此！张福强仿佛热带雨林里的一头小食蚁兽，一看到丛林里的蚂蚁，就可凭自己灵敏的嗅觉来判定蚂蚁到底是出巢觅食，还是回巢休息；而嘴巴一接触蚁穴，也可感知哪边蚁多，哪边蚁少。周昊南刹那间感觉如"洞天石扉，訇然中开"："你叫这么多人来吃饭，原来是明修栈道，暗度陈仓啊！但以后如果事情败露，你就不担心这两个男人会状告你吗？"

“怎么会呢？他俩想租入，我想出手，这是两厢情愿的事情。再说，他俩根本不知道我与你们这帮人的内在关系，”张福强说，“我没偷没抢，怕什么？就算偷，也是那句话——抓到才是贼！”

众人猛地又惊呼一声，目光又全聚焦于张福强脸上，都像小学生背书一样念着这句话——“抓到才是贼”。

“深圳这地方激活了你做生意的头脑。”罗振锋的同事们不停地感叹。

“也是跟人学的！”张福强哈哈大笑说——

刚来深圳时，有一次他从固戍坐 705 中巴往福田区沙嘴村，当时有两辆中巴，后面一辆是空的，前面那辆，在前后不同的位置上，一共坐了六个人，他就不假思索走上已坐了六个人的这辆中巴，但在他坐好，而且乘务员收了他的车费后，车子却总是不走，只是一直在兜圈。张福强就催车子快走，而乘务员就只是说“马上走”、“即刻走”，可就是不走。张福强一直疑惑着，但买了票后下不了车的他只能等。半个钟头后，等车子再上来三个乘客，车子才开走，而原先在车上坐着的那六个人却仍一声不吭，不约而同地下车走了。张福强一拍额头，顿时就明白了。

大家茅塞顿开。

张福强坦言，从此学精了，他继续说——

有一次他从南头检查站往固戍去，当时他身上都没了钱，他焦急了，但最后他怎么去得了固戍呢？他忽然心生一计，就跳上了从蛇口开往松岗，也就是途经南头检查站和固戍的 331 号公共汽车。售票员要他掏钱买票，并问他去哪，他说“去蛇口”，乘务员就生气地说：“你坐反方向了！下一站下车！”他就在下一站下车。但接着就又跳上同样由蛇口开往松岗方向的另一辆公共汽车，售票员同样地问他，他就同样地回答，售票员就照样让他在下一站下车。他于是不断地下车、上车。就这样一站一站地蹭坐，去到了固戍，车费全免！

大家正又惊叹，但张福强话锋一转说，只可惜他在固戍临下车时，让转了一个轮回的眼尖心细的第一个乘务员认了出来。于是，乘务员和司机一起合力，将车门紧闭的车开到了派出所。结果，原来一路窃喜的张福强就被控制在派出所里，警察让张福强亲笔写下悔过书，等他父母带了双倍的罚金赶来，签了字，按了指纹，才将他赎了出来！

“所以说嘛，凡事要适可而止，张狂过头就自食其果了。”周昊南担心地说。

“是的，见机行事吧！”仍然心存侥幸的张福强拍了拍周昊南的肩膀说道，

“赶快来深圳吧！趁早来，那个什么撸笋说的，这地上什么有路无路……”

“撸笋？是鲁迅吧？你如此不敬，小心鲁迅先生气得从坟墓里冲出来，用匕首和投枪来扎你！”罗振锋道。

“是的，是鲁迅！在他的短篇小说《故乡》的结尾，他写了一句话，‘其实地上本没有路，走的人多了，也便成了路。’”周昊南接着说。

“原来是大文豪鲁迅，失敬！”张福强一拍大腿叫道，但他又对大家说，“我却认为，其实地上本有很多路，走的人多了，也便没了路。”

大家猛地又愣了一下，然后像是醍醐灌顶地对着张福强大叫道：“你成为哲学家了！”

“不敢、不敢，昊南在这，我不敢。”张福强连连摆手。

大家说笑着上车，张福强自己开车送大家，向深南路驶去。一路上远远近近的龙眼、荔枝林漆黑一片，各处工业区亮着点点灯火，厂房里的雕铣机、火花机正“丝丝”不停地运转，不时有下班骑着自行车的青年男女说笑而过。在到达深南路时，周昊南与罗振锋那班人分手，罗振锋他们返蛇口，周昊南则赶回粤西。

“你走好！我还得回酒家招呼亲友。深圳外贸刚刚兴起，这是一座新兴的神奇的城市！你快点来深圳工作吧！屌头！”张福强笑说。

“好！我尽快来见你这个‘屌头’！”周昊南顺势笑着回答。

一辆由福田开往粤西的长途汽车刚巧开来，背着轻便行李的周昊南跳上去，然后站在车门口与张福强挥手告别。

第三章　渴望

云开大山山脉位于两广交界，地处亚热带的粤西山区盛产龙眼、荔枝和芒果等岭南佳果。巍巍六皇岭下，滔滔陵江河畔，那务公社掩映于茂林修竹之中，山清水秀，炊烟袅袅。一条北起广西陆川、南至化州县城的公路穿镇而过，这公路是那务公社的交通大动脉。多少年来，一个又一个那务本土的年轻人通过这条公路远赴北京、上海、广州、深圳和海外读书工作。

周昊南自幼就在这乡间生活，很小的时候就帮着家里干一些扫牛栏、上杆棚、扛禾机和打翻棍的农活，闲暇时与邻村大他三岁的张福强等小伙伴们在生产队的晒谷场，一起玩喷射胶枪、扳契、隐鸡蛮、滚簸箕箍、跳 8 字形、走营、走飞机和拧陆公；他永远记得乡下的扒趟和谷桡等独特农具，也无法忘怀幼时的打尖、粘沉嗟和射谷尾的游戏；特别是在夏天，他与张福强一起到禾田和村边的小河、树林去打蒋、照蛔蝤、翻田螺以及摸笨钳；到了暑假，他会与张福强到附近碧波万顷的宝树大罩水库撑竹排抓鱼，或者登上水库中央翠绿葱茏的蛇公岭，在凄厉的鹧鸪声中摘“姑念子”、烧黄蜂窝；曾经有一次，在竭力登顶那务最高峰的六皇岭后，当看到一大堆五爪猫类动物的脚印时，还因将其认作是老虎的足迹而大惊一场。

那务中学原名陵秀中学。20 世纪 70 年代，周昊南正在那务中学上初中时，那务电影院的电影就展示了关于深圳和香港的故事，说是深圳离香港很近，一河之隔，近水楼台，享尽了毗邻香港的优势。大家去不了香港，但去到了深圳就等于站在了香港的边沿。在那时，一部香港电影《夺命钱》告诉了当地人，什么是喇叭裤，什么是潮流，于是大家纷纷效仿。

紧接着的 80 年代初，香港电视连续剧《霍元甲》在广东电视台珠江频道首播的时候，黑白电视机还少得如凤毛麟角，彩电就甭提了，那务供销社是难得的拥有彩电的好单位之一，尽管那只是 14" 的。很多个晚上，周昊南和同学们于夜色中一溜烟跑向供销社，来到珍贵的彩电所在地。隔三差五，簇拥着贪婪地观看《霍元甲》。他们都向往着香港和深圳，憧憬着未来。

那时候，那务流传着一句时髦的口头禅："嗨！你好吗？我口岩口岩（刚刚）从深圳翻来（回来）！"

说的人无不衣着光鲜，穿了喇叭裤，头发上喷了定型摩丝，白衬衫打底，戴着时兴的"梅花"或"春蕾"牌手表，还刻意卷起了袖口，拖着崭新的旅行箱。正如当时一首顺口溜所描述的："镶金牙，多笑口 / 戴手表，多卷袖 / 白衫打底少扣纽"。那时候，到深圳一趟来回，不论逗留时日长短，都是值得炫耀的话题。人们从那些深圳回来的人口中打探着关于深圳的消息、深圳的玄妙……

"嗨！你好吗？我口岩口岩（刚刚）从深圳翻来（回来）！"这仿佛是一句无上光荣的口号，无形地裱糊于那务辽阔而湛蓝的上空。

周昊南倒也学着在人前说过了，只是由于未曾到过深圳，换言之未有生活感受，所以说得未免别扭。那时候，周昊南就很想去一趟深圳，就像很多年后，香港歌星梅艳芳所唱的一句歌词："多么的想找到真正朋友 / 倾诉梦想……"但在"日出而作，日落而息"的那务山区，年轻人的出路只有靠读书考上大学；要不，就去当兵。如果两者都没能居其一的话，不是在家务农，就只能过早地去深圳等地打工了。周昊南后来读到高中时，一些没考上高中的幼时的同学老乡，就过早地进入了深圳的电子厂、服装厂、塑胶厂、五金厂、手袋厂和模具厂，告别了艰苦的种田生活。

张福强自小就酷爱看小人书，《鸡毛信》、《小兵张嘎》、《洪湖赤卫队》和《孙悟空三打白骨精》等等，里里外外都翻了个烂。他"鬼点子"多，却不喜在校读书。有一次帮家里"割禾"（收割水稻）时，隔离农田的青壮年杨五不屑地戏谑张福强："听说你诡计多端，我今天倒想看看你有什么本事！"

"怎么个说法？"张福强笑笑。

"这样，我现在站在我的禾田里，我看你能不能将我哄到那田埂上。"杨五指着五米远的一处高高的田埂说。

"哄到了怎么着？"

"那我就帮你割一亩田的禾！"

"说话算数？"

"当然！"杨五信誓旦旦。

"谁做证人？"

“我老豆、老妈！”杨五指着在自家稻田里忙着的父母说。他父母就笑着点了点头。

张福强看着，忽然犯难了起来，良久没有说话。

杨五忙问什么缘故。

张福强就抬起头，突然间哈哈一笑说：“这个难度太小了，我想跟你玩一个大的！”

“怎么个玩法？”

“这样吧！”张福强说，“不如你就站到那个田埂上，我将你哄回你稻田里。你信不信？三分钟之内，就绝对可以将你哄回去！”

“如果哄不回去呢？”

“我就帮你割三亩田的禾！”

“好！我今天就要看看，你能耍什么新花样！”杨五一边嚷着，一边走到那个田埂，笑眯眯地蹲了下来。

这时候，张福强猛地跳了起来，仰天大笑，并将自己的镰刀，扔向杨五说：“好！你现在要帮我割一亩田的禾，我得休息一下了！”

“你不是——”杨五蒙了。

张福强说：“你刚才不是说，我如果将你从你的禾田里哄到这田埂上，你就帮我割一亩田的禾吗？”

“哎呀！我中计了！”杨五后悔不迭地说。然后，只得乖乖地拿起了镰刀。

不远处，笑犹未止的张福强弯下了腰，他笑到了胃痛。

秋收后，张福强家不再务农，举家大小前往深圳。

到深圳三几年后，长大了的张福强有一次独自回乡，他花了一千六百元专门从深圳“打的”回来那务，既为赶时间，也为风光一番。一千六百元哪！从深圳专程“打的”回来那务！墟市中的人都木然瞪大了双眼！当时，这辆挂着深圳牌照的红色捷达“的士”在那务墟市上转悠了好几个圈，张福强恨不得那“的士”在车顶开个天窗，那么他就可以将半个身子伸出车顶，对旁边的老乡微笑挥手。尽管事实上并未如愿，张福强只是坐于“的士”之内，将头伸出车窗，却已俨然像足了一位正在高台上检阅众多士卒的首领。

然后，走出车来的张福强将上衣脱下搭在左肩上，只穿着胸前印有“深圳”两个大红字的白 T 恤。他腰间别着一台润迅 Call 机，仿佛是他瘦削身体多长出的一个非肉质的硬邦邦的人体器官。他手里拿着在那务首次出现的“大哥大”手提电话。跟乡亲们说话时，他不时握着这手提电话指着某个方向，人们的目光都跟着这“大哥大”的移动路线在变换。张福强机不离手，手提电话顶上的黑色天线，就等同于他多长出来的一根形同竹丝鸡爪般大小的手指。

墟市中所有的人都羡慕地说：“张福强这屌头好威风哦！”

这事多年来在那务一直传为美谈，他成为了年轻人的榜样。

在周昊南家里，父亲却常常提醒他说：“你要好好读书考上大学，才能像张福强那样出人头地，否则你就只能入厂干活，过苦日子了。”父亲停顿了一下，又接着说，“你学什么‘从深圳翻来’？如果读不好书，落得个在家种田，我看你就天天从那务翻来了！天天从那务买农药，买尿素，到你那一亩三分地去杀虫、施肥去了！”

可知周昊南当时面对的是 20 世纪 80 年代的高考，考试更要凭真本领，跟 90 年代高校扩招迥然不同。怪不得有人调笑地说：七八十年代的高考录取率是 10% 左右，而到了后来，录取率已提高到了 110%！以前是学生愁着考不上大学，后来是已像幼儿园般普及的大学却愁着招不到学生。

静听着的周昊南心里深以为然，他就暗暗使劲：凿壁偷光，也要考上大学！

一个初夏的傍晚，在那务中学门前的公路边上，吃过晚饭的周昊南与三五同学正在散步。这时候，刚下过一场大雨的天空格外蔚蓝，远处六皇岭山腰正飘荡着氤氲白雾，已经抽穗的龙眼花散发出一阵阵沁人心脾的芳香，蝉声一浪盖过一浪，田里的大水牛“哞哞”直叫，春耕的农民插秧正盛。

这时，周昊南身后一辆长途大巴徐徐开动，向着化州县城方向驶去。透过车窗，他又看到了一张熟悉的脸，那是他年幼时一起到河里捉鱼摸虾的总角之交张福强。好久不见，相互间在水一方，周昊南对他思念有加，但相见又只是在这匆匆的一瞬，周昊南忙习惯性地问他要往哪去。只是话一出口，他就明显感觉到纯属多余。

客车加速离去，“隆隆”的马达声中，张福强迫不及待地推开右边的车窗探出头来，他向周昊南挥挥手，大叫着回答说：“去——深——圳——”

声音洪亮，其分贝之高，完全盖过了客车轰鸣的引擎之声。而确切地说，这声音在洪亮之中带着颤动，还有无上的喜悦与光荣。望着客车逐渐远去的影子以及它扬起的尘埃，周昊南与同学们在马路边翘首而望，伫立良久。他与同学们都在憧憬地想：什么时候，我们也能像张福强这样骄傲地坐着远去深圳的长途大巴，到那个繁荣发达的城市去走走、去瞧瞧？

从此，周昊南更加坚定了目标：以后一定要往深圳那地方去！

那年在高凉中学参加高考后，周昊南以优异的成绩考入省城广州读书，大学毕业后虽分配回了粤西，但远方深圳特区的气息无时无刻不在感召着他，他所了解到的关于深圳的新闻，一事一物，一花一草，他都像一个好战的士兵听到了远山那边“隆隆”的战鼓声一样，他摩拳擦掌，跃跃欲试，渴望着能有机会到深圳特区去闯荡，去打拼！

第四章　“无偿试用一星期”

那次从沙嘴村返抵粤西几天后，周昊南真正地出差深圳，如同虔诚的伊斯兰教徒奔向赛拉特地区群山怀抱的朝觐圣地麦加一样，他兴高采烈地赶赴深圳。公事办完后，他又像负责全国人口普查的工作人员一般，对深圳外贸公司一家一家地登门，毛遂自荐地派发了几十份个人简历。时隔半月，他接到电话通知后再到深圳，前往地处竹子林的招商（福田）进出口贸易公司接受面试。在这以后，每临近节日，周昊南就会给这家公司的人事部长陈小梅寄去贺卡。记者出身的陈小梅对他的印象也越来越深，四十出头的陈小梅来自北京，普通话标准，快人快语，一举手一投足都尽显干练之风。

一声问好，一次机会。

有一天，陈小梅看着桌面玻璃板下压的一张精美贺卡，上面是周昊南清秀工整的钢笔字，字如其人，字是人的另一张脸。公司刚好要招入一名外贸业务员，她马上就想到了周昊南。她一个电话打到粤西，几天后，周昊南在原单位办好了工作借调手续，提个红蓝蛇皮袋径奔深圳而来，终于入职公司进出口七部，开始了三个月的试用期。

事实上周昊南在毕业分配到粤西一个月时，单位就分给了他一套九十平米的三房一厅新房。虽然产权属于单位，但只要周昊南在单位里长期工作下去，这套房就属他所有，然而他毅然向单位退掉了这套房。“崭新的三房一厅，很多人一辈子都求不到，你却退掉了，不可惜吗？”周昊南原单位的同事不解地问。周昊南说就是想到深圳工作，退房后他就可以破釜沉舟，一心在深圳打拼。

招商（福田）进出口贸易公司地处招卓大厦东二楼，呈四方形的办公室有六百余平米，四面靠墙处用胶合板隔成了总经理、副总经理和进出口部等十几个部门的办公室，在公司办公室的合围之内，面对面摆放着五排供业务员使用的办公桌。

这是1991年12月下旬的一天上午，公司召开1992年度业务动员大会。会议室是一个六十见方的长方形大空间，中央空调开着，中间放着一张长方形的鸡翅木大桌子，主席位上坐着总经理何寒巩，五十开外的他来自四川，胖脸，穿一身西服，斜靠在黑色转椅上。室内三十二名进出口部正副经理和外贸业务员列席，在会议室靠窗的位置，周昊南边听边做笔记，一副正襟危坐的样子，就像正接受理发师剃须那样不敢乱动。

“来！让我介绍一下我们公司的新员工周昊南！”何总指向周昊南。

周昊南马上站起身，向大家毕恭毕敬地点头示意，连声说：“请多指教！”

“深圳特区改革开放初期，袁庚同志发出了‘时间就是金钱，效率就是生命’这个让全国人民感到振奋的号召。前不久，周昊南为了能使自己成功加盟我们公司工作，在接受人事部长陈小梅的面试时，他独辟蹊径提出了愿意‘无偿试用一星期’的建议，这是他推介自己的一种特殊方式，一句响亮口号，是一大卖点，一种全新理念，我欣赏！”何总滔滔不绝地说。

会议室响起一阵掌声，大家都把新奇的目光投向周昊南，周昊南感到脸上一阵火辣。

“至今，周昊南在公司工作已超过一星期了，根据我的观察和公司主管部门经理的反映，这一星期，试用合格。”何总满意地说，“其实，我们公司试用他，主要是欣赏他提出‘无偿试用一星期’这一全新理念，这显示了他的自信心和事业冲劲。当然，我们不会无偿试用，即使不合格，这一星期，他为公司付出了劳动，我们也会照样支付工资给他。”

周昊南望着何总，微微点头。接着，会议集中在新一年业务开展的话题上。

“……我们公司是一家综合性多种经营的进出口公司，出口产品由业务员自己决定。业务员月薪人民币六百元，另发港币二百元，每位业务员明年的任务是，创汇三百万美金，创利五十万元人民币，这是指净利润。对完成创汇、创利任务的业务员，公司从其所创造的纯利润中，计提给予20%的业务提成，同时考虑给予调入深圳的户口指标，这以完成创利指标为主，创汇指标只作参考。我相信在座的业务员大都还没有深圳户口，都梦想能得到一个深圳户口指标，成为真正的深圳人。至于每单业务，业务员必须先自垫费用，等到业务做成，收到外汇并结汇后，才报销相关费用。而且，每单业务执行之前，业务员先拟好成本利润预算表，交由其部门经理签字，再由公司主管业务的副总经理周杰铭签字，最后交到我这里批准，再执行。”

坐在何总身旁、主管进出口业务的周杰铭副总经理长有一脸坚硬的胡子，他补充说："实际产生的业务费用与预算费用要高度接近，不得存在较大出入。"

"业务做成，才能报销费用。"周昊南咀嚼着这句话，这跟自己在粤西工作时不同，极具挑战性，这对于公司是最大程度压缩成本的一种做法，那么，每一笔业务开始之前，哪些费用该出，哪些费用不该出，经手的业务员就要认真权衡清楚，得要自己先垫，公司不预支费用。

在一阵沉默之后，业务员傅严杰发言："这还是单干性质吧！"

"是，是一条龙。"何总回答。

"这跟农村分田到户有什么区别？"会议室内议论声声。

"是单干，是分田到户。竞争是相当激烈的，我们不能吃大锅饭，但公司不鼓励业务员人人自我，各自为政，希望各位在业务上互相配合好，互相帮忙。既强调单干性质，也提倡团队合作精神。同时，公司后勤办公室、财务部、报关部和单证部会密切配合好十个进出口部所有业务员的一线工作，公司 108 名员工要团结一心，众志成城。当然，公司只是提供业务员一个平台，一个让大家发挥潜能的业务平台，这是我的施政方针。业务员要对公司负责，而我代表整个公司，同样要对主管我们的上级领导负责。"何总最后更加严肃地说，"这是公司的原则，不得讨价还价。在业务上，我们只管结果，不理过程！"

好一个"只管结果，不理过程"！这八个字说得铿锵有力，立场鲜明。

"出口退税，发票……"有人说。

"骗出口退税？还不把你抓起来？"有员工反驳。

"抓到才是贼！"有人小声说。

何总说："严肃点！不理过程，不代表提倡违法犯罪。生活本身很现实，这里是深圳特区，我们公司定下这样的原则，是为了最大限度地激发大家的积极性。我是只认业务不认人，只管结果，说明我们更大程度地看重业绩。"

大家沉默，都在消化着何总讲话的精神。

"在出口结算上，建议大家尽量采用信用证结算。信用证，不妨让周昊南简单介绍一下，他是外贸科班出身，在这方面很有见地。"何总说。

周昊南接过话茬："信用证是国际贸易三大结算方式之一，在这一结算方式方法之下的外贸业务单证，只要做到单单相符，单证相符，就可以保证收到外贸货款……"

"一大堆货物上船，靠这些商业发票、装箱单和提单之类，就可以收到几十万美金的货款？”有员工置疑。

“是的，这是银行信用。”有人回答。

“我就不信。”还是有人表示怀疑。

“有时候，就靠一个信字，你不能也不必事必躬亲。如果银行都不相信，那就很少有东西可让你放心的了。”周昊南解释说，“在这种情况下，就要启动间接信用，否则，如果你担心吃不到新鲜猪肉的话，那你是不是得天天跟猪睡在一起？”

大家一阵哄笑。

“大家要好好把握，用好信用证这一结算方式，免得我们的货款收不到。”单证部经理林敏小姐补充说。

“如果做托收呢？”有业务员问道。何总示意周昊南继续。

“托收，出口收汇的安全性肯定不及信用证……”周昊南解释。

“这是我们对国际业务理论的补习和深化。”何总满意地对大家说，业务员们纷纷点头。

“最好的是让买方先支付货款，哪怕是 30% 的订金！”

“可买方，也想让作为卖方的你先放货哦，先收货再付款，你干不干？”

“当然不干！”几个业务员声音响亮。

“所以，说来说去，还得用上信用证，这是就买卖双方公平而言，任何只庇护其中一方利益的结算条款，在整体上都是对双方的不合理。”有员工议论。

“信用证，那么多英文单证，真难对付，就没有比信用证更妥善的付款方式了吗？”有人问周昊南。

“这些单证并不复杂，难者不会，会者不难，功多手熟而已；信用证说不上是世界上最好的付款方式，但对于出口商和进口商双方而言，就对双方的公平合理程度来说，没有比这更合理、更公平的付款方式——目前没有，以前没有，估计以后也不会有。”周昊南好整以暇地答道。

何总叫周昊南就订金方面的知识进行补充，周昊南接着说：“合同中经常提到的订金，我看到我们公司跟工厂的合同里，不少写成‘订金’，其实这个‘订’字是错的，实际上应该是‘定金’！‘订’与‘定’，因一字之差，引发诉讼输掉几十万的例子也曾有过。”

“同样的，对于外商的定金，我们也要注意，要保证自己有货，才可以收受，否则，如果我们没货可供，外商拿着合同跟我们打官司，我们就得双倍定金返还！这在《中华人民共和国合同法》里有明文规定。”周昊南言之凿凿地说。

“周昊南到公司以后，他的外贸专业知识已经架空了单证部林经理。”有两个员工窃窃私语。

大家对周昊南的业务知识表示认可和赞叹。

会开完后，会议纪要由陈小梅正式发文，业务员人手一份。与此同时，办公室打印出了由公司与每位业务员签订的协议，明确了双方的责权利，甲方是公司，乙方是业务员，也算是公司与业务员订立的一纸“军令状”。

第五章　书法奇用遇初恋

休息时，周昊南偶尔会到地处蛇口的海上世界走走，然后到斜对面罗振锋工作的上海酒家坐坐。

这天是周日上午，早餐刚过，上海酒家尚未正式营业。一早就坐车到了这里的周昊南正跟着罗振锋和几个酒家员工一起闲聊说笑。“有些酒店的小笼包，是用脚踩的猪肉泥，如果你吃出硬物，那可能是脚指甲。”有人很认真地说。“那些肉别以为吃得很香，往往就因此摄入了硼砂，那本来就是臭肉。”另有人补充道。

“昊南，你过来一下。”罗振锋叫了一声，带周昊南到了酒家总经理汪正茂的办公室。

皮鞋锃亮、头发后梳的汪正茂也是周昊南的化州老乡，他对周昊南说：“想请你帮个忙，听罗振锋说过你书法写得很好。这样的，我上月将三十万元借给了一位朋友，那天我回家很晚，睡觉前，把朋友写的借条连着我的衬衣一起丢进洗衣机。第二天一早，我老婆洗衣时没检查，借条让洗衣机搅了个稀巴烂，借条没了！”

“让我帮你写追款书？”周昊南问。

“不，”汪正茂拿出一页写着字的纸说，“这是我那朋友在另一份文件上写的笔迹，你帮我模仿他的字，重写一份借条，为了提防他万一不认账，而我又没有凭证。”

周昊南一愣，面露难色。

“以你的书法功底，临摹借钱人的字，绝没问题。”罗振锋说。

笑吟吟地望着周昊南的汪正茂也表示出一脸信任。

周昊南说：“这与法律有冲突吧？”

汪正茂忙补充：“这只是灵活应变，一切后果由我承担。”

罗振锋插话说：“你放心写，我也担保无事。”

周昊南仍在犹豫。表哥在旁好说歹说，出于帮助老乡之意，周昊南最后只好代写了借条。

“一模一样啊！他绝看不出真假，我看就算走司法笔迹鉴定都不怕！周昊南你真帮了我大忙！”汪正茂猛一击掌，相当激动。当然，对这一点，周昊南确有几分把握。他自幼临摹“颜柳欧赵”碑帖，特别是柳体正楷字一直让他顶礼膜拜。同时，当代书法家启功登峰造极的正楷字也让他佩服之至。

“你对书法很有研究吧？”汪正茂不无奉承地问。

“书法最先讲究的是临摹功底。我最喜欢正楷，因为这是一切字体的基础，楷书的点、横、竖是最基础的笔画，就像初学驾车的油、离、刹，拳击的直、摆、钩，散打腿法的边、蹬、踹，而这最基础的也是最深奥的东西。”周昊南简单地说。

不一会儿，酒家午餐营业开始，周昊南于是离去。而在走到酒家门口时他突然停步，一袭枣红色印花旗袍出现在他的眼前，他眼睛为之一亮，那是酒家迎宾小姐的倩影，周昊南知道她名叫林莱贞，当初刚到蛇口找表哥时，他与她有过一面之缘，之后也与她见过几次面，但都没有交谈过。这时，只见“倩影”转过了身，主动对周昊南发话：“一直听你表哥说，你的字写得很漂亮，英文打字也很快！”

“哪里哪里？不敢当！”他回过神来说。

林莱贞这一主动，让两人关系一下子就拉近了。但如果他话说多了，一方面有影响她工作之嫌；另一方面，大家看到他与一位妙龄姑娘套近乎，个中目的，大家用脚趾头思考一下都想得到啦！况且周昊南自己也会浑身不自在。既想与她接近，又害怕让其他人看到，这是他的为难之处。但这对林莱贞来说，反而像花香蜂蝶才多一般，是她得以向大家炫耀的资本。这不，刚巧有两位客人正步入酒家，林莱贞就赶忙引导他们找到合适的餐桌。这期间，周昊南就怔怔地站在那里，以致一位外出到玻璃鱼池捞桂花鱼的厨师，歪着头望着周昊南，那责怪的目光像在悻悻地说：好小子你有种！到我们这“沟女”来了！

一会儿，林莱贞回到了前台，她问周昊南：“你下星期天有时间吗？”

他不假思索地回答：“有啊！”心底里还同时念了个“Why not”呢！

“那我到你们公司，你教我学打字、练书法好吗？”她大方地问。

“好！一言为定，我先走了。”他像小鸡啄米一般地点头，掩饰不住内心的狂喜。他如同得到了解放似的，马上成功撤离“现场”。

坐在回程的204路公共汽车上，周昊南心花怒放。本来，他对林莱贞的印象很好，一直到刚才他还盘算了很久，可就是没胆子主动开口约她，因为他生怕被拒绝，那么他将是多么难堪。没想到她居然这样主动约他，他想起一句话：“男追女隔重山，女追男隔层纱。”看来，他的桃花运来了，现在用门板挡都挡不住啊！这就是深圳！张福强说的这个神奇的城市就是不一样。不期而至的这种很像是初恋的感觉，让他忍不住迎着窗外的风，龙吟虎啸般嚎叫了一声：“啊——！”

这引来了车内众人的愕然侧目。

此后的一个星期，他每天都是一边上班，一边想象着下个周日和林莱贞约会的温馨情景。

那几天，他下班后一回到公司宿舍，就常常守在二楼的公用电话机旁。一有电话声响，他就迫不及待地拿起话筒。他生怕林莱贞打来电话取消约会或改期什么的，他得“第一时间”接到消息，但她不曾打来电话。于是那几天，他就成为了对整幢宿舍同事们义工性质的电话接线生兼传话员，同事们无不觉得有点奇怪。

接着的周日，在他急不可耐猛撕日历的倒数声中如期而至。

这一天阳光灿烂，一大早，为了消除身体异味——尽管他本来就没有异味，更没狐臭，但他还是认真地洗了澡。一边洗，一边高亢激昂地唱着当时流行的刘德华的《爱不完》——

知不知一丝一丝你的注视，
令我醉一生都也醉不完，
可不可今天准许这生以后，
亦让我跟你，再继续狂恋……

宿舍同事们在周日都睡着懒觉，特别是准备利用周日恶补睡眠的傅严杰，起床眯着惺忪的双眼，问周昊南今天签了大单不成？周昊南秘而不宣，赶忙降低音量。然后，他出门，登上204路公共汽车赶往蛇口，提前半个钟头来到离上海酒家约一百米远拐角处的一根电灯柱下，等他的心上人林莱贞。

这天林莱贞换上了一袭素色长裙，让人感觉清新纯朴，仿佛是一股从乡野吹来的风。远远望着她玉步轻移而来，一举手一投足，都让他萌生一种如伴着荷花仙子般的感觉，这种不加装饰、素面朝天的清纯形象，正是他的最爱。两人见面后登上 204 路公共汽车，赶往周昊南的公司。

周日的办公室空无一人。周昊南之前一天以加班为由向陈小梅拿了钥匙。两人来到办公室，坐在打字机旁，这是一台上海“双鱼牌”手动英文打字机，周昊南给林莱贞倒了一杯白开水。他以前在广州读大学时，有一门必修的英文打字课程，用的就是这牌子的打字机。

他坐好后，在打字机左边放了一页英文文件，再卷一张白纸入机。当他轻拨一下打字机的回车键时，就像一位出色的钢琴师在演奏前调拨了一下琴弦，然后就“劈里啪啦”地打了起来。他眼睛不看打字机，只是斜斜地目不转睛地盯着文件内容，这叫盲打，那速度达到每秒五到六个英文字母的行云流水般的熟练，仿佛就是白居易在《琵琶行》里描绘的那种流畅感觉。

“打得真快啊！”坐在旁边的林莱贞由衷地赞叹。

“没什么，这是我们做业务的必备技艺。”他解释说，内心却美滋滋地想：快吗？让我们的情感快车开得更快些吧！

“这个大小写是怎么调整的？”她指着键盘问。

他马上示范、解释。

她会意地点头，然后问：“对于手指的用法，是不是也有规定？”

“是的，这叫指法，每个手指各司其职，左手食指负责打 F、G、R、T、B、V 以及数字 4、5。”他一边解说，一边打字。

“那么右手食指呢？”她说着，将右手伸向键盘。

“负责——”正说着，他的右手食指忽地碰到了她的食指指尖。就这么轻轻一碰，他猛地感觉如同触电，电流迅即漫遍全身，他身体也同时微微一抖。他看见她白嫩的脸上出现了一朵红云。风从半开的窗口窜入，吹动了她的秀发，发香以至体香逐渐弥漫了整个空间，他不由得沉醉了。

“你怎么啦？”看着没了动静的他像是呆了一般，她问道。

“右手食指负责 J、H、——Y、U、N、M 和 6、7……”他赶忙晃了下脑袋让自己清醒过来，就像潜水员升上水面时将满头的水甩掉。他接着讲解。

林莱贞接着转移了话题，让他讲一讲怎样才能把书法练好。

他又来了精神："正确的写字姿势是：胸距桌边一拳远，眼离桌面一尺长。身直头正两肩平，两腿平行双臂张。"

她望着自己胸脯与桌边的距离，狐疑地问："我这样够一拳远了吗？"

他站了起来，望了一下那位置，但又赶快移开了目光。而她的意思是要他伸出拳头过去量。

"够了吗？你帮我量一下？"她追问了一句。

于是他忐忑不安地慢慢伸出了手，但越是接近她胸脯，他就越是心慌。不久，拳底倒是贴着桌子边沿了，但拳眼离她的胸脯还有五公分远。在这情景中他更不敢正视她，只得扭头向后，如实地说："还不够。"

她就将胸脯往前一挺，紧紧地贴住他的拳眼，拳头其实就处于她白嫩乳沟的正中间。她胸脯与桌子的合力就这样夹住了他的拳头。如果说他的拳头一直在颤抖的话，那么她两乳往桌边沿一顶，拳头就让成功地固定了下来。他只得加大力量捏住了拳头，牙齿还微微用力，才能让拳头不至于乱动。心底里，他甚至想将拳以"五爪金龙"的形状展开，去抚摸那两个近在咫尺的白皙诱人的南北半球，但他不得不忍住了。此刻，他只是瞬间感受到了她胸脯的热量，这种热量可以将一条冬眠的蟒蛇焐热，并提前醒来进入花枝乱颤的初春世界。他同时感受到了她隔着衣服的两乳坚挺的弹性，这一弹性还可让他马上成为一名杰出的蹦床运动员，可以在弹簧床上蹦得老高老高。

发觉动静不对，她就抬起头问："这样够了吗？"

满脸羞赧的他赶忙颤抖地抽出拳头说："够——够了。"

她脸颊随即也绯红了起来。

周昊南还是看也不敢看她一眼，只是下意识地讲着："正确的执笔姿势是——拇指食指捏住笔，中指下抵笔杆上。另两指弯掌宜空，指离笔尖一寸长。"

"你怎么懂这么多口诀？"她望着他问。

"这来自一套'岑氏书法原理'。"他答。见她还是不太能领会，她希望他手把手地教她。然后，当他那布满厚茧的大手慢慢地覆盖住她软绵绵的玉手时，他的心又像无垠草原上的一匹野马，正在撒蹄狂奔。不过他生性老实，也碍于身处公司，他只能将温馨状态控制得张弛有度。

可知常常，一旦捅破的朦胧美反而不美。

"你的深圳户口来了吗？"她忽然直率地问，骤然转移了话题。

"唔——"他显得有点不知所措，但他不得不回答，就犹豫地说，"刚到深圳，还没哪！”

“那你迟些能拿得到户口指标吗？”她继续问。

当时每一个年轻人来到深圳，户口就是他们第一步的梦想。如果要想成为深圳人，那么拿到户口指标是必要条件。周昊南时刻都在渴望着一个深圳户口，就像一个远航的船长，日日夜夜守在驾驶舱时一直保持着对尽快抵达彼岸目的港的强烈憧憬。但由于僧多粥少，争取深圳户口指标绝非易事。“看今年年底吧！”他不置可否地回答。

“那你现在拿的什么证件？”她问道。

“是深圳的暂住证。”每逢人问起这，一涉及暂住证，他心里就没了底气。

“你在深圳有住房吗？”她这一问，又切中了他的痛处。

“现在都住公司的员工宿舍，”他说道，然后像是反戈一击地问她，“你有深圳户口了吗？”

“没有。”

“那住哪里？”

“酒家的集体宿舍，四海，这是蛇口最大的外来人住地，八个女服务员住一间房，很挤啊！”

这一天就这样过去了，他们走出公司时已是傍晚。他在车公庙的粤菜馆请她吃过晚饭后，将她送回四海。

他不曾想到这么快就遇上一个如此称心如意的女朋友。想到她这样热情主动，他断定这初恋的成功率绝对走高。他准备教会她英文打字，还教她学英语，鼓动她去读电大，以后找一份文秘之类的工作。只是，户口，为了这心目中至高无上的梦想，他得尽快将自己的业务做开做大，以期由公司替他申请到有限的深圳户口指标。

第六章 “生意经”

福田区皇岗一带的日益繁华，最先得益于皇岗口岸出口业务的扩大，以及从隔岸鱼贯涌来的香港人的消费。

一月初的一个夜晚，水围村潜龙宾馆歌舞厅的门一推开，就看见屋顶耀眼夺目的光束不停地旋转，歌舞厅正播放着袁凤瑛的流行曲《天若有情》，跟着是陈淑桦一举成名的《梦醒时分》，重金属打击乐声震耳欲聋。在一间包房里，张福强正在吃着香蕉——“也蕉”——这是张福强的白话口头禅。

“嗨！最近怎样？”周昊南一推门进来，等着他的张福强就向他高叫。穿着黑裤白衬衫的张福强打着红色斜纹金丝领带，旁边放着他的黑色真皮包，桌面竖着他的招牌“大哥大”。

“还行，你呢？”周昊南道。

“还活着吧！今日不知明日事，愁什么？死后一文不带去，悭什么？呵呵！”张福强连珠炮般地说。

“你当然不会悭，因为你一直能赚钱啊！”周昊南感叹。

“有钱，可以能人所不能，换句话说，有钱，就可以无所不能。哈哈！”张福强说。

“你这么多的能。”周昊南笑了笑。

张福强就用口麻利地咬掉一个啤酒瓶盖，问:“上次你在我酒家里喝啤酒不习惯，现在没问题了吧？要大派用场了啊！”然后，他就拿过酒瓶，沿着杯的边沿，为周昊南倒了毫无泡沫的满满一杯酒，并笑侃，“看！卑鄙（杯壁）下流！”

“喝酒嘛，还行。”周昊南一边坐下，一边说。

“什么还行，你只要一用劲，肯定行！喝！”张福强嚷着说，“不吃不喝，生意不活。”

最近活得更滋润的张福强脸色红润，他头发打了摩丝，瘦削的脸上眼睛深邃，原本粗壮的胡子剃得一干二净，全身穿的都是名牌，左手中指带着一个硕大的镶嵌着“发”字的 24K 金戒指。

“我们转手了沙嘴村的饭店后，父母炒股；看着身边搞外贸的都风生水起，我就也搞外贸了。”张福强对着周昊南吃惊的眼神说，“我还得向你学习，你是外贸科班出身。今晚特意将你请来求教。据说现在只要懂得换汇成本就能赚大钱，什么叫换汇成本？”

周昊南在作为外贸业务员的同时也是报关员，以及商检局考核发证的报验员，还是国家经贸部考核发证的我国第一批外销员。这样很有利于他的业务一条龙操作。“换汇成本，就是你拿多少人民币换来一元的外汇，这里花掉的人民币就是换汇成本。”周昊南简单介绍了一下。

“我想找你合作，你在福田那外贸公司正正规规上班，反正也赚不了几个钱。”张福强直言。

“我俩自小玩到大，只要你开了金口，我有什么能拒绝的呢？我当初能在高凉中学入读高考补习班，后来考上大学，还不是你的好点子帮了我的大忙？”周昊南表示。

“自己人，那我就开门见山了。”张福强就说，他目前正在做着机械表芯的出口业务。

一提机械表芯，周昊南就明白了，这个产品相当敏感，这是当时国内出口退税率最高的货物，达 45% 之巨，是近乎一半的利润！

张福强继续说，他的做法是购买一批机械表芯，用墨斗车，也就是货柜车，从福田皇岗口岸报关出口，未装满一个货柜的货物会拖到香港；而货到香港后，换车换柜运回深圳；然后再将这批货物报关出口。一星期内可出一批或五批货，视具体情况而定。现在，他需要一个信得过而且熟悉程序的外贸业务员，兼为报关员，逐批逐批地进行报关。他一下子就想到了周昊南。对于丰厚的利润，可以两人五五分成。这一出一进，来来回回的都还是那一货柜的机械表芯，45% 的退税率几乎就是净利润率。

“生意嘛！要靠拼——”张福强适时地说，当他说完“拼”这个字时，与其说他发音不准，不如说是他故意地转音，从而发成了“Pian”的这一谐音——“骗”，他意味深长地继续说，“要靠骗——的”……

周昊南不由得心底发怵，当时他对这样的做法已有所闻，想不到张福强干的就是这个，半路出家做外贸不算，还做起了这种歪门邪道的外贸生意，典型的骗取出口退税。

“不急，慢慢考虑，我等你！”张福强说，然后神秘兮兮的，“现在都是这样的，发廊不理发，信封不装信……”

周昊南继续边听边沉思。

“就算你不做，也没事，我可以找别人做。生意不成，感情在。”张福强说，“但这些生意做了几个月以后，你还愁什么深圳户口、住房？都可以买！也可以开奔驰啦！”

周昊南听着，内心翻江倒海。这是多么大的诱惑！他想起林莱贞已对他不止一次地提起深圳户口和住房。她在上海酒家做事，仅有一个高中学历，酒家的户口指标本来就少得几乎没有，而即便有了，又能不能轮得到她？所以，她只能希望男方有深圳户口，只要一结婚，她的韶关户口就可以随迁过来。周昊南是多么希望自己可以凭此帮林莱贞一把，从而实现与林莱贞的真正牵手，与她走入梦想中神圣而美妙的婚姻殿堂。

张福强又说，在深圳赚钱的方式多的是。他还做着外汇生意。他在香港有庄家，如果深圳或国内其他地方有哪家公司出口以后，外汇没有收回的话，他可以将外汇从香港打到出口公司指定的账户，然后，他在国内收人民币。外汇和人民币，两张汇票同时兑现交割。张福强做的外汇主要就是美元，每一美元收手续费一角到三角，高峰紧缺时可收到五角，这手续费就是他的利润。要知道在 20 世纪 90 年代初，在外汇实行双轨制时，很多商人做着这样的钱庄炒汇生意，获利甚丰。“如果你有意，你也可以参加进来做外汇生意，”他对周昊南说。

“炒外汇，又是打擦边球啊！”周昊南心里说。

张福强忽然从包里拿出一沓单证，一份一份地介绍说，是商业发票和装箱单之类。接着他说：“这是从迪拜开来给深圳市发俊进出口公司的一份信用证。”然后拿出一份提单的复印件，端详着右下角的船长签字。

这是周昊南最清楚不过的了。一份信用证，作为银行与银行之间的交易，它纯粹是单证交易，这些单证中最关键的文件，就是提单，它是货物所有权的凭证。

“我知道，你的书法相当好，中文、英文都临摹得相当成功。”张福强说。

“你的意思是让我仿摹提单右下角的船长签字？”周昊南突然一惊，心想原来张福强想做无货交易，换句话说，根本没出货，就向银行交单，虽然也能收得到货款，但如“空城计”一样只能摆一次。

周昊南也想起，平时一些船公司将一些空白的正本提单放心地交给周昊南，他办公室的抽屉里也确实有好几份空白未签字的正本提单。船公司的业务员嘱咐他，只要货物一经报关，周昊南就可以自己用打字机打好提单内容，接着自己签发提单，然后连同发票、装箱单和产地证书等其他单证一起交给银行，进行议付。那些船公司信得过周昊南，才这样操作，这一方面是为了提高工作效率，另一方面是为了争取周昊南的外贸海运业务，但这不代表周昊南要行无货交单之实。事实上，如果周昊南签字，即使所签的字与船长或大副的不吻合，也不影响银行收到外汇，因为核实是否真正为船长或大副签字，并非银行的工作范围。但周昊南不会将自己的书法本领，发挥在无货上船的正本提单之上。

“生意门道还有很多，看你敢不敢搏！”张福强警惕地望了一眼包房的门，然后挨近周昊南的耳朵说，“实不相瞒，我们还在沙头角一幢民房的一楼，租了一套房，我们挖了一条地道，从沙头角直通香港。等你有空时，我带你过去那里实地考察一下。”

“挖地道？直通香港？做什么用？”周昊南盯着张福强，大吃一惊。

“呵呵！方便时走点货到香港，或者从香港走点货过来，比如电子产品、元器件什么的。这个，你明白的。”张福强拍了拍周昊南的肩膀。

挖地道！这真又是一个“创举”！周昊南想起年少时，有一天晚上与张福强徒步到八公里外的那务公社电影院看《地道战》。通常这些电影迟些都会轮到各大队里放映的，但两人硬是要先睹为快。那晚散场后深夜回家，有一段必经的路边尽是幽暗竹林的两公里路，漆黑之中两人异口同声地说了一句“快跑”，就边跑边手握小刀，以防夜鬼呢。第二天，俨然是《地道战》正副导演的两人就在村子的晒谷场上，绘声绘色地向瞪大双眼的小伙伴们讲述电影里的精彩片段。在《地道战》里，八路军通过各种地道神出鬼没地打败了日本鬼子。但想不到时至今日，张福强竟然用到现在的外贸生意上来了！货物进出口不经海关报关，不纳税，亏他想得出也做得出！

“挖地道，这不是在走私吗？”周昊南望着张福强说。

“别说得这么难听，是货物互通，民间交易呗！”张福强以一副不以为然的样子说，“反正，我随时欢迎你的加盟，我们做拍档，保证你能赚大钱！”

周昊南左手握拳托着下巴，深深地倒吸了一口冷气。

“在国外，赚小钱容易，但发大财很难；而在中国，赚小钱比较难，但发大财容易！”张福强缓缓地说。

“你又来了！”周昊南闻言一愣，内心对这句别出心裁的“张福强语录”还煞是惊奇！

“慢慢地你在深圳待得久，就验证我这句话了。呵呵！”张福强说，“不过，如果你想做稳一点，也就是赚少一点的话，也有一种操作方法。你们的出口订单特别是文具订单，可以拿到我们公司来做，我们还挂靠了一家国营外贸公司，主要就是做文具出口的，正需要创汇。收汇后，你一个美金可以赚三到五毛钱。”

周昊南清楚一些外贸公司的外贸业务员喜欢“炒单”，就是将自己本公司的出口订单拿到外面的公司来报关出口、收汇结汇，比如本公司的换汇成本是 8.2 的话，外面的外贸公司可以做到 8.7，这里面就有五毛钱的差价，归入经手炒单的外贸业务员所有。

“当然，如果你有文具方面直接的外商，也可以介绍到我们公司，一起联手来做，我们做文具产品出口特别有优势。项目这么多，随便抓一个你都能发达，你慢慢考虑吧！”

周昊南一味在沉思。

“来！我们轻松一下！得劳逸结合哦！”张福强忽然叫来歌舞厅的领班，让她找来两位年轻靓丽的小姐。

不久，像蜜糖一样甜的两位小姐笑盈盈地走了进来。

站了起来的张福强紧紧搂着一位湘妹子，放开喉咙，两人一起唱卡拉 OK。他俩唱的是温兆伦的成名曲《没有你之后》。张福强的嗓音很好。唱歌的声线主要还是靠天生，后天的锻炼只是其次。“一副好歌喉，钞票跟着走”，张福强曾说如果有老板发掘包装他的话，他也可靠这声线成为像谭咏麟、张国荣那样的实力派巨星。这不，他正以亢奋的状态唱着调侃改编的“流行曲”《纤夫的爱》——

妹妹你摸“凿头”，
哥哥我床上搂……

第一次进入卡拉 OK 场景的周昊南与身边的小姐坐得隔了一肘的距离。小姐帮她倒水的时候，他想这么简单的劳动，何必劳烦她呢？然后，小姐用牙签挑起一块没削皮的红苹果，递到他嘴边，他的脸就跟苹果一般红了，相互映照。

他忙推开小姐的手说:“我自己来。”

张福强见状，就冲着周昊南大叫:“要付小费的。你这么拘谨干吗?得放开一点，才能将小姐抱紧一点，屌头!”喝酒已不脸红的周昊南经张福强这么一说，脸瞬间从刚才的浅红变成了深红。

周昊南对张福强说一不二，可惜张福强整晚所说的生意都像是烫手的山芋，所以，对于张福强的好意，周昊南当晚就婉言谢绝了，他还忧心忡忡地力劝张福强收手，但张福强听不进去。

第七章 遭逢契机

南国春来早，特区处处，生机盎然。

1992 年 1 月 23 日，周昊南这天起得真叫一个早，然后匆忙从福田赶往蛇口。七点半，背着公文包和样品的他到了上海酒家。同时，他的荷兰客人穆罕默德先生也来到了餐桌旁。穆罕默德点了色拉和咖啡，周昊南则要了一杯菊普茶和一大块黑麦面包，挨着视野开阔的临窗位置，望着外面的太子路，两人一边用餐，一边谈着一单外贸业务。

穆罕默德是有着中东血统的外商，眼睛幽蓝、鼻子高挺的他戴着白色头巾，穿一身白色长袍。他很早就跟父亲移民到荷兰经商，在阿姆斯特丹开有手工工具批发店，专门销售中国质优价廉的五金工具。

穆罕默德——后来周昊南跟张福强提起这外商名字时，不懂英语的张福强就只叫成“摸还摸得”。

这是周昊南和穆罕默德的第二次见面。此前，双方通过传真进行了多次沟通。穆罕默德这次刚巧取道香港过来深圳。之前一天穆罕默德刚抵福田时，两人在周昊南公司里匆匆见过一面，这让穆罕默德对周昊南的公司有了初步了解。然后，双方相约在上海酒家继续洽谈。穆罕默德准备通过周昊南所在的公司购买粤西信宜县红棉工具厂的一批羊角锤。这是一张试单，走的是散货而非柜货。那时候，国内工厂一般来说都没有进出口经营权，其产品就得通过国营外贸公司来报关出口。周昊南和穆罕默德谈着周昊南所带的羊角锤样品，质量让穆罕默德满意，他会带走样品，价格也在双方相互讨价还价之后谈妥。接下来，就谈到了作为合同重中之重的付款方式了。

“我希望你以我们公司为受益人，向中国银行开出即期信用证。”周昊南说，他的英语口语像是揭开盖子的陈年老窖，十分醇厚。他知道中国银行的国际业务在国内所有银行中最具优势。信用证是进口商所在银行向出口商所在银行开出的书面支付承诺文件，属银行信用，而非商业信用，只要出口商通过其所在银行向进口商所在银行提交了信用证列明的所需的相符单据，那么进口商银行就会将货款汇付给出口商。

“China Bank(中国银行) ? ”穆罕默德问。他语音沙哑，鼻音特重，乍听起来像是感冒初愈。

周昊南称是。他同样也喜欢将“Bank of China”中的“of”省掉，觉得这“of”纯属多余，也不应倒过来命名，本就该译为“China Bank”嘛！他想，对汇丰银行他也只简称为“HongKong Bank”。他就继续说：“在中国银行深圳分行福田支行，我们公司开了户头，中行网点多，方便。”然后顺手指着酒家斜对面一块竖着的中国银行招牌进行介绍，那里正是中国银行蛇口支行，郭沫若当初题写的“中国银行”四字仍显得漂亮、遒劲。

“除了信用证，就不能采取其他付款方式了吗？”穆罕默德用英语提出疑问。

“就我们进出口双方而言，信用证是一种最公平、最合适的结算方式。”周昊南答。

“我明白，但我这货款才 3，516 美元，我不想将开立信用证的手续费给银行赚了，”穆罕默德说，“我希望你接受 D/P 方式，也就是货一到荷兰，我就付款。”

“如果货到后，你不付款呢？货没人提，得从荷兰运回中国，那么双倍运费都得由我公司承担了。”周昊南解释，当然，他不便当面直言穆罕默德也可以收货后不付款，玩失踪。

“这是第一单，不久会有第二单。”穆罕默德引诱说。

“但也要双方都满意，才谈第二单。”周昊南答。

……

来来回回的商谈陷入了僵局。外贸这东西包括看样、打样、寄样、设计、生产、包装、验货、运输、商检、报关、付款、结汇、核销和退税等环节，世上工种之多，恐怕没什么及得上外贸这样涉及的手续之多、程序之繁、部门之众、链条之长和范围之广，这里面如果任何一环受阻，生意就告吹。

事实上，周昊南最希望穆罕默德能支付一部分定金，比如先支付 30%，哪怕是 10% 也行，当然最好就是先 100% 付清全款——但周昊南不能也不敢这样提出，因为，这条款外商通常不会接受。如果设身处地的话，你周昊南就不能先发货给进口商吗？

两人沉默。穆罕默德点起了一支烟。

怎么办呢？周昊南内心开始烦躁。

这时候周昊南瞥见了上早班的林莱贞，她对着他俩笑笑。他心头一热，但接下来与穆罕默德洽谈，仍是未能达成共识。

这单生意看来注定是要功亏一篑。

这时候时间已经到了九点左右，上海酒家供应早餐的时间就要结束。只见酒家外突然热闹起来，人们陆续拥到了太子路边。

那太子路上忽然全没了社会车辆，马路边站满了行人，还有一些警察在维持秩序。周昊南觉得好像什么事情要发生一样。

不久，一列车队沿着太子路驶来，车与车之间都隔着同等的车距。车队到了靠近"海上世界"时，也就是金融中心大厦楼下的路段时，忽然全停了下来。车上的人们，似乎是在对着"海上世界"及其周围工业区指点着什么。是的！隔着车窗，可以依稀看到或者说感觉得到，他们都在一致地指着并谈论着"海上世界"，以及蛇口。

"他视察蛇口了！"路边人群中不知是谁高呼了起来。

此刻，酒家里的服务员纷纷放下了碗碟，都透过玻璃窗户不约而同地向外望，有的不顾一切往外跑，然后一起簇拥在马路边。接着便是大家争先恐后的旁观，夹杂着议论纷纷和欢声雷动。不过人人都循规蹈矩，没有越过马路。至于有谁让前面更高的人挡了视线，就生气地拍打前面的人的肩膀，然后对方不依，自己就不得不踮起脚尖，像鸭子被提着脖子一样观看；也有人干脆"噌"地往空中跃起，两手往空中猛地一挥，生怕错过这历史一幕似的。

过了一会，车队缓缓启动，复又向着蛇口港方向驶去。

历史就在这一瞬间演绎！契机如电光石火在刹那间闪现！周昊南心头猛地一震。他从新闻上看到，1 月 19 日，邓小平坐专列来到了深圳，几天里在国贸大厦、锦绣中华和仙湖植物园等地考察；昨天，也就是 1 月 22 日，邓小平在仙湖植物园还亲手植下了一棵高山榕，他将改革开放的希望深深地根植于深圳，寄情于这一片热土之中。现在，邓小平正途经蛇口……

这一刻让周昊南激动万分，他声音有点颤抖地对穆罕默德说："你知道我们国家的邓小平先生吧？"

"当然！"穆罕默德不假思索地回答，"在荷兰，都知道这位英明的中国领导人。"

“请看！”周昊南迫不及待地指着窗外说，“今年是深圳经济特区建立第十二个年头，这是邓小平第二次来到深圳。”周昊南的意思是说，小平视察深圳，现在又亲自来到蛇口，国家长治久安，深圳蓬勃发展，这种局面，你有什么可担心的呢？

这历史时刻也让穆罕默德很有感触。他猛地站起，两手按着窗玻璃，高大的身躯完全朝向太子路。

车队已然离去，但围观雀跃的人群迟迟不愿散去，个个脸上洋溢着激动和欣喜。大家还在兴高采烈地回味着刚才的情景，有人突然继续跃起，用单个手臂在空中奋力地挥舞，有人或许是知道得太晚吧，脸上露出了惋惜的表情，有的人还快速地向前跑去，意图能追上已经远去的车队。

“我相信你们国家，相信你们公司和你，”穆罕默德兴奋地说，“这样吧，信用证，我不开了。”

“什么？还是不肯开信用证？这单生意的价格、质量都超越了你预期，但你还是不同意？”周昊南的情绪从兴奋中跌落谷底。他气得一掉头，就走向几米开外的洗手间。

而穆罕默德一路追到了洗手间，一把将已拉开了裤链的周昊南扯回到了座位：“不！不！我不是这个意思。”穆罕默德喝了一口水，摆摆手补充，“我不开信用证，意思是我先付清全款，然后你安排生产备货。”

周昊南又是一惊！瞬间，他笑逐颜开地说：“我还是得先去一趟洗手间，然后以全身轻松的状态回来跟你签约！”

穆罕默德连说好好好。

一会儿，周昊南回到了座位上，徐徐铺开预先准备好的英文合同文本。

多年以来，凭着自幼临池悬腕的书法功底，周昊南写字就像沙场秋点兵一样地运筹帷幄，但这一刻，他签字时居然一时间手臂不听使唤，演变成一种自己都不认识的狂草字体。轮到穆罕默德签字时，他手指也同样地发抖，尽管他的英文签名本来就是笔走龙蛇。

穆罕默德说：“将你的账号给我吧，我一回到荷兰，就将货款打到你的账号上来。”

周昊南说不，款要打到公司账号，公对私打不了款；再说自己作为业务员，也不能私自收受客户打来的公司款项。

穆罕默德点头，赞赏地一笑。

周昊南拿出预先打印好的公司银行资料，作为合同的附件，盖好骑缝章。同时叮嘱穆罕默德说，进行电汇付款时一定要核对好三方面的内容：公司英文名称、账号和开户银行名称，否则款收不到，会退回去，你银行手续费就又白花了。接着，他再检查签好的合同正本是否包括了一式两份，双方各执一份。

最后，两人站起。血液在周昊南体内加速流动，他紧紧地握着穆罕默德的大手。

穆罕默德快步走到酒家门口，对着刚才车队离去的方向，双掌合十，念念有词地祈祷了好一会儿。

两人就此分别。

第八章　母与子

20 世纪 80 年代初的隆冬，周日下午的太阳斜照着长岭大队城边村。在村东头靠近公路的一幢坐北向南的泥瓦房院子内，五间房子一字形排开，围墙内筑的水井可用水泵打水。厨房内的一位妇人正在煮饭，她用柴火将水煮沸，然后将由自家菜地里采摘回来的翠绿蕹菜放到锅里。少顷煮熟时，用筷子捞起放在一个大盆子里晾开，再拢过来抓起，双手像拧衣服一样将蕹菜的水分拧干，接着将这一两团蕹菜放在一个白色大碗里，用筷子将其打散。再将预先用盐巴、大蒜、酱油和花生油一起煎好的调料沁入蕹菜，随即香味飘出，她就朝外喊："昊南，吃晚饭了！"

"知道了，阿婶。"周昊南回答，然后他放好装满书籍的大行李袋，走进厨房。

在周昊南当地，在历史习俗上习惯将母亲称作"阿婶"。

这时候，周昊南老爸还在山里行医，大哥、二姐在地里种番薯。

阿婶忽然问："你眼角怎么有血丝？"

"是吗？"周昊南听着，就走到炉灶前，弯腰揭开一个大铁锅的木盖——这是一锅粥。那时候由于粮食不足，家里常常只得煮粥，因粥里大米与清水的比例严重失调，米少水多，于是这粥如同清水般平静如镜，周昊南就常常将这粥面当作镜子来用——那时候他家里为了千方百计地节省开支，镜子也舍不得买。这时候，当他用手扒开眼皮后，他分明地看到自己的双眼里确有一些血丝。昨夜他满脑子想着学业和家里的农活，辗转难眠。此刻他对阿婶说："没事，今晚我睡早一点，睡眠就补回来了。"

"那就好。"阿婶说，然后催促他，"快吃吧！你要走路到那务中学去的，八公里的路，要早点出发，你又不像别人那样有单车骑。"

自长岭小学毕业后，周昊南都在那务中学上学。每个星期六下午他走路回家，星期天晚上再返校。那时候，学生们都梦想拥有一辆自行车，比如“凤凰”、“永久”和“红棉”牌自行车，都让学生们魂牵梦绕。这些拥有自行车的同学从家里骑车回校时，大都将那车铃按得山响，好像生怕别人不知道他拥有着自行车一般。对此，周昊南特羡慕，但对他而言这只是南柯一梦。

吃过晚饭后，周昊南将一个塞满萝卜干的褐红玛瑙色玻璃瓶放入行李袋，这玻璃瓶原是装大黄碳酸氢钠用的，尽管用开水洗了烫，烫了洗，但瓶内仍有药味。在未来的一星期里，这一大瓶萝卜干就是他一日三餐唯一而又是全部的菜肴了——当然，也有可供他甄选的食物，那就是咸酸茶、黄瓜干和黄豆，夹杂着三几个鸡蛋，但无不以萝卜干为主。而碰上萝卜都稀缺时，他就吃着豉油捞饭或盐巴浸粥。他在学校的早餐是一大碗白粥，每天晨曦中，陆续跑步回来的各班级同学拿着饭票，从学校饭堂里排队将粥买出来后，回到宿舍，掏出萝卜干，咬着咬着就吃完了一大碗粥。至于午餐和晚餐，一样都是用一个长方形铝质饭盒装好米，洗米、加水，然后按班级放到学校大饭堂的蒸笼里。下课时，饭就蒸熟了，同学们各自端着饭回到自己的宿舍，又啃着萝卜干吃了开来。日复一日，周而复始。

这个傍晚，周昊南背着行李袋走出家门的时候，爸、大哥和二姐都还没回来，他就又是独自上路了。行李袋里装了他一个星期的米、菜、书籍以及衣服杂物，很重。太阳已经下山，天气更冷。阿婶像往常一样，执意要送周昊南一程，他劝止不了。母子俩都穿了厚厚的冬衣，脚蹬绿色解放鞋，一起出门。

“这么冷，你又送昊南上学了。”路上碰到的邻居二姑说。

“是哩。”阿婶忙不迭笑着回答。

“叮零零……”一位同班同学骑着自行车从身后过来，他家离那务中学更远，不过他父母给他买了自行车。远远的，这同学就对周昊南打了招呼：“晚上学校见！”便飞驰而去。那时在通常情况下，拥有自行车的同学大都不愿搭载他人。运气好的时候，路遇去那务的货车，周昊南可蹭上顺风车。母子二人此时向身后望了望，只见在让风扬起泥土的公路上，只有行人。

看来，他今天只能又是老老实实地走路了。

他们走到了村头的一棵大树下，周昊南对阿婶说：“你回去吧！我自己走得了。”

阿婶“哦”了一声，但丝毫没有停步的迹象。天色逐渐暗了一些，两人又向前走了几十米。

“你回去吧！天很冷了。”周昊南又说。

“唔！”阿婶回答，却依然前行。

“我帮你背一会儿行李吧！”阿婶认真地说。

“不，行李不重。”

“还说不重，那么多的米和书本……”阿婶唠叨。

“方便的时候，要到那务墟市上买碗瘦肉汤喝！身体好才能读书好。”阿婶担心地说，“身上钱够吗？”

“会的，钱够了，阿爸给了。”他说，其实他口袋里根本就没什么钱，也极少到那务墟市上买瘦肉汤。在那务中学，条件好一点的学生可以不时地吃上鸡蛋，这些鸡蛋放在铝饭盒里面和着米饭一起蒸，或者将鸡蛋打烂放在一个口盅里，搅浑加水或伴随着黄豆一起烹蒸。至于条件更好的，每当中午一下课，他们就一手握着自行车把，一手将蒸好的盒饭高高举过头顶，按响车铃，飞驰到墟市上的那务食品站门口，买上五毛钱一盅的瘦肉汤（有时候会是猪杂汤）。每当这个时候，在学校内啃着萝卜干的周昊南和大多数同学们，都只能像安徒生笔下卖火柴的小女孩那样，在圣诞之夜，在火柴的焰光中挥发着对那盘冒着香气的烤鹅的憧憬。

“还有面包，想吃就买吧！”阿婶说。

说起面包，周昊南就又流口水了。每天上午，第二节课的下课铃声一响，学校的广播就准时播起邓丽君幽怨悠扬的名曲《几多愁》：“春花秋月何时了，往事知多少……”在这时候，学校门口总会准时涌来摆卖面包的小商贩。那面包用优质面粉做成，以椰丝、花生、芝麻和白糖做馅。由于刚出炉，面包蒸汽直冒。闻一下，香气扑鼻；咬一口，美味无比。看着同学们大都蜂拥过去买面包，而站在教室门口的周昊南就踌躇了，尽管面包也就只卖一毛钱，但对他来说每天多掏这一毛钱又谈何容易？所以常常，他只是缩在墙角边遥望着狂咽口水。可是现在，为免除阿婶过多的惦挂，他只能口是心非地回答：“有的，有得吃。阿爸给过伙食费了。”

“这就好，这就好。”阿婶念着。

又走出了很远，周昊南再次劝说阿婶：“你回家吧，太晚了。”

“再走一会儿吧！”阿婶依依不舍。

母子俩又继续并排走了一段路。“学校里有热水冲凉了吗？”阿婶又关切地问。

“有。”这样说后，他惭愧了，为了不让阿婶担心，他对阿婶又善意地撒了一次谎。

学校的热水不是说没有，但用同学们揶揄的话说，是“分母远远大于分子，不够分”，稍慢一步就被抢光了，而且还得优先让女同学用热水。在冬日的夜晚，下自修课后，周昊南就与三五同学一起来到水井边。此时北风呼啸，他们只穿着短裤和短袖，在井边拉开马步，将那个套着已削掉三分之一体积的篮球，用绳索和竹竿吊着伸到井下打水，将锑桶灌满。他们先洗头和脸，擦干头后，接着用毛巾蘸水将胸膛不断地擦，擦到发红、发热、发烫，最后才将整个一桶冷水，从上向下对着胸膛“唰”地倒下去。冷风中，从井里升起的蒸汽和着他们稚嫩身体上的热气一起腾空而起。如果天气实在太冷，他们就在冲凉前先绕井边狂跑，或先做一百次俯卧撑，还有人会扯开嗓子歇斯底里地吼着《北国之春》或《牡丹之歌》，给自己壮胆造势。周昊南由于从小至大每天必洗澡，这一年四季冷水浴的习惯，为他日后的优良体质打下了坚实的基础。

这时的天色更加暗了下来，冷风飕飕，已经离开村子两三里路了。周昊南很担心阿婶还要自己走回去，就说：“我送你回家吧！”

“你说什么？天快全黑，这么冷，你晚上还得上自修课，明天也要上课，不能耽误时间。送我干什么？我有的是时间……”阿婶嗔怪起来，就坚持再送周昊南一程，她忽然问，“最近听人说有人欺负你？”

周昊南闻言一惊，连忙拧转头，说：“没有，没有。”

此时正在读初三的周昊南比同龄人瘦小，班中有个叫做陈玲芳的——这可不是女同学，而是班中长得最高大健壮的男生。陈玲芳家境优越，飞扬跋扈，经常有事无事都找周昊南的麻烦。前不久刚刚开学时，暑假中一直帮家里做农活的周昊南皮肤晒得就像炭黑。一天傍晚，周昊南与同学们站在宿舍里闲谈时，陈玲芳就戏谑地说：“欢迎南非学生入读那务中学初三！”

周昊南一听，明白是针对自己，但见是陈玲芳，就不敢理会。

陈玲芳这就反而更大声地叫道：“打倒非洲仔！”

见周昊南仍无反应，陈玲芳就继续叫：“打倒‘遗腹子’！”

其实周昊南的父母都一直健在，但一些学生偏要叫周昊南为“遗腹子”。这严重地刺痛了周昊南的心，但听得多了，无可奈何的他只有默默忍受。所以现在他只好走开，离陈玲芳更远。而面对着周昊南的回避，陈玲芳如独孤求败一般益发嚣张。他就悄悄走到周昊南的身后，对着周昊南的后脑狠命地敲了一勾指。然后马上转身，将双手背着，若无其事地坐在一处床沿上。

周昊南痛得蹲下。大部分同学爆发欢呼起哄。慢慢站起身的周昊南凭感觉知道这又是陈玲芳所为，但又不敢确认。一位同学看着周昊南，悄悄地指了下陈玲芳的方向。周昊南得到确认后，忐忑地走到陈玲芳面前问："是不是你打我？"

陈玲芳斜着头对周昊南说："宿舍里这么多人，你凭什么就认定是我呢？屌头！"

没有吭声的周昊南只好转头怔怔地环视宿舍。陈玲芳就"嗖"地站了起来，他比周昊南高出了一个头更多，在众人目光之中，陈玲芳感觉大家好像在笑他敢做不敢认，于是用右手食指戳着周昊南额头说："是我，你又能怎么样？屌头！"

"我没招惹你，你为什么要打我？"周昊南生气地问。

"我看你不顺眼，我就是要打你！信不信我将你扔到粪池哪？"陈玲芳趾高气扬地说。

愤怒攫住了周昊南的心，他一下子抓住了陈玲芳的右手，想拉他到班主任那里评理。陈玲芳顺势一个反腕别臂，把周昊南的右手扼到了身后。疼痛、屈辱、臂关节受压，都让周昊南的泪水瞬间夺眶而出。

周围居然有同学鼓掌，"打啊！打啊"地鼓噪。

陈玲芳越发放肆，用力将周昊南往前面的空地一推，周昊南"扑通"一声摔在地上。

血！是血！周昊南额头流出了血。他抹着眼泪，一股反抗意识终于强烈地贯穿全身，他就顺手捡起了地上的一块砖头，站起来冲向陈玲芳。而当他握着砖头的右手扬起时，陈玲芳瞬间抓住了他的右手，随即砖头落地。然后，陈玲芳提着周昊南的右手往上一拉，周昊南便双脚离地，全身悬在半空，就像一个脖子被捏住并拎起的鸭子一样，干蹬着两脚，无法反抗。陈玲芳努着嘴对周昊南说："你还敢拿砖头砸我？我让你砸！我让你砸！"

陈玲芳拎累了，就顺势将周昊南往前一扔，周昊南复又重重地摔趴在地上。然后，陈玲芳又走到窗前，拿起周昊南的米桶举过头顶，再往地上一砸！"轰"的一声，米桶坠地破碎，白花花的大米撒了一地，一个印有"大黄碳酸氢钠"字样的褐红玛瑙色玻璃瓶也随之破裂，里面装着的萝卜干三三两两地散落地面，一股浓烈的萝卜干味道充满了整个宿舍。摔在地上的周昊南看着这一切，只有痛哭，没法反抗。

几分钟后再次从地上站起的时候，周昊南打了一个趔趄。终于站稳时，他失去了再次抗争的念头。看着陈玲芳两手叉腰高昂着头，那蔑视周昊南的不可一世的样子，周昊南只有号啕大哭，然后绝望地走出宿舍。他哭着向校外的空地走去。其时血红的夕阳正映照在学校低矮的围墙之上，红棉树无力地飘落了叶子，在远处的山丘上，乌鸦正惨烈地鸣叫。周昊南走到了学校大门口几百米外一棵挺拔的马尾松树下坐着，身体抽搐……

后来，学校对陈玲芳给予了严重的留校察看处分。

为了不让家里担心，这件事周昊南没对家里人提起。

当夜色快要完全笼罩大地的时候，村里的人们大都已回家燃起煤油灯吃饭。而周昊南还在和阿婶一起，走在那条从丘陵之间辟出的蜿蜒山路上。

这条山路，对阿婶来说再熟悉不过了，只要不遇着狂风暴雨，阿婶每天早上都到屋东边一公里外的山里砍柴，然后挑到八公里外的那务墟市去卖。一路上走走停停。有时站在路边的大树荫下，用草帽扇风纳凉，然后又再赶路。衣服湿了干，干了湿，往后背一拍，黄豆般粗大的盐巴就掉落在后腰和路面。阿婶通常会在后背和衣服间插进一条蓝色的提花大毛巾，她让毛巾的四分之一跨过右肩，坠在胸口。这样在担柴中，汗出得多时，她就顺手将毛巾举起来，一边走路，一边擦拭。每次，阿婶都这样步行两个多小时，才能到得了那务墟市。那时一担柴就只能卖到两元钱，或者是换得几两大米。

后来，阿婶也曾背着一两岁的周昊南上山砍柴，砍好后她就肩挑柴，后背孩，一步一步走向那务墟市。那时的周昊南要么在颠簸的婴儿背带中睡着了，要么就眯着双眼，小手、小脑袋紧贴着母亲的脊背，静静地趴着，不哭，不闹。当疲累过度时，阿婶就在路边先放下柴，再放下他，哺乳并哄逗一番，两人的笑声交织着汗水。这样稍事休息后，又再上路。

此前，阿婶肚子高高隆起怀着他的时候，照旧是这样砍柴、挑柴去卖。

这一断断续续的打柴的营生，阿婶一做就是二十多年。

此时，母子走到了一段很长很陡的左拐的上坡路前。周昊南再三劝说阿婶别再送了，于是她只好停住了脚步。然后，他每走几步，就回过头来。北风吹动他的头发和衣领。他一边回头，一边对着阿婶说："你回家吧！天这么冷。"阿婶虽然不断"哦哦！"地应允，但依旧站在那里纹丝不动，痴痴地望着他渐行渐远。上坡的路越来越陡，背着沉重行李的他艰难前行，但还是频频回头向阿婶挥手。不久，行动不便的他驻足整理了一下行李袋的背带，按了按被背带勒痛的右肩，并将行李袋换到左肩，然后再挺起胸脯前行。他打算不再回头，可就在他沿着山路向左大拐弯，也就是身影即将为山岭所遮掩的那一刻，他忍不住又回过头来。在浓重的夜色中，他看见阿婶仍然木木地站在那里……

几年后，周昊南不再经历这样每周一次的母子相送场面。那是在那年九月，离开了那务中学的他去到粤西第一重点中学——高凉中学就读高考补习班，因为两地相隔一百三十公里之遥，他就一直住在校内。那年六月，造化弄人，他因高考预考仅仅的一分之差，痛失了当年参加高考的宝贵资格。这一分，是命运的风向标，是前途的分水岭，让他仰问苍天，让他椎心泣血。

1986 年 10 月的一个上午，阳光明媚地洒在高凉中学校园内，在教学大楼的三楼，清绿的树枝树叶伸入了教室的窗户，文科补习班正在上上午第四节的英语课。坐在教室靠走廊边倒数第二排的周昊南，作为学习委员和英语课代表的他正站立，背诵着英语课文——节选自马克·吐温的《百万英镑》。他发音准确，抑扬顿挫，同学们一边看着课文，一边凝神静听。

这时，一个背着白色胀鼓鼓编织袋的妇人来到三楼走廊，她边走边用目光搜索着教室。讲台上的老师见状，忙走出教室问："大婶你找谁？"

大婶将肩上的东西放下，喘了几口粗气，站定之后回答说："我是来送米的，我找周昊南。"

"周昊南！"同学们齐声叫着这个名字，将眼光投向了周昊南。

此时，周昊南已走出教室来到走廊上。其实，刚才他在背诵课文的时候，眼睛的余光依稀看到了窗外走廊上的人影，尽管他没有看清楚，但内心已经确认是母亲在外边。老师回到课室，走廊上就剩下了面对面站着的周昊南和阿婶。秋后的日子，尽管过了酷暑，但长途而来的阿婶已是大汗淋漓。再加上她将这么一大袋沉重的大米从一楼背到三楼，此刻还在气喘吁吁。阿婶穿一身蓝布格子衣服，一条白中显黄的大毛巾紧贴脊背搭着，毛巾的一半从肩上搭到胸前，此时她正把毛巾抽出来擦着脸上的汗，对着儿子"傻傻"地乐着。周昊南鼻子猛地一阵发酸："这么远，你怎么过来了啊？我可以在这里买米的。"

"外面米贵，还是自家种的米好，你爱吃，所以我带了过来。再说我主要的是想来看看你。"阿婶说。

他低头解开袋子，一眼就看出是自己吃惯的晚稻大米，米里还夹带着鼓风柜未能吹净的米糠。在袋子中间，有一瓶黄澄澄的萝卜干。这样一袋大米，阿婶长途跋涉百多公里肩扛过来。此刻他的心在痛：阿婶啊，今年的高考预考，如果不是只差那可恨的一分，我就有机会向高考冲刺，你也不用跑这么远来送米给我。他心里越想越不是滋味，于是十分心疼地说："这么远，你真不要跑过来啊！就算过来，也要告诉我一下，好让我到车站接你，因为，你怎么认得了路？万一你迷路了，叫我怎么找得到你？"

阿婶就咧开嘴笑着说："今天一大早，我坐了熟人的手扶拖拉机，拉着米，到了那务，然后坐那务到高凉的班车过来了。"

"但你都不认识字，你怎么找得到我啊？"

"我还不会问人吗？"阿婶笑着说。

"学校这么大，你又怎么能找得到我？"

"一问学校的门卫，他就将你的班级课室告诉了我！门卫说要帮我背米上来，我说不用。"

这是他最清楚不过的了。母亲虽然不识字，但不管到了什么地方，都很懂得问人，所以母亲一直很会找路。而且母亲不会晕车，东南西北她都敢去。只是有时候去了相当陌生的地方，为了提防走错路，她就干脆不走出车站，只是坐在车站候车室内，给对方打电话，等对方来接。

这时，周昊南将编织袋放上肩膀，拉着阿婶说着话，一起回到自己的宿舍。

中午，周昊南在学校食堂打饭给阿婶。阿婶说："尽力吧！明年能考上大学就最好！今年高考预考的事，已经过去了，不要再挂在心上了，不要让自己压力太大。"

周昊南忧郁地点头。

下午两点，他和阿婶来到高凉汽车站，他执意要送阿婶回那务，然后自己再返校。而阿婶一听，马上责怪说这样耽误学业万万不可。说她自己一个人前来高凉都找到了，回那务就容易得多了。周昊南就只好同意。他在高凉汽车站为阿婶买好了车票，然后在候车室等着开车通知。后来，阿婶掏出小红布包，一层一层地打开，拿出三张卷折的十元纸币，他一看便知阿婶要干什么，执意不肯领。阿婶就生气地说："我来这里，就是要送米送钱给你的！"

他明白如果不领钱，会让阿婶伤心，就只好收下了，然后紧紧地攥着这还带着阿婶暖呼呼体温的三十元钱。他知道，这三十元，是阿婶挑了十五天的柴，步行了二百四十公里才得来的汗水钱。然后他低下头，心底一热，久久没有说话。

随后，阿婶坐上了客车。那车徐徐开出车站，阿婶从车窗探出头来，向他挥手说：“好好读书，尽力就行啦！”他一边举手告别，一边望着客车远去的影子，直到那影子在他视野中消失。

众目睽睽之下，站在马路边的他，鼻子如脉冲电波那样一阵一阵地发酸。

第九章 “坐累了就站起来休息一下！”

到福田工作后的每天清早，周昊南第一个到达公司——最早一个到达，也是最后一个离开。上班时灯是他开，下班后灯为他关。于是，他成为了部分同事认定的代打卡的首选代表，但周昊南全谢绝了。在传说中的指纹打卡快将推行前，同事傅严杰还笑称，愿将指头割下一截，交周昊南作代打卡之用——代理费从优。周昊南就回侃他说，如果以后按脸型识别来打卡，那你是不是将脸皮也扒下来给我？两人对视一哂。

办公室文员李凤小姐负责公司文件打印和传真收发，那房间就只李凤一人掌管钥匙。如果李凤未能在周昊南之前抵达，他就透过传真室门口旁的玻璃板，焦急地瞄着传真机上吐出的传真纸。他常常都会踮起来看；或者扭着脖子，像一条爬在玻璃板上的歪歪斜斜的蜥蜴，凭 1.5 的良好视力来细察。他努力去辨清传真件上面的抬头，是不是跟自己相关的外商公司名称，或者试图从传真件顶头所显示的那行数字，分辨是从哪里发来的传真号码。如果是 0082，或者说如果抬头是 Winners Trading Co. 这一公司名称，那么谢天谢地，这传真就是发给自己的了；那么韩国客户又给他来信了。因为最近他与韩国一位客商在苎麻（夏布）这一品种上谈得火热，基本上每天都有一两次传真来回。当然也有不来传真的时候，每每若此，他的心就别提有多失落。

周昊南到公司三个月，与穆罕默德做成了利润不错的羊角锤出口业务，而且是在出货前就收全货款，这种先付款后发货的方式很得何总赞赏，他就以这一业绩成功通过了试用期。只是此后，尽管穆罕默德回复说对货物质量和业务配合都感到满意，但却始终未能签订下一单。周昊南就开始寻找下一个机会，他通过广东省纺织品进出口公司一位同学介绍，认识了韩国客户——Winners Trading Co. 的总裁金先生，他要从中国进口苎麻产品。我国苎麻主要产自江西、湖南、湖北和四川，机织的叫作苎麻坯布，在农村靠手工织的叫苎麻夏布或夏布，也可统称为苎麻。在夏季，在我国栽种苎麻的四省农村里，家家户户都在门口摆放着织布机，家里摆放着成垛的夏布。韩国人喜欢用这种布料制成夏服，所以对夏布的需求量很大。周昊南经过联络，与湖南浏阳供货商刘先武接上了头。

“周昊南，你电话转你分机了，讲英语的。”高挑的前台小姐黄丽娟走过公司屏风说。遇到重要电话，她就离开座位，走进来对业务员亲口传唤。一听说是“讲英语的”，周昊南就知道是来自韩国的国际长途。果不其然，金先生在电话中用英语说他收到了周昊南四天前寄出的业务信函，然后问：“你真的能供应苎麻夏布？”

说实在的，周昊南不太喜欢韩国人讲的英语。根据周昊南总结，韩国人有一个共通的语误，当他们发 [sp] [st] [sk] 的时候，总是不懂得两个音标在一起时，相碰而产生的爆破音读法。而在前、后音标相碰之后，居然仍发出 [p] [t] 和 [k] 的读音。所以一碰到“sport，story，sky”这类单词，周昊南就没听到过有几个韩国人能讲得标准的。

周昊南嘱咐对方发一份详细的询盘传真过来，半小时后他收到了传真。

“周昊南，法国电话的国家区号是多少？”正在远处传真室为业务员发送传真的李凤娇滴滴地大声问，大家都举头向周昊南看过来。

自从周昊南到了公司后，他成了一本活的电话号码簿，有哪位业务员突然记不起对方的长途电话区号，或者对进口商的国家区号存疑，却又懒得回头翻查的话，就问周昊南。这样一问，周昊南一答，保证准确无误。

此外对于世界著名港口，有些业务员一接到外商的询盘，不知道比如敖德萨、圣何塞、格丁尼亚和康斯坦萨属于哪个国家，却又不想自行查核，于是都纷纷问周昊南。还有人民币兑换美元、英镑等的汇率，他都清清楚楚，有求必应。这大大加快了全公司外贸业务员的工作效率。

“0033，”周昊南不假思索地回答了李凤。

“多谢啊！我让你那韩国客户多发些传真给你。”李凤笑笑。

“那拜托了！如果你能。”他答。

“法国区号我按对了，但怎么对方还是空号呢？”李凤又犯愁了。

周昊南就应邀走过去，拿起传真号码一看，0033 – 023…… 凭直觉，他问：“你是不是也按了 023？”

“当然，上面不是印着 023 吗？”斜着头的李凤双眼盯着他，步入了深一层的疑阵。

“这就不行了，这是对方城市的区号。要知道，如果城市区号前面带0，这个0是不能按的。如果你在国外打电话，或发传真回来深圳，道理一样，深圳0755前面的0，也是不能按的。”他说。

“还有这回事啊？”李凤咬着笔杆，瞪大眼睛。

“马上飞到国外去，打个电话回来深圳试试？”拿着一份传真离去的傅严杰在旁边怂恿李凤说。傅严杰属于进出口六部，与进出口七部周昊南的办公座位紧紧相邻，两人平时坐着，就左肘靠右肘，一衣带水呢！

“我一脚踢你！”李凤嗔怪傅严杰。傅严杰就快步远去。

“公司员工分机号码和国外的国家电话区号，他全都知道？”从财务部走出来经过传真室的闻副总，对周昊南惊喜地夸奖说，“好多老外对自己国家的电话区号，还不一定晓得呢！”

事实上，周昊南应聘进入这家公司，是陈小梅向何总进行的推荐，而在何总未能最后定夺时，是另一分管业务的闻副总经理在看过周昊南的个人资料后，说服了何总，并经进出口七部经理许晏伟在业务能力上向何总进行确认，才拍板把他要了下来。

四十开外的闻副总来自大连，她总留着短发，穿着长花裙，显得很精干的样子。毕业于大连外语学院的她在公司带着进出口一部的白经理，一直做着钟表出口业务。几乎隔天，就有外商从香港跑过来，与她洽谈、签订钟表订单。

每天下班后，一些年轻人会聚在公司会议室打牌，比如“争上游”、“斗地主”和“升级”等。

“周昊南，你要提高觉悟，加入我们的队伍。”同事李仁太时有不满。

“你业务做得顺风顺水，我没有你的好运气啊！”周昊南微笑作答。

事实上也是，李仁太原在兰州化工进出口公司工作，经手酞青蓝出口业务，他就只做这么一个产品。在周昊南到公司之前，李仁太将他在原公司经手的这一业务无缝对接地转到了招商公司操作。酞青蓝从兰州以火车方式运到深圳北站，然后汽运到蛇口港装货柜，轻轻松松上船，淡然自若收汇。所以下班闲得没事，当然有时间打牌。可周昊南是新人，他得不断开拓客户，尽管每天早来晚走，但仍觉得结果未如理想。

“周昊南，周末我们在宿舍等你打麻将。”来自湖南的同事匡鸣提议说。他们总是热情地邀请周昊南参加这些活动，可周昊南都无暇顾及。更让他们吃惊的是，周昊南居然不会打麻将！

有很多次，傅严杰笑嘻嘻地拍着周昊南的肩膀说：“你啊！公司很多同事对你都有意见了，但不知向谁投诉。因为你每天上班早到，下班迟到，明白吗？上班早到，下班迟到……除非出差，你都这样。而你这样做，影响到连这栋大楼的保安都有失业的危机感啊……”

周昊南笑笑，没多理会，继续埋头草拟传真。

“那天我看到你跟一个妞，在公司宿舍旁边逛，那妞长得真漂亮哦！老实交代，她是谁？坦白从宽，抗拒从严。”由于离得比较远，李仁太一边与匡鸣等四人打牌，一边对周昊南大声道。

大家听着，哄然大笑。

周昊南心想这都让他看见了，就笑笑说：“普通朋友。”

“普通？‘一回生，二回熟，三回盖被焗’。”匡鸣向大家发着扑克牌，戏说起来。

“李仁太，你工厂来的电话。”临下班的黄丽娟将一个电话转到了会议室。

李仁太刚拿到一手好牌，一听到黄丽娟的话，忙说：“告诉他我没时间，我下班后是从来不接业务电话的，有急事就打我 Call 机。”黄丽娟一听，赶快告诉对方，然后挂了电话。

“还有我的‘妞’跟着我……”傅严杰没打牌，而是在办公室里东瞧瞧，西看看。他忽然唱起了田震的《黄土高坡》。他刻意将原歌词中的“牛”改成了“妞”——将发音的第二声说成第一声，而且逢这个字，他就加大音量，歇斯底里地嚎，仿佛一个经常在寡妇门前逡巡的单身多情的壮汉。等唱完后，他走过来敲了敲周昊南的桌子，提醒说，“小心颈椎病找上门，坐累了就站起来休息一下！”

傅严杰怕周昊南没听懂，就故意活学活用了一句官腔说：“你明白我的意思吗？”

周昊南一愣，不禁相视一笑说：“明白！明白！”

“周昊南，都九点了，早点下班休息。”闻副总正领着进出口一部的白经理以及一个外商，从外面吃过饭后回来。其时周昊南还在算着夏布出口的釜山到岸价。闻副总看到，就关心地对他说。

“好！多谢了！”周昊南抬头回应。

会议室打牌的音量骤然减低了许多，李仁太他们相互吐出了在欢庆“万圣节”时才伸出的“鬼舌头”。

闻副总在她的办公室接待老外，周昊南终于算清了到岸价和一个 20' 货柜所能装载的夏布数量。他拉开抽屉看了看他与金先生在三个月内往来的传真，目测已达十公分之厚！

第十章　续航小单房

出生于广东韶关一个铁路工人家庭的林莱贞一直向往深圳，经常在京广铁路沿线玩耍的她，纯真得如同铁凝笔下在台儿沟火车站以鸡蛋交换铅笔盒的小姑娘香雪。对着韶关火车站南来北往的列车，如果说香雪经常问别人“你们城市一天吃几顿饭”的话，林莱贞则经常对着列车上的窗口问，到深圳有多远？深圳好不好玩？

在高中毕业未能考上大学后，经朋友介绍，她来到了蛇口。因长相姣好，就做上了上海酒家的迎宾小姐，亦即俗语所说的“咨客”。

在福田，天朗气清时到笔架山登高一望，整个福田景观尽收眼底。在这个夏天的一个周日，周昊南与林莱贞相约笔架山登高，这是他们第二次约会。二人拾级而上，越往上走，越感到空气的清新。只不过，由于坡道越来越陡，林莱贞早就两腿酸软。她身穿白色短袖上衣和一条花白裙子，此时已面色绯红、香汗淋漓。周昊南见此情形，一把拉起了她的小手，她微微吃了一惊，本能地将手往回一收，但看到他坚定的眼神时，她就顺从地伸出自己的手，她顿时感到有一股力量传来。而周昊南，紧紧地攥住她的小手，他要带她走向笔架山顶，走向生命之巅。

走到山顶时，两人放缓脚步，呼吸平和了很多。山顶游人三五成群地穿插于林间。天空高远，白云朵朵，淡化了太阳光强烈的紫外线，风明显比山底大。周昊南跟林莱贞并排地走，但他有时候会故意落后一步，以便在背后看一看她的背影。不时观赏她小蛮腰和浑圆臀部的他，激动的心情与歌德笔下少年维特强烈渴求夏绿蒂的心境如出一辙。在反复几次的欣赏之后，他再跟上她并肩行走。林莱贞一开始觉得他的举动有点异常，慢慢地明白了他的目的所在，所以当他跟在身后看着她时，她仍然嘴角一笑从容地朝前走，故意让他看个够。

“累了吧？我们歇一歇。”两人来到一个凉亭下，找石凳坐下。他们从各自的家乡谈起，一问一答，开始颇为拘谨，有点像法官与被告在庭审中的对话。而随着话题的展开，才逐渐放松下来。

“我给你讲个故事吧！”周昊南话题一转。

“很有趣吗？”她问。

“是的。”周昊南接着说——

“在西方，有一位花心多情的少妇，趁着丈夫不在家，与一个青年幽会，谁知她的另一个情人也来了，她只好将前边那个青年藏在壁橱里，谁知她的丈夫也突然回家了。她急中生智地对情人说，你赶快拿一把剑朝大门口冲，嘴里要说‘看你往哪里逃’，这样你便可以脱身。情人按她的说法去做了。归家的丈夫很惊奇地问：‘这个是什么人？来我家干什么？’妻子将藏在壁橱的青年放出来说：‘那个人要追杀他，他刚好逃到我家，我只好将他藏在壁橱里。’就这样，情人和青年都平安脱身了！”

这是卜迦丘《十日谈》里的一则故事。

她听完，“扑哧”一下笑了。

周昊南看着她笑的样子，心中对她的爱慕慢慢升腾。望着她白皙的小手和丰满的胸脯，她发际的馨香随风飘来，他有些醉意，就伸手把林莱贞轻轻揽着，她顺势靠在他的怀里。

悠悠然间，他又想起了一则美妙动人的爱情故事，说是一位靓丽绝伦的姑娘，与热恋中的男友在外出旅游时走到荒野中迷了路。于是两人海誓山盟，互相托付了终身。那一个夜晚，他俩栖宿于一间瓦房之中，男方让女方到房内去睡觉，而自己则站在房外。此时，女方不知关上房门睡觉是否妥当，沉思良久，她将门闩抽掉，代之以一根轻拗即断的草秆，然后迷迷糊糊地睡去。第二天早上，她一觉醒来，只见那根草秆并没折断，而男友整夜里就一直睡在门外。这是守候，更是守护。

此时，周昊南在想，自己与林莱贞什么时候可以像这对浪漫的情侣一样出游，在同样的深夜同样地迷路，然后，林莱贞做一回女主角，自己做一回男主角？如果那样，他也保证不会破门而入，而是虔诚地守候在门外，就像守候一束无比圣洁的烛光。

“你在想什么啊？”她关切地问了起来。

“没什么。”他敷衍回答。

他也想起来了，第一次与她约会，她就提到了的户口问题，现在到福田招商公司工作大半年了，做成了一些业务，但还没有明显的突破。在最近这两个月里，他不断跑梅园仓库和笋岗仓库，搜索着最合适的夏布货源。他不禁担心地问自己：如果业务没有达标，他能申请得到公司内激烈竞争的深圳户口指标吗？还有下一步的住房怎么办呢？

傍晚将至，天色微暗，周围的人们纷纷下山。周昊南与林莱贞也离开山顶的凉亭，向山下走去。

这时候已经没有上山的人了。说着走着，两人手拉手来到了半山腰一个僻静的地方，这里只有鸟儿在树林间蹦跳鸣叫。他俩像是心有灵犀，不约而同看了一眼对方，然后紧紧地抱在了一起。两人的嘴唇轻抵，她没涂口红——他就喜欢不涂口红的那种感觉，她樱桃小嘴浑然天成，这是两个人的初吻。她的感官仿佛在隐隐地召唤，他的手开始在她腰身轻抚，她身上有微微的汗点，夹杂着幽幽的体香。她干脆扯开了发夹，轻摇了两下头，就让那长长秀发徐徐落下，摩挲着他的双肩。他几乎搂得她喘不过气来，“轻点。”她说，眉毛扬起，小嘴颤动，快乐已尽情写满了她充满阳光的脸庞。她的双手轻压他的双肩，他随即感觉到一种再也无法抑制的冲动，于是，他左手揽着她的腰，右手穿越她的裙带，向内里游离……

“这里不方便。”她赶忙推开他的右手。

他就理智地收手，脸却像鸡冠一样地红了，对比着落日，仿佛是两个太阳。

周昊南的住地是公司租住在下沙村的一整栋三层高的员工宿舍，他住在一楼一间六平米的单房。周日傍晚，外出到市内各处闲逛的同事大都还没回来。周昊南和林莱贞下山以后径直回到他的这间小单房。

他关好房门和玻璃窗后，两人更加热烈地拥在了一起，激情升腾。然后，褪去了衣裳的她就如同剥了皮的洋葱，越剥就越显得苗条和洁白。他第一次近距离欣赏这样一种艺术美，血液加速流动，两手颤抖。接着，他像一条水蛭一样吸附着她，将她抱上了床，可那只是一张简易的铁架床。平时他转一下身，铁架床那“吱吱呀呀”的噪音都会导致他人失眠。而今多了一个人的重量，就响得更强烈，而且不堪负荷的床随时有坍塌的隐患。他还生怕不定时归来的同事会听到今天不同寻常的声响，就赶忙将她抱到干净的瓷砖地板上，让她半坐着，将一条厚厚的毛巾被垫在她身下。她默然不语，静静地躺着，仿佛久旱的水稻正等着甘霖。他很快就全身流汗了，赶忙将电风扇拧到最高档位。她满脸通红，不敢睁大眼睛，她在经历着不曾有过的亢奋。她仿佛张开双臂，从悬崖之巅徐徐坠向深谷，但跌到临近谷底，却又被托上了云端。她站在云端俯瞰，如同嫦娥在月宫漫步，轻飘飘的，白纱轻舞，一切都感觉是如此的美妙。

然后，一脸陶醉的她迷迷糊糊地睡着了。

很久以后，她缓缓醒来，外面已漆黑一片。借着窗外的街灯，她发现周昊南还骑在自己身上在动，极度兴奋的眼神中带着爱怜。她躺着，在漆黑中再次欣赏中等个儿的他。年幼饱受欺凌的周昊南其实是在高中毕业后才发育，靠着大量的体育锻炼，特别是最近开始的刻苦练武，他很快就生成了强壮的肱二头肌、三角肌、胸肌和八块腹肌，一对胳膊尤显结实，那粗壮的大腿仿佛是从不缺油的发动机。她又被深深地吸引住了。这种肌肤相亲的感觉使她猛地又进入了巅峰状态，呼吸再次变得急促，身体也跟着自动化一般地扭动起来。周昊南的激情再一次被点燃，他迎了上去，亲吻着把她搂在身下。此时的她又如同飘浮在大海之中，悠悠然见到一根香蕉树，她赶紧抓住后又再自由飘荡。她双手狠狠地抓住他的手臂，指甲嵌入了他的肌肉，那里生成了道道血丝，但他浑然不觉。她雪白的胴体，继续随着他的节奏上下左右扭动。

许久，她慢慢松开双手，身体松软了下来，然后惊奇地问："你怎么能两个小时？"

他就故意问："什么叫'能两个小时'？"

仍躺在下面的她有点生气："刚才这样嘛。"

但他还是明知故问："刚才什么这样？"

她就拿起枕头拍打过来，他赶忙用手一挡，才解释说："我把它叫做续航时间。一开始，我是在跑道上激动不已地紧急升空，然后穿过大气对流层，当进入平流层时，我就平稳地操控飞机了，甚至可进入无人驾驶状态。这时候，如何续航以及续航时间多长，都由我掌握。等到我们应完事时，就相当于我在呼啸之中往下快乐地降落归航了。"

"你这理论真是奇特，我就想不明白，你怎么能够续航两个小时？"

"不！事实上我两分钟可以，二十分钟可以，一个钟可以，两个钟也可以。只是在好不容易进入平流层之后，不续航两个小时，又怎么对得起这样一次美妙的旅程呢？你也不会同意吧？"

"你！我一直在问你，你怎么能够续航得了两个小时？"她更加生气了。

他这时才认真地回答："噢！这个，可遇不可求。或者，因我小时候吃的苦太多而造就；或者，事业心越强，这能力就越强吧，说不定是成正比和相辅相成的。反正，我能控制时间和节奏……”

“这也能控制的？那你在见我之前是不是吃了壮阳药？”

“刚刚相反！我真不敢吃，因为，你不知道，我平时只要吃一个鸡蛋，都让我坚挺难耐、火急火燎的。如果再补一下，那我就更麻烦了，就要快找你这样的人了，你也麻烦了……”

“找我这样的人干什么？我有什么麻烦？”

“这些我就不说了，呵呵！你明白的……”

“居然有这样的事？那像你这样续航的人，多不多？”瞪大了双眼的她越发感兴趣。

“据我所知就我一个。我有一个姓张的老乡跟我说，他总是全程只有两分钟的。所以我嘛，一直被追赶，从没被超越吧。”他踌躇满志。

“他两分钟？你两个钟！”她若有所思地喃喃道。

“你也不亏呀！你应该也大丰收，有好几次吧？”他侃侃而谈，“有多少次？从实招来哦！”

她就真正地一枕头砸在他身上。他只是嘻嘻地笑。最后她和盘托出了：她这一趟中实现了九次之多！

然后，他拿起大红毛巾，轻轻地扶起她为她擦身，说：“我们都‘上车’了，得赶紧‘补票’吧？”

她这就不再吱声，陷入了思考。她欣赏他英气的五官、健硕的身体和广博的知识，她与他两情相悦，但她此刻想的是在“补票”之前，他得先有深圳户口和住房。

看着她的表情，明白事理的他也陷入了沉思。

第十一章 “8·10”股市风波

1992年夏，深圳上空到处都飘荡着一个滚烫的名词——股票，大街小巷里人们热切地谈论着深宝安、原野和金田，售报亭上有关证券的杂志、报纸简直卖疯了。据悉，深圳将以发售认股抽签表的方式发行五亿元新股，在全市各银行、保险公司和证券经营机构一共三百零二个网点前发售，每张抽签表卖一百元，凭身份证购买。

本来作为一个移民城市的深圳荟萃了来自全国各地的“过江龙”，而股市抽签的消息不胫而走之后，潮汕人、四川人、东北人、西北人，上百万的人们涌向深圳，尽管他们知道买到抽签表格并不意味着一定就能赚钱，但他们还是带着甜蜜的梦想而来。

外地的人，能过来的都过来了，他们驻扎在深圳的大小宾馆、旅店耐心等候；在深圳本土生活工作的人，开始向远在外地的亲戚朋友借来身份证，多多益善，少少无拘。从7月底至8月初，深圳市各大邮局，所收到的挂号信，中间大都装着来自全国各地的身份证，这些挂号信的封面全都认真地写着“小心，勿折！”有的还加了几个感叹号。邮电局的工作人员挑灯夜战，加班清点，手都拣得酸软。

“昊南，你的身份证用不用？不用就借给我！”其时急返那务的张福强打来电话，向周昊南借身份证。与此同时，张福强已从那务的乡亲中收集了八十张身份证。他像是一只灵敏的啄木鸟，总能清楚地感知哪段树杈有虫，可以挖，可以吃。

“要不，你不用借给我，我们一起排队吧！”张福强改口鼓励周昊南，准备与他一起作战，“就到蛇口招商大厦一楼的招商银行门口排队，发财要趁早！屌头！”

有的发售网点提前三天就有人排队了。他们白天坐在凳子上，晚上就在原处打地铺，付出最大的耐性来等，亲友们就负责输送饮食，相互间轮流当值。

8月9日刚好是星期天。周昊南记得小时候的作文，什么“天刚露出鱼肚白，我就一骨碌地起了床”，或者说“一个‘鲤鱼打挺’就起了床”。其实每天早上，软绵绵的身子哪有力气“鲤鱼打挺”啊？可不，这个星期天，周昊南可真是以这个方式起了个大早。他早就与罗振锋、林莱贞约好，一起去排队买抽签表。

九层如船形的招商大厦是蛇口的地标性建筑，一楼就是招商银行的发祥地。当周昊南匆匆赶到招商大厦一楼时，他突然想起了毛主席的“东方欲晓，莫道君行早”，不禁自嘲一句：“更有早行人。”原来，张福强父子以及几个他熟悉但叫不出姓名的老乡，已经早就排在那里了。

在人声鼎沸中，只见大厦前边，与身高无关，不按男女老少、高矮肥瘦和已婚未婚，只按到达时间而排起了长长的队伍。数了数，自己与张福强父子隔着十三个人，周昊南便让林莱贞排在自己前面。在闹哄哄的人群中，周昊南隐隐约约地听到有人在叫他，忙转过头去一望，公司同事傅严杰、李仁太和匡鸣等人，正以抗洪抢险一般的人墙队形，身靠身簇拥着站在另一队里呢，而在他们的前面带头的，居然是公司老总何寒巩！他朝何总点头，笑着打招呼：“你也来啊！”

“是啊！”耸耸肩的何总脸上一红，多少有一点儿尴尬。他也没想到，自己堂堂一位老总，居然也遁入这样无分贵贱的队伍，同样地苦为稻粱谋。看来在神奇、强大的股票面前，世人全为之倾倒。

太阳慢慢升高，人们开始感觉到热。陆续有人加入队列，都提着大包小包，装着现金以及食物饮料。

“抽签表多少钱一张？”大家交谈。

所有的人一边排队，一边谈论着。

人们来自大江南北，长城内外，如果在平时，大家根本就不可能见到面，但现在都在为完成一个共同的心愿，一下子都觉得是那么的亲近，那么的畅所欲言。

“一百元一张。”有人回答。

“有几张身份证就可以买几张表，但每人一次最多只能买十张，只不过，你可以循环地排队买。”

长长的队列在慢慢地蠕动，谁都想最先挤到银行柜台前面，银行里面的工作人员，男男女女都穿着清一色的黑西裤白衬衣，忙着点钞。现金是一麻袋一麻袋地扔进柜台里的，空调开到最低温状态，但仍让人感觉闷热。点钞机在不间断地高速运转，滚烫发热直至失灵。于是，机器点钞就不得不用人工作业来替换。由于收到的现金大都沾满了买抽签表者的汗水，甚至发出了腋臭或狐臭味，当中还夹杂着蛇口渔民的鱼腥味，工作人员就只好将纸币一张张地摊在桌子上，用纸巾或毛巾小心地擦干，再用电风扇来吹干，仿佛在精心打理着尚在襁褓中的宝贝儿。

这时候，一些专做“黄牛”生意的人手里拿着抽签表叫卖着：

“三百元一张！”

“五百元一张！”

“一千元一张！”

话音未了，就让那些不想排队或者说来得晚了的人们包围了，这些人生怕买不到抽签表，只好从“黄牛党”手上高价购买。

银行门前的垃圾杂物逐渐堆积了起来，里面有被撕烂的塑料袋，有踩碎了的塑料凳子，还有挥发着汗臭被遗弃的圆领衫，甚至还有裂开了口子的无效的农民身份证。

你挨我，我抱你，我的前胸贴着你的后背，长长的队列就像自行车上互相紧紧镶嵌着的链条，向银行门口移去。周昊南前面抱着林莱贞，而林莱贞就抱着她身前的一位四十岁左右的阿姨。在周昊南的身后，是一位与林莱贞同样年轻美丽的少女——周昊南在与其交谈后，得知她叫“阿春”，她正用自己白嫩的双手紧紧地抱着周昊南的双肩，而阿春的男朋友阿炳，则在她后面抱住她。阿炳生怕自己的心上人阿春被挤出队列，所以他宁愿安排她站在自己面前抱着别人，而不愿她站在自己身后被别人抱住。此时此刻，什么尊严、面子和宠辱，在股票认购表面前，一切都是空白，一切暂且不提，一切都被抛之脑后。

“站好！不得插队！”保安们在维持秩序。

“矿泉水！矿泉水啊！谁要？”队列旁边游走的小商贩不断地兜售。

“多少钱一瓶？”队列中有人问。

“三十元！”回答说。

“这么贵啊！平时卖两元的！”

“你可以走到外面去买啊！”小商贩不屑地说。

“唉！没办法，渴死啦！来五瓶！”

下午迟些时候，太阳隐入了云层，天空下起了雨，而大家全然不顾，队列丝毫不散，有人用雨衣挡雨。周昊南脱下衣服为林莱贞遮挡，自己光着上身，幸好雨很快就停了。而旁边的“黄牛党”忽然也平静了下来。原来，由于银行营业部的认购证有限，抽签表卖完了。张福强他们、何总、傅严杰和匡鸣他们都如愿以偿地买到了抽签表，可周昊南、林莱贞和罗振锋，他们还没排到窗口，表就已经没得买了。

“供不应求，白白地排了一天的队！”全身像散了架的周昊南沮丧地说。

站在银行面前的林莱贞一身香汗，夹杂着雨水，也满脸惆怅，周昊南安慰她说：“辛苦你了！”

她没有说什么，只是低头沉默不语。

有失落，也有埋怨。

他捉摸不透她的心里在想着什么，但他生怕她会感冒，赶快告别张福强和罗振锋，带着她到附近的药店买感冒冲剂去了。

到晚上九点，深圳有关部门宣布，五百万张新股认购抽签表全部发售完毕，但依然有大部分人未能买到抽签表，狂热的人们没有散去，他们驻守在各大银行销售点前，强烈要求增加供应。

第二天，深圳市长助理出面安抚人群，并宣布了市政府的五项通告，决定再增发五十万张认购表以缓解购买压力。8 月 11 日晚，深圳市市长发表电视安抚讲话，相关部门做了妥善安排，一场声势浩大的“8·10”股市风波才平息下去。

第十二章　奋战“广交会”

酷暑逐渐过去，白天的时间开始缩短。夜深时，风更是清凉，轻轻地飘进千家万户的窗口。在街边闪烁的霓虹灯下，树叶纷纷脱落，低微“沙沙”的飘摇之声，仿佛是秋天正步入人间的跫跫足音。在广州的大街小巷，人潮涌动，其中明显地多了一些来自世界各地的各种肤色的“鬼佬”。

一年一度的“秋交会”就快要到来了！

在距离第七十二届“秋交会”开幕只剩五天的时候，周昊南发现自己所在部门的产品目录需大幅修改，通常情况下，五天时间是不够的，怎么办？闻副总赶忙批示说：亡羊补牢，加班加点！印刷厂定在广州，10 月 15 日“秋交会”正式开幕之前必须印好。说干就干，周昊南与许晏伟马上驱车赶到位于广州市童心路的招商公司驻广州办事处。他与许晏伟这个一共五人的业务部门独立核算，周昊南是单干业务人员。公司所有部门一直各有各忙。作为部门经理的许晏伟有自己的业务，同时统筹整个部门，因此这次赶印目录工作，就全落在周昊南一人身上。

从 10 月 11 日起，周昊南进入高强度状态，编排图片，做中、英文校对，焚膏继晷。办事处有阿姨专门负责做饭，他只需安心工作。脖子酸了，就摇几圈做圆周运动；眼睛累了，就做眼保健操。偶尔，他站起身来临窗看一下广州大街上的车水马龙，思绪就回到了当年高考后初到广州的情形。

那天一大清早，他行李袋里装着高考录取通知书，父母兄姐在公路边将他送上了从那务开往化州的 508 大客车。一个半小时之后，客车抵达化州河西车站，他要奔赴广州外贸学院报到，但在河西车站售票窗口一问，车票卖完了。然而在第二天，他务必要到达广州报到的。“怎么办？”他内心不安地问自己。然后，背着行李的他在车站里外踯躅，忽然他看到一辆“化州—广州”的长途客车正从车站慢慢开出，但拦下来一问，同样是没位。

“坐还是不坐？”想到时间紧迫，他只能匆匆跳上了这辆客车。司机告诉他，这是当日开往广州的末班车！他暗自庆幸，但往车里一看，头就晕眩了，车内过道也密密麻麻地站满了乘客，一辆本来额定座位为四十五人的黄河客车居然装了九十二人。周昊南只能站在靠近车门的位置，手扶着一根立柱。他明白，漫漫长夜，关山迢迢，他将要站立一夜甚至更长时间，才能到达广州了。

客车北上信宜，东转罗定，在盘山公路上一会左转，一会右转。这时，他忽然看到，两位客车司机在换岗驾驶的时候，客车居然没有停下来，而是由一个司机握着方向盘站起，另一个司机接过方向盘坐下。噢！ My God ！竟在油门、离合、刹车都无人操控的盘山公路上，就这样完成了新老交替！这两个司机却显得若无其事，视全车乘客生命如草芥，乘客们全倒吸了一口冷气。

客车继续前行，客车内播放着香港歌星吕方高亢激昂的励志歌曲《每段路》。

夜里十一点，车抵鹤山县境内时，周昊南打起盹来，然而只要一睡着，就猛然惊醒，头磕着立柱不说，双膝马上会弯下去，怎可再“睡”？其实车内还真没有可以让他摔倒的地方！他像一根让堆在密密实实仓库里的粗壮的黄麻杆一样，没有空气，没有挪动空间。此时蹬直双腿的他不禁苦笑：站着睡觉？没法想象的事情就在我身上发生了！

不久客车速度变慢，驶入一列等候上船过渡的车队。

夜色朦胧，灯火闪烁，周昊南听到车窗外此起彼伏地响起了叫卖声：“蔗汁菊花茶、奶油面包……”有的小贩不时拍打车窗，或者将篮里的食物高高举起，期求顾客观看、挑选、购买。周昊南知道，传说中需要漫长等待的九江渡口到了。在这里，所有的车辆都得开上大船摆渡，才能去到对岸。他考虑了一会儿后，从皮带紧扎的裤腰内袋掏出父母给的伙食费，拿出一块钱，仿佛柳青《创业史》中在郭县火车站的梁生宝，从红布小包里拣出五分票来支付一碗汤面的钱一样，周昊南买了一盒菊花茶。

由于人多车多，最主要是交通很不发达。在九江渡口这一等，通常都需要两个小时，而周昊南这次，站在如蚂蚁般蠕动的车上，从夜里十一点多一直等到了天亮。

“蔗汁菊花茶、奶油面包……”很多年后，这句悠长的叫卖声，一直盘桓在周昊南的脑际。

第二天中午，他一生中第一次进入了广州，当客车从白鹤洞和芳村进入广州市中山八路汽车站时，他一下车，就看见一栋又一栋巍峨耸立的高楼在他面前拔地闪现。他不断仰望，连声感叹。作为一个自小在粤西农村长大的小伙，初来乍到省城，他猛然感觉如同一个长期潜伏于海底的水手，一下子升上了海岸——所有的一切都昂然立于自己的头顶之上。在客车上一直站立了整整二十四个小时的他，两眼红肿，拖着像灌了铅的双腿，环绕四顾地拿着地图，按图索骥向学校找去。

如今备战“广交会”，他又得夜以继日了。而现在还好，是坐着，这就比以前幸福多了。于是，他嘴角笑了笑，更加认真地校对和修正，仿佛《百年孤独》里在作坊中专注于炼金实验的奥雷里亚诺·布恩迪亚。

他又想起父亲说过的，解放前，尚未结婚的父亲周为罗与叔父周为鼎为避战乱逃往南洋，结果在登船前，只有叔父在混乱中上船而去，而身体瘦小的父亲被挤了下来，从此兄弟俩天各一方。“你做外贸，出国机会多。如果你什么时候出差到南洋，就找你叔父回来。”父亲后来这样叮嘱过他。

就这样，周昊南经历了一生中首次连续三日三夜的不休不眠。13日清早，当他终于校对完最后一张产品图片和文字时，他兴奋得像连夜“织完”“皇帝的新装”的那两人一样，周昊南也轻轻地唤了一声：“Well! Finished！（噢！搞掂！）”——当然，两事虚实迥然不同。周昊南将菲林交给久候多时的印刷厂业务员，然后吃饭洗澡，倒头就睡，一直睡到第二天清早，这是一个长眠的二十四小时。

14日，周昊南投入到紧张的布展工作。过度的劳累导致他起床偏迟，当他带着两名工人将五大箱参展样品运到广交会门前时，已是中午十二点，过了规定的布展进场时间，现场保安毫不客气地将他们挡在门外。样品进不了展馆，就摆不上摊位，第二天“广交会”一开始，他们公司的摊位空空如也，所有的业务将全部落空，一切都将是白搭！“怎么办呢？”站在展馆门口的周昊南像拉磨的毛驴一样急得团团转。

两名工人见状，说：“进不了馆，我们就回去了。”

“不行，你们要等我！”周昊南态度坚决。

“我们要进去摆样品，请让我们进去吧！”周昊南出示自己的布展证件，向门口的两位保安恳求。

“不行！大会规定：超过中午十二点，任何参展商都不得再进馆。”保安义正辞严地拒绝。

周昊南走到旁边的电话亭，打电话请示何总，何总回答也是无能为力，但明令周昊南无论如何都得想办法入馆布展。

手足无措、一身汗水的周昊南站在展馆门口，茫然四顾，布展完毕的参展商们正纷纷走出展馆。他忽然看见展馆门口贴着一张通知，内容是参加广交会布展的注意事项，右下角的落款有广交会保卫科长李泽福的签字。他再向远处一望，保卫科的办公室就在交易会展馆的西南侧。

他的脑子飞快地转动了几下，然后若无其事地走上前去，撕下了那张通知，叠放好在胸前的口袋里。然后转身对两名工人说："你们两位就守着样品，等我二十分钟，不能离开，否则我不付搬运费给你们！"

两位工人就像休闲房里催收服务费的俏女郎一样，不耐烦地嚷着："快点！快点！"

由于不带样品尚可入馆，周昊南便飞一般地冲向保卫科。

两位保安疑惑不解地看着他远去的身影。大约 15 分钟后，周昊南从保卫科跑了回来，并交给保安一张纸。两位保安的头就碰在了一起：

现特批深圳市招商（福田）进出口贸易公司周昊南同志进馆布展，限于下午两点之前完成，并离开展馆！否则对样品进行没收处理！并承担由此而产生的一切责任！

希有关方面准予进馆！

中国进出口商品交易会保卫科

李泽福

1992 年 10 月 14 日

看完后，两位保安不约而同地说："既然科长都批了，那你们进去吧！动作快点啊！"

周昊南抹了一把汗，不停点头，领着两名工人，拉起装满样品的手推车，顺利进入了展馆。他迅速地找到了公司的摊位，清理橱窗，摆好样品以及目录。

他们撤离时，选择了从交易会的另一出口出来。看看表，是一点四十五分，周昊南暗自得意，自己居然提前完成了工作。周昊南赶忙就布展完毕一事向公司领导电话汇报，得到了赞许。而至于是如何进入展馆布展的，他缄口不提，反正公司只管结果，不理过程。

在跟两个工人分手时，俩人都夸周昊南：“亏你弄来保卫科长的手谕，你认识保卫科长？早说嘛。”

周昊南神秘地说：“可以说是，也可以说不是。”

“什么？”两名工人懵了。

“我只是认识保卫科长所写的字。”周昊南笑笑。

“什么？”两位工人更如丈二金刚，“认识了他的字，就可进馆了？”

周昊南索性解开谜底：“得替我保密啊！那张手谕，是我摹仿保卫科长的字自己写的。”

两名工人头一昂，对他竖起了大拇指。

一身轻松的周昊南独自往住处走去，人流车流中，他哼起刘德华的歌曲《谢谢你的爱》。他心里在想，还真要谢谢广交会这位保卫科长对他的“爱”。

广州，一下子让他觉得更加亲切起来。

10 月 15 日上午，第七十二届中国进出口商品交易会（“秋交会”）在广州市流花路广州对外贸易中心隆重揭幕，屋顶上挂起鲜红的横幅标语，胀鼓鼓的气球飘在空中。广交会门口，在国家经贸部和省经贸委领导热烈的致词之后，开始剪彩，掌声阵阵，锣鼓喧天，醒狮劲舞。来自世界各地的外商躬逢盛世，纷至沓来。

招商（福田）进出口贸易公司共有三个展位，五金馆位于九号馆四楼，周昊南胸前佩戴着“参展代表证”，与闻副总、许晏伟等人坐在那里。但由于位置偏僻，鲜有进来光顾的客商，签单率欠佳。

“不能这样守株待兔！”闻副总说，“要把外商请到摊位里来洽谈。”她把这个艰巨的任务交给了周昊南。

周昊南就从桌上拿起产品目录，这可是他奋战三天三夜后的成果，好钢得用到刀刃上。他站了起来，背上黑色挎包，手里抱起一大沓在封面钉了他名片的目录，上面显示了公司在广交会所处的摊位号码。他准备到热闹的过道去发放，招商引客。

交易会的两位保安提着黑色警棍，警惕地走近周昊南，示意他不能这样发放目录。周昊南只得收敛，但他不甘心。

周昊南抱着目录，走在展馆过道鲜红的地毯上，他紧盯着众多来来去去的外商，多想从中找到适合自己产品的买家。

路过央企和省级专业进出口公司的展位时，他看到那些展位处在一楼的过道边，是外商来往的必经之地。很多外商正察看着摊位上的轻工、机械零件样品，而那些外贸业务员居然围在一起自顾自说笑，对送上门的生意置之不理。“做三十六，唔做三十八”，这些外贸业务员怎么会这样？周昊南心想。这不，“这个什么价钱？”外商指着橱窗里的样品用英语问一位业务员。见没人理会，外商耸耸肩，摊摊手，失望而去。

“要五金工具吧？”周昊南赶快追过去用英语问，适时地塞上目录。

“好，以后联络！”外商翻了翻目录，然后收下。

于是，周昊南心里微微一笑，觉得小有收获。他知道，一切从目录开始，一切就靠这目录。

周昊南开始游走，他又来到F馆二楼，等着一个外商谈完，然后追上去，微笑地递上目录。

接着他发现不远处，一位外商在红色地毯上跪下做礼拜，这是一位土耳其客商，周昊南站在不远处听着他低声地祈祷。当这位外商站起身时，周昊南赶忙走过去递上了目录。

“不，我不做这个。”外商说着就要丢掉目录，周昊南赶紧收了回来。

过道上人来人往。站在广东省机械进出口有限公司D4326摊位前面，周昊南确信，一位头上包着白头巾的阿拉伯妇女肯定是做五金工具的，他就慢慢走近，等在那里。这位妇女正与广东省机械进出口公司的业务员谈着细节，阿拉伯妇女手拿着计算器，比划着价格。四十分钟过去了，阿拉伯妇女还是没有离去，看得出双方在某个环节上有分歧，正相持不下。周昊南觉得很累，他想放弃，但又割舍不得。

他于是重新踱回走道。

“从门口到窗户是七步，从窗户到门口也是七步，”周昊南忽然想起以前读过的伏契克《绞刑架下的报告》中的“我”，在庞克拉茨监狱松木地板上无奈地来回踱步的动作。此时此刻，周昊南也正同样地踱步，还不时回转头，关注着那位阿拉伯妇女的动态。

在等待时，周昊南看到身边半米之遥的一个文具摊位位置极佳，一个圆脸厚腮、下巴长有一粒大痣的中年男人正与一位满脸胡子的外商洽谈。看来那中年男人不懂英语，他只拿着计算器，“噼里啪啦”计算一通，然后将计算器上的价格展示给外商看。外商感觉价格高了，一边说“No! No!”一边抢过计算器，敲了两下，然后将上面的还价数字展示给中年男人看。中年男人笑笑，夺回计算器敲了两下，又将计算器上的价格举起来给外商看。你来我往的两人动作形如太极拳中的闪通臂、双风贯耳和野马分鬃。推搡了好几回合后，终于累了的中年男人坐了下来，铺开合同填写，双方签字。眉开眼笑的外商显然是拿到了好价格，就从包里取出了美元现金来交定金。而中年男人抹了一把汗，收下定金。

接下来两人还想说些什么，可实在是无法沟通，就像两个精通手语的哑巴，即使如何指天画地启动了身体语言，相互间也仍是鸡同鸭讲，不知所云。中年男人于是将求助目光投向站在过道上无意观摩的周昊南，并用嘴努了一下外商。周昊南会意，就走过去充当了临时翻译。原来是外商希望在“广交会”结束后，让那中年男人带他到深圳玩一下，特别要求到传说中美丽的锦绣中华、民俗文化村和“世界之窗”参观一下。已在刚才出口订单中将丰厚利润收入囊中的中年男人一听，就一拍手连声说“OK!”

而周昊南刚才帮忙时也没敢有半点分心，他一直用右眼盯着 D4326 五金摊位。

她终于站起来了！不久，周昊南内心轻呼一声，赶忙向 D4326 展位走去，当他确认他与阿拉伯妇女都已离开 D4326 业务员的视线范围时，就果敢地走到与阿拉伯妇女肩并肩的位置，大胆地用英语问:“你是做五金工具的吗？”

“是的。”阿拉伯妇女停步，对这位不速之客说。

他于是递上目录:“有询盘时联络我吧！”

“多谢！”阿拉伯妇女收下目录离去。

他又有了厚重的收获感。

一阵欣喜间，一位满脸络腮胡子、拖着拉杆皮包的老外匆匆走过，周昊南看到他皮包上有一本五金工具目录，断定是对口的客户，于是果断走过去，递上目录，但这老外却不理会。此时，周昊南多么热切希望外商能收下他的目录，以备今后的不时之需，现在不签单？没关系，关键是在以后。或许，外商因为所收目录已超负荷；或许，是囿于其他原因，反正他硬是摆摆手不要目录。接下来，就上演了这一幕:周昊南与外商行进的方向是一致的，但外商是面朝前、胸朝前；而周昊南却是背朝前，倒着走。他左臂弯处夹着一堆目录，右手拿着一本向外商打开宣示产品的目录。一开始是与外商并排走，逐渐居然走得比外商还快，但外商始终还是坚决摇头拒收。情急之中，周昊南又被一块鼓起的地毯绊倒了，目录散了一地。他只好斜坐在地毯上，右手撑地，两腿一时无力支撑他站起来。

这时候的外商如同重获人身自由一般，一闪就溜掉了。周昊南沮丧地望着他的背影。旁边展位上一些悠闲地斜坐着的外贸业务员们，都幸灾乐祸地笑了起来。周昊南无奈地耷拉下头，脑里遂出现了一幅幻景：公司摊位设在外商簇拥地段，仿佛地处轮船从南海进入印度洋必经的马六甲海峡要冲。他如同登堂升帐一般端坐于公司摊位内，橱窗里摆满各色五金工具样品，桌上放着目录，各色外商在他的桌前排起了长队，争相与他签约……

“BB！”Call 机声把他拉回到了现实中，低头一看，是闻副总留言，让他赶快回公司展位。

他猛地如蹦床运动员一般跳起，在拥挤的展馆里穿过人群，脚底下仿佛蹬上了哪吒的风火轮。

回到展位一看，原来有位外商拿着他派发的目录找上门了！价格、样品刚刚谈妥，正准备签订合同。而对着合同的外商不知为什么，对闻副总都不买账，非要等周昊南回来亲笔签字，否则对质量和交货期不放心。周昊南见此情景，精神为之一振，在快速浏览合同确认无误后，就龙飞凤舞地签上了自己的英文名——“Bruce Zhou”。

第十三章　福有双至

大清早，从蛇口港至罗湖火车站的中巴转弯驶入了深南路。周昊南在竹子林上了这辆中巴，他正赶往罗湖与一外商见面。

在国贸大厦站下车后，由迎宾小姐引领，周昊南乘坐的观光电梯“唰”的一下升到了国贸大厦的最顶层——旋转餐厅。他挑了个位置坐好，一边等着外商，一边看着楼下的风景。初升的太阳绽出万道霞光，深南中路和人民南路到处是熙熙攘攘的人群，大小车辆穿梭不停；罗湖口岸已经开闸，来往港深的人们正鱼贯进出，深港交界的山岭上飘浮着缕缕白色的轻烟。在新兴的深圳特区，雨后春笋般涌现的高楼正是这里繁华的代名词。

在“秋交会”过道上派发目录的周昊南，结识了一位来自以色列的外商帕里奥，只不过帕里奥不做五金工具，而是从中国购买油画到以色列销售。帕里奥回国前，取道深圳经香港。双方相约在国贸大厦再次见面。

每年都参加两届“广交会”的帕里奥中等身材，皮肤黝黑，最明显的特征就是脖子后面长有一颗形状如蘑菇般大的黑肉痣，据他说曾经被怀疑为恶性肿瘤，经检查为良性后方才无虞。他却懒得做切除手术，因为那里靠近颈部大动脉，须谨慎开刀。

帕里奥喝着咖啡，吃着燕麦饼；周昊南则把一个黑米馒头送进嘴里，然后端起面前的橙汁。

出乎周昊南的意料，帕里奥在周昊南报出“CIF 海法”价格后，只是问一下“当真？”就愉快地接受了，讨价还价不是他的风格，慷慨大方才是他的特征，这笔金额 3,015 美元的合同是一个小单，也是试单，要走散货。周昊南明白，油画这种出口单子，一般来说金额都不大，不可能走柜货，而且走的多是空运。

周昊南翻了翻带在身边的公文包里的合同草稿。

然后，帕里奥就在合同上签下了自己的名字。他是个“左撇子”，吃饭、抓刀叉和写字都用左手。周昊南发现，这个“左撇子”将其名字 Pario 中的“r”写得非常流畅、漂亮，一气呵成，就像是在草丛中弯弯地昂起头的一条微微吐信的小蛇，相当夺人眼目。它不是国人常写的“r”，而是西方独具一格的手写体“r”，可见帕里奥认真练过英文书法。周昊南忆起年少学英文时，老师从没教过这样漂亮的手写体，所以在帕里奥面前，他目不转睛地对这个手写体足足盯了五秒钟。

然后，帕里奥从皮夹里掏出了 3,015 美元，他居然还交现金！周昊南吃惊不小，他想，帕里奥根本就没有去过招商（福田）进出口贸易公司进行任何调查，这就对周昊南予以如此深的信任？他不担心招商公司收了款不交货吗？他不害怕我周昊南收了美元，就卷款溜到泰国芭堤雅晒日光浴了吗？

帕里奥看出了周昊南的疑惑，嘴角就报以一笑。“看着你的方正的脸，以及敬业爱业真诚的眼神，我信你。”帕里奥用英语表达了他的观点。

周昊南这才处之泰然，并表示感谢。

“你在广交会派发目录的情景，我是看在眼里的。”帕里奥继续表达说，“我去过你们公司在广交会的展位，见过与你一样持一口流利英语的闻副总，我信得过你们公司，更信得过你！我都敢给钱了，你还不敢收吗？”

“有！金额再加几个零，我都有勇气！”周昊南开玩笑地说。

“要按时、按质、按量交货！这货我到时不用验了，我相信你能按样交货。”帕里奥说。

收下款项后，周昊南向帕里奥写了一份英文收据。然后，两人离席，周昊南送帕里奥到罗湖口岸过境香港。自己坐上中巴，回公司财务部入账。

他返抵公司时，大家各自在忙。见他进来，傅严杰突然对他大叫一声：“周昊南，你的喜报！”

这是傅严杰帮他从传真室拿回的传真，用订书机压在桌面。

周昊南拿起来一看，这是由韩国客商金先生发来的，说是已收到周昊南寄过去的苎麻（夏布）样品，现在正式确认样品质量，全年的订单计划如下：

1992 年 12 月：1 x 20' 货柜（试单）

1993 年 01 月：4 x 40' 货柜

1993 年 02 月：8 x 40' 货柜

1993 年 03 月：16 x 40' 货柜

1993 年 04 月：32 x 40' 货柜

1993 年 05 月：35 x 40' 货柜

1993 年 06 月：38 x 40' 货柜

1993 年 07 月：40 x 40' 货柜

1993 年 08 月：42 x 40' 货柜

1993 年 09 月：44 x 40' 货柜

1993 年 10 月：50 x 40' 货柜

1993 年 11 月：55 x 40' 货柜

1993 年 12 月：60 x 40' 货柜

共：1 x 20' 货柜 + 424 x 40' 货柜

20' 小柜的第一单只是一个试单，从第二单开始，全是 40' 的大柜了。这订单全年出口金额为 1,015 万美元，按照每 1 美元可净赚 2.20 元人民币计算，全年可为公司实现 2,233 万元人民币的利润。公司当时的全年创汇目标为 2,000 万美元，那么光凭韩国这一客户，光是周昊南就可为全公司打下半壁江山。周昊南不仅可超额完成自己全年的创汇任务，根据与公司二八分成的利润分配比例，他个人可得人民币提成 446 万元！全年日均净赚 1 万多元！这对整个公司无疑是盘古开天一般的惊涛骇浪！

金先生还叮嘱周昊南马上拟好合同，签字盖章并传真过去，同时索要招商（福田）进出口贸易公司接收信用证的银行资料。周昊南决定用汇丰银行深圳分行作为这一信用证的通知行，也就是议付行，这是担当信用证交单和收转外汇之用。金先生将从韩国韩一银行向招商（福田）进出口贸易公司开户的汇丰银行开出即期信用证。那么，周昊南知道，这订单已走到了成交前的最后一道程序，这单业务基本上水到渠成了。

谁说"福无双至"？这不就来了吗？周昊南不露声色地对自己说。

全年 425 个货柜，全年 1,015 万美元的出口金额，他将创造公司外贸历史上最辉煌的业绩。

他心头的那个喜啊！

按照金先生的意思，只要第一个试单做得好，后面的订单将按计划执行。

周昊南也知道，夏布目前在韩国很有市场，不愁销路。

当然，万事开头难，由于第一张订单作为试单，处事谨慎的金先生将亲自从汉城飞来深圳验货。而从第二单开始，验货手续可以免掉，或委托他随后聘任的精通朝鲜语的代理来操办。

得知这一好消息的闻副总来到周昊南座位旁，不无亲热地拍着他的肩头向他道贺，叮嘱说“要好好干！”那一边何总也隔着玻璃，向周昊南投来了关怀备至的笑。

“真厉害！”看过订单计划的许晏伟，将这传真往傅严杰桌上放下后，感叹地对桌子一拍，殊不知拍着了桌上的一颗图钉，痛得许晏伟“哇”地一叫，赶忙将图钉拨出，那掌心却沁出了一丝血迹。

“周昊南做大订单，却让你付出了代价，血的代价。”傅严杰一边用棉花帮许晏伟擦血，一边调侃他说。

周昊南将传真放入抽屉锁好，然后平静地走出公司办公室，下到一楼，再向公司大厦东面的草地走去。在漫步草坪其间时，办事稳健的他这才开始正式地笑了。这时是上午十一点多，空气清新，阳光和煦，林荫处处，曲径通幽。在这时令，北方已是大雪纷飞，玉树琼枝，但在南方的深圳，依然秋意阵阵，景色明媚。在他平常不时散步的这块草坪上，百灵鸟在林间歌唱，蝴蝶于草尖轻舞，轻风拂过大王椰的树梢，然后消失于不知名的人工种植林的深处。在弯曲的石板路上，几对恋人挽手通向不远处的拱形草门。周昊南深深呼吸，举目望天，在深邃的蓝天之上，白云缓缓飘过，一架缀着木棉花的硕大无朋的南航客机正掠过上空。他轻轻地对自己说：深圳户口，还有房子，看来我是可望而又可即了！林莱贞啊，你就等着我给你缔造的幸福生活吧！

第十四章 “无头公案”

信用证！

在周昊南的办公桌上，这是韩国金先生对招商公司开出的一个苎麻信用证，是一份金额为六万美元、作为第一张试单的信用证！他收到这份信用证原件的惊喜，不亚于当年他接到了高考录取通知书。面对这份信用证，周昊南就像一位忠心耿耿的吏卒，手执一份沉甸甸的神圣不可侵犯的皇上圣旨，他唯命是听。

这是A4纸大小硬邦邦雕有龙纹的金黄色仿古铜版纸张，上面打印着满篇的英文。周昊南握着的这份文件一共四页，表述了买卖双方的权利义务。信用证所需提交单据包括了商业发票、装箱单、产地证、海运提单、受益人声明以及由金先生亲笔签署认可的货物检验证书，只要这六份单证交给了汇丰银行深圳分行，同时这六份单证之间，以及与信用证之间，不存在文字和性质上的冲突的话，在汇丰银行深圳分行将这些单证传递给韩一银行后，韩一银行就会将金先生存入的信用证货款划过来，转到招商公司账下。

苎麻属国家二类出口许可证管辖产品，周昊南所在公司未能申请得到此类出口许可证，所以，他得利用深圳市深华工贸公司来代理出口，为此他需向深华工贸交纳不菲的出口许可证代理费。此时，深华工贸公司的出口许可证已准备就绪，如箭在弦，枕戈待旦，单等周昊南报关出货。

周昊南于是成为了公司里众望所归的大明星，他甚至是福田乃至深圳整个外贸界的一位知名的外贸业务员。不少外贸公司自上至下都在传诵着一个“周昊南”的名字。每天，周昊南一来到招商公司，所有同事都友好地对他打招呼，还生怕让周昊南抢先开了口！

各大中资、外资银行国际结算部穿得薄如蝉翼般的漂亮小姐们都闻讯来找周昊南了。有些时候，在公司前台黄丽娟那里甚至出现了来访排队登记的现象。然后，她们就坐满在公司会客室的沙发等候，都是在等一个周昊南。她们都希望将周昊南的信用证业务拉到他们银行来操作。曾有一位银行行长来到公司，忙碌中，黄丽娟将他带到了何总办公室。行长一开口称“周总”，何总才知道行长要找的只是自己的手下周昊南，搞得何总好生尴尬。

与此同时，深圳各大集装箱公司穿着低胸透视装的美女业务员们，也涌来拜访周昊南了，她们希望能将周昊南全年的海运业务揽下来，运费可以给予八折或更多的优惠。一些船公司计划趁机开通从深圳至釜山的班轮航线，可以签发船东提单，而非货代提单。他们将一叠又一叠空白盖章的正本提单往周昊南手上塞，说是货物一上船出口，就由周昊南代替船长签字就行，然后周昊南就可交单银行议付。

跟着来的，还有深圳一些保险公司艳装浓抹的靓丽女 Sales，她们都争取拿下周昊南的海运保险业务，除了常用的一切险，还可免费增加投保水渍险，全部赠送不计免赔，总体费率可由常规的千分之三下调到千分之一，以双方满意为准。同时，她们也撂下一大堆的空白盖章的保险单正本，等周昊南出货时，打单交保费即可生效。

几天后，周昊南来到了罗湖区新都酒店。

一进大堂，他就看到很多水嫩可人的妹子站在那里，他想都晚上十点多了，这些不像是酒店员工的妹子，还站在这里干什么呢？随即，一位姑娘走过来问：“先生做生意吗？”

他一愣，心想她怎么知道自己的意图？忙答说：“是啊！上楼做生意。”话没说完，这姑娘马上闪身，与他一起进了电梯。

他又糊涂了，自己上去是为了与韩国商人谈生意，她跟着干什么？他怔怔望着她。

姑娘说：“看什么啊？没见过靓女吗？等一下让你看个够。”

“看个够？”他嘀咕。

“你还想有什么新花招？”姑娘颇有微词了。

“不是，我——”他赶忙摆手，窘迫起来。

“别说，啥都别说，等一下到房间里，你用行动代替语言吧！这里的价格大家都知道的。”姑娘又乐哈哈地说。

“价格都知道？”他更觉如坠云雾之中。

电梯刹那间上到九楼，他赶忙对姑娘更客气地说：“我得见生意上的客人了，他们在房间里等我。你回去吧！”

“浪费我时间！”姑娘勃然大怒，刚才水嫩的面色瞬间变成了铁青，她头也不回地走入电梯下楼去了。

很多年后，偶尔回想起这一幕时，周昊南兀自觉得好笑。那时他到深圳时间已经不短，却不知道那些妹子是什么角色。他后来跟朋友们说起时，才让朋友们敲着脑壳告知那些年轻靓丽妹子们的职业，张福强还直言不讳周昊南是假纯情呢！

这时候，上到九楼的周昊南轻轻地敲开了906房间，用英语说：“金先生，很高兴终于见到你！”

“我也是。”金先生握着周昊南的手用英语回答。

在金先生的身后，是一位瘦小略显老态的韩国人，他既不会中文，也不会英语。金先生介绍说，这是他带过来的韩国客户河万钟，是他的大买家。金先生所订的苎麻夏布，其中一部分就是卖给河万钟。

晚上，周昊南在新都酒店中餐厅自掏腰包宴请了这两位韩国客商，双方约定第二天一早到深圳梅园仓库验货。周昊南回到宿舍时已是深夜两点，但到了早上六点，他又准时起床，追风赶月般赶往新都酒店。与金先生两位喝过早茶之后，他租了一辆红色捷达“的士”，直往梅园仓库驶去。

一路上，他坐在“的士”副驾驶位置，向两位客商热情地介绍深圳。两人对这块神奇的土地产生了浓厚的兴趣，大家谈笑风生。不久，他鸣叫着的Call机接收了许晏伟发来的消息，说是何总今天将设宴款待两名韩国外商，正等待着周昊南验货出货的重大利好消息！

那两年，如排山倒海一般的机织和手织苎麻货物屯放于深圳梅园仓库。作为买方市场，这些货物任由买家挑拣，看中哪批货，就出哪批，出完货物慢慢再作付款。对于招商（福田）进出口贸易公司这样一家信誉卓著的大型国企来说，工厂还愿意接受出货后三十天付款这样的远期结算方式。

三人来到二楼，这里是周昊南的供货方——湖南浏阳供销社刘先武的货仓。金先生跳上去，看了一下后，从中随意挑出一匹米黄色的夏布，再跳下放在地上。然后拿出一个微型显微镜点算布的扣数，也就是按经纬线的支数，支数总计要跟他收到的样品一致，他才会签发证明货物合格的检验证书。金先生与河万钟指着夏布交谈着什么，由于他们说的是韩语，站在旁边的周昊南只有听的份上。慢慢地，金先生的脸色阴沉了下来，眉头紧锁，一扫之前在周昊南面前表现的轻松表情。接着，金先生走到另一处，又抽出一匹米黄色的夏布，一截一截地摊开，与河万钟一起继续用显微镜小心审视。

“这是你寄样的一千二百扣的夏布吗？”金先生问。

“没错！”周昊南答。

“不，它只是一千扣的。”金先生对密度提出质疑。

“不可能！”周昊南肯定。他清楚记得一个月前，就是从刘先武的这堆货物中抽取的样品，而在这段时间里周昊南也向仓管查核过，刘先武的货物一直堆放于此，不曾有变动，但怎么现在对不上当初的样板呢？周昊南忙问金先生：“你能否出示我当初用特快专递寄出的样品？”

“不！我没带来。”金先生摊开两手无奈地表示。

这时候，刘先武也赶到了仓库。这位湖南小伙文静秀气，原是浏阳供销社的业务员，看着苎麻出口火爆，就在深圳搞了个办事处。周昊南马上冲上前去拉住他问：“你这堆货有没有换过？”

“没有！就是你抽样的那堆货！”刘先武绝对肯定地说。

“没动！就是这堆货，同样的规格，同样的数量和质量。”在周昊南的急切求证之后，旁边的仓管人员也证实说。

“但质量不过关！”金先生一口咬定。

此刻，周昊南的脸色马上凝住了，他的心猛地向下一沉，如同当林冲闪电般想到不应带刀闯入白虎堂时，却为时已晚！在金先生以及三位仓管面前，他怔怔地望着这一大堆高高在上的米黄色的夏布货物，内心懊悔不迭。

是的！这堆货并没有变动过，寄给金先生的样品就是出自这一堆货物。既然金先生当初已经确认了样品，就无异于确认了这一堆货物的质量，现在的抽检只是一种形式，一个手续而已。当然，周昊南知道，手织夏布不同于机织，因为是手工织造，多多少少会有一点误差，但不至于将一千二百扣降低到了一千扣！再说当初他所寄出的样品只代表中、下等货物的质量，他才不会寄出质量最好的夏布样品。可现在为何金先生一口认定他所验的货物不合格呢？

此时此刻，他最为后悔的是，当初金先生在传真中声称已经确认了样品的时候，自己当时为何不要求金先生在样品上签字盖章，并用特快专递寄回给自己，或者是在他到深圳时一起带来，以便现在验货时作为参照物呢？而今空口无凭、查无实证！周昊南啊周昊南！事实上，由金先生手签认可的货物检验证书是这份信用证里面的一个软条款，亦即红条款，是对周昊南这单业务的一个极为不利的因素，因为货物质量是否过关，任由金先生一人决定。换言之，就算货物完全符合甚至超过金先生的要求，但如果韩国市场价格出现大跌，金先生都可拒不要货，而是任由金先生一张嘴巴说了算。但事实上，如果作为正常的信用证来说，由进口商签发检验证书这样的软条款，不宜出现在信用证之内，才能让出口商掌握主动。

午饭时间已到，周昊南决定先请他们吃饭。他想起，在附近的笋岗仓库和福田区四川大厦仓库都存有同样规格的夏布，于是决定下午去检验这几批货。

只可惜在匆匆忙忙的午饭之后，在往返三个不同位置仓库的千挑万拣之后，直到下午六点，金先生仍然是失望地宣布：货物不合格。

那就只能第二天再继续验货了，周昊南有把握找到同样规格的夏布。

然而金先生还是摇摇头说，不可能了，他俩的签证仅有今天一天，当天他必须离开深圳赶到香港，而且第二天必须从香港飞回韩国，因为他订的往返机票无法更改。

怎么办？站在仓库前面的宝安北路，茫然四顾的周昊南痛苦地问自己。

路上人流车潮滚滚，谁能给他一道良策呢？

“咋办？”刘先武问周昊南。

“今天的货全都看完了，没办法了，送他们过境香港吧！”周昊南带他们上车。

“何总晚上设宴，等着为你庆功！货验好了吗？”他们出发往罗湖口岸之前，许晏伟又打来了传呼。

周昊南走到旁边的公共电话亭，他只能实话实说，抱歉地告诉许晏伟：“今天验货没通过。”

在罗湖火车站广场上，在罗湖口岸大楼前有一个偌大的转盘，那里大面积地种着四季盛开的簕杜鹃。

晚上九点，周昊南与两位韩商站在广场上。由于时间匆匆，大家都已错过也取消了晚餐。时值年底，冬天将至，深圳白天的温度很高，但夜里天气就明显变冷，这让毫无准备、一身短袖夏装的周昊南开始感觉到瑟瑟发抖。而在两位客商就要转身没入过关人流的那一刻，周昊南仍在不懈地动着脑筋，希望寻求到一个妥善的处理办法。

这批货就是我寄给你样品的那批货，周昊南坚持说。

但这批货真的不合格。金先生的观点没有改变。他继续宣称，他是专程为验货而来，并非为了旅游，因为这是第一张订单，来回机票和住宿已让他花了五千美元，他何必这样跟钱过不去？再说他开立这一份信用证，已在韩一银行打入了 100% 的保证金；而且不管信用证执行与否，韩一银行都已收取他一千多美元的开证费。

周昊南默然相对。

“上车不？”刘先武开着面包车，已经在广场内沿着大转盘周而复始地兜了好几圈。广场人车流量属市内最大，所以严禁停车，但他又不忍丢下周昊南，于是只能这样无奈地转圈。

风，在夜里变成了寒风，长驱直入周昊南的衣袖和裤腿，他只得双手抱紧自己。或许，地处寒带的韩国让韩国人更能适应冬天。本来，降温对一年四季都坚持冷水浴的周昊南不在话下，然而在这晚，他猛然感到不曾有过的彻骨之寒。

在夜幕下的广场上，叫住旅馆的，售卖杂货的，长途兜客的，纷纷向他们三人走来。然而当他们看到这三人全都如同雕塑一般木然站立之后，就都失望地离去。只是在周昊南的公文包和裤袋后面，被粘贴了一些印着“二手招租”和“根治前列腺炎”之类广告的小名片。而金先生和河万钟的背后，以及行李箱的边沿，将会把深圳的整容广告带到韩国。

广场上送人的，送来了；接人的，也接走了。当刘先武的面包车第 N+1 次地转了大转盘的时候，他不再询问周昊南是否上车，而只是微转过头，关切地望着周昊南。周昊南看着这辆车，投以万般无奈的目光。有很多次，他用目光和手势示意刘先武开车先走，而刘先武就偏不忍心这样别去。他也在想，说不定下一个圈兜过来时，周昊南这边就会峰回路转，惊现逆变？

“或者我自己打印并签发检验证书！”周昊南突然想，似乎在滔滔翻滚的海浪中抓住了一块烂船板。“有救了！”他两眼放光地对自己说。对此，周昊南有十足胜算，因为他的业务资料中保存有金先生以前写来的信函，他看过金先生手签的真迹。再说银行只看单证，无需核对笔迹真伪。退一步来说，就算金先生在韩一银行留有他个人的签字样板，由韩一银行封存，相信他们也辨认不出来有什么差池。那么，报关出货，装船出海，交单银行，收到货款，其他环节就完全是顺理成章的事了。

“你找到办法了？”看到两眼放光的周昊南，金先生高兴地问，他身旁的河万钟也面露喜色。

但这种做法分明就是欺骗！这样一想，周昊南就打消了这念头。“还不行。”

周昊南只得摇摇头说。

金先生两人就叹了口气。

广场上人来人往，华灯闪烁，色彩斑驳之中，依稀可以看到周昊南沮丧的脸。他真心希望两位韩国客人今夜都别走，那么到了第二天，就全都有救了！因为夏布货物在深圳有的是，他绝不担心找不到让客人满意的货。

周昊南感到 Call 机不断在响，陆续有传呼留言进来，但他已无暇顾及。

他仿佛看到山岗顶之上，昂然插着的一面迎风猎猎飘扬的枣红色印花旗帜，正迎着他徐徐倒下。哦不！是他自己在倒下。

“晚上十一点，罗湖口岸就要关闸了。”周昊南心想，他看看表，指针已踏过十点五十分。

今天的结果只能是无结果了，一切只能以后再说。

“我们必须得走了！”金先生最后与周昊南握手作别，而且晃了好久，然后怅然离去。

真是殚思极虑也枉然。

夜色中，看着金先生两位渐行渐远，周昊南万分感慨，万般失落。他呆呆地站在原地，先是长叹一声，然后咆哮着叫道：“我到底做错了哪里？”

无人回答。

面包车终于又转到离他最近的地方了。周昊南已经在这里站了两个多小时。他向着罗湖口岸方向的匆匆人流再次茫然地望了一眼，然后颓然坐在面包车的副驾驶座位上。

全年 1,015 万美元的特大订单，就这样无疾而终了！

在蛇口四海一幢长方形的宿舍楼内，四楼有一间是上海酒家女员工的宿舍。四张上下双层铁架床靠着墙边，八个女工围在一起，中间的桌子上摆着一个三磅重的香芋生日蛋糕。这天是林莱贞二十岁的生日，但几许忧郁写在了她的脸上。原本周昊南对她承诺过，无论如何晚上会过来为她庆祝生日的，会挟带着业务成功的狂喜而来，但晚上九点直到现在都没有他的消息。她只知道他今天去接待两个韩国客商，但自从九点之后，她不时地拨打他的 Call 机，留了电话号码或者留言，却全都没有他的回复。

“是不是跟老外打起交道后，都忘了我们的美人儿？那是跟美元打交道哪！”一位女同事不满地说。

“他英语说得那么棒，找鬼妹都可以啦！听你说还是两个小时的哪！”另一位插话说。

沉默不语的林莱贞看看时间，已经快到十二点，也就是说她的生日就将结束。

“不等了，点蜡烛吧！”另一位女工提议。

宿舍的灯灭了，大家为林莱贞点燃了九支蜡烛，在周围夜灯的映照之中，伙伴们为她唱起了《生日歌》。接着她一口气将蜡烛吹熄，但她好像感到，她与周昊南的情感之火正慢慢堙灭。

在福田区深南路边一家湘菜馆的一间小包房内，下午至今粒米未进的周昊南正耷拉着头，与刘先武酒杯相碰，借酒消愁。周昊南到现在依然搞不明白，这宗离奇的“无头公案”，怎么就让自己如此不幸地赶上了？

第十五章　年会

1993 年元月的一天，招商（福田）进出口贸易公司全体员工集中办公大厅召开年度工作总结及新一年工作动员大会。

主席台上，何总、闻副总、周副总、刘副总和李副总按座次坐好，陈小梅负责做着会议纪要。何总站起来讲话：“1992 年是我国外贸战线风起云涌的一年，也是我们公司生死存亡的一年。我们公司员工万众一心，在各自岗位上恪尽职守，可圈可点。1992 年，我们公司创汇达 2,012 万美元，完成了预定任务，为国家创造了外汇收入。全年涌现出一批为公司做出贡献的业务经理、业务骨干。比如曹春花做的黑龙江亚麻；刘笑泉的鞋业；郑为屏的福建大理石业务；许晏伟的安徽兔毛产品；马志民的贵州干姜、白果；佘铭儒的广西藤竹柳编工艺品；傅严杰的自行车链条；孙晏的浙江木珠座垫和安徽长毛绒工艺鞋；李仁太的甘肃酞青蓝化工产品……我们遵循一贯所说的原则，‘只管结果，不理过程’……”

听到傅严杰这名字时，一些女员工在窃笑。

周昊南坐在自己的位置上默默做着会议笔记。

刘笑泉是公司进出口四部经理，他的鞋业做得无心插柳，他不懂英语，也不懂信用证，学财务出身的他，以前在公司一直做着出纳。天晓得他怎么认识了一个阿根廷的客商，向他购买中国鞋，从运动鞋到拖鞋，从平底到高跟，订单居然源源不断，金额也像滚雪球一样越滚越大。他似乎不费吹灰之力，合同一签，货物拉到蛇口，报关由报关部李河、黄卓和李建强三人包办。然后，刘笑泉招收李斌做部门业务管理员，开公司之先河而在部门内实行了电脑化系统管理。部门外又设黄倡水一位业务员，还有一名专事日语翻译的洪芳小姐。生意做得蒸蒸日上，左右逢源。

曹春花父亲是黑龙江漠河一家亚麻厂的厂长，这位性格内向，甚至不适合跑业务和交际应酬的东北女人，曾是周昊南的亚麻供货商，但她与周昊南的供货生意没有做起来，她反而顺着与周昊南联络的这条藤，从遥远的北国飞到深圳来摸瓜，在她进入招商公司后，还真摸到了硕大的沉甸甸的瓜——她做生意好得让人瞠目结舌。

事有蹊跷。坐在周昊南邻桌的傅严杰一直业绩平平，他摆在公司“广交会”楼上摊位的自行车链条样品一直无人问津。好几次在“广交会”闭馆之后，他都愤怒地将样品丢进垃圾桶。然而世事难料，在一次“秋交会”中，他随意放在他一位朋友展位上的链条样品，让一名闲逛过去的中东外商看中。外商根据样品上他留下的名片，发传真联络上了傅严杰，先是为他带来了一个 20' 小柜的试单，之后每月 1 个 40' 大货柜的订单，让他赢得了创汇创利的双丰收。

章岩艺是做罐头食品的，“秋交会”时曾与周昊南一起参展。当时一位马来西亚外商走到展位前，指着一瓶午餐肉样品跟周昊南和章岩艺一起洽谈。谈到中途，周昊南去了一趟洗手间，回来时，这单业务共两个小柜的第一份订单，已经让章岩艺单独接了下来。马来西亚客商以为跟招商（福田）进出口贸易公司哪一位业务员签单，都一个样，但周昊南一个大意失荆州，命运之神就垂青于章岩艺了。周昊南在这些事情上，从不与别人内耗强争，他总是心想，东边日出西边雨，就算这单业务不遂，但其他业务机会还有的是。孰料章岩艺这么一个不经意的签单，就将与周昊南失之交臂的罐头食品出口业务做大做强了起来。此刻的周昊南真有椎心之痛，他悔不当初，如果当时他先忍着那一泡急尿就好了！

李素芳是做湖北小磨麻油出口的。周昊南进入公司之初，闻副总安排他帮着跑一下李素芳的报关业务。那天周昊南与李素芳一起坐 204 路车到了文锦渡报关楼，周昊南协助报关员填写出口货物报关单、商业发票、装箱单、货物收据和司机簿，然后等待结果。那天中午他吃过盒饭，一直等到了傍晚，报关才顺利通过。可是当他准备找着李素芳一起回福田时，一打 Call 机，天！早已回到家里吃过晚饭的李素芳正在自家阳台上荡着秋千呢！周昊南只能哂笑无语了。

孙晏早已结婚生子，但还是一位大大咧咧的小伙子，走路风风火火，鞋带脱了也不知道。浙江仙居出品的木珠座垫全国闻名，这些货物前车接着后车运到蛇口，孙晏用计算器一敲，就交给公司报关部出货。由于他过于粗心，周昊南曾受公司委派，临时配合孙晏的业务工作，从深圳直飞上海，那是周昊南第一次坐上飞机翱翔蓝天，然后他再从上海押着三货车的珍珠棉，驰往地处安徽省嘉山县的明光工艺玩具厂，这些珍珠棉是孙晏出口工艺鞋生产所用的填充原料。

万伟读的是河南大学中文系，半路出家来到公司搞进口业务。当时，日本Panasonic传真机在国内还是紧俏货，万伟一到公司，就抓住了这个机会，大量进口传真机，一个货柜一个货柜地从香港进口，然后销往国内各地。他后来组合五人，成立了一个进口部，还将分公司开到了罗湖，业务做得红红火火。

后来谈到了佘铭儒，他的业务做得也曾让他九转回肠。

从广州外语学院西班牙语专业毕业的他，一年前到招商公司后却一直闲着。世界之大，他何曾有机会遇得到一个讲西班牙语的外商？看着别的外贸业务员一直忙着，英语说得叽里呱啦的，他一度深深后悔当初对西班牙语的错误抉择，他甚至计划转回重学英语。佘铭儒出口经营的藤筐柳编工艺品久无订单。傅严杰有时会引用佘铭儒所经营的产品，笑侃他说“竹篮打水一场空”。在公司这个单干性质的外贸单位里，三个月无签单，别说老总让你走，你自己不走都不好意思了！佘铭儒感觉自己好景不长，计划参加完1992年“秋交会”后，就离开公司。他甚至自嘲自虐地说：“没办法，迟些我自造一个柳条筐，我自己走进去，连人带筐一起，在竹子林海边跳海，当‘浸猪笼’淹死算了！”

“秋交会”是一场盛会，各路精英林林总总，粉墨登场。“秋交会”是一个大熔炉，有人不得不自刎乌江；有人却可凤凰涅槃，浴火重生。

那天是10月30日上午，交易会快要闭馆了，坐在公司摊位里的佘铭儒如黑云压城，一脸愁绪，因为他摆在摊位上的藤筐柳编样品在整整十五天里都无人问津，所以，怎么样来的样品，他就怎么样原封不动地基本打好了包，谈判桌上，只剩三几个他准备入箱的精致的藤筐柳编样品。闻副总就吩咐他说，准备撤馆了。

但这时候，一胖一瘦的两位满身香水芬芳的外商走了进来。

“我能为你做什么？”闻副总欠身用英语与他打招呼。

瘦外商意图同样地说英语，但未遂。迹象显示，他像是趁着闭馆而专拣便宜样品扫货的掮客。然后，闻副总与老外打起手势来。其实闻副总接待外商无数，鲜有出现沟通困难现象，但现在双方偏偏就有交流障碍。

这位郁闷的瘦外商就从谈判桌上拿起一个藤篮样品，佘铭儒却很不高兴地夺了回来，还以西班牙语嘟哝了一句：“不要乱动！”这是他参展十五天里唯一一次可以开口讲西班牙语的机会。

“什么？”瘦外商同样以西班牙语问，他示意佘铭儒再说一遍。

“不要乱动！”佘铭儒就如是生气地大声重说了一遍，这句西班牙语说得，整一个标准流利！

猛地，瘦外商笑着跳了起来。他指示着身后的胖外商说：“给！给！”然后，胖外商就从钱包中掏出一千美金，塞到了佘铭儒上衣胸口的口袋中。

瞪眼回了外商一句西班牙语，还可以收钱？佘铭儒、闻副总以及在旁整理样品的周昊南全都被这一不寻常的举动惊呆了。原来，结伴而来的这两位外商属于巴西同一家大型进出口公司，他们来到广州，就是为了采购藤筐柳编产品。但在他们进入“广交会”的七天里，所见藤筐柳编产品倒有不少，可是只懂西班牙语的这两位外商跟展馆内只会英语的外贸业务员无法沟通，总是不欢而散，原因是一直都找不到一位懂得西班牙语的外贸业务员。在最后这天，胖外商让瘦外商死了这条心，趁早打道回府。瘦外商说不甘心，要继续瞎逛。胖外商就打赌说，那好吧！如果你能碰到，自己就送他一千美金。瘦外商说好，但这一千美金他可不要，而只是送给所能遇到的会讲西班牙语的外贸业务员。于是，佘铭儒就凭空得到了一千美金！

而这还是小事，因为正是通过这一机会，两位外商将会把手里的一大张订单下达给能讲西班牙语的这位外贸业务员。

一句值千金。很多时候，语言就是一笔财富，语言就代表一次机会。那时候很多英语翻译都吃香，拉着老外到处转，一边赚老外的翻译费，一边赚老外与工厂成交的价差，还让工厂给回扣。

“广交会”上趣事多多，它像一幅浮世绘，也像一张《清明上河图》。佘铭儒这才如梦方醒，对一千美金这倘来之物，他要不要都无所谓，关键的是，他已赶紧利索地拆开已打包好样品的纸箱，再倒出来，让这两位外商一一看个够！

闻副总第一次以旁观者的身份，看着自己手下的外贸业务员用西班牙语跟老外谈业务。那一刻，同样围观的周昊南甚至萌生了要学西班牙语的冲动。

四十分钟之后，佘铭儒与老外当场签订了六个 40' 柜的大订单。

一签即大单！春风在佘铭儒脸上涤荡！凭着独有如专利般的西班牙语，从广州回到公司后，佘铭儒履行了交易会所签的订单，从此一发而不可收。佘铭儒否极泰来，从巴西外商开始，他擎起了公司一个进出口部。后来，他年创汇达五百三十万美元，成了公司的一个传奇，一个神话。

会议快要结束时，何总宣布了新一年执行的业务员任务指标。然后，对曹春花给予一辆“捷达”小轿车的奖励，还搞了汽车钥匙交接仪式，陈小梅适时按下相机快门，将这一耀眼时刻定格。

在会上，何总介绍说，已向上级劳动人事部门申请到了六个深圳户口指标。刘笑泉、孙晏和佘铭儒等早就入了深户，这与指标无关。第一个深户指标毫无悬念地分给了曹春花，她可以将户口从我国最北端那推开窗户就能看到俄罗斯林场和北极光的漠河，迁入人人梦寐以求的深圳特区；第二个给了李仁太，他终于从甘肃边远山区正式踏入深圳；第三个，让主打罐头食品出口的章岩艺斩获。这是纯业务性质的三名深圳户口指标的分配。至于剩余三个，分给了公司后勤部门人员。

何总补充说："周昊南本来有一个苎麻夏布出口大单，但试单没出好，后续订单没能执行。他初出茅庐，经验不足。我们都觉得惋惜，但这是一个'只管结果，不理过程'的业务制度，我们只能表示遗憾。在此希望他总结教训，重新振作起来。"

大家都以同情的目光看着周昊南。

周昊南低头用心静听，他的心在滴血！他也好像是在接受法官的审判一般，深感惭愧。他默默地回想着过去一年的各种经历。除了夏布这单惨重的"滑铁卢"之外，跟以色列帕里奥的油画业务也做成了"死单"——帕里奥前两单预付全款，骗取了公司的高度信任，但到了金额为 3,176 美元的第三张订单时，帕里奥声称因临时资金周转困难，就提出让周昊南先发货，他再付款。周昊南为此征得了何总的同意，因为公司领导阶层都认为对如此优质的客户，何惧之有呢？

但是那天，发货后的周昊南正要向客户传真空运提货单等出口单证时，一向对国外客户国家和城市区号如数家珍的周昊南，在将客户的传真号码翻来覆去拨打几番后，都是"嘟"的一声空号——周昊南这才慌了！原来，帕里奥第三次收货后竟然玩起了"失踪"！原来，帕里奥之前两单的优良"信用"，竟是为第三次的欺骗打的埋伏！

于是公司决定处罚周昊南暂停半年工资。傅严杰对周昊南同情地哂笑说这也是"停薪留职"！而且，周昊南得从张福强和罗振锋那里借足了钱，才向供货方付清了被帕里奥骗走的货款。所以眼下，深圳户口指标自然与周昊南无缘，而深户双职工夫妻才能申请的福利住房分配指标，对于仍是单身的他，更是痴心妄想。

那么，他一切的希望，就只能寄托于这悄然已至的新的一年了。

第十六章　考验

时间到了初夏的一个周末之夜，华灯璀璨，在“海上世界”旁边的“好梦圆咖啡厅”，周昊南正与林莱贞坐在靠窗的桌子旁呷茶说话。

“据说，现在南头、布吉关口证件检查得很严了。”她显得忧虑。

他感同身受。想想自己多次从南头入关，手握边防证，随着长龙般的队伍缓慢向前蠕动。这张边防证，就如同一张入场券，他以既是观众更是演员的角色走进深圳这个人生大舞台。后来他申办了暂住证，这证件比边防证稍好，但跟边防证仍是同等性质，只有手持深圳特区身份证才可便捷过关，才是真正的深圳人。

“你现在用的是什么证件？”他问。

“还不是边防证？酒家正在为员工申办暂住证。”她伤心地说道。

“在蛇口，没证件的人会被抓起来遣送到韶关监狱。”他担心地说。

“我可不想以这种方式回老家省路费啊！”她自我解嘲，然后问，“你呢？你公司今年上半年分配的户口指标没指望了？想想也是，你韩国那个大单没做成，就知道是这个结果了，你表哥当时就跟我说了。”

“是的。”他不得不转过脸，目光无神地望着其他地方。金先生回国后，周昊南坚决要求他再来一次深圳验货，哪怕往返差旅费用由周昊南与其分摊一半，但金先生却悍然提出，要周昊南先发货到韩国釜山，如果在釜山验货合格后，金先生再寄来货物检验证书。这真是天方夜谭了！这巨大的风险让周昊南难以接受，这单仅差临门一脚的巨额及暴利出口业务，最后还是寿终正寝了。

“户口啊户口。”她垂下头，对着杯子喃喃地念道，“户口都过不来，更不用说住房了！只有夫妻双方都有深圳户口，上级有关主管部门才会受理申请购买福利房。”

“是的，”他说，“这得分两步走，先有户口，才能考虑住房。”

“那么，要等到明年，或者说今年年底，你们公司才有新的户口指标了？”她问。

“是的，但有时候半年也会来一次，只是不很确定。”他替她解忧。

“半年不来，我都到更年期了。”她不忌讳地说。

说是蛇口的环境幽静，但他们两人的心境这时却极不平静。

一会儿，她好像认真思考完了一件大事，然后对他说：“我准备进行一次投资，差些资金，你——能不能借我一万元？”

“一万元？”他念了一下。

“是的。”她答。

他沉默。

事实上林莱贞突然提出这要求，是有考量的。一方面，她想试探一下他的经济能力；另一方面，最主要想看他愿不愿意借给她这一万元。对于经济上仍处于打拼之中的周昊南来说，做业务都是先垫费用，生意做成了才能报销以及领取提成，所以他一直省吃俭用。此时他身上刚好也有一千多美金，折合人民币刚好就一万多元。这是一位外商刚交的定金，这个钱他倒不需要马上交给公司，他完全可以灵活挪用一下。自从认识林莱贞以来，对于心爱的她，只要她开了口，别说是钱，即便是上刀山下火海，他都会义无反顾，就像《简·爱》里面的罗伯斯特，宁愿将自己庄园财产的一半让给简·爱，却并不期求从简·爱那里得到一个吻。但周昊南又转念一想，她真的是要投资吗？如果我说我是一个连一万元都拿不出的穷人，她会不会嫌弃我呢？

两人沉默了好一阵子。最后，周昊南决定考验一下她，就说：“很抱歉！我暂时拿不出一万元。”

“哦！”她明显表现出失望，起身说，“夜深了，我们走吧！”

一星期过去后，劳累的周昊南又到了休息时间。下班前，他打通了上海酒家的电话约林莱贞说：“我们明天到赤湾古炮台和关帝陵那里玩吧！旁边的妈湾，也不错，我们还没去过呢！”

这一次，电话里面传来的声音已没有了往昔的热情和温柔，她以低沉的语气回答道：“我明天一整天都得上班。”就淡然放下了电话。

无奈！他感到的只是无奈。周末周日正是人们放松的时间，携恋人踏青、郊游，那是多么惬意的事情！只可惜，她要上班，她是酒家的迎宾小姐，也就是酒家的一名普通的服务员，这样的工种，其工作时间和劳动强度，均不能与机关里朝九晚五的职员相提并论。他想既然她要上班，他就只得孤单地度过这个周日了。

第二天他一觉睡到中午，吃过饭后，想想自己一人也很无聊，就又奔上海酒家而来，既可见到上班的林莱贞，还可与表哥以及那班工友在包房内玩玩聊聊。

到了上海酒家门前时，他看见上班的是另一位迎宾小姐。他一愣：怎么不见她了呢？他一边疑惑，一边慢慢走进酒家。

午饭时间刚过，将近下午三点钟光景，酒家内客人不多，一些用过午餐的客人在悠悠然喝茶。他见到了表哥罗振锋，便问："林莱贞今天不上班吗？"

"上班？她不正在那里喝茶吗？"表哥说。

"啊？"周昊南愕然，循着表哥的手指望去。原来，在酒家靠窗的一张餐桌边，就是当初周昊南与穆罕默德坐的那个位置，林莱贞正坐在那里，她戴着一副墨镜，穿一身花白短裙，"二郎腿"翘得老高，远远可见腿上雪白的肌肤。她漫不经心地望着窗外。而在她的对面，坐着一位大约二十出头的清瘦的年轻人，他头发全染成了棕黄色，穿着花格短袖和牛仔裤。

"你要有心理准备，"表哥压低声音对周昊南说，"他是林莱贞三天前新认识的男朋友！名叫陈光伟什么的，是蛇口本地人，相当有钱，他在福田也有物业。"

罗振锋的音量很低，但周昊南如遭电击！上海酒家的男女员工都认识周昊南，都知道他是林莱贞的男朋友。可是现在，与周昊南前事未了，林莱贞就交上了新男友，这分明已视周昊南如透明。周昊南马上感觉头重脚轻，他进入一间包房，重重地跌坐在沙发上，默默望着墙壁。

"节哀顺变吧！"表哥的一位同事推门进来，坦率地对周昊南说，"三天大于一年多啊！"

没有了，一切都没有了，一切都不用言表。周昊南明白，对于蛇口本地人，也包括深圳所有的本地人，户口与住房与生俱来，还有村委每年年底定期的丰厚分红。他们每天早上可睡到日上三竿，然后逍遥地开着奔驰宝马到各处茶楼品茶。每到月初，他们带着点钞机和计算器，到各栋楼房催租收租。他们不需什么文化，只要学会识别真钞假钞、懂得抄录水表电表以及如何合计房租金额总和即可。而在深圳毫无背景和后台的周昊南，又有什么资格和条件加入这场情感角逐呢？他连门都没有！

这时候，透过包房的门缝，周昊南看到林莱贞与那“黄毛”相谈甚欢，林莱贞不时发出清脆的笑声，“黄毛”则斜叉着头欣赏着她。过了一会儿，“黄毛”伸长脖子对着林莱贞的额头，像吸龟苓膏一样地热吻，而林莱贞就满脸幸福地享受。天哪！众目睽睽之下，在林莱贞上班的地方，看着他们如此融洽温馨，情感进展如此之快，周昊南心里又是一阵绞痛，脸红颊涨。

“计划赶不上变化哪！”那位一身白衣白帽的厨师也走进了包房，当初是他在捞鱼时，看见周昊南鼓足勇气在门口与林莱贞搭讪。他目睹着这一幕的发生、进展与结局，不由得感慨唏嘘。末了，厨师补充了一句说，在酒家门口阅人无数的迎宾小姐你也敢沟！真是吃了豹子胆了。这个林莱贞啊，最懂得先敬罗衣后敬人。在酒家上班的时间长了，她看顾客点的什么菜，都可以揣测得知顾客存折里有多少银子呢！神奇吧？

周昊南吃了一惊，无言以对，一年多了，他却对她无法由表及里地看透。然后他继续闷坐着，心想，或许，选定一个迎宾小姐作为女友，他首先就错在了起点。

“喝一杯水吧。”表哥递过水杯。

周昊南接过了水杯，却像一头牛接受干草一样木无表情。

表哥接着说，酒家本来就是一个大染缸，慢慢地林莱贞就脱胎换骨了。由于对金钱的欲望日渐膨胀，她就跟酒家的两位收银小姐串通好，由林莱贞负责锁定目标客人，如果她在一张点菜单的右上角画一个三角形的符号，这就是告诉收银小姐的暗号，表示适宜对这一桌的客人开刀。这主要是针对多饮酒水、公款消费或是因求人办事而宴请别人的客人，林莱贞对这些客人的甄别分类如庖丁解牛，更多时候是“有杀错，毋放过”。这些客人常常对消费金额满不在乎，没时间或者是囿于面子不方便统计，有时就将错就错，置之不理。于是，被多收的几十元乃至几百元，就由林莱贞与当班的收银小姐瓜分。万一客人发现让多收了餐费，林莱贞和收银小姐就赶忙故作惊讶地说：“不好意思，匆忙间算错了！”然后退还多收的钱，更主要的是貌美如花的林莱贞善于赔一声笑，同时以丰满的胸脯顶一下男客人的肩膀，他们的不解与愤怒就马上淡化，买单走人。这些招式，酒家的服务员基本上也清楚，但碍于收银小姐是老板的亲戚，以及老板相当看重以姿色招徕大量客人的林莱贞，所以都睁一只眼，闭一只眼，相安无事。

如是这般，林莱贞敛财不少。

表哥继续对周昊南说，林莱贞当初看到你跟外商叽里呱啦地说一口流利的英语，你这外贸业务员的新奇职业让她深感兴趣，还以为常跟外商打交道的你身上有大把美金呢，殊不知你如此阮囊羞涩，对户口和住房更是望山跑死马，所以，作为一个这样现实的她，怎么会选择你？

周昊南无奈地点点头。

这时外面天空阴云密布，天气闷热。快四点时，周昊南与表哥走出了上海酒家。而在酒家前面的停车场，他们两人与林莱贞两位，一共四人，竟不期而遇了。其时周昊南与表哥站在一辆皇冠3.0面前低声细语——周昊南还真清楚地记得这辆车牌带有五个“8”号码的皇冠小车，也是在这个停车场，那次他借了表哥的自行车踩到东角头山和“女娲补天”雕像那里参观回来，停放时差点没让摇摇欲坠的自行车碰烂了这车的倒后镜，当时的他好一阵惊惶哪！

林莱贞这才看到了周昊南，她微微露出了一点紧张，但很快就调整了过来。周昊南眼睛一眨不眨地看着她。他心想，一年多了，面前这位可人儿现在刹那间已形同陌路。当初，打字机前令他如触电一般的美妙的颤缩，教学书法时“胸距桌边一拳远”的距离调校，笔架山顶之深深拥吻，小单房地板上二位一体的两个小时，一切都已随风飘逝。还有那时在笔架山顶凉亭上，对于荒野瓦屋之中那则美丽爱情故事里的“草秆门闩”，你还神往吗？我呸！那与其说是我的天真和浪漫，不如说是无知与荒唐！

“你认识他们两位？”“黄毛”发现了什么似的，问她。

“他是我酒家同事，另一个人，我——不认识。”她不慌不忙地说。

面对着同样愕然的表哥，周昊南的心脏像是被蚂蚁猛噬了一口。好一句“另一个人，我不认识”！她比卜迦丘《十日谈》里的多情少妇更善于应付和打发自己的“丈夫”！周昊南痛苦地想。

“贞，我们走吧！”“黄毛”恩爱地叫了一声，将车打火启动，林莱贞小鸟依人一般坐进副驾驶室。在她慢慢地升上车窗玻璃的时候，她一声不吭，淡淡的目光向周昊南瞥了一下，迅即收回。什么都不用解释，她的眼神如此平静，却深得让人看不见底；她的目光如此冷峻，又像是一切对她都不曾发生。接着，皇冠小车“呼”的一声轰鸣，向蛇口港方向驰去。而在酒家之内，众人都目睹了这碰巧而又很不凑巧的一幕。这时候，那位不时到鱼池网罗鱼儿的厨师，走到鱼池前才醒悟说：“噢！忘了，今天的鱼儿，矛得啰——”原来他是湖南人。

“他居然只说‘贞’！一个字——‘贞’！我还讲两个字‘莱贞’哪！”内心

抱有强烈抗议的周昊南像一个帕金森症患者那样，僵硬地抬起手，怔怔地指着远去的他们俩，不断喃念道，"'贞'——他居然只说'贞'！一个字——'贞'！我还讲两个字'莱贞'哪！"然后，他又一阵晕眩。罗振锋赶忙一把扶住了他。

林莱贞走了，等待她的不仅是丰盛华筵，还有冉冉歌舞，她俨然已成为托尔斯泰《家庭幸福》中一直生活在俄罗斯乡村的少妇玛丽亚，在进入彼得堡的舞场后终于可以宣泄她的浪漫情怀。周昊南此刻多想与林莱贞一起感受她的快乐，也分享她的快乐！可他不能，一切已今非昔比，物是人非。

垂头告别表哥之后，周昊南在海滨浴场灌木丛边的石椅上呆坐，游人来的来，走的走。整整一个下午，周昊南一直待在那里，双手抱胸，一言不发，纹丝不动。

阴沉的夏日，天色向晚，海风渐起。这风吹动了周昊南的衣襟，但驱散不了他的愁绪。不知从什么时候起，不远处的一家音像店强劲地启动了香港歌星彭羚的一首《爱过痛过亦愿等》，她凄厉、苍凉的超强女高音飘荡于海滨浴场的上空。乐曲之中，周昊南的忧郁，如同前方的"女娲补天"神像一样，已经定格——

曾笑说戏说未愿分，
曾爱过痛过亦愿等，
今生，愿意为你去死……

是的，爱过痛过，他愿意等，但他等谁？谁又愿意让他去等？他愿意等的人儿，已经投入了他人的怀抱，而这已经移情别恋的心上人，怎么还愿意让他去等？周昊南欠了一下身，将脸深深地埋在两个手掌中，液体，在止不住地从指缝间流出来后，就滴落了草丛。

不久，天已漆黑，形单影只的他慢慢站起，向南海酒店前面的草坪走去。曾经，有多少个周末，他与林莱贞到这里散步，到这海边的浅水里或石头缝中，观看跳跃着的大小不一的螃蟹和小虾。这里还有色彩斑斓的贝壳、角螺、贻贝和珍珠贝，他俩拾起后就互赠对方，深情相拥，嘤鸣求友。他感激生活，让他在深圳结识了自己情投意合的姑娘，他多么希望能与她一起慢慢变老，相伴一生。可现在世易事移，这段美好的姻缘已如倘来之物，这桩如昙花一现的恋情，终于经受不住现实生活中严峻的冲击和残酷的考验。

夜深了，在海边摇摆晃荡的他仍无心进食。草坪上不时走过一两对痴情相挽的恋人，海面上“突突”响着的机帆船正驶向蛇口港。他突然间有点后悔，当初为什么不答应与张福强联手做“机械表芯出口业务”？为什么不到沙头角一起去做地道中敏感的暴利生意？与此同时，也曾有其他不少深圳外贸朋友邀他合作做“出口退税”生意，以及汽车整车和零配件的“进口业务”，一向坚持原则的自己为何这样傻，总不应承？如果这样做了一段时间，也可急流勇退，然后以那可观的收入，他早就有了深圳户口和住房，那么，林莱贞还会绝情离去吗？

时间向午夜推进，在南海酒店对望香港元朗的海面上，船灯朦胧。静谧中，不知是谁播放起了在王靖雯所有歌曲中他最钟爱的一首《You were my everything》，音乐穿越树林，他心头再次猛地一震。清脆的节拍，伤感的旋律，他与林莱贞相处的过往时光就是这首歌恰如其分的写照：你曾是我的一切。现在呢？如今又再聆听这痛彻心扉的歌声，催人泪下的演绎，一字一句都像是在剪割着他的心——

可能当失去你，
至觉当天最美，
You were my everything，
可能当失去你，
方发现爱已死，
You were my everything，
……

他噙着热泪，脚步踉跄，迷茫地仰望深邃的夜空，他撕心裂肺地大喊她的名字：“林——莱——贞……”

第十七章　祈祷

第二天上班，周昊南“破天荒”第一次打卡迟到了，如同蜕变成另一个人的他耷拉着头，双眼红肿，整整一个上午一言不发。但他与林莱贞之间昨天发生的事，同事们从对他关心的询问中多少知道了一些。

“恭喜你！你已得到一个重新选择的机会！”办公室副主任李一峻对周昊南伸出断了食指的右手，走过来对周昊南说。

“恭喜？”周昊南愕然，他觉得与其说李一峻卖口乖，不如说他是在给自己伤口上撒盐。周昊南昨晚一夜无眠，心如刀割有谁知？所以他没有感觉到一丝安慰，只好一声苦笑，算是回应了李一峻的“热心过问”。

坐在邻桌的傅严杰却是坦荡地规劝周昊南：“这世界好姑娘有的是。不合适的对象，早分好过迟分啊！”周昊南觉得，道理是这个道理，只是不可能一下子转得过弯来。

坐在周昊南背后的王丽是专门做出口汗衫、文化衫的外贸业务员，她一大早就留意到了周昊南憔悴的样子。她是一名虔诚的基督徒，觉得自己有责任带周昊南脱离苦海。王丽是一个刚离婚的年近三十的女人，当初她丈夫有了外遇。在对簿公堂之前，她决意要争得对女儿的抚养权，但她丈夫也志在必得，而且迹象显示她绝对会输了这场官司。万般无奈之下，王丽有幸得到好心人的指引，每次都风雨不改地去教堂参加聚会，虔诚祷告，后来法院开庭审理的结果，女儿还真判给了她本人——王丽说是主耶稣安排法官这样判的。她还向周昊南认真地介绍说，当初自己从痛苦失败的婚姻中毅然站立起来，自己一手匡扶大厦之将倾，直至现在与女儿相依为命，其乐融融，也正是这样一种强大的精神力量给了她足够的支持——这就是耶稣基督！从此她真正走进耶稣基督的世界，就算在白天上班，只要一有空，她都不忘颔首闭目。每日三餐，筷子进嘴之前必先祷告。

“周昊南，有时间吗？晚上我带你去一个地方吧！”她关心地问。

周昊南不知她所说的是一个什么地方，只是与她作为同事相处一年多，清楚她的善良为人，同事一场，自己正好一个人也心堵得慌，就点头答应了。

在蛇口四海公园附近分布着爱榕园、文竹园和兰园等住宅小区，大都是没有安装电梯的多层幽静建筑。晚上，从竹子林过来的王丽，带着周昊南去到了一个叫作雷公岭的住宅区，进入其中一幢三楼的一个单元。这是大约四十平方的一个单身公寓，阳台外是一大片的荔枝林。公寓内坐满了人，靠着门口，放着一张讲台，墙壁上有一块黑板，黑板上方挂着耶稣在十字架上的受难图。王丽带着周昊南来到讲台前，与一位三十岁左右的青年人互相介绍说：“这是我们的牧师李亲建先生，这位是我的同事，周昊南。”

“很高兴认识你！”李亲建说话柔和，同时伸出了友爱的右手，“主会感谢你的到来！”

“主会知道我今天到来？”周昊南疑惑地问。

“你去到哪里，主都会知道。”李亲建友善地解释。

“上帝关掉了你的一扇窗，就会为你开启另一扇窗。”王丽适时进入正题说。

周昊南不置可否，他看到房间内的人以女性居多，介于三十至四十岁左右的年龄，她们坐在凳子上微笑地交谈，每人手里都有一个小本子，周昊南定睛一看，那是《圣经》。

“这本是你的。”王丽给了周昊南一本《圣经》说，“到了这里，大家就都是兄弟姐妹，是托主耶稣基督的福，让我们走在一起。”

周昊南找了一个地方坐下，粗略地翻了一下《圣经》，这是中、英文对照本，他看到了《出埃及记》等篇章，也看到了耶路撒冷、耶和华、马太福音和诺亚方舟等文字。

“大家坐好，我们的聚会开始。”讲台上的李亲建说，“主耶稣创造了人类，万事万物全都是由耶稣基督创造，所以我们要懂得感恩，我们要珍惜我们现在所拥有的一切……现在，让我们祈祷。”

周昊南看到，所有的人都闭上了眼，微低下头，双手合在一起置于胸前，口中念念有词。周昊南也就低下头，但眼睛怎么也闭不紧，还不时睁开一条缝，瞟一下周围。在大约三分钟之后，大家全都高声说了一句：“阿门！”以此来结束这次祷告。

“要将心静下来，要懂得宽恕，这样，你就可以脱离苦海。”坐在周昊南旁边的王丽对他开导说。

周昊南似懂非懂，不过，还是礼节性地点了点头。

“来，我帮你祷告吧！”王丽用自己的左手掌心按住周昊南的右手掌背，微闭上眼睛，低声念道，“主啊！伟大的耶和华，我的神，你饶恕周昊南的罪过吧！”

什么？我有罪过？我不偷不抢……周昊南心里一惊。然后，他听到王丽在继续念道：“主啊！今天，我将周昊南带到你的面前，我们愿意匍匐在你的脚下，我们愿意聆听你的教诲，请你哺育我们，带领我们，我们愿意跟随你，万能的主啊！请你原谅周昊南的过失！请你以博大的胸襟，接受周昊南，引领周昊南，请你关心他，爱护他，让他在你的召唤之下，走近你，奔向你……阿门！”

周昊南还没搞清自己有了什么罪过，只是机械地跟着说了一声“阿门”。

“你感觉轻松一点了吗？”王丽问周昊南。

“似乎差别不大啊！”他回答说。

“不急！很快你就心静，无欲无求了！”她说。

“我有什么罪过了？”他追问。

“人在世上，有了欲望，就是有了罪过。在伟大的耶稣基督面前，我们都是罪人。”王丽说。

“罪人？但我还是希望能得到深圳户口和住房，希望和林莱——”

他没说完，她就打断了他的话：“不急！一切慢慢都会有的，一切都会慢慢地好起来的。”

然后，李亲建在讲台上讲起了关于耶稣救赎的故事。不久，到了唱赞美歌的时候，大家就又都低头闭目，异口同声地唱道：

主的你，是多么的珍贵，
主的你，是地上阳光……

主啊！你带领着我们，
奔向远方……

这歌声谈不上高亢嘹亮，只是在低沉中显得整齐有序，它飘出了窗口，越过了荔枝林，然后飘荡在蛇口斑斓的夜空。对这样的场面和曲调，周昊南不怎么习惯，可看着大家如此投入，他就选择了认真感受和听从。

“你要真诚祷告，在主耶稣面前，可以将你的愿望大声地说出来！让主耶稣听得见，因为耶稣时刻就在我们身边。”李亲建走到周昊南身边，对周昊南微笑着诲之谆谆地说。周昊南站起来，紧紧地握着李亲建的手。忽然，周昊南瞥见李亲建的左手手腕处有一道明显的刀疤痕。对着心存芥蒂的周昊南，李亲建毫不避讳地说，七年前从东北只身来到蛇口的他曾无限钟情于蛇口的一位姑娘，两人双栖双飞。而在即将缔结良缘摆庆婚酒时，却不料姑娘移情别恋，引致绝望的李亲建割脉自杀。幸亏被及时发现，才抢救了过来。后来，抚平了心灵创伤的李亲建潜心跟随主耶稣，成为了在蛇口普度众生的最亲民的牧师。周昊南这才释然。

接着，大家又进入了祷告时间。在大家低微的祷告声中，周昊南忽然大声地嚎叫起来：“主啊，你就将陈光伟收拾了吧！”

众人闻言大惊，一下子停止了祷告，全都将疑惑的目光投向了周昊南，以致左顾右盼的周昊南一下子不知所措。

“陈光伟是谁？”大家问。

“他是对我横刀夺爱的情敌！我恨死他了。”周昊南愤怒地答。

王丽就赶忙对周昊南说：“主是宽厚仁慈的，主不提倡结仇，主不希望我们树敌。主要求我们博爱，严于律己，宽以待人……”然后，她又抓住周昊南的手，祷告说，“主啊，请你原谅初来乍到的周昊南吧！请你饶恕周昊南的无知和罪过吧……”

“有人打你的左脸，你就要将右脸拧过去让他再打。”处在祷告中的周昊南依稀记起了谁说过这样的话，但他想不明白，对于伤害了自己的人，为何还要请求主耶酥来进行宽恕？

聚会结束之后，周昊南回到福田下沙村公司宿舍，回想当晚的场景，还有自己从来没有过的经历，他的心还真的感觉慢慢平静了下来，像是看到了远方的希望和曙光。

宿舍里的同事大都已然入睡。周昊南轻轻地打开了自己的房门，蹑手蹑脚地去刷牙和洗澡。临睡之前，他突然想单独祈祷一回，就坐在床沿，学着刚才那些基督徒的样子，双掌合十，然后轻抵前额，面对窗外微弱的路灯灯光，无忧无虑地说出了自己的心里话。此时他感觉不需要顾忌什么，他觉得在苍穹之下，主正在俯瞰众生，洞悉着万民的所思所想。

心确实静了下来，但躺在床上的他还是未能马上合眼，他在想，他与林莱贞之间确实横亘着一条不可逾越的鸿沟，他们双方始终存在着一段无法缩小的距离，因为，他没有深圳户口，更没有住房。

既然我不能带给她幸福，就不配奉上对她的爱，那我祈祷上帝能赐予林莱贞她所需要的幸福吧。他自言自语地说。接着，尽管他内心忽地又起了波澜，但他还是能将这波澜平复下去。

“忘记她吧！”他心一横，终于用一种近乎恳求的语气对自己说。他觉得只有这样才能结束以往那令他心酸的苦恋，只有这样才能投身于下一步的工作生活中去。于是，他起床开灯，拿起桌上的通讯录，看着里面自己用清秀工整的正楷字体书写的林莱贞的姓名、地址和电话，他拿起涂改液将这些资料一一涂去。然后，他呆呆地看着通讯录里，那密密麻麻誊抄的亲戚、同学、朋友和老乡的电话资料中间，就出现了一片白色的空缺。“林莱贞，我将永远忘记你！”他决裂一般地对自己说。

深夜，他不再浮想联翩，他想象着在蔚蓝的天空上，两行排列成“人”字形的白鹭，正在自由地飞翔。

他终于在恬静的心境中香甜地睡去。

第十八章　困惑

Time and time again, I ask myself,

问自己，你到底好在哪里？好在哪里？

不久，全国各地荧屏都在播放着炙手可热的电视剧《北京人在纽约》，其主题歌余音绕梁，剧中人在异乡打拼的成功经历震撼了全国人民的心。说来也巧，一天周昊南骑着自行车经过香蜜湖时，居然看到那里停放着一辆林肯加长轿车。本来，林肯这个车标在中国也不鲜见，但偏偏那车明晃晃地镶嵌着“LA 1937”这一车牌号码。LA 是 Los Angeles（洛杉矶）的英文简写，这分明就是美国洛杉矶的车牌。它是用船运过来的吧？怎么会有这样一辆车出现在福田？看着这车，他联想到了《北京人在纽约》。

“Time and time again, I ask myself,”有一天，一个清瘦的汉子以蹩脚的英文哼着这句歌词，走进了招商（福田）进出口贸易公司的大门。他将一件衬衫脱下搭在肩上，上身就只穿一件白背心。他一边用右手食指转着奔驰车匙圈，一边对前台的黄丽娟说：“我找周昊南！”

“你贵姓？”黄丽娟客气地问。

“姓张！”他普通话不够标准。

“姓长？”黄丽娟听得不太明白。

“不，姓张，嚣张的‘张’，但我不嚣张。”

黄丽娟有点想笑，又问：“什么名字？”

“幸福的‘福’，强大的‘强’。”

“哪个‘讲’？”

“强壮的‘强’”

“还是没听懂。”

“强奸的‘强’！”

黄丽娟一惊，脸一下红了，就站起来将他带入接待室，并告知了周昊南。

“出货路经竹子林，所以来看看你。”在接待室，张福强对周昊南说，“怎么啦？你脸色不大好！”

这一声问，让周昊南内心如江河决堤。周昊南赶忙起身调整了一下位置，让自己的背对着接待室的门，他不希望外面的同事看到他的脸。福强啊福强，他想，我儿时一起在河中潜泳的好兄弟，他乡遇故知，宛若亲人。福强，你为什么现在才出现？在那么一段空虚绝望的日子里，我孑然一身，无依无靠。如果当时你就在我身边，我可以对着你痛哭。从苎麻夏布之殇，到与林莱贞的惨烈分手，我痛苦的心有谁知？周昊南恨不得一下子能把肚里的苦水倒完。

接下来是十多分钟的沉默和寂静。

“顺其自然吧！”一向爱说爱笑的张福强也忧郁了，他一拍周昊南壮实的臂膀，说，“算了，今朝有酒今朝醉，明日有妞明日睡。别理她，旧的不去，新的不来。”

“你说得倒轻松，”周昊南不以为然。

“不！我做得到的，我也是这样做的！你看，我女朋友不缺啊！”张福强生怕周昊南不相信，就认真地、笑吟吟地表白说，“不要因为一棵树木，就放弃了一片森林！而拥有了成片的森林，才有伐不完的树木呢！”

慢慢地，周昊南轻松了一些，两个人的话题来到了夏布上。周昊南将与韩商夏布业务的来龙去脉讲完后，说：“我实在是苦无良策了。你‘鬼点子’多，看看你有什么高见？”

张福强就问：“你将这韩国客户手签的合同给我看看？”

周昊南回座位拿来了合同。张福强端详着右下角金先生的英文签字说：“你的英文临摹能力也很强。你这单业务，其实有一个办法：货物检验证书可由你自己依照韩国客户的笔迹来签发，装柜出货后交单银行，先收回了货款再说；与此同时，你在深圳市进出口商品检验检疫局申请商检，主要内容就是证明这批货物质量合格，规格是一千二百扣，这就形成货物跟合同要求相符的有力的证据，也就不怕对方的主观索赔。”

张福强逐渐地对进出口业务熟悉不少。周昊南道：“商检，我可以办得到；可是由我来代表韩国客户签字，当天我也曾考虑过，但这是弄虚作假，不合法，不行的！”

“如果是我，我就签了，收回款再讲。”

“但弄虚作假确实违反了合同法的公平自愿原则和诚实守信精神。”

“你都让他害得崩溃了，还《合同法》？谈《合同法》，那他为什么不再来验货？根据你们之间的合同，他不来验货，就意味着他违反《合同法》了！而你的货，可是好好地一直备在仓库，等他随时来验呀！他却不来。”张福强说得还挺有见地。

“是的，我可以再要求他来验货，但是让我临摹他的笔迹，这个真不行。”

“你真是一根筋！你没记得当初你到福田时，在我的饭店旁边，我当着你和罗振锋的面说了什么？”张福强用手敲着桌子，批评周昊南说，“抓到才是贼哪！屌头！”

可周昊南还是摇了摇头，苦笑一声，他不同意张福强的做法，而且也错过了时机。

“算了，不再提这个。你也别这么伤心了。我说一个有趣的故事给你听，是关于我的，帮你调节一下心情。”张福强开始转移话题，“我差点让公安抓了！前天晚上，我们在皇岗口岸报完关出货，赚了一笔，我就跟朋友到附近的皇岗村里庆祝一下。怎么个庆祝法？就是到‘城中村’各找一个小妹潇洒！就是你说过的‘Touch’和‘Put into’嘛！当时，我与小妹刚进了五楼的一间单房，我刚解开上衣纽扣——突然间警笛响起，整栋楼让民警包围。这栋楼六层，共有二十多个房，就等于有二十对男女了。哈哈，都是狗男女。刹那间，房门陆陆续续‘砰’地关严，震天价响，而且反锁。警察们一拥而上，一层楼又一层楼地敲门查房，遇到坚决不肯开门的，就让陪同的开锁师傅开锁。门一打开，人赃俱获，押上警车——”

“那你让抓了进去？这么快出来了？”周昊南迫不及待地问。

“且听我慢慢道来。”张福强摆摆手笑着说，“我朋友被抓走了。当时形势十分危急，我突然心生一计，就叫小妹不要慌张，我担保她没事。我俩整理好衣服，将两扇房门全部打开，然后拧亮灯，电视大开，声音调得还挺大。我们坐在客厅的沙发上，若无其事地看着电视剧《包青天》。警察们经过房间门口时，见房门大开，里面的人正在看电视呢！就连进都没进来房间一下，我没事了，哈哈！我还想邀请他们一起看《包青天》呢！但他们不给我机会哪！人来！王朝、马汉！开铡——”

“真有你的！”周昊南说，不过他对此并不感兴趣，只是问，“你刚才说的皇岗口岸报关，是指机械表芯吗？”

“是的，你如果还想加入来做，现在还是时候，还有大把的钱等着你来挣。我们就缺你这样的外贸专业人才。我拍档也欢迎你，他在派出所被拘留十五天，等他出来后，我们就可以重新开始合作。”张福强仍不失时机地鼓动。

“但我还是想劝你们马上收手。”周昊南答，“还有，你说的沙头角的地道，如果是真的话，你不要再做了。”

“这……”张福强一脸为难。

送走张福强后，周昊南埋头做了一套活性炭的出口单证，向报关组登记申领了出口报关单证。

金先生与他的苎麻夏布业务告吹后，却向他下了一个20'柜的活性炭订单，信用证已经收到，只是里面不再要求由金先生签发检验证书这一条款，也就是不需要他飞过来验货，因为活性炭是由机器生产出来的化工产品，那包以特快专递寄出的样品让买家确认即可。这货由江西省玉山活性炭厂生产，只要周昊南备好货物就可出口了。这事情他办理好后，坐在座位上的他稍稍喘了口气，思绪却怎么也停不下来。

在去年八月出差到安徽省嘉山县的半个月时间里，他结识了明光工艺玩具厂厂长朱乡明，并感觉与朱厂长很投缘。朱厂长是一位中年汉子，他开办二十年的这家工厂由于没有进出口经营权，所以一直由省内外的外贸公司代理他本厂各色工艺玩具鞋和长毛绒玩具的出口。

前几天，朱厂长来电话对周昊南发出邀请，他说工厂已经与美国洛杉矶商人朱天瑞合作成立了中外合资公司，可以自己做进出口贸易了。根据合资公司章程，他的工厂要外派一名外贸业务员长驻洛杉矶，朱厂长希望找一个诚实守信、英语突出、熟悉国际贸易的外贸业务员，他一下子就锁定了周昊南。但在外派洛杉矶之前，这名业务员需要在嘉山待足三个月，熟悉工厂生产程序，更主要的是必须掌握长毛绒玩具原材料及成品的成本核算，以有利于业务开展。

这些天周昊南一直在拿捏着这个事情，期间朱厂长还来过几次电话，催促周昊南快做决定。

“一个全新的国度，在那地方我能生存吗？”周昊南心存忐忑。

“就算狗，只要会跑都不会饿死！”朱厂长引用《卡门》中的波希米亚谚语说。

“让我考虑一下。”周昊南不住地念道。

那时在深圳范围内，无论是央企和全国各省市开办于此的外贸总公司，或者是其他机构设立在这里的大大小小的分公司、办事处，可谓数以千计。所以，不光是深圳外贸进出口总值一直雄居全国之首，这里成千上万的外贸业务员也个个都是百炼成钢，是外贸战线的老手。招商（福田）进出口贸易公司每天出口货如轮转，在深圳这样偌大一个外贸战场，这公司简直是一所国际业务领域的黄埔军校。朱厂长既看中了周昊南的人品，也赏识他的专业水平。

那段时间周昊南白天上班，忙忙碌碌。到了晚上，他就常常跟同事王丽到蛇口参加基督徒聚会，虔诚祷告，唱赞美歌。一个月过去了，他感觉也没什么新奇如意的事情发生。耶稣基督什么时候会降临我身上？耶和华什么时候拯救我脱离苦海？耶稣会不会赐我深圳户口和住房？伟大的主啊，您能让林莱贞回心转意吗？他不断问自己。当初已经发誓要忘记林莱贞的他，慢慢地又难以自制地想念她了。

天，还是那个天；周昊南，还是那个周昊南。日出日落，潮涨潮退。周昊南的心情又开始出现一种莫可名状的难受。他仿佛一位在烈日下于茫茫沙漠中艰难跋涉的苦行僧，正口干舌燥地对一口井或一片绿荫萌生幻想。林莱贞啊林莱贞，他想，我知道我见不到你，也听不到你那悦耳的声音，但是，任何关于你的信息，对我都是莫大的欣慰！他终于发现，对林莱贞的思绪如同墙上时钟的钟摆一样，永远不会停止，而自己当初在通讯录本子上用涂改液涂掉她的资料，那是多么愚蠢的行为。于是，他一边责怪自己，一边拿出在涂改液盒子里配套的稀释水，小心地点抹在当初通讯录那乳白色的涂改液之上，将其慢慢地稀释掉。涂改液的气味很刺鼻，但他浑然不觉，他甚至认为这是林莱贞诱人的体香。

不久，林莱贞的姓名、地址和电话就又赫然呈现于他的通讯录本子上。他一边凝视，一边默念着这些文字，这样才又开始带给他淡淡的慰藉与满足。

可是，他感觉还欠缺着什么。于是，在单身宿舍里，在自己日常使用的杯子、台灯、衣柜、枕头和门窗上——就差钥匙和内裤了，他全都用清秀工整的正楷，端端正正地写上或贴上了林莱贞的名字。以致有一天傅严杰走入房来时，还以为是错入了新来的女同事的宿舍。在每个下班后的晚上，夜阑人静，周昊南看着这些生活用品上的名字，睹物思人，黯然神伤。他慢慢摩挲着这一大堆的林莱贞的名字，觉得就像是当初抚摸着她雪白的胴体。而当这样的幻觉让现实彻底击碎时，他才不得不沮丧地垂下了头颅。然后，他沉重地趴在林莱贞曾经躺过的铁架床上，他那埋在枕头里的嘴巴就一声声地痛苦地叫唤着："林莱贞啊林莱贞——"

第十九章　让我望你多一会

周昊南万万没有料到，两年前他如溪水之于大海一般奔赴而来的福田，而今却成了他生命中的一个驿站。

那天上午，何总笑着送几个客人到公司门口，顺便让前台黄丽娟唤周昊南过来。

周昊南一进门，就见到何总神色凝重，像一块拒绝融化的冰。何总对着他劈头盖脸地数落了一通，主要说他近期精神萎靡不振，业务停滞不前等等。周昊南不明就里，其实何总的用意是想让他主动写辞职信，那样的话，公司就不用额外地补偿他三个月的薪水。

原来何总早上接到一个电话，是公司租住下沙村宿舍的房东陈光伟打过来的。陈光伟在电话里指名道姓要求何总炒掉周昊南。还说如果何总不同意，他这栋楼房就不再租给公司使用，或者提租三成。何总忙问原因，陈光伟说你别管这个。何总就认为有可能是周昊南在社会上得罪了什么人，何总如果一下子转移几十个员工，不是不可以，而是会费时费力，所以就只好牺牲周昊南一人的利益，于是同意了陈光伟的要挟。

由于遭逢了苎麻业务败北和失恋这两大折翼，周昊南可谓心灰意冷，所以何总一开口，椅子未坐热的周昊南就马上主动表示，第二天将会离开公司。双方谈话只用了两分钟，这样创下的深圳辞职历史上的“最高效率”也令何总惊愕。

在蛇口土生土长的陈光伟除拥有蛇口大量祖传物业外，在下沙村也有房产。这位公子哥儿养尊处优，二十出头就已阅尽人间春色，他就是周昊南在上海酒家门前相遇的那个“黄毛”，是林莱贞的现任男友。陈光伟逐渐得悉林莱贞的一段旧情，在打听到周昊南的情况后，就赶尽杀绝一般强迫何总辞离了周昊南。

当天，周昊南办好了工作移交手续，回宿舍收拾行李。由于他的人事手续并没调入公司，档案关系等等还在粤西，所以他与公司没什么正式手续可言，仿佛是旅馆里未曾登记，所以不需办理退房手续的一名匆匆过客。

傍晚，在宿舍，周昊南望着红蓝相间的胀鼓鼓的蛇皮袋，远行的行李已经收拾妥当。他静静地坐在床沿，两眼茫然地望着天花板，然后审视着这狭窄而灰白的四面墙壁，他不止一次地问自己：我就这样离去吗？

这间地处下沙村海边的六平方米的小房子，此刻越发显得亲切，情在离时最是浓。在这有限的空间，很多次，他拖着从深圳上班劳碌中脱身，或从远道出差归来的疲惫身体，一回到这个角落，就以一个“大”字，重重地瘫倒在这张吱呀作响的铁架床上，让疲倦慢慢消化——但张福强那“捣蛋鬼”常说，那不是“大”字，而是个“太”字。周昊南就擂他一拳！

这个晚上，他将米洗好后放入电饭煲，然后，将一条洗涮干净的鲫鱼，用不锈钢碟装上，放了姜块、生葱、酱油和花生油，等到饭快将熟时，才将不锈钢碟和鲫鱼放在饭面上，盖好电饭煲盖子再蒸。过一会儿，饭与鲫鱼同熟，一揭开盖子，水蒸气伴随着香喷喷的鱼香味就扑鼻而来。这是罗振锋教他的最简单实用的烹饪方法。

用餐之后，他在村口约来了月结的一家货运公司的职员熊立波，将八百元快递费交给了熊立波。一星期前，他将一大包棉麻混纺纱样品交熊立波，寄给了巴基斯坦一个新客户。

“还没到月结时间，你就付款了？”站在村口的熊立波不解。

“我辞职了。”周昊南说。

“啊？这么积极能干的小伙子，怎么就辞职了？”熊立波愕然，但在确认了事情之后，就只能说，“那你走好！一路顺风！”此时的熊立波肃然起敬。他知道，周昊南其实完全可以私下溜掉，那么这八百元的快递费，周昊南就可以不给，那么熊立波自己就得代掏腰包了。

周昊南又约来了深圳市万通船务有限公司业务员黄涌，将五套三正三副的空白海运提单还给了他。这些提单作为货物所有权的凭证，如果当初他动用其中任何一套提单，代船长的名义而签发，然后与其他单证一起交给银行，那么，那笔夏布信用证的货款照样可以一分不少地收到，但周昊南放弃了。

至于深华工贸公司的夏布出口许可证九千五百元的代理费，他已自掏腰包，在之前一天通过邮局将款汇给了深华工贸公司。事实上，深华工贸公司后来对这张出口许可证进行了灵活处理：将原证作废，然后重新申请新证，用于其他公司的夏布货物代理出口业务。所以，这笔出口代理费其实一分也不曾产生。周昊南也清楚知道这样一种可以变通的操作方法，他还曾计划过跟深华工贸公司解释，希望看在货物不曾报关的情况，酌情免掉他的这一笔委实不菲的代理费。但是，勇于担当的周昊南后来还是放弃了这一计划。

一切安排妥当后，他又来到蛇口，藏在上海酒家对面隔着太子路的那片红树林里。夏夜的空气带来了海边潮湿的味道，风透过红树林，吹入了他的衣襟，马路边灯影重重，太子路上人车已然不多。他远远地看到，虽已临近打烊时分，但酒家的迎宾小姐仍在上班，酒家内里的员工仍在忙乎。每当里面的宾客用完餐后出门离去，迎宾小姐就弯腰款款相送。在此刻，时过境迁，物是人非，林莱贞她现在会在哪里？在干什么？他问自己。尽管他明知此时他找不到答案，但还是痴痴地问自己。夜色更浓时，站在红树林深处的他凝望着这一切，他内心涌动着刀割一般的痛楚。“再见了，上海酒家！再见了，林莱贞！”他在喃喃自语。

回到宿舍后，他与临睡的同事们一一作别。一直对他侃笑的友好的傅严杰第一次抿紧了嘴，与周昊南握着的双手久久没有分开，心情显现了从没有过的忧伤。然后，周昊南进到自己宿舍，再次整理好所有的行李之后，就拿出纸和笔埋头写东西，纸张撕掉了一张又一张。

第二天一早醒来，他顶着雾气，背起蛇皮袋上路。他向着福田汽车站慢行。行李沉重，可他心情更沉重。他舍不得离开，但又不得不离开。他在这里谋不到深圳户口和住房，更得不到他心中的爱，他只得带着支离破碎的心，无限惋惜地离开这个伤感之地。他一边向车站走去，一边贪婪地回望身后的建筑，他试图将这熟悉的一切深深地记入脑海。他不知道何年何月会再返福田，也不知道是否会就此一去不返，所以临行前的这一刻对他来说，弥足珍贵。

在福田汽车站，他上了一辆坐满了人的客车。到点时，客车准时徐徐开动。这时候，司机打开音响，就传来了刘美君凄厉泣诉的歌声——

再——让我望你多一会儿，
含泪笑……

周昊南忽然想起什么，就伸手从上衣口袋里掏出一张纸，那上面是他昨夜试写的一首小诗。

临别赠L

周昊南

临行前，我对你说——
我将奔向遥远的朔方，
当秋意渐浓，寒气向你袭来时，
我对你的惦挂，
将化碧空中那雁阵一行！

临行前，我也对你说——
我还将飞赴遥远的大洋彼岸，
当你又重拾，我俩曾几度牵手漫步的海滨时，
我对你的祝福，
将融入那重重拍打沙滩的海浪！

临行前，我还对你说——
若干年后，我的魂灵会升至天堂，
当夜阑星熠，世人延颈企望，
看到苍穹闪烁的群星时，
其中有我，
那是我死不瞑目舍不得你啊！
那是我对你再度回首时，
我的眼球我的瞳仁我的魂灵在闪光！
……

他黯然将这首诗撕得粉碎，然后站起来向窗外撒去，随即，细碎的纸屑被晨风吹得纷纷扬扬，飘向树梢和半空，他要将这饱含深情的字句留在福田。

但过了一会儿，周昊南忽然才隐隐约约地觉得，自己还有一件尚未办完的

重大的事情。于是在车子快将驶离竹子林时，他要求司机停车，然后他在深南路旁下了车。

他提着行李走入了这路边的一片荔枝林，这里离招商（福田）进出口贸易公司不远。这时天色尚早，来往车辆不多，远近成群的鸟儿飞跃其间。“早起的鸟儿有虫吃”、“早起的虫儿被鸟吃”，他想起张福强曾戏谑的这两句话，凄然一笑，然后在荔枝林里茫然四顾。

突然，在簇拥着怒放的一大片簕杜鹃花前，在潮湿的草地上，对着招商公司办公大楼的方向，对着福田钩机耸立的大片建筑工地，他“扑通”一声跪下了！

他两目微闭，双掌合十，口中念念有词，以穆罕默德做礼拜时的真心，以自己曾作为基督徒时的虔诚。

良久，他松开手掌，双手刨开草地，再掬起一把泥土，用一个精美的塑胶袋密封好，再小心放入行李袋内，然后站起来，不停地喃念：“再见了，福田！再见了，蛇口！再见了，深圳！”

不久，周昊南登上另一辆大巴，一路经过华侨城、大冲、南头、西乡、福永与松岗，直奔广州。

他带着椎心般的痛楚离开了深圳。

“呜——”当天晚上，广州一南京西的特快列车 T109 驶出广州，加足马力向北驰去。在列车中部车厢一个下铺靠窗位置，周昊南怅然眺望窗外。

在他面前的小桌上，放着他取自福田的一小包泥土……

第二十章　盖上棉被吹空调

在炎炎夏日的一个星期一中午，天气热比火烧，但在蛇口南海酒店一间宽敞豪华的总统套房内，由于整夜地开着低至十三度的空调，住客就冷得要将棉被盖过头顶，所以，若不是房间的电话响起，住客才不会起床走到窗边去拉开严实的窗帘，也还真不知道外面早已日上三竿。

一旦踏入这一个金碧辉煌的宫殿，仿佛是进入自动化系统，只要你懂得呼吸和挪动双腿，那么其他一切都不用你操劳。

站在窗前，住客惺忪的双眼一下子还不能适应外面如此强烈刺眼的太阳光。

这落地玻璃正对着浩瀚的深圳湾，对面香港元朗的山山水水和高楼大厦尽收眼底。在海面上，一串串浮标在晃动，几艘轻型游艇正向深圳湾东边进发。住客忽然意识到棕色的头发让昨夜的睡姿弄歪了原形，甚至那浓烈的棕色又得重新漂染了，他就走到洗手间的镜子前面，拿起一把精致的牛角梳，将那棕色头发严格地挑起。随后，他用剃须刀刮起了胡子。他拧了一下左手中指上硕大沉重的金戒指，再整理一下脖子上如念珠一般粗的金项链。床头柜竖着他让人用 24K 足金打造的一个硕大沉重的“大哥大”，他刚刚开机。从洗手间明亮的大镜子里，他看到大班床上那床雪白柔软的真丝棉被顶端露出一缕长发，那是仍在酣睡的林莱贞的头发，地板上散落着她的一套花白短裙。

住客叫陈光伟。

林莱贞与陈光伟正式认识仅三天，就从四海宿舍搬入了他在水湾头的私家洋楼。又过一个星期，她就从上海酒家辞了工。每天除了坐着皇冠小车游车河，就是睡觉。

同样是在夏日，如果说，一年前在招商大厦楼下，那场“8·10”风波让她跟着周昊南饱受了酷热和汗臭之苦的话，现在，是陈光伟带她享受着生活的馈赠，这空调让她在酷暑里冷得毛孔几致封闭，全身瑟瑟发抖。

由于室内温度太低，陈光伟又不愿意关掉空调，他就穿起一套太子丝绸睡袍来取暖。他赤着双脚，在一尘不染的实木地板上毫无目的地走动。少顷，他开始寻找自己昨夜不知丢落房内何处的“劳力士”手表，那是价值三十万港币的名表。一看，十二点半了，他才感觉到肚子有点饿，而他几乎不想走出房间去就餐，就启动了床前的一个按钮，说：“送一份早餐过来！”

陈光伟父母当年逃港成功后，就经常住在香港。陈光伟是家中独子，除了自有物业，他在蛇口湾厦村还有一大片的厂房，租给“三来一补”企业作生产之用，月租金数十万。在湾厦村，他每年还另有固定分红，至于他成片的果园，龙眼自然脱落他都不曾安排工人采摘。所以，作为无冕之王的他读完小学三年级后，就无心于校园，十五岁已懂得开车，只是一直未领取驾照。

“叮咚！”一位眉清目秀的侍应小姐轻轻敲门，在得到陈光伟的同意后，款款走入。她手里托着一盘点心和生果。陈光伟让她放在餐桌上后，掏出一张鲜红的一百元钞票作为小费，递给侍应小姐说：“这是广币。”

他的普通话不好，因说惯了粤语，“港”与“广”粤语同音，他本应说的“港（Gang）”币就说成了“广（Guang）”币。

领了小费的侍应小姐赶忙欠身，甜甜地说了声“多谢！”然后轻轻带上门出去。

这段时间属于广东农村的夏收季节。昨天晚上，由于陈光伟家的楼顶隔热层散热比平时慢，他一个不高兴，就拉着林莱贞说：“走，我们到外面住去！”于是开着皇冠小车，悠悠然入住了南海酒店的总统套房。仿佛他对在家中长期居住的小洋楼，日久也产生了审美疲劳。

慢慢地呷着橙汁，他开始为找不到一点可以干的事情而发愁。于是，他又钻进林莱贞的被窝，似睡非睡地搂着她眯了一会儿。

后来，他起身后摸出一盒香烟。精致的床头柜上本来就有一个打火机，但嘴里叼着香烟的他偏偏不想直接点火，而是用打火机引燃了一张他卷起来的绿色百元人民币，再用这冒着火苗的人民币来点燃香烟，然后将这燃烧了三分之二的人民币丢进抽水马桶，加之以撒了一泡黄尿，来冲走这张残钞，再“咕噜咕噜”地按水冲掉。

过了一会儿，感觉不过瘾的他就走到客厅，坐在藤椅上。他拿出一张锡纸，往上面倒了一点白色粉末。然后在锡纸下面打着了打火机——这次他不点燃人民币了，因为这样的方式不好操作。然后他半闭着眼睛，伸过鼻子，一脸陶醉地将粉末燃烧的气味全吸了进去。

下午两点，他的纯金手提电话响起，是招商（福田）进出口贸易公司财务部出纳郝志悦打来的：“陈老板，起床了没？”

“刚起来。”

“我刚好到了蛇口，我交钱到哪里？”

“你拿来南海酒店吧！”陈光伟不紧不慢地说。

二十分钟左右，郝志悦推门而入。他提着一个黑色的塑料袋，里面装了两万元人民币现金，在客厅上坐下，准备让陈光伟点数。这两叠整整齐齐的绿色百元大钞仍崭新得很，由银行小姐绑好的白条纸还盖着银行小小的红色长方形章。陈光伟拿起钱往空中轻轻一抛，再用手掂了掂重量，说：“不用点，够数。”

“我们公司的房租交得很及时吧！”郝志悦满面笑容地问。

“还可以！”陈光伟随意地说，“你们公司租我的这幢楼，也有三年啦！交租一直都准时。”

换句话说，周昊南也一直住着陈光伟的房子，周昊南只是陈光伟的一个租户。

“是的！希望你别涨房租啊，老客户了。”郝志悦讨好地说，他猛一回头，看到房内睡着露出一个头的林莱贞相当面熟，这不是周昊南的女朋友吗？怎么到了这里呢？他想，但他很快就明白了是怎么回事。

“不会涨的，目前。”陈光伟说，然后不屑地问，“你们公司的周昊南，现在怎么样了？”

“你认识他？”郝志悦望着陈光伟问。

“何止认识？蛇口本来就很小。”陈光伟得意地笑一笑，“据说，他曾经幻想爱上我的女朋友，也不看看自己是什么 Quali！哈哈！”——讲粤语的大都喜欢时不时地用上 Quali 这个单词。

“有这回事？”

“是的！但他敢跟我争？都不在同一条起跑线上的，哈哈！”

“他离开公司了，据说也离开深圳了。”郝志悦说。

“还离开深圳了？那就好！那就好！”陈光伟稍感吃惊，然后在房内悠闲地踱步说，“这样更好啊，免得他看到了我，会伤心的，我可不是义工，不负责心理辅导和安抚的哦，哈哈！”

“你玩好，我走了，每个星期一都是我们一周里事情最多的一天。”郝志悦对陈光伟说，他一边离开，一边看着陈光伟写给他的房租收据，上面的字歪歪斜斜，若不细察，还真以为是小鸡在地上抓爪子。

在回公司的路上，郝志悦开车经过中国银行福田支行，他就到银行里领取一份信用证。这是从巴基斯坦开出给招商（福田）进出口贸易公司的一份信用证。回到公司后，他将信用证交给了何总。

“这是谁经手的信用证？好大的单子，一年里每月分批出货，也是一个长单子，利润如此可观！”何总一一打电话查问各个部门经理。

“棉麻混纺纱，这是周昊南经手的信用证。”许晏伟来到何总的办公室说。

是的，这其实是周昊南经手的一个新单子，巴基斯坦买家舍拉兹收到周昊南的样品后，确认了质量，然后不声不响地开出了这份大额信用证。可是周昊南已经离开了公司，那么这单业务就顺其自然地由其部门经理许晏伟接手了。周昊南却绝对不知道，在他离开公司之后，来了这一份同样可以改变他命运的信用证！用现实一点的话来说，这也是一份可以带给他深圳户口和住房的信用证！

这时候，在南海酒店的那间总统套房内，陈光伟忽然想清下喉咙，就扭开了卡拉OK，打开千百惠的一首流行歌《读你》，唱了起来——

“Do”你千遍也不厌倦，
“Do”你的感觉像三月……

他仍然不太能适应普通话的歌曲，于是，他选中了张志霖和许秋怡合唱的粤语情歌《现代爱情故事》，接着对着屏幕又嚎了起来——

离别时没有对错，
要走也解释不多，
现在说永远已经很傻，
随着那一霄去，
火花已消逝，
不可能付出一生那么多……

昨夜让陈光伟从头发尖吻到脚趾头的林莱贞，被吵得慢慢转动了雪白的身子。她一醒来，就大喊说冷，于是赶紧地用厚厚的棉被卷实了自己，还让陈光伟为她给加盖了一张丝棉被。

每天，两人都好像是不约而同地进行着“马拉松睡眠大赛”——看谁睡得更久。她以长睡的方式，将以前因上班而未能好好休息的时间夺回来。

由于跟着了陈光伟，纸醉金迷，她的早晨从下午开始，她的下午在凌晨结束。

第二十一章　改弦更张

夜里十点，从南京开往安徽嘉山的小巴颠簸在漆黑崎岖的山路上，乘客不时被从座位上弹起抛向空中，复又回到座位。如果谁患有泌尿系统结石，这样坐车就不失为一个有效的另类排石方法。突然，周昊南明显感觉车身出现倾斜，全车乘客都已从睡意中惊醒呼喊。刹那间，小巴在“轰隆隆”的巨响中翻滚。他昏了过去。

当他苏醒时，身边的护士告诉周昊南：这里是安徽省滁州市人民医院住院部。原来在三天前，他所乘的车子因司机疲劳驾驶，以及偏远山区的恶劣路况，掉下了二十多米深的悬崖，全车三十多个乘客只有六人幸存。周昊南这才回忆起当时自己是从车窗里被抛出，幸好他紧紧抱住了自己的行李袋，是这像机动车气囊一般的行李袋的缓冲救了他一命。

当时，他掉下后因惯性而滚入了一个山洞。从昏迷中醒来后，处在漆黑中的他又饿又渴，难以动弹，他赶忙拿出行李袋中残存的矿泉水喝完。然后，他才惊慌地发觉食物难以为继。沉思良久，他只得用矿泉水瓶装下自己排出的尿液，但手握这散发着骚味的黄澄澄的尿液时，怔住了的他没法接受将要喝尿这样残酷的事实。渐渐地，他转念一想，这尿本身也是自己身内之物，现在只不过是倒灌回去而已。最后，他才闭上眼睛，勇敢地强忍着喝了下去——这是他有生以来第一次喝尿。有赖这一能量补给，自小靠啃着萝卜干长大的他就将生命顽强地延续了，然后再度昏厥而且处于毒蛇随时出没的危险之中，最后幸好是拯救人员根据一摊血迹，才找到在山洞中奄奄一息的他。

当天傍晚，在医院中长睡后饱餐一顿的周昊南觉得元气已基本恢复，就决定不再耗费时间。他摸了摸身上的伤痕，站了起来，趁着护士不在房内，其他伤员熟睡，他就自己拨下了输液的针头，贴了一块止血贴，然后背起行李走出医院大门。他赶往汽车站，登上了从滁州开往嘉山的客车。但在很长时间后，当这辆边开边修的破旧老车抵达一个叫做张八岭的小镇车站时，夜已深，司机抱歉地对乘客说："车子坏了，只得退票，到不了嘉山。"

乘客们只好走出车站。由于路上偶然经过的汽车全不是客车，所以不管周昊南如何招手，汽车都是不停。再往前去，越来越偏僻，即便萤火虫儿也难得一见。

"住宿吗？"不远处一位光背文身汉子端坐在一栋三层楼房前的矮凳上，漫不经心地问。

"是啊！"周昊南回答，他看看表，已是夜里三点。

"单间，有十元的，有五元的。"汉子冷冷地说。在汉子身后，有三几个妹子煮饭炒菜，准备吃夜宵。周昊南出门的宗旨是能省就省，再说现在天都快亮了，于是打算将就住一晚，就要了一个五元的单间。

"拿着蜡烛走下去！到门开的那间房！"汉子递给他一根蜡烛，让周昊南用炒菜的炉火燃着。

原来他住的只是地下室。他沿着阶梯，越往下面走，就越感觉漆黑。循着烛光，左右两边是一间间用胶合板隔开来的小房，空气完全不能流通，全是一股发霉的味道。这些房内一点声音都没有，也许没人住，也许住的人已睡着。他走进一间开着门的房间，这是仅容得下一张单人床的房间，他关门时发现门后没有插栓，只好用房内一张烂椅子将门顶上，并加上了行李的重量。他觉得如果有人撬门的话，椅子的移动声至少可以叫醒他。但还没等他坐下，就见到一只老鼠突然吱地叫了一声，毅然跃上他的肩膀，并向门缝那里窜过去。没有电风扇，没有蚊帐和蚊香。他管不了那么多了，先抓紧时间睡觉。他吹灭蜡烛，突然感觉自己就像住在十八层地狱之下。二十多年来，他从没遇过如此让人毛骨悚然的漆黑。以前常说的"伸手不见五指"，现在一根指头都看不见！

这一夜，他在恐惧中睡着，又从恐惧中醒来。还好，平安无事。

占地十几亩的明光工艺玩具厂位于嘉山县城西边，全厂三百多人中绝大多数是女工。上午，在工厂门口，一位中年汉子来回踱步，他头发坚硬而卷曲，身穿白色背心、蓝色长裤和皮凉鞋。当他看到一辆三轮车朝着他驶来时，忙迎了上去，高声说："周昊南，你可来了，你辛苦了！"

"朱厂长，一年没见，久违了！"周昊南擦拭着额上的汗水说。

朱厂长先带着周昊南来到厂内一幢三层大楼，在顶层的一个房间住下。这是一幢空置的教学大楼，好像整个大楼中就只有周昊南一人居住。然后朱厂长带着周昊南进车间了。在平缝车间，周昊南突然看到，在铺着布料并堆放着大堆小堆的鸡鸭和熊猫长毛绒玩具的车间内，几十个年轻女工横七竖八地倒卧在地上！

“她们怎么啦？”周昊南惊问。

“为了赶一张订单，要出货，她们昨晚通宵加班，刚刚才做完活。”朱厂长心疼地说。

从车间回来后，朱厂长向周昊南介绍了锁副厂长、供销科长、技术科长和材料科长。这些人有的在去年周昊南出差过来时认识，有的素未谋面。

一天就这样过去了，在连日的奔波之后，这个晚上，周昊南终于可以安心睡上一觉了。

从第二天开始，白天他就在厂里各个车间熟悉各种生产技术，晚上就早早回到独自拥有的大楼，他住的房间很宽敞，足有四十平方米之巨。

夏天的安徽温差大，白天骄阳似火，晚上却很清凉。夜里，刚刚睡了一会儿的周昊南忽然被一阵“哔哔”的响声吵醒。他睁开眼睛，起身来到窗前，只见厂内万籁俱寂，树影绰约，在周围昏黄的电灯中，门卫正在厂门口打盹。周昊南看着无事，就回到床上继续睡。刚刚睡着，他又被“哔哔”的声响吵醒了。他躺在床上仔细听了听，感觉声音是从天花板上发出的。难道是老鼠在赛跑？他呓语一般，然后转一下身，酣然睡去。

第三天晚上，已经睡着的他又让“哔”的一声吵醒。隔了几分钟，声音又再响起。只不过，第二次发出声音的方位跟第一次不同。尽管都是从天花板上发出，但有时在东，有时在西。这声音其实不是很响，只是由于在夜里才显得刺耳。他做了各种设想，但都又自己否定了，来来回回几次，他又沉沉地睡去。

天亮时，他索性走上楼顶看了一下。只见三楼的楼顶铺着平坦的水泥，没有隔热层，楼面空无一物。

“能有什么呢？”他对自己笑笑说，“真是庸人自扰。”

可是往后一个星期，天天晚上如此，周昊南就有点吃不消了。他下楼找到厂里的门卫，和他说了楼上的情况。

一身旧军装、曾经当过侦察兵的门卫对他说：“这幢楼楼梯的电灯，晚上如果还没开的话，我是不敢上去开的。去年夏天，江苏南京一家外贸公司的一位业务员来这里住厂，也是住你这个房间。当天半夜那个业务员听到这样的声音，就连行李都不要，光着上身穿着短裤衩，趿一对拖鞋，逃到外面的宾馆住去了。一米八几的大男人哪，第二天白天他才敢回来取行李。真吓人，但就是一直都搞不清楚到底是什么原因。”

听了门卫的讲述，周昊南猛地头皮发麻。那个晚上，重回房间的他整个通宵都没怎么睡，只是紧紧地抱着他在这里新买并经过了精加工的一个枕头。那个晚上，他甚至隐隐约约地听到楼顶有一个女子在悲凉地唱歌！他清楚地记得，每个晚上，他都是闩紧了房门睡觉的，而第二天一早，迷迷糊糊醒来的他居然发现：房门竟然大开着！

周昊南一直相信科学，但他实在考究不出这种怪异声响因何而起。本来这是生活小事，他不愿向厂里提的，直到出差外地回来的朱厂长看到周昊南那两个大大的黑眼圈，问他是怎么回事，周昊南这才一五一十地说了。

朱厂长一听完，就哈哈大笑起来，其笑声之洪亮，导致车间里正在干活的工人都探出头看过来。

朱厂长也不相信这种灵异事情，但这千真万确的声响，他也想不出是什么缘由。过了一会儿，朱厂长若有所思地对周昊南说：“这幢楼的地理位置偏低，1992 年华东水灾的时候，洪水浸到了三楼。洪水退去之后，人们在你住的那间房里，发现了两具年轻的女尸。”

虽然是在大白天，但这一席话让周昊南汗毛倒竖。

“等一下就搬出来吧，我帮你安排一个新地方去。天天这样担惊受怕，睡不好觉会影响工作的。”朱厂长拍板决定。

周昊南这才松了一口气。

第二年的一天上午，上海虹桥机场一派繁忙，天空蔚蓝，波音、空客、麦道、协和，一架又一架飞机正按照空管人员的指令，紧张有序地在跑道上滑行、起飞；或是降落、滑行。

在机场国际出发大厅，美籍华人朱天瑞与朱厂长将各自的行李托运好，然后一边聊天，一边等待通过安检。全身披金带银的朱天瑞是要返回美国，朱厂长则是去考察美国玩具市场。

忽然，朱厂长担心起来，他手里拿着周昊南的护照和机票，但周昊南大半个小时前说自己去周围转转，可到现在还没回来。眼看离起飞时间越来越近，再不登机，一关闸，周昊南就上不到飞机了。

这时候，机场广播发出了紧急寻人启事："由上海飞往洛杉矶的航班 S3527 很快就要停止检票了，请周昊南先生马上验票登机！"

在安徽嘉山快一年时间里，周昊南熟练掌握了长毛绒玩具核价等必备的技能，同时办好了护照和签证。他眼看就可以飞往洛杉矶，组建玩具分公司，在异国他乡打拼了。他将开启他一段新的人生。一路上从安徽到上海，他在心里呼喊着纽约、洛杉矶、拉斯维加斯；白宫、国会山、自由神像……他想，我就要奔你们而来了。可不，途中到处都在响着那首主题曲——

Time and time again, I ask myself,
问自己，你到底好在哪里？好在哪里？

但与此同时，他又隐隐地觉得，如此一去，他将离深圳更远。他也想起曾写过的一首小诗《作别》——

我站在月台与你握手话别，
目光伴随你踏上列车的身影，
然后追踪轰鸣而去的列车。
自此，你我天各一方，
你有你的工作，
我继续我的生活。

哦！道别，
是一根富有情感的弹簧，
拉得越长，
那么，收缩的力量就越紧。

正是在这快将离去的时刻，他对深圳对福田突然产生了无限的依恋和离愁。他同时想起父亲和叔父骨肉分离，父亲至今不知道自己弟弟的下落；他还想起母亲年纪渐大，而自己为什么要与母亲渐行渐远呢？也正是在此时此刻，一幅让他心灵颤栗的画面又跳入了他的脑海：烈日下，在通往那务墟市的八公里长的蜿蜒山路上，一位正挑着一重担山柴的妇人正一边低头走路，一边用肩上的毛巾擦汗……周昊南的心猛地一阵绞痛…… 还有，蛇口那面枣红色的印花旗帜，现正飘扬在何方?

“不！我不能走！”他终于内心释然，低沉而坚定地对自己说。

机场大楼的广播反复催促着要周昊南登机，他也知道，朱厂长正在急切地寻找着他。

“这周昊南是怎么回事啊？”机舱内，坐在飞机过道边的朱厂长急得大汗淋漓。

朱天端说:“我们浪费一张机票了。”

“想不到，想不到。”朱厂长不断地念道。

“朱厂长，真是千声万声对不起！你的损失我会赔偿。”坐在候机楼偏僻处的周昊南低着头，对自己，而又像是对着朱厂长说，“但我不能跟你到洛杉矶了，因为深圳在等我，我不能离开；我母亲也在等我，我不能与母亲离得更远！”

晚上，上海—广州的特快列车向南奔驰，坐在下铺靠窗处的周昊南无心安睡，他的心正跟随着列车，一起向南方放飞。

第二十二章　惊情华强北

回到深圳后，周昊南先住进了福田区的一间十元店。

为免触景伤情，他决定暂不踏足蛇口。时间是医治心灵痛苦的良药，这一年多来他在北方兜了一大圈，当初的切肤之痛已慢慢淡化。

没多久，他在地处华强北的深圳市中成电子进出口公司谋到了外贸业务员的工作，试用期底薪八百元，但公司不包吃住，所以他得就近租一间房安身。那天，他看到电线杆上一则标明“只限男孩”的招租启事，就不禁纳闷：这是幼儿园招生，还区分性别？于是好奇地拨打了启事上的电话。接电话的女子声称确实有房出租，但只顾卖关子，不肯报价。她说打电话问价的多了去了，你如果想住，却不先来看看房，岂不是隔山买牛？

他笑了，遂按图索骥，来到华强北华联发大厦后面工业区内的一栋陈年旧楼。这楼的一楼是各色电子铺面，二三楼是公司办公室，四楼是公司宿舍，走廊上垂吊着各款男女内衣和牛仔裤。原来五楼是加层，用红砖砌成的围墙刷了白灰，屋顶则是冬暖夏凉的镀锌彩瓦。穿过长长的走廊，他敲响了519的房门。感觉里面有人通过猫眼对他审视了大约十几秒，然后门打开了。

开门的是一名女子，穿着一条白色暗花裙子。她领他来到两室一厅中的一间，他看到屋里只摆着一张中号席梦思床、简易衣柜和材质不怎么好的白色梳妆台。她说：“看你很面熟，像是在华强北见过。”

“是吗？”他咧开大嘴巴说。再一聊，她还知道他所在的公司，这无形中拉近了双方的距离。

他忙问：“你出租的房子在哪？”

“就是这间，八百元。”她答，原来她是二房东。

“能不能优惠些？我这搞外贸的经常出差，水电用得不多。你什么时候搬走？”他问。

“八百元不能少，我不搬走，我只是出租这房间的一半。”她说。

“怎么出租一半？你将准备把这间房再隔成两间？”他问。

“不隔，就在这里合住？”她从容地说。

“什么？跟你合住？”他大吃一惊，睁大眼睛盯着她，退了半步。

“我还能吃掉你不成？你可别往歪处想，两人合租，我们睡这张床，你出你的四百元，我出我的四百元，我只是想减轻一点负担，两人分摊房租。”她看着床垫，说得不慌不忙。

“只限男孩？合住一间？两人睡一张床？”他真有些晕乎了。

“反正井水不犯河水。”她澄清说。

“你是井水，我是河水？”他问。

“可以这么讲。”她答。

“井水不犯河水，我同意，但是，河水可以犯井水的啊！”他神秘地说。

“你敢！”她抬起头，有点来气。

这种合租方法他从没听说过，但他的好奇心却愈发强烈了。他想，这个女子看起来并非心怀鬼胎，我倒要看看这里边到底有什么名堂。只不过，他欲擒故纵，佯装不接受这一合租方法似的，要举步离去。就像华强北商铺前常见的买卖双方讲价，买方抛出最低接受价后即假装转身离去，却也生怕这样一走，卖方最终仍然不同意，而偏偏就在买方行将消失之际，迫不及待的卖方忙大叫一声：“回来！给你！”——于是成交！所以，周昊南也没想到这女子却突然祭出“激将法”说：“你不敢住了？”

“笑话！谁怕谁啊？”他转身答。

“激将法”与欲擒故纵法瞬间不谋而合。

女子又说：“之前一个多月里来看房的有五个，但都过不了我的眼缘关，我连门都没开，我不是一个随随便便的人。说实话，你是第一个进这个房间的人。”她声称她会凭声识人，她会先在电话中判断对方的普通话是否标准，声音类型是否让她愿意接纳。这真叫“相声”呢，他想。

“像你这样的男孩，我不会看走眼的，我信得过。”她直接对他肯定。

男孩？他对她这奶油叫法觉得滑稽，自己可是已过二十四岁了！但他故意说：“男孩？你愿与我合租，只因为我是乳臭未干的男孩吗？那倒是我担心了！”

“你担心我什么？骗你财，骗你色？”她毫不让步地与他争辩。

“看你敢不敢了。总之，别用不合时宜的称呼了。”他跟她斗嘴。

“唔！以后叫你‘男子’，不叫‘男孩’，行了吧？”她说。

两人一拍成交。然后他得知她叫李树雯，来自成都。她一米六的个儿，皮肤白净细嫩，披肩长发下是一张鹅蛋形的脸。世人皆说川妹子大都天生丽质，周昊南闻名不如见面。刚从成都一电子高校毕业的她是华强北一家电子公司的文员，公司不管住宿，她就在附近租房，房租稍贵但走路即可上班，就图一个方便，大大免去了堵车之苦。

周昊南隐隐感到新一轮的桃花运已开始袭来。但为免重蹈覆辙，曾经沧海的他控制得张弛有道，不敢过度投入。

第二天下班后，他提起装在红绿蛇皮袋里的简单行李，还真的搬进了她的那间房。

打点完毕，她开始做饭，他们约定过，费用 AA 制。她做的麻辣川菜把周昊南呛得猛打喷嚏，甚至连华强北上空的飞虫都被辣得栽跟头，但他声称他很快就会适应。她说她也能慢慢习惯粤菜的，他做的粤菜的味道柔和得像夏夜里吹来的南风，所以也希望他多多下厨。不久，租住隔壁另一间房的两人回来了，李树雯对他轻声介绍说，这是一对在华强北专门疏通厕所下水道、排污管和化粪池的潮汕姊妹，操着一口将“发票”说成“Hua 票”的潮汕口音。

周昊南两人做完饭后，灶台和餐桌就轮到那两姊妹来用。期间，两姊妹不时好奇地瞄着周昊南，周昊南只作微笑点头回应。由于这两姊妹的职业所致，那灶台和餐桌像是散发着一些臭味，但又像是让李树雯的馨香给驱走了。

那天是周昊南和她合租的第一晚。在睡觉前，他感到既奇特又拘束、兴奋，这样的合租真是闻所未闻。

“根据君子协定，你现在要背对我，闭上眼睛。”她说。他依照她所说闭上眼。然后她关了灯，将自己的外衣脱掉，换上一身睡衣。她的 S 形身子在睡衣里晃荡，他心如鹿撞。不久，他同样要求她闭眼，从而换上中裤和短袖。可是除非天气极冷，他向来不习惯在室内穿着短袖恤衫睡觉，就征求她意见说能否光着上身？她同意了。于是他将短袖恤衫除去，中等个儿的他，强壮的肱二头肌、三角肌、胸肌原形毕露，她略带欣赏地悄悄看了一眼，仿佛欣赏着健与美。后来李树雯告诉他，她独自一人租住于此，这样寻求分摊费用的合租，原因除了人生地疏，初来乍到深圳的她，也希望身边有一个男子义务保护。她向来相信一见钟情，生活中既谨慎又奔放，如果借招租之便也能发现意中人，她会为此而奋不顾身。

两人居然就这样睡下了，但他们中间的一条分界线宣示着互相之间不能接触对方身体，包括身体的任何一个部位。如有犯规行为，无意的必须立即终止，而且犯规者还要自费买菜、煮饭、洗碗五天；但若是有意而为之，则立即解除合租协议。

这一夜是他一生中又一情感的分水岭。在这个夜里，那席梦思床一半是火焰，一半是海水。躺着的他面对着她的脊背，如同躺在火山口般火燎难耐，这样一直焦躁到了后半夜，为了坚守承诺，他只好跑到卫生间洗冷水澡。他一直坚持冬天冷水浴，现在就以这子夜的冷水来给自己身体降温。洗过以后，他跑到阳台上，傻乎乎地看着华强北闪烁的夜景。直到天都快亮了，他一副让困倦拖软了的身体才又重新轻轻地爬上床，找好自己的位置躺下。而李树雯却像恶补多日丢失的睡眠一般，一直深沉地“卧如弓”侧睡着。

翌日醒来，两人相视一笑，各自外出上班。

第二天深夜，一场大雨将华强北上空洗刷一新。电风扇从床尾送来了阵阵清凉，只穿中裤的周昊南半夜里醒过来，他看见旁边的她仰着身子，两手放在腰间睡得正酣，一阵阵诱人的少女体香正透过她薄如蝉翼的睡衣散发出来。凭着窗外街灯远照过来的光，他可以看到她婀娜的身材，特别是高耸的均匀起伏的胸脯。风有时撩起了她睡衣的裙裾，依稀可见她雪白修长的大腿。忽然，她软绵绵的左手搭到了他肚子上。孤男寡女共处一室，同睡一床，他不禁又产生了一阵抑制不住的冲动，他要将这美丽的麻辣川妹子抱个满怀，身子就挪近了，但想起双方的“君子协定”，他就不得不将她的手轻轻放回她腰旁，然后慢慢转过身，背对她睡去。

他还决定，放弃对她犯规进行追诉的权利。

大门和房门，两人各有一套钥匙。平时，李树雯不在的时候，他只穿一条三角裤，待一听到她回来的声息，他才赶忙加穿一条中裤。除非逢着大雨，他才会将她晾晒在阳台的内衣收回屋内放在床上，否则，单独在家的时候，他从不接触她的任何东西。

日子一天一天地过去，两人白天分头上班。他不时因加班而回得晚，她公司离住地更近，所以一般都是她早早从万佳商场买菜回来做饭，等他一起吃，然后计算分摊两人的伙食费用。他终于习惯了她做的川菜，她也爱吃他做的粤菜了。眨眼就到月末，交房租时双方各出四百元。他与她如此亲密地相处，隔壁两姊妹以为李树雯找到了男朋友，但他俩相互之间谁也没认为是恋人关系，无人率先逾越“楚河汉界”。她常见他晚上紧抱着自己的枕头，就是那只他从安徽带回来的枕头，她曾问他缘故，但他讳莫如深，只是神秘一笑。

一天晚上他回到房里时，看到桌子上留有她写的一张字条：“我因事外出一些日子，勿念。”

之后几天都见不到她。那几天夜里，他频频醒来，迷糊至天明。

一个星期三，周昊南在公司疲于接洽一位采购PCI卡的巴西外商，带他到公司的华强北仓库看货选货，再陪他到爱华、华强和赛格电子市场帮忙选购其他数码产品，一直忙到夜里十一点。当他回到出租房时，看见房门开着，房内亮灯，李树雯回来了！

只见她坐在最里头，门口坐着两位一身黑衣、神色凝重的“板寸头”。这两男子体格健壮，转过头来看到周昊南时，那目光让周昊南觉得自己脸上像竖着两把刀，周昊南心头猛一激灵！

李树雯站起来走向门口，对周昊南说：“你表妹还没回来？”

“什么表妹？”周昊南一头雾水。

“隔壁住的不是你表妹吗？”她这样说完时，已走到了背对两位“板寸头”的位置，赶紧用眼色向周昊南郑重地示意了一下，而且说：“你就在客厅等你表妹吧！别随便进我房来！都这么晚了，何况我现在还有客人！”

“你——”心存狐疑的周昊南正要追问，但看到李树雯的不安面色，才感不妙，就配合地坐在客厅里。

而后，她干脆就将房门关了，三人在里面继续说话。

天哪！周昊南又好奇又担心，于是他像兔子一样竖起耳朵，听着里面三人时高时低的说话声。有时，个中还夹杂着争吵，但实在是听不清他们在说什么。大约四十分钟后，两个“板寸头”走了。

李树雯和他一起回到屋里，见她那副阴沉表情，周昊南问：“你没事吧？”

她一听，也许是因这句源自港台剧千篇一律的台词而愤愤道：“没事？我命都快没了，还‘没事吧’？”然后她转而压低声音惊慌地说：“我现在很危险！”

他大吃一惊。

她对他说：“我真糊涂。这两名‘板寸头’原来是‘蛇头’，曾有过一面之交，当时是一位不怎么相熟的朋友介绍我认识的。最近他们骗我说外派到香港的一家电子公司工作，工资上万，我就飞回成都加急办好了往来港澳的证件。但等我到了香港后才知道，原来他们是要我到香港接客！说香港那边很喜欢川妹子。我死活不从。万幸今天终于瞅准机会跑回了深圳。还好，没接过客。但今晚，他们就跟着寻过来了，我想躲都还来不及！他们要我无论如何都得交七万元，作为对他们的双倍赔偿，否则就要我的命！我怎么办？我没这么多钱。就算有，也不愿交给这些人。”

他又是一阵惊栗，然后陷入沉思。

“他们今晚来就是要我交钱的，但我说时间已经很晚，而且事实上的确已很晚，银行都关了门，所以他们明天一大早就再来这里找我！一起去银行取钱。”她喘着粗气说，“如果我真给不了他们钱，他们这种人，什么事情都可以做得出的。”

此时已是夜里一点多，他在屋内来回踱步。灯管刺眼地亮着，她一动不动，始终显露惊恐的样子。

“他们两人明天一大早就会再来这里！”他想着她说的话，走到窗前。华强北路上，路灯照着大街小巷，行人渐少，餐馆都已打烊。天天摩肩接踵的马路，难得在夜间才有这样的宁静。

他提出说报警，但她认为报警拿不出充足的证据来。再说就算把这两人拘留了，他们肯定还有其他同伙，绝不会放过她。

两人沉默，他以拳击掌，来回走动想着对策。

突然，一个点子如电光石火一般划过周昊南的脑际，他问：“你不是说过，你有一个相当要好的堂妹，住在关外布吉上八约村吗？”

“是的。”她答。

他当机立断：“我送你到你堂妹那里！你现在就走，离开这里，你马上收拾行李！”

她仿佛植物人被电疗电醒了一样突然蹦了一下，然后站起来，复又像僵化了一般凝思几秒，接着，她明显因这个好主意而激动，两手开始颤抖，对他坚定地点了点头说：“唔！”

说干就干。她收拾衣服，一切从简。周昊南还将房间内属于她，但不再急需的东西全都移出到房外的客厅，为的是让人感觉到这里没有女子居住。

出门时已是夜里两点光景。周昊南先关了灯，然后独自先走下楼观察一下情况。他绕着大楼转了两圈，再到华强北路瞭望一下。在确认没有危险时，才又重新上了四楼。他帮她背起行李，拉着她的手向华强北路走去。她此时依然惊魂未定，只有让周昊南这么拉着手，她才感到自己是安全的。要知道，这是他们两人第一次的“肌肤相亲”。一路上很安静，远近大楼里的人们都已入睡，只有准备早餐的路边店在准备着天亮开业，偶尔还会碰到一两个打扫街道的清洁工人。几分钟后他俩走到了华强北路边，这时出租车不多，一个非专门营运的捷达车司机走来，帮忙把他们的行李放入车的后备箱。

捷达开动了，沿华强北路一路疾驰。不一会周昊南发现前面有一辆日产蓝鸟小车，捷达转左，它就转左；捷达转右，它就转右。周昊南看看身边的李树雯，心里想，莫非那两个“板寸头”发现了她要逃走？于是周昊南赶快叫司机靠边停车，可蓝鸟也照样在前面停车了。周昊南更加担心了，为了自己的行动更主动一些，他提出由他来自己驾车。已累了一天的司机二话没说，只是嘱咐周昊南一句“小心”，就坐到副驾驶座位上去了。

周昊南启动车后，前面的蓝鸟也照样前行。不久，两车一前一后停在了一个红灯前。一会儿，绿灯亮起，蓝鸟启动，捷达也跟着启动。两车相隔只有两米远。接着，捷达打左转向灯，拐入左车道，然后加速前去。并排的蓝鸟也跟着加速。捷达突然稍降车速，蓝鸟同时减速。陡然，捷达猛轰油门，两秒加速，右转向灯一打，就斜刺里猛地插入了右车道，随即回正方向盘。蓝鸟眼睁睁地看着捷达驰入了自己本车道的正前方。只见捷达猛地一个急刹，突然停车，黔驴技穷的蓝鸟就不得不也来个急刹，否则追尾捷达，那将是蓝鸟全责。

周昊南打开车门走向后边的蓝鸟，他要看看这两个“板寸头”到底想怎么样。可就在这时候，蓝鸟突然倒车，然后将车头向前往左一拐，“呼”的一下，擦着周昊南的身边绝尘而去。

“原来是碰到撞车党了！”周昊南回到车上说，“这是他们最经典的‘斜擦车身’手法，通常没人逃得过。”

“啊？但我们逃过了，多亏你！我一开始也怀疑他们是撞车党。”这个出道“捞外快”不久的私营捷达司机惊奇地感叹，连称长了见识。

旁边的李树雯就拍着胸口说：“闻所未闻，虚惊一场！”

“心跳估计都有一百四了，还虚惊？”周昊南接过话茬。

周昊南就开着车继续往前走，快到四点时，来到了布吉的上八约村。周昊南把车交还给司机让他稍等下，便和李树雯一起上楼，她见到了堂妹。他看到李树雯化险为夷的笑脸，于是道声再见，转身下楼上了捷达，赶返华强北。

在进屋和衣倒下时间不长后，他就起床上班去了。

只是此后，他再也没有见过那两个“板寸头”。据同住的两姊妹说，第二天早上有两个陌生的男子来找李树雯，她们告知说：“她昨天夜里就急急忙忙搬走啦！”那两男子不相信，硬说要进来看看。当他们强行进入房间时，只见房内几至清空，这才相信了两姊妹的话。

尽管这两个“板寸头”当晚也见过周昊南，但完全不知周昊南是谁，当然更想不到是周昊南帮着李树雯实现的乾坤大挪移。两个“板寸头”眼看七万元就这样泡汤，极为震怒，其中一人对墙狠狠地踹了一脚，大骂了几声“妈妈的吻！”，另一个就吭吭地说：“妈妈的BB机！”之后，就都无可奈何地走下楼去。

外人却不可思议，在这间出租屋内，在那张“席梦思”床上，在周昊南与李树雯合住的一个多月中，上天可以作证，一直把持得住的周昊南不逊柳下惠，他俩真的不曾有过一次严格意义的“肌肤之亲”！

但在后来，她却还是怀上了他的孩子——还是个男孩！以致后来周昊南还调侃过她：你当初招租时声称的“只限男孩！”原来还是你的生育要求哦！

她被气得嬉笑着狠狠地拧了他脸颊一把，大拇指和食指在他脸皮上做了半圈的圆周运动。

第二十三章 “碰碰车”

跑长途的司机刘胖子开着江苏牌照的东风大货车，中午时到了 107 国道东莞长安路段，他要将这一车的长毛绒玩具送入深圳梅园仓库。当大货车面对一个大转盘时，一个交警截住了车说：“你怎么变道不打转向灯？屌头！”刘胖子一听就绕转盘转了一圈。当转回到交警刚才站的位置时，交警用食指气愤地指着他说：“你在干什么？屌头！”刘胖子一听就又转了一圈。交警更加气愤地说：“你还要干什么？屌头！”刘胖子一听就还转了一圈。交警这下更来火了：“你到底在干什么？”

这时候，探头出窗的刘胖子满肚委屈地用普通话说：“你不是叫我将车子‘掉头’吗？”

原来这交警来自粤西化州，他说的普通话当中不时夹杂着“屌头”这句化州土语，在外工作的他没将这化州话改过来，自以为只有化州人才能听懂，但他这么一说，听起来就是普通话音里的“掉头”，这就难怪刘胖子不停地转圈了。

“去去去！不罚你了！”终于醒悟到失语的交警忙打发刘胖子走。

望着货车离去后，交警就又厉声自顾自地说了一次：“屌头！”然后自己都偷偷地笑了。

远去的刘胖子将车驶抵深圳市宝安区黄田路段时，他这才真的打开了右转向灯，将车从中车道驶回右车道，准备找油站加油。在车子回到右车道后，刘胖子发现一辆“粤 B 66666”牌号的黑色奔驰 S320 小车开得很慢。刘胖子按了一声喇叭，但奔驰置若罔闻，依然保持着慢速。刘胖子再按喇叭，这奔驰还是不作理会。有点生气的刘胖子看到中车道没车，于是打开左转向灯，车开至中车道，随即一脚油门，这辆像“巨无霸”一样的货车一下子就窜过了奔驰车头。

“身高体壮”的大货车、货柜车和泥头车一向都是马路上横冲直撞的大霸王。开惯东风大货车的刘胖子从来不将轿车、的士和面包车这些小兵小虾放在眼里，再说这本应是老鼠见猫一般的轿车刚才居然还一直挡着自己的路！所以，刘胖子连右转向灯都懒得打，就将车拐回奔驰所在的右边道。殊不知就在大货车的右前轮刚过车道分隔线，而且在车头十分之一已经进入右车道时，奔驰车却毫无惧色地猛然加速，于是“吱”的一声，奔驰车左侧的车尾部分与大货车的右保险杠卡在了一起，奔驰车一条白色刮痕已经生成。两车骤然同时刹停。

刘胖子这才冷汗直冒，因为碰着的是奔驰豪华轿车！

他赶忙走下驾驶室察看。由于奔驰车左后门没法动弹，就只能打开其余三个车门，只见悠悠然走下人多势众的五个青年人。戴着墨镜的司机长得精瘦，其余四人虎背熊腰。这司机对事故却不作理会，对车擦痕看都没看一眼，或者说早已通过左后视镜对擦痕看得清清楚楚，他只顾走到路边抓着“大哥大”打电话，其余四人也背对着奔驰豪车，在路边或蹲或站，若无其事地抽烟。

如果五人跟刘胖子激烈争论起来，刘胖子还觉得很正常，但他们对刘胖子仍是不瞅不睬，这才让刘胖子骤然觉得恐慌，因为他不知道这五个人是什么来头，因为这五人开的可是价值一百多万的奔驰；再看看现场，是自己压线违规，而奔驰车直直地停在右车道的正中间，它的左右四轮与边线的距离，是用圆规和量角器也测度不到的等距离，那真叫一个准。

“你怎么开的车？”后来，一位汉子慢慢地走过来，平和地对刘胖子说。这汉子如慰问一般的不愠不火才让刘胖子觉得更加恐怖。刘胖子无话可说，不论是什么原因，如果打电话报警，绝对就是自己违规。

“你看着办！”另一位汉子说。

“我们等着有急事要办。”司机不除墨镜说。

五位青年人的心情仍然静如止水，刘胖子懵然如丈二金刚。

“拿两万块钱来算了！屌头！”司机正式提议的普通话里夹杂着一句化州方言。

这一声“屌头”可不是让刘胖子有机会再“掉头”的命令了，何况他此刻不在驾驶室内。如此巨大的赔偿金额让他震惊得仿佛驾车坠下了悬崖，这等于要了他的命，再说他身上钱也不够。

过往车辆飞驰而过，个别关心的司机将车速减慢，摇下玻璃观看一下事故现场，然后摇头开车离去。如果让交警过来处理，刘胖子被罚款事小，主要是驾驶证扣分。拉货为生的他若驾驶证受到连累，就等于没了生计，这和煦的春日还冷，但他早已汗流浃背，而五位汉子依旧淡定从容，站在路边打电话的打电话，踱步抽烟的抽烟，全都还是优哉游哉的样子，好像一切都没有发生，一切都无关紧要，或者说一切又都在他们的掌控之中一般。而越是这样，就越是让刘胖子摸不着底，从而不寒而栗。

在强大的心理压力之下，经过讨价还价，寡不敌众的刘胖子赔了一万元现金。

在刘胖子驾车离去时，奔驰车内的这五个人前仰后合地爆发出了爽朗的笑声。

其实，这奔驰 S320 纯属二手车，买来时就值个二十来万，在经过抛光、打蜡、封釉和镀膜之后就焕然一新，与新车无异，再经改装之后的这辆车就专用于“碰碰车”——这属一种俗称，也叫“碰瓷”。

这辆奔驰的车主和司机，却是张福强！

一万元到手后，在 107 国道宝安路段，悠悠开车的张福强并不急于将车开去维修，因为这一刮痕到汽修厂一喷漆，就又崭新如初。他这车技炉火纯青，车身产生刮痕的地方居然不凹不凸，所以车后座的年轻人说：“强哥，你车技真是好！刚刚这么一擦，我们也感觉不到很大的震动。我们一见到大货车都怕怕的啊。”

“功多手熟，要先过心理素质这一关。但要记住一条，我们优先选择外地车。”张福强说。

“你刚才这招真是百发百中！强哥你在深圳找的这条财路，当初是怎么想得出来的？”有人问。

张福强边开车边笑说：“80 年代有一部由日本女星山口百惠主演的电视连续剧《血疑》，我天天都追着看，剧中大岛茂由于女儿幸子患了白血病，无钱医治，就想出一个坏点子，舍命去撞汽车，然后从中获得车主的赔偿，车主却不知道这是大岛茂故意撞的。当时我想，以人撞车多危险啊！坐在车里撞不是安全多了？来的钱也多，就当是玩车。这就是《血疑》对我的启发。”

从晋身我国“大哥大”第一代持有人，到首开“碰碰车”，张福强无疑已成为受《血疑》点拨而变质的我国“碰碰车”行当第一人。

“原来这种手法来源于日本鬼子。但这样长期做下去，不怕出事吗？”年轻人担心。

“放心！等到一定时候，我们见好就收。正所谓人无我有，人有我优，人优我转。等一下吃过午饭后，我演示另一个好招式给你们看，你们像刚才这样配合我就行。”张福强说。

五人在附近酒店美美地饱餐一顿后，张福强打电话叫来了阿明，让阿明开来一辆经过改装的宝马七系，牌照为“粤 B 33333”。张福强与阿明是年纪相差九岁的老乡，阿明属于后生一代，两人都活跃在深圳关外至东莞这一带，两人有时分开做事，有时合作。

张福强说：“我这次与你交换车来开。”

仍是这条 107 国道从福永至松岗路段，在左、中、右三车道上，阿明开着的奔驰 S320 和张福强开着的宝马七系一前一后慢慢地走在中车道。张福强一边开车，一边以鹰眼搜索过往车子。不久他发现右车道后面有一辆悬挂“湘 C 31981”牌照的同方向行驶的外地车，这是日本丰田两厢商务车，车内只有一位女司机。张福强随即打了电话给阿明。

心领神会的阿明猛一打右转向灯，从中车道向右车道变道，一脚油门就爬到了丰田商务前面，然后减速，在丰田商务前不紧不慢地开着。

这位开着丰田商务的女司机本想急急赶路，但忽然让这辆奔驰 S320 压在了前头，她只得减速慢行，等着奔驰车快速离去。可是奔驰车却像专门压住她开似的，她就只好跟。两车就这样在右车道跑了两分钟后，奔驰车仍无开快之意。看着这情景，她就打开左转向灯准备变道。然而在左边，也就是中车道之内，却有一辆宝马七系与她的丰田商务肩并肩地开着，她只得马上又关了左转向灯，继续忍耐着在右车道慢驶。

不久，宝马七系忽然减速，将前面的路让给了丰田商务，女司机就再次打开左转向灯，正式向左变道。而当丰田商务车头刚好探入中车道时，只见后面的宝马七系突如闪电一般向前猛冲，丰田商务感觉不妙，猛地向右打回方向盘，但这明显为时已晚，继续加速的宝马七系就跟丰田商务“吱”的一声擦在了一起！

刹那间，女司机两手掩面，“哇”的一下子就哭了，再看自己车子的左前轮还压着了两车道的分隔线，车头在别人的车道之内，而宝马七系稳稳当当地停在其本身所在的中车道正中间，其四轮与两边线的距离，也是标准的等长！女司机看见宝马七系的三个车门打开，一个年轻人拿出一块红色三角警示牌，放在宝马车后一百米处，其余四个人看着丰田商务一言不发，戴着墨镜的宝马司机张福强走出车后，掏出“大哥大”站在路边，不断地打电话。

从现场证据来看，不管由谁来查处，都是丰田商务违规了。

国道车流气势如虹，但人们大都匆匆而过，电动三轮车也疯狂地驰入机动车道。接下来讨价还价的结果，是女司机拿出一万两千元赔偿金，才让“放行”，“事故”又一次被“私了”。

这一招是“碰碰车”行当里同样屡试不爽的另一种手法——“前后夹击”，只是因动用了两车，成本就增加了一倍。

从上午的“斜擦车身”到下午的“前后夹击”，他们就以惯用的这两招吃遍广州、深圳和东莞等地的市郊公路。

不久，张福强五人与阿明分开后，就又开着自己的奔驰S320在沙井路段继续“踩点”。后来又发现了一位开着奔驰S系外地车牌的女司机，当他们以同样方法将女司机前后夹击并胶着后，张福强五人又慢条斯理地从车里走了出来。然而这一次就奇怪了，不管他们在路边如何逍遥作态，奔驰车内的那位女司机居然就只是车门紧闭，坐在车里不停地打手提电话。

看到这种情形，张福强他们感觉终于碰上了棘手的人物，他们估计女司机正在电召大队团伙过来。

看来一场血战火拼在所难免！马路上即将上演“全武行”！

张福强的手下正准备上车逃走，然而张福强很快就平静了，只见他脸不改色，心——当然还在跳。他笑对四个手下说：“淡定！没事！”

四人听着，情绪虽然稍稍安静，但骨碌乱转的四对眼睛都在流露着他们内心的惶惑不安。

大约二十分钟后，一辆“富豪”轿车从后面急速驰来。

张福强的四个手下就赶忙走入车内，操起家伙进入紧急状态，但张福强仍从容自如。他悠悠地喷了一口烟后说：“尽管放心！”

他居然始终保持着一副举重若轻的姿态。

当“富豪”轿车开到女司机的车后面时，开车的中年男子也没下车，只是快速摇下车窗，递出两万元问为首的张福强：“这够不够？”

张福强淡然一笑：“不够也算了！叫她以后开车小心点。”

中年男子连忙点头，就领着女司机一前一后疾驶离开。

原来一直在车内闭门不出的女司机并非传唤大班人马到来，而是在被吓得六神无主后，连车门都不敢打开，就急急忙忙打电话让老公搬钱过来，才化解了她摊上的“大事儿”。

四个惊愕的手下这才松了一口气。

张福强叫他们上车后，车又慢慢开着，但只是准备“收工”。

“强哥，还是你厉害！”四人对张福强佩服有加。

“不，我出道以来虽然从不失败，但最近在华强北，我却输给了一个人，输给了捷达，当时我开着别人的蓝鸟。那个人好面熟，由于在夜里匆忙之中我没认出来。”张福强说完，继续讲解，“还有逼后车‘追尾’的办法，就是我开着开着，突然停车，让后车撞上我车的尾部，这无论如何，同样地都是后车的责任，但这对我们有较大危险，所以尽量少用。”

这一天他们又赚得盆满钵满。

晚上，瓜分“成果”之后的张福强和阿明他们在宝安一家卡拉OK房里又饕餮大嚼，包房直落。大家围成一桌时，张福强边吃边言传身教：“今天下午跟上午的情况不同，比如说丰田商务司机，她让S320压着开，会急于超车，而当她越线进入中车道之后，一般情况下是不会再回到她原来的右车道的，所以要果断地抓住机会，当她从右车道向中车道一变线，就要一脚油门，立刻插上！”

“我们最怕撞到交警啊！”有人担心说。

“不，选好地点，打好时间差就得了，这个由我定。通常，交警一下班，我们就上班呢。”张福强轻松地解释道，“其实交警应该感激我们呢！”

“感激我们？”大家狐疑。

“是的，我们专治那些藐视交规的主儿，只要这些‘屌头’们胆敢乱变道，我们就冲。他们一听说到我们，就守规矩多了！所以说，我们在帮交警执法呢，我们也代交警收罚款呢，只不过这罚款不上缴，是自我留成，而且也的确有点高罢了，谁叫他们让我们逮着嘛！呵呵！”张福强巧舌如簧。

这几位刚出道的手下啧啧称奇，不由得心服口服，都觉得在深圳这个龙蛇混杂的神奇地方跟定了张福强，就找到了梦中的“财路”。

张福强忽然想联络一下周昊南，就给他打了一个传呼，但Call台的小姐转告说周昊南刚好在外地出差。

散场后，几个“屌头”中张福强只留下了阿明这个“屌头”。

张福强打电话叫了一个小妹，准备到车上热乎一番，这免了开房费用，还可尝尝新鲜刺激。

当时夜至三更，张福强让阿明沿马路随意地开车。张福强将车后排座位放平，经他特意打通车后尾箱的车后半身就等同一张床。躺在这床上后，张福强翻身以“男上女下”式抱着小妹亲热。两人的头跟行车方向一致，两对脚就伸到了车后尾箱。当阿明一加油，将小妹抱得紧紧的张福强就不得不分开一些；而当阿明一刹车，张福强就顺着惯性又深入一些。有时候，阿明一拧方向盘转弯，“男上女下”就一个侧滚翻，变成了“女上男下”；再回一手方向盘，就又恢复了“男上女下”。夜色中，在朦胧街灯的映照之下，笑吟吟的张福强不停地上下其手，高兴得近乎癫狂。

第二十四章　窗明几净

在我国改革开放之初，拥有进出口权的各省市化工、机械、土畜产、食品和五矿等进出口公司，手持计算器即可大赚外汇，但渐渐地，河东河西，这些公司若非拥有工厂或房产物业，都慢慢地消亡了。在这大形势之下，周昊南所在的深圳市中成电子进出口公司不得不关停，他只得另谋工作了。

在深圳，有这么一个地方，它扼深圳东、西方之要冲，从这里出发，沿着深南中路向东往小梅沙，或者沿着深南大道向西至南头、宝安，基本上是同等车程；是这么一个地方，它享有闹市的喧嚣，又体现了廉租房的便宜，在这里，高楼大厦与农民房互不嫌弃，相映生辉；正是这么一个地方，交通方便，收放自如。这个地方得天独厚，它就是地处福田区的岗厦。

隔着彩田南路，岗厦分东面楼园和西面河园两大片区。每每步入岗厦这样的“城中村”，举目所及，在一栋又一栋的农民房边沿，或者巷子里的电线杆，以及在待建的墙垣上都贴满了大小各异的广告，比如二手转让、餐厅承包、专治梅毒等等，林林总总，不一而足。

不久，周昊南从繁华的华强北搬到了岗厦。

安顿下来后他曾到布吉上八约找过李树雯，但听她堂妹说，那两个“板寸头”后来竟然出现在上八约，为了自身安全，李树雯只能暂回成都老家，跟她联络不上的周昊南就此将她淡忘。幸好这次，投鼠忌器的他还没投入真感情。

“树挪死，人挪活。”一向从事外贸行业的周昊南居然可以入职一家如海市蜃楼般辉煌的外资银行了！

那天，他西装笔挺，打着金色领带，精神抖擞地步入新都酒店大堂，然后轻轻地走进买下了三楼全层的这家银行。他本想用手推开那两扇对开的透明玻璃门，而门却自动为他打开了。从踏入这里的那一刻起，他就感到了刺眼炫目的白炽灯光在照射，好像手术室里的无影灯一样明亮。在灯管映照的屏风上，镶嵌着烫金大字——“新加坡联华银行深圳分行”，屏风下是一棵茂盛翠绿的巴西铁树，地上铺着新换的一尘不染的黑色地毯，他还生怕自己早上刚擦好的锃亮皮鞋会弄脏了这地毯。靠近屏风，是一个高一米五的缅甸红檀材质的前台，再往里面是清一色鲜红的实木电脑办公桌，摆满各式文件夹和文具用品。在靠窗方向，那中、英文对照的烫金铭牌显示着正、副行长室、文印室和会议室字样。

这是周昊南所见的任何一家外贸公司都没法攀比的最为窗明几净的办公环境！

这是周昊南到银行报到上班的第一天。

由于遭逢全国外贸大滑坡，进出口业务举步维艰，回想在韩国苎麻夏布出口业务上给自己带来的沉重创伤，在这外贸转制阶段，他决定离开外贸行业。简历一递，就被招入了这家外资银行，任揽证员兼审单员。

所谓揽证，是将深圳一些外贸公司或“三来一补”企业出口结算的信用证（包括托收单证），招揽到联华银行深圳分行来操作议付，银行只收少量手续费；当然，最好的方式就是让这些外贸公司到这家银行来开户，在这家银行里存款，同时让这些外贸公司的国外进口商都将信用证开到这家银行来。然后，周昊南以审单员的角色帮这些外贸公司义务审核信用证，并帮忙代为制作信用证单据。

经人民银行核准，这家外资银行很快就开展了人民币业务。

在外贸行业打滚了好几年的周昊南认识的外贸公司有一百好几十。行长主要就是看中了他这一外贸经历，可为银行扩大揽证业务，从而为联华银行扩大知名度，并带动银行的存、贷款业务，这是“多米诺骨牌效应”；或者说是为了银行存、贷款业务，增设好相配套的信用证审证制单业务，因为，国际业务从来都不是任何一家银行的主打业务，而只是配套。

行长录用周昊南的另一原因，是看到周昊南在信封和个人简历上那清秀挺拔的柳体钢笔字，两人可说是因字而结缘。行长相当喜好源远流长、博大精深的中国文化，他在家里和办公室都挂满了启功的字和齐白石、张大千的画，他尤其偏爱中国书法。这位从新加坡外派到中国工作的吴行长是这家银行的董事会成员，还是身价不菲的第二大股东。周昊南在茫茫人海中能让行长看中，等同得到了皇上的御用钦点一般幸运。

在从事外贸工作的这几年中，偶尔到银行办理出口结算的周昊南一直觉得银行是神圣、高薪和清闲的代名词。外资银行就更是蒙上了一层神秘的面纱。

在里面，年轻清秀、穿着清一色工装打着领结的银行小妹一拨一拨，看见就让人如沐春风。在银行每天的工作餐是自助餐，水果饮料按需分配，啤酒选点也悉随尊便。节假日轻松，一下班就可郊游踏青。周昊南入得这家银行就像抱住了一座金山，生活逍遥，但他还真的从没想到有这一日！

在这个早上，会议室坐着九位银行员工，在等着正、副行长过来开个小会。

国际业务部的两位女职员柳心宇正与周蕾不知在谈着什么，柳心宇洋溢着一脸幸福的微笑，她压抑不住心头的兴奋，不断地说："我老公一米八！"

大家于是一起向她望去，她便好像接受着众人的崇拜一般，长相颇似酒井法子的她此时洋洋自得。

行长叫吴梦华，五十多岁的他是个中等偏瘦的个子，微显驼背。这时他踏着碎步走了过来，忽然看到地毯上居然有一块碎纸屑，就赶忙弯腰捡了起来。由于一下子找不到垃圾桶，他就先将纸屑揣在口袋里——他宁愿弄脏了自己的衣服，也不愿办公室的地毯玷污受损。那地毯以至整个工作环境，仿佛就是他的另一张脸。

吴行长走入会议室居中的位置坐好后，跟着进来坐在旁边的是副行长——像一条竹竿一般修长、挺拔，他是同样来自新加坡的罗先生。吴行长说："欢迎新员工周昊南先生！希望他在新的工作环境中为我们银行带来新的业务！"

大家就鼓起了掌，周昊南感受到一阵温暖。

吴行长继续说："财务部邓小燕小姐要抓好行内的绩优贷款，竭尽所能避免呆账；王俊小姐管好人事，注意物色更多的银行人才；柳心宇和周蕾继续审好信用证，国际业务要在今天注入了新生力量的情况下，继往开来。"

英语是新加坡的官方语言。吴行长在说普通话的中间，不时像香港人那样掺杂几个英语单词。

在会议快结束时，吴行长说："为了维护好银行的形象，要给客户一个美好的印象，以后上班，你们这些小姐们，一律不准穿裤子！"

大家就全都大惊失色。在场总共十一个人中，正、副行长、周昊南以及司机赖先生是男的，其余全为女性。

"这不是半裸吗？"周昊南心想。

吴行长看着大家的表情，又重申一下说："不得穿裤子，听到了没？没有商量的余地。"

清秀亮丽的女职员们的脸早就变红了。旁边的罗副行长忽然用马来语提醒了一下吴行长。不懂得马来语的职员们全都沉默着，然后看见吴行长戴着眼镜的脸也开始变红。吴行长这才明白自己的失言，就笑笑纠正说："我的意思是，不得穿裤子，要穿裙子。注意还是长裙，也不能穿超短裙。"

大家这才释然，相视而笑。

散会后，都回到自己的座位坐着。

周昊南感觉办公室处处相当安静，如果没有电话过来，同事之间的呼吸声几乎相互可闻。翻动文件的声音是这里最响的声音。偶尔发出打字机打印时的"啪啪"声，那是不断更新的银行报表正新鲜出炉。

午餐时分，银行香喷喷的饭菜被送了过来。银行请了一位阿姨专门做饭，一日三顿的美味大餐都由银行免费全包。午餐过后，是午休或闲谈时间。这时候，坐在自己位置上的周昊南认真翻看着一本《UCP 500》——国际商会跟单信用证统一惯例第五百号出版物之英文版，这是银行信用证从业人员的必备读物，里面英文措词行文之标准与严谨，让博览群书的他也叹为观止。他开始像以前在中学时咀嚼英语课文那样，需要背诵了。

"在这样的好环境中，你的工作会很稳定，你会有固定的收入，逐年增加工资，不像在外贸公司打拼时那样的多灾多难。这是外企，朝九晚五，这是很多人都求之不得的安定工作。你要好好珍惜！"坐在周昊南身后的周蕾，一边对着办公桌面的一块镜子画着眉毛，一边对着周昊南的脊背进行友情提醒。

周昊南清楚，他一入职银行，就享受了八千元的工资待遇，等迟些试用期结束转正，就有万元月薪了。这家银行的工资是逐年逐年几何级地递增的，据说过三几年，他表现良好的话就可青云直上，实现五十万的年薪！这是多少人梦寐以求的乐事，是如同他已摇身一变成为继承皇位的太子一般皇恩浩荡的大幸事！不过，他还心挂着另一件大事，就稍回转一下头急切地问："能解决深圳户口吗？"

"这个倒没，但有房补。每个人在试用期结束，转正之后，银行有房贷，就可以贷款买房了。"周雷放下眉笔说。

"那么，我的住房就可以解决了！不用再租房了！"周昊南像吃了定心丸一般说，这是感叹，也是感恩！

"是的，据说，你是经行长百里挑一录取的，在三百人的应聘者中，只留下了一个你。既然招得你入来银行，那你就不用担忧住房了。我们银行员工，人人都贷款买了房。如果这点事都帮不了员工，那还叫什么银行？"周蕾轻佻地说。

“房产证上面，写的是银行还是员工的名字？”周昊南问。

“那当然是员工的，谁买就写谁的姓名啦！如果写银行的名字，那还叫做是你买的房吗？如果不写你的名字，你又能放心吗？别看这银行职员少啊，人头少，好分钱嘛！因为分子大，分母小嘛！所以现在，你也够幸运的了！在我们这像‘女人国’一样的银行，很需要像你这样的一个男员工来担纲，你的职位像薪水一样，都将不断升迁。所以，现在深圳所有的楼盘，不论是海景洋房或是复式顶层，都将任你挑，任你选了！反正，好日子等着你呢！”周蕾仿佛是房地产营销小姐似的，连珠炮般地说。

“原来如此，那真好极了！”瞬间心花怒放的周昊南说，然后低下头美滋滋地想：如果林莱贞知道我现在住房有希望了，她会不会回到我身边呢？

可是啊，林莱贞目前正身处何方寻欢作乐，自作多情的周昊南却一无所知。

“你以后要教我们写字。”一米之距的邻桌文员田明娟小姐探过头来说。

“抬举了，试试看吧！”周昊南说，“你那样握笔不对啊！”

“那怎么握？”她问。

“迄今为止，我还没发现有哪个女子能将钢笔握对的，”周昊南说，同时作示范，“你们这些女子握笔，全是用大姆指的根部压着笔杆，好像生怕笔杆会溜掉地下一般。但你那是抱笔，不是握笔，多累啊！正确的握笔姿势是拇指、食指和中指这三个指尖，要共同作用于离笔尖约三公分处的笔杆，这三公分，也就是三个指尖与笔尖的距离，因各人的写字习惯不同，略有差异。但你们拇指的指尖，绝不能离开笔杆！同时，也不能用拇指的第二个指节来压着笔杆，笔杆都被压得喘不过气啊！而在三指尖之上的笔杆，可以斜倚于虎口处，或者斜靠着食指的第三个指节，或者斜靠在这第三个指节与虎口之间的任一位置，因人而异。”

“原来写字还有这么多学问！比开车累多了！”走到周昊南身旁的赖司机插话。

“这是写好钢笔字的必要条件，开车也不应穿拖鞋，呵呵！”周昊南说，“跟开车一样，写字的姿势也很讲究，要两腿开立，与肩同宽，两膝弯处成九十度，头要伸直，挺胸，左手按纸，右手握好笔……”

然后，周昊南还将当初教导林莱贞的那两首书法口诀，写下来让他们背诵。

在得悉周昊南入职全新的外资银行后，张福强和罗振锋结伴来到这个五星级的办公室里见识见识。其时，罗振锋西装革履，但张福强休闲得只就穿一件背心，趿着拖鞋，那袒胸露背的样子就像是高晓声笔下的陈奂生进城。两人交头接耳，不断咋舌。

两人走后，吴行长将周昊南训斥了一番，说是张福强这样衣冠不整的人来到银行，真有失周昊南和银行的形象。吴行长的话中不断地夹杂着一个英文单词:“Stupid（愚蠢）!”

周昊南赶忙道歉。

处于这样美轮美奂的工作环境，而且住房又伸手可及，等新居入伙时，他决定将大宴宾客。

周昊南梦里都笑裂，也笑痛了嘴。

第二十五章　抉择

1995年年底，我国首次在夜总会中引入散打拳击比赛的盛事，在“敢为天下先”的深圳开天辟地般风靡了起来，位于深圳市罗湖区中兴路的欢乐园“的士高”就是这一首开先河者。

那晚，林子祥雄壮激昂的《男儿当自强》频频响起，夜总会内人头攒动。在场内趴在擂台边的周昊南听着这震撼人心的《男儿当自强》歌曲，看着擂台上拳手们的激情对决，他就油然忆起了年少时与同学们趴在那务供销社的窗口，亢奋地看着当时万人空巷的电视连续剧《霍元甲》的情景。而年幼时他饱受陈玲芳欺凌的惨状又历历在目。至于两年前，他在情感“滑铁卢”上的惨重遭遇，偶尔还会沉渣泛起。这时候，深感悲愤还没处发泄的他，突然握紧拳头对自己说：“我要打拳！”

周昊南来深圳福田工作之初，得悉蛇口有一位著名的武术家施清朗，精通南拳、太极拳和形意拳。那段时间他在业余时间就拜了施清朗为师，每月一百元学费，每周抽一个晚上的时间到施清朗家里学拳。施清朗当时带了十名学生，周昊南跟他学习了各种武术套路。悟性颇高的周昊南深得施清朗所爱，套路学得有模有样。只不过当时全是单练，没有进行交手对练，更不要说真打实斗。一年后的一天中午，周昊南从公司步行回下沙村的公司宿舍时，听到村口传来吵闹声，就循声走了过去，只见三个年轻人围着一个中年汉子吵闹，到后来竟然动起手来。一个年轻人一把抄起地上一根长长的木棍，“呼”地朝那中年汉子拦腰扫过去。

“不！”周昊南正要上前阻止这场将要开始的恶斗，可此时他两腿发软，浑身一点力气也没有，平常吭吭哈哈的拳法腿法此时全都消失得无影无踪。

从此他明白了，武术套路作为锻炼身体尚可，但面对残酷的对垒，根本就派不上用场。他于是暗自下决心：必须学习散打、拳击这样的实用技击。

后来周昊南在安徽明光工厂蹲点，那时心情尚未能平复的他经朱厂长同意后，奔赴几百公里外的江苏省东台市铁禅门散打搏击馆练武。于是在那凛冽之冬，他以南方人少有的坚强意志，一生中首次在北方经历严寒，在风雪中进行了为期三个月紧张而又系统的高强度专业培训。他比其他学员训练得更卖力，拳砸在沙袋上，心却在呼唤着“林莱贞”；脚板踢出了血，心更在流血。悲愤是永不枯竭的力量源泉。特别的是年少时曾被“拎起来打”那不堪回首的受辱经历更促使他雷霆万钧般地出拳。有好几次，他对沙袋发动了狂风暴雨般的拳打脚踢，不堪重负的沙袋最终在所吊绳索被砸断后訇然坠地，而继续攻击的他一拳抡空，就失重跌倒。于是，他久久地趴在地上，伤心地大叫着“林莱贞”这名字。

那时，周昊南就与队友们天天打，月月打。戴上拳套是敌人，除下拳套仍兄弟。打中学，学中打。教练和队友们都不解周昊南何来如此大的劲。于是，即便是比他更为身高体壮的队友也不敢与他对垒。他常常是以轻量级打赢重量级。他比队友们更刻苦，更具悟性，于是他的散打搏击技术在入门之后如日中天，一日千里。

如今，在银行里工作清闲有序的他，正好有大量的业余时间来打拳。

1996 年 1 月的一个晚上，当雄壮激昂的《男儿当自强》在“的士高”例行性地响起的时候，周昊南正在休息室里更换衣服。一听到这首歌，他的毛细血管就开始扩张，血液加速流动。他只穿红色散打短裤，赤脚，双手戴上了十盎司的拳套，助手帮他穿上红色披风，他一边轻跳着滑步以期放松肌肉，一边等待出场。

歌曲暂停，擂台上的司仪介绍说：“自古雄才多磨难，从来纨绔少伟男。想我中华民族，泱泱大国，上下五千年，历尽沧桑。张丹枫萍踪侠影，陈家洛飞檐走壁。昏睡百年，国人渐已醒。万里长城永不倒，千里黄河水滔滔……今晚，我们先向大家献上的是一场 65 公斤级的散打激情对决。红方周昊南来自广东，绰名‘擂台智多星’；黑方雷东，来自湖南，绰号‘下山猛虎’……现在有请双方拳手登场！”

在近千名观众雷鸣般的掌声之后，《男儿当自强》又再次响起。身穿红披风的周昊南迈出了步伐，一步，一步，他稳健地走向擂台。这时候的他激情澎湃，少时在荧屏看到的独臂老人和陈真那些光辉形象，现在似是魂兮归来，随附于他的身体。在夜总会忽暗忽明的场地里，一阵探照灯罩住了他的身体，结实的肌肉就又显示于众人面前。如果说健美运动员的肌肉更显得发达的话，那只代表着一种僵力；散打运动员则不然，每一块隆起的肌肉，都凸现着一种活力。看着周昊南步伐沉稳的拳手形象，人群中又响起了激励的掌声。周昊南忙举起双手向观众鸣谢，他从擂台边的小木梯走上擂台，工作人员将擂台上第二根的绳子向上拉，周昊南以一个鱼跃前滚翻，就滚进了擂台。然后，站起身的他一边向观众挥臂致意，一边以侧滑步绕着擂台溜了一周，再在擂台的一角站好，双手搭在两边的红绳子上。

然后，当身挂黑披风的黑方拳手进入擂台时，周昊南不由得打了个冷颤，这哪像是65公斤级的拳手啊？这是一个大块头，身高、体重都明显优于周昊南，他完全是从85公斤级降下来打拳的一头犟牛。现场也一片哗然。

但现在，所有的一切，周昊南都已容不得再想，现在只有全力应对。

接着，两位穿着比基尼的靓丽小姐举牌绕场一周。司仪添油加醋地说：“看礼仪小姐柔情如水，更要看两位强壮如牛拳手的龙争虎斗！”然后，周昊南与对方都脱下了披风。

“开始！”裁判一声令下。

黑方木无表情，那黑着的脸像是下山的鲁智深，仿佛是在今晚这一个偶然的机会，让他找到了踏破铁鞋无觅处的杀父仇人，所以他根本不做思索，对着周昊南就猛扑过去，“噼里啪啦”地抡起了左右摆拳，尽往周昊南的左右太阳穴猛砸过来。

严格地说，这左右摆拳并不标准。然而雷东势大力沉，拧腰转胯，以腰发力，力达拳面。有道是“乱拳打死师父”，何况周昊南并非雷东的师父。周昊南在铁禅门散打搏击馆习武期间，实战打了不止百场，与轻、重量级都打过，但未曾逢着如雷东这样的猛冲猛撞的重拳手，常言道：“一力降十会”，而这雷东，不止“一力”，还会功夫。周昊南一下子招架不住，雷东一记重拳不偏不倚地擂中周昊南的左眼角。周昊南只觉一阵晕眩，天啊天，世界在旋转，头上全是星星！他随即倒在擂台上。

场上裁判马上猛喊：“停！”制止了雷东的进一步攻击。

周昊南接着就站了起来，继续比赛。

“加油！加油！”台下的观众不断为周昊南打气。

但遭此一拳猛击，他内心一阵发怵，一时间未能将心态调整过来。他只好一边以场上裁判为轴，绕着走圈子，一边思量着对付的办法。

而这样的消极抵抗，就换来了裁判的劝告，以致警告。雷东如法炮制，再来一顿猛拳，周昊南又被 KO！

裁判再喊一声“停！”示意雷东优势胜利，只打了一个回合的比赛，不用再打，提前结束。

观众不由得对周昊南发出嘘声喝起了倒彩，有人向擂台扔进了空矿泉水瓶。

在休息室解开拳套时，组委会工作人员才匆忙地向周昊南道歉，原来由于临时出错，对垒周昊南的本应是 65 公斤级的拳手，但当雷东出场时，才发现他原来是 85 公斤级的运动员，却也已经迟了，可当时已没了体重不相伯仲的候选对手，而且擂台上又不能缺失任何一场散打比赛。那一刻，临时骑虎难下的组委会才破天荒地默许了一场轻量级与重量级的乌龙散打对垒，所以，周昊南被 KO 是在所难免。雷东可是 85 公斤重量级全国散打冠军哦，周昊南若是赢了的话，那才是咄咄怪事了。

第二天上班时，满身挟着强烈正骨水味道的周昊南进入了银行办公室，女同事们都不约而同地惊呼：“周昊南的两个眼眶全黑了！”

周昊南耷拉着头，只强作笑颜地笑说是昨夜梦游，不小心撞着了桌子的边角，却不敢说出打拳这真相。大家这才窃笑。

随后几天，他都带着黑眼圈上班，心里却极度纠结：第一场就这样挂彩，出师不利，还打不打？还敢不敢打？他不断地问自己。

在这几天里，对于那一大包的田七粉，他既要定期内服，又须外敷，还得每天都用毛巾裹着刚出锅的滚烫鸡蛋，对着黑眼睛不停地烫熨。然后，站在阳台的他满腹心事地瞭望街景，他回想着在擂台上一刹那被 KO 的困境，如今他就像一个头缠白色绷带的伤员，正想象着当初炮火连天的战场，内心充满了恐惧。打？还是不打？他反复地问自己。

然而半个月后的一个周末之夜，他的伤势刚好，就又鬼使神差地上场了。

这次的对手来自福建南少林武馆，曾获 1996 年 65 公斤级福建省散打比赛冠军，同样地比周昊南长得高，只是没有雷东块头之大，更不是从 85 公斤级降下体重的对手。而看着对手的名衔，加之上次所受的重击，周昊南背上了沉重的思想包袱，所以，第一回合一开始，与其说他是在观察对手，不如说还迟迟不敢出招。让裁判劝告了两次，于是被扣了两分。

第二回合开始后，周昊南发现对手多打前后直拳，上肢动作过多，但底盘过稳，也就是不易起腿。于是，他就不断以中踹腿阻击着对手，他想起教练以前教过，对付比自己身高臂长的拳手，要尽量拉开距离，不能与对手硬拼，要善于使用游击战术。不久，他的中踹腿果然奏效，不仅有效击中对手腰腹，由于对手直拳够不到周昊南，所以未能有效得分。

在第三回合，在对手揣摩着如何防止周昊南的踹腿时，周昊南突然变线，身体一百八十度向前拧转，以右后边腿，闪电一般狠狠抽击对手前腿的膝关节外侧。刹那间，对手在擂台上单腿长跪不起，场外响起了炸雷般的欢呼声，对手的上下膝盖骨差点错位。

这样的单腿长跪，仿佛是在向一位归来的王者匍匐致敬！

“当！”的一声锣响，周昊南赢了！裁判举起了他的右手！

此时此刻，首尝胜利战果的万般激动与兴奋，若不是周昊南，则无法从中深刻体会。

随后，在夜总会工作室，当他签领那五百元拳酬的时候，他的双手居然无法控制地颤抖！原来是因为在刚才三个回合的对垒中，全身肌肉特别是两臂肌肉在长时间内高度紧张，伴随着剧烈拉伸，现在猛一停下，两手就止不住地抽搐。面对着自己手签的行楷字体，简直可以归入狂草之列。他突然觉得这些字是那样的陌生，他发誓他从来不曾写过如此潦草的汉字，哪怕是站着悬腕。

尽管又一次残酷的比赛没有对他造成硬伤，然而，在他将这五百元酬金揣入口袋的时候，他明显地感到了一种钻心的疼痛。他忽然想起了母亲，他感受到了自己这被母亲赐予的身躯，如果母亲得知他在深圳的擂台上血拼搏杀的话，母亲会不会感到无尽的伤心？他是母亲的心头肉，那些拳腿，与其说是击打着周昊南之躬，倒不如说是砸到了母亲孱弱的身体上。那么，远在粤西的母亲会不会像我国孝史典故中的“啮指痛心”一般，感觉到疼痛？所以周昊南不为自己的身体而痛，而是为母亲的身躯而痛。可知作为母亲，谁又会愿意自己的儿子在擂台上接受这种残酷的击打？

接下来的星期一上午，是周昊南工作顺利转正的新的一天。

在联华银行的会议室内，吴行长、王俊与周昊南相对坐着。

由于吴行长普通话不太利索，有时就让王俊当场代为转达。

这时，吴行长说："你最近揽下的信用证业务逐渐增多，你的信用证审单水平也提高很快。对此，我感到满意。所以，你的试用期顺利通过。祝贺你！"

王俊为周昊南鼓掌。

周昊南以抱拳的方式向两人示意，微笑着一脸谦让。

吴行长接着说："另一方面，我前晚刚巧到欢乐园'的士高'喝酒，所以我无意中看到了你的擂台比赛。"

周昊南的心内一紧。

吴行长继续说："我内心喜欢看拳，对泰拳尤其钟爱。但我不喜欢你打拳。按理说，你在银行以外的活动，与银行无关。但是，打拳是一项高危行为，你可以将对手打死，对手也可以将你打死。而你没有买下这样的人寿保险，我们银行也不能破例为你买下。"

其实，那次周昊南的眼睛黑了十天，吴行长就起了疑心。有时候，走在周昊南身后的吴行长会看到周昊南行动是一拐一拐的，吴行长心想：他怎么经常有伤？那时，吴行长也知道深圳最近在全国首吃螃蟹而兴起了夜总会拳赛，也听说了身板结实的周昊南曾经苦练散打。所以，吴行长就猜测周昊南是在业余时间打拳去了。

还真让吴行长猜个正着！

吴行长非常清楚，他平时看电视，在泰国，长年征战的泰拳手退役后，大都在五十多岁就殒命。而在菲律宾和墨西哥，经常传来拳手在拳台被 KO 休克乃至被重击致死的噩耗！

周昊南觉得行长说得不错，打拳虽是自己的业余活动，但让银行产生了担忧，给银行增添了麻烦。是行长爱惜他，才对他这样苦口婆心。

"我才醒悟到，更不能将买房的银行贷款批给你，"吴行长说，"万一你打拳时出现了亡故的意外，这笔贷款就属于不良资产，是坏账。这个风险，预防胜过解救。我得对银行负责。你明白吗？"

周昊南点头认同。

"那么，你现在有两个选择。第一，写下承诺书，不再参加深圳市夜总会的任何拳赛；第二，如果你依然参加拳赛，那么，你就得从银行离职。"吴行长说完，补充了一句，"你先慢慢考虑清楚，不急，三天后答复我。我诚心希望你选择前者！因为你在我们银行有光明前途。"

这时候的周昊南内心产生了强烈矛盾：他实在不忍心放弃银行这份薪水高、

待遇好的稳定工作，银行房贷一批下来，他就可以购入一套满意的住房了。是的！住房，多少年来，他一直梦想着能在深圳拥有一套住房！但在深圳外贸行业打拼多年的他，一直都未能遇着这样的买房好机会。而一旦离开银行，就等于住房无望，他得回归辛苦漂泊的外贸业务工作。同时，如果每天都在为外贸业务起早贪黑地奔跑之后，晚上还何来时间和精力去打拳？连晚饭都不知道在哪个快餐店吃！

可是，打拳又是他一生中最大的追求之一，想想自己年近三十的青春转瞬即逝。如果错过了这两年，体能和反应均会自然下降，那么恐怕今生今世就算不用工作，衣食无忧，也无法再站立于拳台之上……清幽雅静的银行工作环境如同一方良枥，而他作为时刻都想撒马奋蹄于大草原的一匹良骥，却又不能长期伏枥。

三天后，在同样的这个会议室，坐着同样的这三个人。

周昊南郑重地说："我决定了，我选择后者。"

吴行长不停地摇头，强烈地表示失望。

王俊遗憾地说："事实上你的房贷都已批下来了，很快就可以买到新房了，但你还是去打拳，房子也就没了，我替你感到可惜！"

"多谢你！"周昊南真诚地说。

百思不得其解的王俊再次郑重地问周昊南："你已转正，达到了万元月薪，住房马上可以购入，每年享受一次银行安排的国内外旅游，桂林、新马泰、马尔代夫任你游个遍。你怎么还这样放弃高薪和住房，拼死拼活去从事随时都有生命危险的打拳事业呢？

周昊南还是坚定了自己的主意。

吴行长一边生气地离去，一边不停地念："Stupid（愚蠢）！"

周昊南咬咬牙，深感歉意地离开了他上班不久的这家银行。为此，他将眼看着唾手可得的人生中极其重要的东西果断地放弃了。

银行所有的同事都为他的离去而感到惋惜。吴行长其实还酝酿了一个宏伟计划：将周昊南送到国外金融机构培训，回国后，再将他培养成为自己的接班人！

而周昊南内心还郑重地做出了一个更惊人的决定：暂时放弃所有工作，一年内专职打拳！以拳酬为生！

第二天起，周昊南更多的时间都待在荔枝公园东北角的大家乐散打搏击馆，那是深圳市散打拳击协会属下的训练馆。周昊南每天跑步、跳绳，击打固定沙袋和移动手靶，一口气上千次深蹲起立，上千次直、摆、钩拳和边、蹬、踹腿空击。每天不少于四小时的训练下来，他常常累得腰酸背痛，瘫倒在地。

但在晚上，他就活跃于欢乐园“的士高”等深圳各大夜总会拳场，所幸还是胜多败少。

第二十六章　以柔克刚

一直以来的每天早上，如果没有特别情况，周昊南都会在十点时给母亲打电话。

这是母子之间的一个约定。每天，母亲不管有多忙，临近十点的时候，也先将所有的活儿暂停，等接完了爱儿的电话再说。每次，周昊南先打通了村里离家二十米远的一个小卖部的公用电话，让店主给母亲捎一声，叫母亲来接，母亲就会给店主一元钱的费用。十分钟后，周昊南再打过去，就准能跟母亲通上话了。

后来，也不需店主再叫，一到将近十点的样子，母亲就自然而然准时坐在那店里等电话了。

那天，在岗厦村口，处于彩田路边那两个 IC 卡电话亭是近距离两两相对的，站入一边的电话亭，完全可以清楚地听见另一边说话的声音。周昊南在跟母亲通完电话之后，就听到另一边有个人在不断地说："怎么总打不通呢？"

他循声望去，只见身后有一个妙龄少女正在自言自语。

在这时候，这少女也向周昊南望了过来，她以一种期求的目光开口说："你能帮我打一下吗？我刚来深圳，不懂得使用 IC 卡。"

他就帮她插入 IC 卡，但电话那边老是忙音。拨了几分钟才终于拨通了。女子就欢天喜地般跟对方说了起来，那是他听不全懂的方言。他忽然还想跟母亲多说几句话，就回到原来的电话亭继续拨打。

后来，两人同时挂机，一转身就又对视了一下。于是，似乎双方产生了一种默契，两人竟然就随意地攀谈了起来。原来刚从重庆老家来到深圳的她，还没找到工作，正借住在福田区巴登街的表姐家里。两人慢慢地向前走，分手的时候，就互留了 Call 机号码。

那个晚上，周昊南洗衣服做家务忙到深夜。

第二天是周日，一大早，原准备恶补一下睡眠的周昊南，却让在枕边不断跳舞的Call机给闹醒了。

一复机，就传来了对方甜美的声音:“靓仔！今天去哪里玩啊？”

原来是昨晚认识的重庆女子。

他就说:“我今天的任务是睡觉。”

对方却迫不及待地说:“我们到仙湖植物园玩，好吗？”

自从与林莱贞折戟沉沙，以及跟李树雯擦肩而过之后，他已很久没交女朋友了——当然，一度与她同床共枕的李树雯并非他严格意义的女朋友。而今，又一风姿绰约的少女主动地向他投抱送怀，他可谓求之不得；再说昨天早上，在母亲与他的电话里，母亲总是句句不离他的婚姻大事。这个重庆少女，仿佛就是母亲暗中托人介绍过来的一般。看来，天天面对紧张而激烈的训练和比赛，他也需要一种温柔的少女情愫来糅合一下了。

于是，就答应了她热情的邀约。

临渴掘井，他这口井掘得正是时候！临渊羡鱼，不必退而结网，鱼却跳进了你的锅里呢！

她叫付小红。人说重庆是产出美女的摇篮，这话不假。与其说付小红是人到了深圳，不如说是她将重庆女子特有的美丽带到了深圳。在美女如云的深圳如果少了重庆少女，还真如七彩斑斓的画图中缺失了一种颜色。来自重庆市北碚区缙云山下的她出落得水灵水灵，二十多岁左右的身体玲珑浮凸，披肩长发下是鹅蛋形的嫩脸，樱桃小嘴一抿一笑，荡漾着小家碧玉般的娇嗔。她一身白皙的肌肤得益于嘉陵江水的养育，犹若从画中走出的梦中人。山城的麻辣并没有促成她的桀骜不驯，反而养成了她宛如江南女子的文静。若干年前，曾出差到过重庆的周昊南只因来去匆匆，对重庆少女之美，当时还无暇顾及也不懂顾及。可而今，生活就将一个如花似玉般的重庆美女，活脱脱地送到了他的身边。

在坐中巴前往仙湖植物园的一路上，周昊南与付小红肩并肩地坐着。在车上众人目光的聚焦和妒忌之中，他呼吸着从她绣花连衣裙缝中散发出来的淡淡的幽香。

在仙湖植物园，阳光和煦地照着连绵的苍翠青绿的山峦。两人漫步山边，驻足亭台，登顶庙宇，举目远眺。然后，在大雄宝殿前虔诚地点香跪拜，祈求健康、平安和富贵——特别是深圳户口和住房。随后，累坏了的两人在半山腰的榕树下，坐在石椅上喝着橙汁闲谈。

“你做什么工作的？”她问。

“现在打一打拳过日。”

她微微地吃了一惊，但看到他粗壮的胳膊，就收回了怀疑的目光，然后问：“你打拳的，会不会将老婆当作沙袋？”

他咧嘴一笑，平时也常听别人问过这个问题。这时他就回答道：“这么说，做公安特警队的，不把妻子和儿女都当作射击的靶子来练枪了？其实重要的是一个人的意识，意识支配行动。如果意识混沌，一个村夫都可以弄到炸药来伤人呢！”

她认可了这一道理，又问：“你一个人可以打几个？”

又来了！这是老生常谈的一个问题了。他就直白地说道：“不能拿这个标准来衡量一个人武技的高低，比如60公斤练散打的，可以打得过85公斤不练功夫的，但一个60公斤的全国散打冠军，跟同样是全国散打冠军的90公斤拳手对垒，能打得过吗？不能。轻量级、中量级，一般上来说，是打不过重量级的，所以一个人能打得过几个，要在同等条件下来判别，也就是按同样的体重来衡量。”

“我明白了。练武，可以飞天遁地啊，像那些武打明星。”

“呵呵！你可别武侠小说看多了，练散打和电影电视上的功夫是两码事。散打以实用为止，讲求以最快的速度和最小的代价来战胜对方；而电影、电视上预先编好的套路动作打得天昏地暗，虽然很好看，但只是骗人的，没有多大的实战价值，因为他们从没真正上过擂台，他们对付没练过武的还可以，但肯定经受不起我国相同体重级别散打冠军的检阅！事实上小时候我也受了武术套路的危害，以为如何管用，但真的一打起来，就不堪一击。我只是后来改练了散打拳击，才走出了一条实战的路子来。在我们广东省，就出现过很多杰出的散打人物，比如75公斤级全国散打冠军李志明、60公斤级全国散打冠军刘德等等。”

“你不说，我还真不知道。”

“李小龙那样的身手，才叫真功夫呢！只可惜他英年早逝。”他补充道，“据说李小龙父子都是被日本人给害死的，不然李国豪演戏时，被装在枪壳里的子弹打死，如何解释得通？”

“好像听朋友说，霍元甲就是呢！”付小红说。她一边说话的时候，一边有意无意地弯下身子，展示着她如白玉一般的乳沟。他不经意间瞥见，就禁不住心旌摇曳。本来就是由运动铸成的钢铁之躯，一受了这种感观刺激，他体内的血液，就如同六缸 S 系奔驰轿车的汽油那样快速有力地泵送。

返回到巴登街时，是傍晚时分。

两人到一家重庆酒楼准备吃饭。刚一坐下，付小红就打电话让两个年轻女子过来一起吃饭，也没问周昊南同不同意，她只说是她的老乡。然后，她们三人好像无视了他的存在，用重庆话叽叽喳喳说起来，像三个叫得正欢的麻雀。他听不懂，只能任由她们闹。她们自作主张地点了一大堆菜，比如东星斑、龙虾船等海鲜，全都加辣，好在走南闯北的周昊南什么味道都能习惯，去到哪里都不存在水土不服的问题，所以，川菜湘菜东北菜，他都能吃。然后周昊南看见付小红从包里拿出一张相片，对着两位老乡展示。他的视力很好，看到的是一张家庭合照：一对揽着脖子恩爱有加的夫妻和一个可爱的小女孩。他觉得里面的女人像极了付小红。

略显慌乱的付小红就对着两位老乡刻意看了一眼，像是暗示着别样的意思，然后指着相片里的女人对周昊南说："这是我姐，是她年轻时候的相片，我跟我姐相处得很好。"

"原来如此，怪不得你们长得这么像。"周昊南说。

旁边听着的两位女子并不说话，嘴角滑过一丝诡诈的笑。他不喜欢这两个碍事的"电灯胆"。

饭毕买单：九百三十六元！他的心一收缩：我的乖乖！即使宴请十分相好的朋友，也很少吃过这样的大餐。三位女子却依然说笑，置身事外，等他买单。他稍稍地为这样的浪费感到心痛，但转念一想，这么快就认识了一个如此美丽动人的女朋友，没有投资何来收益？所以，他还是觉得这一顿：值！

第二天，在他与母亲的电话中，他惊喜地向母亲说了自己爱情上的最新情况。在电话的另一头，母亲见自己一催就有了结果，心头里就乐开了花。放下电话后，她对邻居们煞有介事地宣传了周昊南的女友情况。

在不上擂的晚上，在大家乐训练之后，周昊南就到"的士高"看拳。有时候，他会约上付小红一起去。在场内，两人坐在高凳之上，双手撑着小圆桌子，吃着杏仁、腰果和怪味豆，呷着啤酒。忽明忽暗的射灯光怪陆离，侍应小姐穿梭其间，不远处擂台上的红黑双方激情对垒，伴随着全场人山人海的欢呼之声，擂台外的周昊南感同身受，场上的一方仿佛就是自己一般。

每次看拳，也带动了付小红的情绪。她看拳伊始，一遇着打得汗水四溅甚至鲜血直流的场面，她就用手掌挡着眼睛，不敢再看下去。慢慢地，她就不再怯场了，开始拍手叫喊了起来，那张白嫩的鹅蛋脸上就洋溢了喜悦。有好几次，她都在激情和快乐之中度过。可是，在这个晚上，周昊南正沉醉于场上的精彩时，在山呼海啸之中，付小红却兀自失神。她默默地喝着一瓶可乐，对擂台上的龙争虎斗兴味索然。

“你怎么啦？”周昊南关心地问。

“没什么。只不过，现在没人帮得了我罢了！”她低着头忧心忡忡地说。

他一听，怜香惜玉之情油然而生，就放弃了欣赏擂台对搏的场面，问她缘由。

后来，如同犹抱琵琶的她终于道出了心事。她说是她最爱的外甥女，也就是他之前看到的照片上的小女孩，最近感冒频繁，今天体检时，血小板减少，凝血功能降低，医生鉴定说是得了白血病！这简直是一个晴天霹雳，急需一大笔医疗费用。

“你能借钱给我吗？”她可怜兮兮地望着他。

一口应承她是不可能的，再说，这样不菲的费用，他也拿不出。他陷入了思考。

“如果谁能帮得了我，我就嫁给他！”她响亮地说。

卖身救亲？他心底里嘀咕了一声，为这样的决定表示钦敬。他扫了一下她的脸，那满是求助的神色。

“你能借多少，就借多少吧！我正在到处筹款，后天就得赶回重庆看望外甥女了。”她说。

他盘算起来，他只能拿得出四万三千元，这是他的拳酬收入。但前后认识才十来天，他对她的了解能有多少？可是对于自己的恋人，对这个在街头拥有九成回头率的恋人，甚至会引发男人因看走神而摔跤的恋人，她正身陷困境，他又怎能不出手相救呢？最后，他对她说：“我帮助你四万三千元吧！”

“真的？那太感谢你了！”她马上转愁为喜，速度快得惊人，一只手猛地搭到了他的肩膀。

第二天上午，两人来到地处新闻大厦一楼的招商银行营业大厅。

1995 年招商银行首次在全国推出“一卡通”的时候，周昊南就办了一张“一卡通”，他是全国第一批国内银行卡的持有人，只是余额一直不多而已。现在，手握“一卡通”的他正在银行窗口面前排队。不远处的沙发上，付小红正在坐等。

后来，当他将这四万三千元交给她的时候，他心头才掠过一丝忧虑：对于这么短时间内认识的女朋友，万一她回重庆后不再过来深圳，那怎么办？难道他得飞往重庆找她？可是白血病的可怕情景又在他脑海中一再浮现，付小红话语的告急，她外甥女的病情又如声声檄文，他像是难以自控了。

付小红收好了款。

两人走出招商银行时，不远处正停着一辆流动捐血车，车身印着鲜红的标语——

“捐血一袋，救人一命！”

“O 型血告急！”

他清楚自己一直血液充沛，心想，与其在擂台上被误伤流掉，还不如在此捐出救人吧！

他就与付小红一起走上了捐血车，车上人不多。

付小红坐在车头静静地看着。

他填好表后，医生帮他捅指头。然后，护士们让他喝一瓶牛奶。

“O 型血，转氨酶正常，肝功正常…… 一切正常。”几分钟后，医生做了简单的血液测量，就准备抽血。原来捐血，还不是想捐就能捐的，不健康的血还跟生活垃圾无异。

当粗大的针管插入他粗壮的血管时，这种感觉比刚才捅指头好多了。以前体检时，他一直不喜欢让人捅指头，他一生中第一次让捅指头时，由于当时医疗设备简陋，还是使用玻璃碎片划破指头来验血的。他宁愿让人擂上两拳，也不愿针刺指头，但捐血却又避免不了捅指头这一环节，他只得忍着，只是捐得多后，就仿佛关云长刮骨疗毒一般轻松了。

护士们说，在《百年孤独》里自由党与保守党的战争中，在夜里，一些狂热的母亲会将自己正处于排卵期的女儿送到奥雷里亚诺·布恩迪亚上校这名勇士的卧室，据说目的是为了让女儿改良血统。护士们看着周昊南这健壮的体格说，相信他的血液不仅可救命，也可以帮人改良血统。护士们说话的神态，好像都想输入周昊南的血液一般。

“欢迎你三个月后再来捐血！”其中一位护士在送走他时说，“一人一次捐血，自己也终生受用。万一以后你自己，或者你的家人因急事需要用血，都是免费用血的哦！”

"哦?"周昊南惊喜地说，心想这还真是意想不到的好事呢!

"你刚才抽了多少血?"离开的时候，付小红问。

"四百毫升，每人每次都一样。"

"我不行，如果针管要插我，我会晕的。"她说。

不久，他们走到了附近华联大厦的机票售票大厅前。

他掏出八百一十元，为她购买了第二天深圳—重庆的机票。然后逛到天虹商场，付小红说看中了一个意大利真皮钱包，五百二十元。还有一双童鞋，三百元，她说要给外甥女捎一件礼物。还有一件真皮皮袄，她说也给姐姐带一份礼物，跟自己穿的一样，她说她与姐姐的身高、三围都一个样。

这么一整，他又花了四千多元。

他准备晚上再约她，但她却推辞说，准备回老家了，她得与表姐好好聚一聚。

对此，他只感无奈。在临行前的这个晚上，他放弃了训练和比赛，意在跟她好好聊聊，但她居然跟他无话可说。所以，在送她回到巴登街楼下后，他就只好折返了。

第二天清早，灰蒙蒙的天空洒着细雨，330号机场大巴从华联大厦向宝安黄田机场驰去。

周昊南与付小红坐在右边靠窗的位置上，她身体上又散发着诱人的清香。一路上，他逐渐地产生了愁绪，一方面，想到恋人今朝一走，不知何日是归期;另一方面，他对她的感情和钱财如此大幅度的投入，到底有没有产出?而身边的她却只是高兴地望着窗外的风景，仿佛她外甥女的重病已然得救了一般。他在想，她怎么就没一点感伤呢?一为离别，二为她那正等着治疗的外甥女。但他又觉得，也许正是她就快到家了，而且正因为对外甥女的救治出现了曙光，所以，难道还一路哭着回重庆不成?

在机场候机大厅，独个挤在长长的队列中的他，为付小红交纳机场建设费，换登机牌，并将行李过重、打包。她就坐在后面等着。

当这一切都办完后，尽管机场内冷气飕飕，但他身上却冒出了大汗。

在机票验票关闸前，他得止步了。然后，他深情地望着站在队列中缓缓前进的她。此刻，他还有多少话未能与她诉说，还有多少心思未能交流。而她像是对此无甚感觉，她左看右看，若无其事地玩弄着登机牌，甚至对周昊南也不回眸一下。

最后，在她冷淡的一声“Bye-bye!”之后，她就没入了登机通道中。他站在原地呆望着她移动的倩影。此后，她居然还是没有对他回望一眼。在她的身影终于闪入机舱时，他只好在机场大厅傻乎乎地游走。

自从相识之日起，只要她一有购物的欲望，他都好像是不由自主地为她成功实现。他充其量只是看过几次她洁白的乳沟罢了，两人相互之间谈不上如何恩爱，甚至连手都没亲密地牵过一次。而他就算是面对自己最爱的母亲，也少有这样大手笔地花钱，可知这还大都是他拼死觅活打拳得来的报酬！所以，他隐隐约约地感觉自己是在做着一件傻事。他觉得她可以一去不复返，但他又抱着细微的希望来等待着她奇迹一般在深圳再度出现，他也想帮她一把，但他如同对着基本上没有胜算的一场感情赌博，在倾尽所有的投注之后，其成败利钝就任由天定了。擂台上变幻莫测的一招一式，他洞若观火，从容应对；但感情中那阴柔的一颦一笑，他却防不胜防。

随后，当他沿着机场栏杆，看到南航公司属下深圳—重庆那个航班腾空而起，一飞冲天时，在隆隆引擎声中，他才捶着胸口，悲叹了起来：完了，我的四万多元血汗钱！我的感情……

第二十七章　尊严

那天，周昊南走近福田区猛龙夜总会时，只见门口树着一块“首届中日韩搏击擂台争霸赛”的红牌匾，贴着来自韩国跆拳道和日本空手道各五个级别拳手的肌肉照。说是交流赛，但他们敢于漂洋过海到深圳设擂，这分明就是韩日联手蔑视中国散打的挑战赛，这让身处本土打拳一年但从没打过外战的他看着，不免有所顾虑，而这恰恰却又刺激了周昊南的斗志，他就迅即到组委会报了名。

这三国争霸赛，是深圳各大夜总会引入散打拳击擂台赛事以来最高规格和水平的对垒，不过第一晚是安排客队表演。周昊南在擂台边用心观摩，只见这些韩日拳手气焰嚣张，他们展示了脚跟碎砖以及空手穿木板等“绝技”，在“哼哇”之声中，引发了不明所以的观众们一阵阵的恐慌。

第二天晚上第一场，周昊南就登台了，与他对擂的是从原67公斤降为65公斤级的韩国跆拳道黑带七段朴伥泽，一个最喜欢使用跆拳道招牌下劈腿和后旋踢的选手。近千观众围坐在一米高、六十四平米大小的擂台四周，擂台四边围绳外各有一名裁判。

“咚！——咚！——咚——”

作为重低音炮的《男儿当自强》，这歌声仿佛从地核响起，然后穿过地幔和地壳，再响彻夜总会的每个角落。比赛就要开始，一直在休息室活动等候上场的周昊南适时地慢慢走出，穿了红色披风的他踏上了通向擂台的过道。刹那间，五颜六色的射灯在他身上来回晃动，歌声中开始夹杂人群的欢呼。他微笑地以沉着、稳健的步伐走向擂台。在《男儿当自强》歌曲的感召之下，他内心已如万马奔腾，不过脸上表情却异常冷静。

不久，双方选手站在了台上。

擂台司仪首先介绍朴伥泽，他就来了个下劈腿亮相，左脚在空中闪电般划了个漂亮的弧线，引来观众好一阵掌声。司仪介绍到周昊南时，他只是平静含笑举手转身，向四周观众致意，显示了一副大智若愚的样子。

周昊南与朴伥泽相对抱拳施礼后，两人就近距离面对面站在了一起。

第一回合大都是双方互探虚实的时候，拳手会将体力合理分配，以免最后一局筋疲力尽，这毕竟是五个回合的苦战。不过周昊南早已了解跆拳道的虚实，他一向认为跆拳道经不起散打和泰拳的检阅。于是，他如登华山独辟蹊径，没有按寻常出牌。在场上中国裁判一声“开始”之后两秒，他就突然一个垫步，右脚插向自己左脚跟后，同时左腿提膝展胯，身借步势，步助身威，一记垫步侧踹以风驰电掣之势踹向朴伥泽的胸腹处。跆拳道选手本来就不熟悉散打三大王牌腿法中的侧踹腿，他们的预备式大都是两手下垂，身体跳跃，缺乏对上身和头部有效的防卫，所以等朴伥泽意识到要架起双手应付时，为时已晚。周昊南这一招垫步侧踹先发制人，斜刺里自下向上发力，速度之快和定位之准，无出其右。只见朴伥泽的身子刹那间腾空而起，越过擂台一米五高的围绳，像台风吹起的一张纸一样飞出擂台，重重地跌落在观众席前面的地毯上。所有人都惊呼起来，即便站在擂台边保护拳手的工作人员也还没来得及准备，遂眼睁睁看着朴伥泽“呼啦啦”地倒在地上。

场上裁判赶忙掀起围绳冲下擂台读秒：“1、2、3……”

痛苦写满了朴伥泽的脸庞，裁判数到“10”时，他只是躺着微微摇头。场上裁判就赶忙向空中挥手：胜败已定！

这位韩国新出炉的全国跆拳道轻量级冠军，多年来战绩彪炳，却始料不及自己会瞬间败北，这一打法是他见所未见，闻所未闻。大部分观众根本就没看清是怎么回事，比赛就已经结束了。过了一会儿，大家才如梦方醒般大声为中国队的胜利狂呼。

第二天，《中国散打拳手周昊南两秒 KO 韩国跆拳道冠军》这一醒目新闻刊发于深圳各大报纸的报眼，于是人们纷纷打听猛龙夜总会的比赛时间和地点，争着买票一睹赛事风云。

三国争霸赛按体重级别采取单败淘汰制，胜者自然进入下一轮比赛。在五天的赛程中，中国与韩日联队打成平手。比赛第六天的这个晚上，周昊南将迎来最后一场残酷的决战，他将对垒 65 公斤级全日本空手道冠军菅直司仁。

这一天从早到晚，夜总会门外的黄牛党都在卖力地吆喝，他们以周昊南的名字为噱头来挥票兜售，就像解放前在重庆街头的报童手持报纸，不停地奔走呼喊着“号外！号外！”

这天傍晚，周昊南早早就到了设于猛龙夜总会的大赛组委会，与教练杨小龙以及四个队友进行了比赛要点交流，中等身材的杨小龙粗壮黝黑，浓眉倒竖，人称“深圳泰森”，他也是五名中国散打队员的领队。在组委会办公室，一个穿着黑衣拿着黑包的人将周昊南拉到室外一个僻静处，说：“有人出二十万，只要你输掉这场比赛。喏！这是两万定金，你先收下？”

“打假拳？”周昊南一愣。他明白，这场比赛台下已经有人暗中开赌了。看来人们大都买周昊南胜，因此一旦周昊南打输，那些买他输的人就可按相当高的赔率挣到大把的钱。“你打拳，不也是为了钱吗？”黑衣人提醒，“输这一场，强过你打赢半年啊！”见周昊南没有明确表态，他又强调说，“你自己考虑清楚，二十万哦！”

当晚十二点整，压轴节目拉开帷幕，强劲的探照灯齐煞煞地照射在擂台之上，场上司仪介绍了周昊南与菅直司仁后，铿锵有力的《男儿当自强》再次奏响，一听到这旋律，周昊南就又血脉偾张，浑身是劲。

“当”的一声锣响，又一场浴血奋战开始了。

两人都是左式——左拳左腿在前，一头长发、满脸胡须的菅直司仁身高略优于周昊南，但肌肉明显不及周昊南。周昊南轻跳着散打滑步，寻找着进攻的机会，显然，菅直司仁受之前周昊南两秒 KO 朴伥泽的影响，战局一经打响，他就进入严密的防守状态。

第一回合，是双方的试探，不分伯仲。

坐在擂台角上，周昊南双手搭在擂台绳索上，工作人员帮他做着大腿放松。他侧了一下头，随意瞄了一下黑压压的观众，突然间发现在擂台西边最近的座位上坐着一位女子，她穿一袭枣红色碎花长裙，也正凝视着他。两人目光瞬时交汇，熟悉的俊俏面孔！熟悉的披肩长发！——是林莱贞！然而他又看到在她座位旁，斜坐着一位头发全染成棕黄色的男子，一只胳膊搭在她的肩上。没错，正是当初在蛇口上海酒家遇到的那个“黄毛”陈光伟。此时周昊南的狂喜瞬间转为悲愤。随着第二回合锣声一敲，他“噌”地站起，目光如炬，聚焦于擂台上。

第二回合，每当菅直司仁起腿的时候，周昊南以低侧踹挡住了他的提膝，菅直司仁则不断寻找起腿的角度。正所谓虚虚实实，声东击西，第三十七秒时，周昊南突然一个转身后摆拳，身体旋转一百八十度，右拳拳背重重地砸中了菅直司仁的面门。菅直司仁防犹不及，鼻子涌出了鲜血，场上一片嘶叫。裁判赶忙示意暂停，让医护人员对菅直司仁进行止血。随后，当菅直司仁重回擂台时，他不得不将所有注意力都集中在对头部的防守，双拳死死护住面门。说时迟，那时快，周昊南以左侧卧地，右脚从后向前来了一记猛扫，正中菅直司仁左侧支撑腿的脚踝。这一招“地躺扫腿”让菅直司仁应声倒地，跌了个仰八叉。这种地躺腿法一般情况下很少在擂台对决中运用，而一旦用得好，就打得相当漂亮。而菅直司仁复又爬起，第二回合结束。

接下来的一个回合，变成了周昊南压倒性的表演，他仿佛如有神助，浑身散发着活力。然而，尽管双方比分悬殊，周昊南胜券在握，但菅直司仁只要还站着应战，他都有东山再起的可能。可不，当比赛进入第四回合时，周昊南觉得自己应该合理分配体力，既然不能立即将菅直司仁 KO，就需要将自己的能量分配到第五回合，于是这个回合他以防守反击为主。这一战术也正是教练杨小龙对他的要求。

局间休息时，杨小龙没有再对他给予指导，而是走到了裁判台那边。比赛前出现的那个黑衣人，此时不失时机地走到周昊南身旁，他避开杨小龙的注意力，用眼色向周昊南示意不远处的一个人，不满地对周昊南说：“你的表现令他失望。是他出的二十万，要买你输。”

周昊南循着黑衣人指示的方向望去，才知道这个要买他输的人，正是陈光伟！黑衣人看到陈光伟又伸出十个手指头，就对周昊南说，“他再加十万！总共三十万，一诺千金，怎么样？”

周昊南尽显英气的国字脸上毫无表情，他一伸手打飞了黑衣人送上来的装满了钞票的黑包，不屑地看了一眼狞笑着的陈光伟，然后站了起来。

当第五回合开战的锣声响起时，观众中有人亮出了五星红旗，周昊南看着，心头一震，他顿时深感肩上责任之重。然而，慢热的菅直司仁似乎到此时才进入状态。开局后第十二秒，菅直司仁瞅准一个机会，一记迅疾凌厉的正蹬腿，正中周昊南左肋，周昊南本计划以侧身接腿摔应对，但慢了一步。周昊南的左肋在前不久训练时曾被杨小龙沉重地踹过一脚，旧伤未愈，此时只见他低沉地“哦”了一声，脚步踉跄，重重地摔倒在擂台上。

“1、2……”裁判对着周昊南读秒。周昊南侧身贴在擂台地毯上，他看到了陈光伟和那黑衣人高兴得跳上了座位，而林莱贞则捂住了嘴巴，焦急地睁大了双眼。这时候，杨小龙冲到了擂台边狠拍台面，他要拍醒周昊南。与此同时，整个夜总会如山呼海啸般地响起了“周昊南，加油”、“中国队，加油！”的呼喊声，甚至还有人狂呼“收回钓鱼岛，加油！”比赛已上升为中日名誉之战。当场上裁判喊到“9”时，他一咬牙，深吸一口气，“腾”的一下弹起，稳稳地站在擂台上——还不忘瞥了一眼情绪稍缓的林莱贞。

裁判示意比赛继续，全场观众报以雷鸣般的掌声。

重新站起来的周昊南吸取了刚才的教训，理性调整自己。当菅直司仁向前逼进时，周昊南向后滑步。菅直司仁误以为他是因伤放弃进攻，便大胆地长驱直入。陡然间，周昊南向后滑步的右脚刚定，左腿疾速提膝直踹菅直司仁头部，这是散打防守反击中经典的后滑步侧踹。头部吃了一腿的菅直司仁还没缓过神来，周昊南拧腰转胯，右手盖拳已如泰山压顶般砸中菅直司仁的左太阳穴。这一腿一拳接踵而至，菅直司仁彻底乱了方寸。刹那间，周昊南以右手盖拳，摧枯拉朽一般又砸在菅直司仁左脑。随即，菅直司仁双手无力地垂了下来，两眼无神，脚步飘浮。周昊南抓住机会，又一个滑步上前，内心说：“我干趴你这三十万！”就借前冲之力，如猛虎过涧，参孙附体，又是一记沉重无比的常常砸断沙袋吊绳的盖拳！菅直司仁终于倒了下去。场上裁判开始对菅直司仁进行读秒：“1、2、3……”

现场观众都屏住了呼吸。读秒读到10时，躺在擂台上的菅直司仁仍一动不动，裁判就高高举起了周昊南的右手。周昊南这一胜利，意味着中国队以一分优势击败了韩日联队，全场观众异口同声地唱起了《义勇军进行曲》。周昊南激动之余，不忘瞥了一眼擂台边，陈光伟已转身离开，而林莱贞就神态轻松地微笑了起来。周昊南向擂台四面观众逐个方向行抱拳礼，然后小跑两步，腾空而起，左脚向前方踹出，右脚屈膝贴于左腿之下，与地面平行的身体高于擂台2米，头微抬，目视前方，左右拳相抵置于胸前，他以地躺拳里的招牌动作“腾空侧踹”在空中定格。

周昊南事后得知，菅直司仁当晚被抬上担架，送往附近的人民医院救治，诊断结果为重度脑震荡。

这一战也让周昊南捧起了“首届中日韩搏击擂台争霸赛”65公斤级的单项冠军金杯，尽管奖金只有三千元，但他觉得其价值和意义远在那见不得光的三十万巨款之上。

然后，人们开始撤离夜总会。

周昊南走下擂台时，一位蓝眼高鼻的大块头老外像蒲松龄《狼》中的狼那样缀行跟着周昊南。周昊南进 W. C. 时，老外就守在门口；周昊南到更衣室换衣服时，等在门口的老外又像是在维持秩序，提防女性闯入。随后，老外让他随从的翻译将一身汗水的周昊南请进了夜总会的一间包房里坐下，老外让翻译借问：“你有英文名吗？”

“Bruce Zhou。”周昊南答。

“你一定深受李小龙 Bruce Lee 的影响了。”老外用英文说。

“当然。”周昊南爽快地回应道，“我取了 Bruce 这个英文名，正代表着我对李小龙先生的尊敬。”

老外递过他一张印着“威廉”的名片——美国人史上就牛，名片也“一人得道，鸡犬升天”一般地牛。周昊南曾收过不下百张美国人的名片，但从没发现哪一张印上过美国国别“USA”和美国“001”的电话区号，全都不谋而合地只印一个州名和州的电话区号，好像他们坚信全球人民对美国都如众星拱月，所以全都知道美国辖下的五十个州名以及美国的电话区号似的。

威廉惊喜地用英语问周昊南：“你会讲如此标准流利的英语？”

“我以前在日常工作中就兼为一名翻译。”周昊南用英语回答。

于是威廉连他的翻译都不用了，与周昊南直接交谈，翻译便成了听众。

威廉说他之前看过了新闻，得知深圳首执牛耳，举办了中国第一次于夜总会中融入散打拳击的擂台赛事。所以他最近特地从美国飞过来观摩。周昊南的一些精彩比赛他都看了，他惊觉周昊南的散打动作既实用又富观赏性，是两方面的有机组合，所以他现在志在必得地叫周昊南到美国“赌城”拉斯维加斯打拳！

跟美国著名的拳坛推广人唐·金一样，威廉说他也是拳场的一名经纪。如果周昊南跟他签约去到拉斯维加斯，那他将是赴美打拳的“中国第一人”，他有信心将周昊南打造成一个世界性的轻量级明星拳手。在拉斯维加斯，一场拳酬相当于深圳夜总会几十场的拳酬之和。他介绍说与他签约后在拉斯维加斯活跃的几位各国拳手，目前在美国全都拥有法拉利名车和独栋海景别墅，总而言之，美钞和美女全都等在身边。说完，他踌躇满志地用食指和中指轮流敲着椅子扶手，等着周昊南的狂喜一般的应承。

被晾在一边的翻译插话了，说威廉这两手指简直是会“点金术”，点中谁谁就走运！

当初矢志在深圳打拳，现在竟可远赴美国实现暴富？从深圳走向美国，一个不经意，却为自己的金光大道打下了基础？周昊南心头猛一激灵：米高梅大酒店？霍利菲尔德？“拳坛印钞机”迈克·泰森？可以去到那个纸醉金迷的城市与梦中的拳王为伍？这些对周昊南来说全是一枕黄粱，但这些美景看似很快就触手可及。财富与享乐当前，一生何求？他不禁怦然心动，心想在赴美打拳名利双收之后，他日荣归深圳再见到她时，就看她那个“黄毛”小子还神气个啥？周昊南的嘴角不禁浮上一丝微笑。可是他又觉得，此去“赌城”，没法预料什么时候重返深圳，或者一两年，或者一生。在这面对大好出国发展机会的时刻，他对本土深圳、对身处粤西的母亲又生出了无尽的依恋。他觉得要是出国，上次在上海虹桥机场不早就出了？又何必等到现在？也正是在此时此刻，挑着一大担山柴的母亲趟过八公里山路走向那务墟市的心酸画面，又令他颤栗地跳入了他的脑海，而且挑柴的母亲有时还背着一个小孩。那个小孩，就是他自己……

思忖既定，他感觉还是要留在中国，也就是留在深圳，留在福田。于是，当他明确拒绝威廉的好意时，威廉和翻译头一仰，全都深感错愕。威廉在起身离开前，一脸遗憾地说：“我走遍万水千山，百里挑一，看完几天的所有比赛，在中日韩三个国家所有的运动员中好不容易才看中唯一的一个你，但你却放弃了这么一个黄金机会，实在可惜！但是——我尊重你的选择。”

然后，周昊南走出包房。在夜总会的每一角落，他都遇到人们火辣辣的钦敬的目光，大家争相与他握手。

夜里近两点时，一身便装的周昊南与杨小龙及四位队友说说笑笑，走出猛龙夜总会的大门。夜风吹动，周昊南举目一望，可见福田城区街灯璀璨，五光十色。

他忽然看到路边一辆黑色小车缓缓启动，由于车窗打开，他在夜色中依稀看到，是那黑衣人作为司机，载着坐在副驾驶室的陈光伟，以及车后排的林莱贞。只见她幽幽地凝望了周昊南一会，然后用纸巾擦拭眼角。

站定的周昊南望着慢慢驰离的小车，轻叹了一口气，然后举步跟上队友。

当晚，身心疲惫的周昊南长长地睡到了第二天下午，他感觉到腰酸腿痛，仿佛是“杀敌一万，自损三千”。灭掉这全日本空手道冠军，让他付出了不少的体力代价。

起床后他做了个田七煲鸡，借此舒筋活血。他慢慢地喝着汤的时候，房东给他拿来了一封信。

信？他倒是很少收到谁的信，有什么事都靠打电话了。

他拆开信一看，是身在重庆的付小红寄过来的。

她终于来信了！看来她很快就会来深圳了，周昊南赶忙摊开信看了起来——

“……我们相处不久，互相并不了解，当初我没有跟你说我的情况，我已结过婚，十九岁就结婚了，有一个女儿已经四岁……因丈夫赌博，我现在负债累累，不管是人情账还是钱……我那天急着从深圳飞回重庆，是因为我表姐对我丈夫说了什么，我丈夫就要离婚……我不想在（再）写什么，我欺骗了你，我对你感到抱歉……”

根据她信中的描述，原来，当初周昊南看到的那张相片，那个长得很像付小红的女子，据付小红当时所说的“她的姐姐”，其实就是付小红本人，她根本就没有姐姐；而她的外甥女，其实就是付小红她自己的亲生女；那幅“她姐姐”的结婚照，就是付小红本人的结婚照。至于她自称的外甥女罹患白血病，都是她杜撰的子虚乌有之说。他万万料想不到，以她那窈窕的身材，居然已是一个有夫之妇，还是一个已生了小孩的母亲！

当初她在 IC 卡电话亭边诈称不会打电话，原来是她处心积虑的钓鱼！

相比周昊南在擂台上所受的重击，这一封信更让他感到痛苦。他将信往桌上一扔，几乎瘫痪在床。

他不禁拍着胸口对自己苦笑说：我在擂台上豪情万丈的喷洒热血之躯，居然敌不过付小红的以柔克刚之术！前一个林莱贞，后一个付小红，真心追逐着真爱的我，为什么总是在牺牲着我自己？

他也在想，自己已就这事跟母亲说了，而且整个村子里所有的乡亲们都知道周昊南交上了一个重庆美少女。但现在的周昊南，应该怎么向他们交代呢？他们不都认为是我周昊南说谎了吗？

第二十八章　安得广厦

打拳一年后的周昊南重操旧业了。

一天中午，走过地王大厦工地的他收到一个传呼，是深圳市医保进出口公司的李国雄找他过去议事。他就坐上公交车奔上梅林而来。李国雄那年与周昊南在“广交会”结识，两人后来偶尔有联络。他就是那位在“广交会”上不懂英语，而只拿着计算器与外商“耍太极”成交的中年男人，一个生意做得火红火绿的文具出口商。

李国雄租用了地处梅华路的爱国大厦，也就是深圳市医保进出口公司这栋办公楼的616房，他承包了公司文具进出口部，自负盈亏，夫妻俩一起打江山。616房内用屏风隔开，李国雄坐在616房内里靠窗处，窗外就是马路，他妻子鲍小姐坐在门口这边。

李国雄当初在“广交会”看到周昊南派目录的那个卖力样子，当时就想，如果自己麾下能有这样的助手该有多好。那天下午闭馆时，李国雄刚好与周昊南一起走出展馆。走经流花公园旁边时，在滚滚人流车流中，李国雄突然箭一般地跑到马路最边沿处的一辆小车旁。当时车开得不快，那小车司机就摇下车窗来，李国雄急忙对司机说：“你车右前轮毂的一个螺栓掉了！”

这位司机一听大惊，赶忙靠边停车。李国雄马上往回跑，捡起那粒掉落地上的螺栓，跑回来交给司机，司机连连道谢，李国雄这才如释重负地笑了。

周昊南看到了这一幕，不由得心想：这个人还真有一副好心肠！

前不久，李国雄得知周昊南不再打拳，就赶快和他约见。如今，面对面的两人又有了说不完的话题。

长得偏肥的李国雄鼻大耳长，口才出众，通晓天文、地理、时事，从萨达姆暴政到深圳股市“8·10”风波，他都有自己独到的见解。鲍小姐对周昊南说，李国雄的知识主要来自每天读报，一看报纸通常就是一两个小时，连报纸中缝的广告他也从不放过。多年来他还反复研读《三国演义》，他明明需要有能力的业务员，可又担心业务员在熟悉文具外贸业务之后，另立山头扯起大旗，抢他的生意。都说“疑人不用，用人不疑”，但他实在是很难做到。而在李国雄眼中，周昊南是一位既有超强外贸业务能力，又不会挖老板墙脚的意中人。周昊南无疑是既有关云长对刘备的忠心，又突显诸葛亮辅佐刘备的才华，还不失张飞为刘备打江山的勇敢，同时免却了张飞行事的鲁莽。两人海阔天空地神侃了一通后，李国雄问周昊南有什么具体要求，周昊南说：“我现在最想争取的，就是一套住房，一房一厅那种就行了。同时就是想谋求深圳户口。”

李国雄就拍着胸脯说，“这还不容易？只要你加盟我这里，我就帮你买房。我这部门每年创汇这么多，每年都可向深圳市人事局申请户口指标。”

侧耳倾听的周昊南心头一喜，如沐春风。

“我给你的工资是每月两千五百元，年底还有两万元的奖金。”李国雄说，还表示不管公司年底赚还是亏，这两万元都是铁定要支付给周昊南的。其实他胜算在握，多年的外贸生涯宣示着他每年都亏不了。

周昊南点头认可。

李国雄继续说：“我这层楼走廊的尽头有个阁楼，是配套616这间房的，我已经租了下来，尽管只能摆一张床，你可住在那里，只不过要使用公共的卫生间。不过等买了新房，你就可以搬过去了，先将就一下吧。”

周昊南觉得能有这样的免费住房，未尝不是一件好事。

“你准备看房吧！什么位置和什么样的房由你决定。购房款，我会先全部支付，然后，每月从你的工资里扣。”李国雄说。

“我有四万六千元存款，这个可以先当作首期。”周昊南说，这是他之前一年积攒并扣掉汇给家用后所剩的酬酬。

“那更好。”李国雄接着筹划说，“房产证就写你的名字，我信得过你！”然后爽朗地笑了起来。这笑声响得连屏风外面的鲍小姐也跟着笑了起来。

李国雄显得乐观而且外向，继续说：“我们将在一起共事，有什么不放心的呢？”

周昊南觉得遥远的梦想指日可待，看来我很快就可以将父母接来深圳生活了！他想，母亲为我饱尝了人世艰辛，也该到享福的时候了。林莱贞，你在哪里？你还嫌弃我没有住房吗？

“你在偷笑什么？”屏风外的鲍小姐探过头来。

周昊南才发觉自己失态，他赶忙感激地对李国雄说：“我知道，你就是有一副好心肠！”

“据说，深圳银行业很快就会推出这一种购房方式了，就是按揭。”李国雄说。

“你就是我的银行啊！你甚至比银行更可靠！”周昊南微笑地对着恩人说。想当初在联华银行深圳分行上班，那优厚的待遇神奇得让他总感觉像是中了彩票一样，是天上掉下的馅饼，所以总认为无福消受，而在这外贸公司，他认为这才是自己一手一脚创造出来的踏实。

“哪里？我们一起并肩作战。钱嘛，一个人是挣不完的。”他说完，又哈哈大笑。

周昊南将收获一套属于自己名下的房子，到年底还可斩获深圳户口指标；而李国雄，将添上一名精兵悍将，伴随的将是他业务效益的翻番。李国雄站起身来推开了窗户，清新空气溜了进来。不远处大兴土木，长臂吊机正钩起一大捆的螺纹钢和高线，在那一幢又一幢的楼宇的边沿，脚手架正一层一层地升高。在这个方兴未艾的大都市，周昊南很快就会拥有属于自己的一方天地！然后，他可以握着这沉甸甸的筹码去谈对象了！

一星期之后，提着包括从安徽带回的枕头在内的行李，周昊南从岗厦搬到了梅华路，他住进了李国雄说的那个小阁楼，虽然不足五平米，但不用交房租。从此，他成为了李国雄公司的员工，做起了外贸跟单员的工作。

李国雄一直靠“广交会”接单，他英语不行，但总是能签到了如山一般的外贸订单。这下有了周昊南助阵，李国雄就如虎添翼了。

天蒙蒙亮，街上行人稀少。周昊南跨上自行车，飞驰在冬日的梅华路上。由于没戴手套，他握着车把的双手很快就被冻僵了，于是他不得不偶尔冒险让双手脱把，靠两个手掌搓揉来缓解一下寒意。

在这样的清早，他多想卷在被窝里再睡一会儿，但最终，在兑现了多少次“再睡一分钟”的诺言后，他不得不鼓起勇气起床，他得与时间赛跑。这一次，他需要第一个赶到皇岗报关组，他的报关单据必须第一个递入皇岗海关出口报关窗口候审，他的一个货柜的铅笔，也得第一个通过出口过关的落马洲大桥，然后在香港装船，运往英国费力克斯顿港口，那边的英国买家追货正紧。

这段时间，凡是下班以后，或是在休息时间里，他都骑单车到处看楼。他随身带着一把卷尺，目的是为了计算如何才能从一房一厅中隔出一间房给父母。他一边观察对比，一边等待新楼盘放盘。后来终于看中了福田区八卦二路飞旭花园739室，一套五十平方的一房一厅，那是新建好的现楼，按照五千元左右的单价，要二十多万。

4月的一天，春暖花开，天空格外高远。周昊南坐着李国雄的商务车前去交付房款。在梅华路的工商银行，李国雄笑着将绿油油的成捆的钞票放入一个黑色塑胶袋，然后一起向飞旭花园售楼处进发。

商务车跟在一辆公交车后面，像唱着歌儿一般轻快地前行。远远地已经可以看见飞旭花园售楼处了，突然，前面的公交车“吱”的一声来了一个急刹车，李国雄尽管马上踩了刹车，但他车子还是与公交车追尾了。两车停了下来，原来是在公交车前面的一辆人力三轮车因为闯红灯，从公交车的前头穿过，公交车不得不避让才急刹，这就导致了李国雄商务车的追尾。李国雄红润的脸上不由得眉头紧锁，尽管商务车无甚大碍，然而一向笃信风水运程的李国雄像一头灵敏的猎犬，隐隐地嗅到了异样的味道。在平时，李国雄每打一次喷嚏，都紧接着说一声广东话“大吉利事！”反正打多少次喷嚏,就说多少次“大吉利事！”

不用交警处理，追尾的李国雄自然要负全责。李国雄就打了电话，让保险公司过来定损。

后来，到了售楼处的李国雄还是闷闷不乐。他接了一个电话，就坐在售楼部的沙发上险色阴沉地对周昊南说：“我太太提出了建议，说是房子买了，但房产证不能写你的名字！而要写我的名字，但可以将房产证放你那里，由你保管。”

周昊南一听，不亚于万里晴空中滚过一声低沉的雷，他半晌没有说话。

“我也没办法，我得听我太太的。我业务上的运作资金，是由我太太支持的。”李国雄解释，“希望你理解一下！等你的房供完，我再将房产证过户给你，过户手续费可由我个人来垫付。”

怎么理解呢？周昊南心想，关于房产证的名字，当初双方说得好好的，但事实上，购房款大部分是由李国雄所出，一切就由他说了算。然而，无论如何，他相信李国雄有一副好心肠，李国雄一再强调他已经有房，根本不需要再买房，他购入这套新房，纯粹是为帮周昊南一把。既然房产证由他自己保管，也是对李国雄的一种约束。而且过户手续费都由李国雄支付了，还能怎样？周昊南就默默点了点头。

在购房全款现金支付之后，两人回归各自的工作坐标。

为了备货赶货验货，两人经常出差浙江，在浙江上空坐着国产“运七”飞机，走访各地文具厂家。夏天里这飞机太热，李国雄就手持一把蒲葵扇，在高空上架起“二郎腿”纳凉。脚底下是向他供货的一家又一家的浙江工厂。同时，两人也一起在深圳各大酒店接待到访的原先在“广交会”上认识的外商，周昊南将自己的英语特长发挥得淋漓尽致。然后，他再一个一个地跟进这些海外文具买家，收发传真，报价寄样，签订合同，制作出口单证，报关收汇，对工厂付款，办理外汇核销，申请出口退税……业务资料全部刻入CD光盘。所有的出口手续，他都在有条不紊地操作着，创汇、创利像滚“雪球”一般，越滚越大。

几个月后，同样是当初的面对面场景，鲍小姐坐在屏风之外。窗外，人车快速流动。一改往日高声大笑的李国雄对周昊南说：“房产证已经下来了。”

他就从黑色真皮公文包里取出一本红色的房产证，递给周昊南。

周昊南接过房产证端详了起来。多么富有诱惑力的一个红本本，它飘着塑胶的味道，还散发着油墨的芳香。

“但是，这房产证还是不能交给你保管，还是得放在我这里。反正，款一供完，我照样过户给你，过户费用由我出。”李国雄说。

没有了，又没有了！周昊南在心底深处痛苦地叫道！如果说，李国雄当初在售楼处提出房产证不能写周昊南的名字，那如同一声低沉的雷的话，现在又猛然坠下了一大堆鹅卵石般大小的冰雹。他想，房产证既然都写了你李国雄的名字，我周昊南能做什么小动作呢？这本子，国土局都有备案的，就算我把它弄丢了，你照样可以登“遗失声明”，重新申报补办下来。但是，房产证不能交由我保管，连这样一点对我的信任都没有了，我还何必为它供款？再说，难道我会将房产证私自拿出去卖了不成？没有你李国雄的签字，我能卖吗？周昊南盯着这本房产证，就像一个在路边荒草中饥肠辘辘的弃儿，正哭闹地看着旁边一头健壮奶牛的奶头。

这件事情一发生，周昊南就觉得两人的关系出现了逆变。

然后，他痛下决定，只好与李国雄分道扬镳了。

后来，与李国雄临别前，周昊南手里拿着三张光盘，而正要交给李国雄的时候，他忽然犹豫了。这里面包含了他们合作期间，由他经手堪称全国最标准的商业发票、装箱单等全套外贸单证格式，特别是里面分门别类地录入了世界各地数十个文具进口商的联络资料。他忽然想起了张福强之前跟他说过，如果有文具方面直接的国外进口商，可以转移到张福强挂靠的文具进出口公司来做。那么，如果周昊南将这些客户引入到新的文具进出口公司，业务将可以顺利地过渡，丰厚利润随之而来。然而他也知道，这些客户资源全是李国雄一个一个地攻下，一旦丢掉这些客户，李国雄很快就会全军覆没。无论在道德还是法律层面上，周昊南都觉得，如果这样做，就有悖于他做人的一贯原则。

于是，周昊南还是将这三张光盘交给了李国雄，并表示自己绝无备份。

这让李国雄放下了心头上的大石，而事实上鲍小姐一直担心着另一件事，这位酷爱打拳的猛男说不定哪个周末又上擂台，作为常胜将军自是好事，但万一让打成个“担架入院”，没买社保的他，那高额医药费用就有可能让周昊南所在的工作单位垫付。所以周昊南这么一走，也正中她下怀。

周昊南取回了四万六千元房款，只身离开了李国雄的公司。

其实那时，经人撮合一个在贸易公司做会计的深户姑娘正准备与他结缘，虽只在公园里见过两面，手也未碰，但姑娘对周昊南满心欢喜。慢慢地，万事俱备，就只等周昊南即将入伙的一套住房到手了，她已经准备好的婚帖一填上日期，就立即可以向亲戚朋友派发了。但刚辞职出来的周昊南给她打了一个电话，遗憾地以“性格不合”这个万能的理由推掉了几至可以闹洞房的这桩婚事。

第二天，他又搬回到岗厦“城中村”，心想以后若没个正经着落，他就誓不搬离岗厦了。

这四万六千元他本来是计划替大哥治病的，但为了让周昊南顺利买房，大哥的心脏支架手术一再延后。周昊南在岗厦安顿下来不久，大哥突发心肌梗塞，被火急火燎地护送到湛江市港湾医院抢救，医院告知必须立即施行支架手术。周昊南闻讯后，带着这四万六千元连夜坐车赶往湛江，加上家里人借来的钱，总算凑齐八万元的手术费用，才把大哥从鬼门关前拉了回来。

当其时，周昊南也曾后悔过，当初不应离开那家可让他的住房梦想马上实现的高薪外资银行。只不过吴行长也是“丁是丁，卯是卯”的那种人，当初不领情的周昊南也就不好意思再期求回头了。

那时，我国银行的购房按揭制度尚未实行，周昊南白白地错过了一次入手深圳楼市的良机，他没有料到若干年后深圳房价坐上火箭一路狂涨，一套房转手即可赚取百万巨利，而这一巨利，却被当时无心插柳买房空置的李国雄唾手可得。若干年后，周昊南曾到自己亲手选定的飞旭花园楼下逡巡，举头望着从自己牙缝里飞走的熟鸭子，他不能不捶胸顿足，悲从中来。

第二十九章　人间蒸发

2001 年 6 月的一天，周昊南来到国贸商住大厦二十一楼，他带着个人资料到深圳市东起进出口有限公司应聘外贸业务员。

当他进入总经理室时，不禁大吃一惊，老总居然就是当初招商（福田）进出口贸易公司的总经理何寒巩。几年前，何总在他掌舵的国企倒闭后就拉起大旗自立了门户——但那时的外贸国企倒闭，大都是各位老总成功实现的国有资产向私人荷包的“战略转移”。周昊南承认，在见到何总的那一刻曾想转身离去，但看中他业务技能的何总却大方地留住了周昊南。周昊南想想也就释然了，旧事不再提，过去的就让它过去，将再遇的机会当作是一种缘分，重新开始又有何不可？这公司是私企，主营产品为乳化复炼油，公司拥有全国进出口报关权。何总介绍说：“我现在主要是从新加坡进口乳化复炼油，进口口岸是在青岛，那里是国内乳化复炼油最大的集散地，你负责跟好这些进口业务即可，过段时间，你就跟我一起飞一趟青岛。”

与周昊南一起跑业务的叫匡大伟，他戴着一副高度近视眼镜，这个来自湖北襄樊的英语科班毕业的小伙，跟周昊南并排而坐，两人相见一聊还真很投缘。何总秘书卫剑苹和财务邓小姐都来自四川，是何总的亲戚。五个人在整层楼里办公，人均占有面积实在太大。

“我们的业务量很大，马上还会招人，这办公室还不够用的。”何总说，“办公室的所有桌椅现在暂时租用，迟些全部换新的。公司仅有的一部电脑暂供卫剑苹一人专用。”

“那好啊！”周昊南道。

“做油，我还没见过不发达的！”何总经常神采奕奕地对周昊南描绘着未来的蓝图说，“我们资金充足，可以做的进口业务还有很多，比如俄罗斯 D2 燃料油、非洲赞比亚阴极电解铜、乌克兰尿素、印尼煤炭和巴西铁矿石等，我们做的是真正的大宗国际贸易，大买卖。对于你当初做的五金工具等进出口小生意，我现在根本就看不上眼了。”

严格地说，周昊南与匡大伟是外贸跟单员，两人的月薪同样是两千元，不包吃住。两人平时由于交谈得多，而且时不时地用英语沟通，引致两位女同事经常笑眯眯地看着这两个假老外。

如果不是客人过来，何总很少出现在公司里。基本上每天就是他们两男两女待在办公室，而由于业务尚未正式开展，四人就显得比较清闲。

在匡大伟请假回老家后的一天，公司来了两位新加坡客人吴小姐和李小姐，她们是乳化复炼油的供应商。新加坡客人带来了合同草稿，洋洋洒洒六十页的英文，周昊南花半天时间一一对应地翻译好，然后摆在何总办公室案头。这合同货物是一万吨的乳化复炼油，得租用一条万吨大船来运输，合同总额为五百万美元。据何总私下透露，这批货物进口，扣除上缴国库的进口关税和增值税费用后，卖给国内的小炼厂，净利润是每吨三百元人民币，整个合同可赚三百万人民币，每月进一万吨货，半年可走六条船，就可实现一千八百万人民币的利润。

周昊南听得心头怦怦直跳，何总笑着拍拍周昊南的肩膀，勉励他说：“跟着我好好干，好日子在后头！”

周昊南一阵感动。

这天，在公司洽谈室，周昊南参与了何总与新加坡客人的业务谈判，卫剑苹做笔录。新加坡卖方坐在南边，中国买方坐在北边，双方隔着长桌子相对而坐。

吴小姐首先开口：“我们这批油，灰分、闪点、比重和含馏量等指标，都符合你们的要求，我们可以出示 SGS 的检验报告，就算让中国商检局到新加坡检验，也没问题。”

“那好！”何总说。

“关于这份合同的即期信用证，我们希望你们开立可转让信用证。”吴小姐说。

“没问题。”何总马上应承。

“这个不行！”周昊南当即否定，“如果你将我们的信用证转让给下一个供应商，万一他们没货可供呢？我们开立这份信用证需要产生 0.15% 的开证手续费，总共七千五百美元，等于好几万人民币。如果你们没货可供，我们的开证费就白白浪费了。我们需要的是你们有货，而不是将我们的信用证转给下一手。当然，你们假如无货但有资金的话，你们可以将我们的信用证作为质押，再开出新的信用证给你的下一手供应商。这在银行业务上叫作背对背信用证。所以，我们开立的，一定是不可转让信用证。”

“是！我们要开立不可转让信用证！”何总接着明确表态。对方看到这条件行不通，只好作罢。

“在你们开立信用证之前，我们需要你们先开立银行资信证明，凭此以证明你们拥有开立信用证的资金和能力。”吴小姐说。

“好的！”何总应承。

“不行，我们得先收到你们银行出具的 2% 的履约保函，也就是 2% PB，你担心我们没有资金，但我们也担心你们没货，所以，怎么证明你真的有货呢？或者，你们以前卖过这种货物的话，你可以提供你们以前的提单副本吗？因为提单毕竟是货物所有权的凭证。”周昊南道。

“是的，要看你们的提单副本！”何总随即明确。

这时候，吴小姐从公文包里拿出一份文件说：“这是我们去年出货的提单副本。”

周昊南接过这份文件端详了起来。他摇了摇头说：“你这份提单副本是假的，你们根本没有卖过这种货！”

何总瞪大了眼睛。吴小姐生气地说：“请你说话放尊重点，你凭什么说我们的提单副本是假的？”于是何总责怪的目光射向周昊南。

周昊南将提单举起来，让何总和卫剑苹看了一眼，然后指着上面一句英文对吴小姐说：“你看：Clean on board，这句话的意思是指清洁已装船提单的意思，就凭这句话，我就知道，你的这份提单是假的！”

显得有些慌张的吴小姐故作镇定，她生气地问：“你如何判定？”

周昊南胸有成竹地说：“Clean on board，在信用证的提单条款里肯定有这一描述，任何一份涉及海运的信用证都有。以前我们制作外贸单证的时候，有一个原则就是全盘照搬，或者将错就错，都会符合信用证‘单单相符，单证相符’的要求，可以安全收到货款。但是，Clean on board 这句话就例外了！所谓的清洁提单，是指货物无瑕疵，无不良包装，无短重等意思。如果货物存在刚才所说的缺陷，那么提单上会做同样的描述。但是，如果货物完整无损，则是不需表达的。也就是说，没有不良批注的货物提单，就是清洁提单。那么，如果硬生生地在提单上表明是清洁提单，这不仅仅是多此一举的问题，也不仅仅是船公司不懂制作提单的问题，而是说明这根本就是无货提单，是作假。你不要不服气，前段时间，在广州黄埔海关，就因为一份提单上出现了‘Clean on board’这样的描述，海关一查，原来货物含有白粉！当即全部收缴。”

何总和卫剑苹目瞪口呆，两位客人不知所措。吴小姐最后只得承认说：“确实不是真的提单，这个只是做参考。”

周昊南接着话茬说：“不过，只要你有货，我们还是愿意跟你达成这单业务。”

“还有一个问题，合同签署之后，我们需要你们先开信用证，我们再开出 2% 的履约保函。反正你也知道，如果我们没货可供，合同金额的 2% 的罚金，就会支付给你们，这也是银行信用。”吴小姐说。

“那当然！”何总又不假思索。

“也不行！”周昊南来不及阻止何总的话，只得继续说，“合同一经签署，你们要先开 2% 的履约保函。当然你会有顾虑，因为，如果在你先开 2% 履约保函之后，我们不开出信用证的话，你们会损失 2% PB 的银行手续费，按照上面的银行费率，那是一百五十美元；但是，如果我们先开出了信用证，而你们不开来 2% 的履约保函的话，我们的信用证开证费是七千五百美元，谁的费用多？谁的损失大？所以还是由你们先开履约保函！”

末了，周昊南补充说：“根据你们的合同草稿，我觉得那些反担保、循环信用证、暂不生效信用证和银行资信证明之类，就不必再提了。同时，没有什么暂不生效信用证和激活信用证之说，信用证除非不开，一开就是生效的了。总而言之，只要你们确认了有货，签好合同后，你们开出 2% 的履约保函，我们就开出信用证，然后出货、收货，成交！”

面对这样一位外贸业务专家，新加坡客人找不到拒绝的理由。

晚上，何总宴请了两位客人。

饭毕，何总和卫剑苹离开，周昊南打的送两位客人回宾馆。

两位客人入房间前，说：“我带了一本李光耀写的书，想送给你作为礼物。”

周昊南就赶忙答谢收下了。等回到宿舍打开包裹一看，书的后面居然还夹着一捆带着银行封条纸的一万元现金。周昊南怦然心动，在这个时候，穷困潦倒的他太需要钱的犒劳了。可是，他又想，这是不劳而获，也是收受贿赂。显然，今天已被周昊南的国际贸易专业技能深深折服的两位新加坡客人，正是想通过这一万元的赠送，让周昊南在日后的业务把关上放她们一马，那么，周昊南就得牺牲公司的整体利益……最后，理智的周昊南收下了书，但在第二天一上班，他就把事情的经过对何总当面说了一遍，并将这一万元交给了何总。

何总万万没料到周昊南会将这钱退回！看着这一万元，何总笑嘻嘻地对周昊南说："你做得好！这样吧，你放心！我会负责将这一万元退回给这两位新加坡客人的。"

转眼间一个月过去，发薪的时候到了。何总说："你们稍等一等，由于我正在筹划一万吨合同的资金，等到迟些，我就发工资给你们。"为了支持业务，周昊南和匡大伟理解地接受了。

国贸商住大厦一楼除了一家银行之外，分布了三间小房子，或者说是三个橱窗，分别从事楼市中介、机票车票和名片印刷业务。每天经过一楼走向电梯的时候，卖机票的小姐总是对周昊南展示着灿烂的笑容，还不时地问："什么时候订机票飞青岛啊？"

"快了。"他答。

那天一早赶来上班，周昊南照例买了《南方都市报》，这天的报纸扉页刊登了一张飞机撞大楼的恐怖照片。原来是纽约世贸遭袭，一场"9·11"灾难事件让全球震惊，接下去的几天，周昊南与匡大伟天天关注交谈着的，就是"9·11"。

放在何总案头的合同还没签署，何总说开立进口信用证的资金就快落实。两个月过去了，工资还是搁着。何总仍叫周昊南和匡大伟再等一等，两人心里不快，但也没有办法。

转眼间临近年底，将近半年的时间过去了，周昊南工资一分也没拿到，伙食、住宿和交通费都是自理，本来就有限的存款已吃空，马上就得向朋友借钱了。何总依然说再等等，说是"9·11"事件对他生意的影响马上就会消失，美国封锁油船航道的指令马上就会取缔。他还拍着周昊南厚实的肩膀笑嘻嘻地说："急什么呢？到时攒在一起发，你将收获一个大红包，沉甸甸的，多有手感！呵呵！"

周昊南只有低头苦笑。

有一天晚上，彻夜都想着公司事情的周昊南失眠了。

第二天醒来一看，已经上午九点。他慌了，匆忙洗漱出门。

一路上坐着中巴经深南大道往国贸方向走，他感觉到了初冬的微寒，虽然太阳明晃晃地照着。来往行人纷纷添了冬衣。中巴一路走走停停，上客下客。周昊南抱怨中巴开得太慢，虽然已是迟到，但他不想迟得太长时间。他焦急地看着车窗外林立的高楼和穿梭的车流，拨了一下何总手机，意图解释迟到的原因，但对方处于关机状态，估计尚未起床。毕竟老总的作息时间与业务员存在差别。中巴足足走了四十分钟，才抵达公司楼下。

以前每到楼下，他都买两个馒头和一杯豆浆作为早餐，但在这个上午，他想先到公司报到再说，免得老总或客户来找时他不在就不好了。这不，路过这个早餐餐档时，档主还两眼直勾勾地望着他，好像在提醒这个小伙为何今天不买早餐了呢？

在不远处的空地上，银行保安队长正在对一班保安员喊话，周昊南依稀听到他们说是将接管什么二十一楼的整层物业云云。然后，他们操练了——

“立正！”

“稍息！”

“向前看——齐！”

这些本是周昊南自小听着的话，但此刻，入不敷出、鹑衣百结的他听起来就是——

“立挣！”

“收息！”

“向钱看——齐！”

周昊南走进一楼大厅时，可见人们进进出出。他远远地看到楼下那家银行又排起了长龙，在黄色一米线外，储户们提着装满现金的沉甸甸的黑色塑胶袋在等着存钱；那位漂亮的地产小姐又跟他搭话了：“嘿！有新楼盘啦，你什么时候交首期？”

他微微一笑说：“快了！”

“Wow！跑那么快干吗？什么时候订票飞青岛？记得帮衬我的生意啊！”那个订票小姐拍着窗台，又以那娇滴滴的声音对周昊南呢喃道。

“快了！”他匆忙答着，侧身挤入就要超载报警的电梯。

电梯内人们鼻孔的气流几乎都可对流，电梯上方的电风扇丝丝地转着，周昊南闻到香水味、男人体味。身后一位小姐估计是新来这一大厦上班的吧，反正他从没见过，她高耸的胸不偏不倚地顶着他后背。电梯每一次启动，他都感觉到了脊柱后面如同汽车减震器一般的弹性。当电梯关关停停到达二十一楼时，他一个箭步从电梯里冲出，然后准备以最安静的方式走进公司，就像在法国作家都德的《最后一课》中，小弗郎士因为上学迟到而愧对韩麦尔先生和镇长他们，所以只好轻轻推门，再静悄悄地走进教室的那种步伐一样轻盈，而且脸红心慌！

而当他前脚踏入二十一楼办公室门前时，就后悔刚才过于匆忙了。

一直以来，这层楼尽管只有他们公司五人，但声音总是有的，可今天却出奇的宁静，这平日里灯光大亮的楼层现在却漆黑一片。他靠着从大楼外围玻璃反射过来的光束，朝里面认真察看了一下。都上午十点多了，公司的拉闸门居然还锁着。莫非掌管锁匙的卫剑苹也迟到了？这时他也没看见邓小姐和匡大伟，敢情今天大家都来了个集体迟到？或者报到后全都相约外出喝茶去了？然而，隔着大门的他分明地看到，往日电脑之类办公设备现已不复存在，那张他平时坐的无扶手无靠背座椅，与其说是不规则地侧倒在地板上，不如说是已毫无价值地被遗弃在了那里，而那散落于地的一些废纸更显得杂乱无章。

茫然四顾的他突然让一种浓重的不祥感觉迅速笼罩了心房。

“公司就这样搬走了？”他几乎是不敢相信地自言自语。然而说“搬”的时候，他却感觉这个字无疑还是用错了，因为从一开始，所有的办公设备都是租赁来的。

他慌忙掏出手机，拨打何总的电话，回音变成了“你所拨打的号码是空号”。他全身一抖，然后一软，手机跌落到地上，而他自己几乎比手机坠地的速度还快，就瘫倒在地上。他赶忙站起身。哦！怪不得何总一直以来对发薪一推再推，原来早有预谋，何总已经人间蒸发了！五个月，周昊南应得的一万元薪水，就这样灰飞烟灭了。

接着，他将看到的情况打电话告诉请假回湖北老家办理离婚手续的匡大伟，电话中的匡大伟开始是惊讶，接着就是破口大骂：“还乳化复炼油？还一单赚三百万人民币？我呸！这个姓何的就是一骗子！”

其实周昊南也断然想象不到，当初他交给何总的那一万元，何总并没有退回给新加坡客人。这一万元，当时就让何总给私吞了。

过了一会儿，他默默走下大厦一楼。他头低得很，以致地产和机票小姐都看不清他的面目，所以就省却了又一番对他发动的温婉吆喝。

他沿着东门南路无目的地踱步，冬日的暖阳灿烂地照着这座繁华都市，街上人来人往，马路上的士、轿车、商务车不知从哪里来，也不知往哪里去。迷茫地望着这一切，他鼻子突然一阵发酸，他赶快躲进不远处的一个无人使用的IC卡电话亭，一手撑住电话机，身体不停地抽搐，他大声痛哭了起来。

约莫十五分钟过去了，电话亭外排起了等着打电话的长龙。而这时，电话听筒早已滑落到他的脊背。当他意识到身后有人时，赶忙将话筒拿起放到耳边，但他这种佯装打电话的动作还是被身后的人们成功识破，因为他根本就没有插卡。接着他听到身后越来越强烈的抗议——

“不打电话，就离开啦！”

“喂！你到底是不是打电话的啊？”

“我要打电话，等很久了！”

他两眼红肿，耷拉着头离开电话亭。他悲伤地望着熙熙攘攘的东门南路，热泪在眼眶里打转。随即，他仰天长叹了一声：“唉！在深圳，想找个地方好好地哭一场，都找不到啊！”

第三十章　何以立锥

垂头丧气的周昊南走向东门时，看到了墙上贴的一张小广告："招酒店男公关，月入两万。"

平时他不止看过千百遍这样的小广告，都是熟视无睹，可如今他的感觉忽然间走向另一个极端。他站住脚，掏出手机照着广告上面的手机号码拨打，一个男中音接了电话，问："你真能达到每一趟两三个小时的能力？怎么做到的？"

"是的，我能控制时间和掌握节奏。"周昊南答。

"我还没见过你这种超人呢！那你到湖贝路湖滨酒店前面的草坪来等我。"对方说。

十分钟后，周昊南准时到了约定地点。

不久他手机响铃，对方问："你就是站在草坪边，中等个子、体格健壮的那位吧？"

"是的。"周昊南答。

大约五分钟后，一位文腕汉子走到周昊南面前对他说："跟我走吧，马上有客户要见你。"

周昊南跟着来到了两百米外的湖心咖啡厅。在这大白天，只有三三两两客人的咖啡厅显得冷清。文腕汉子以一种周昊南听不懂的方言，用手机跟一位客户通了电话。不久一位中等身高的妇人就坐到他们这四座的咖啡台边，体态发胖的她腿如水桶，她像明星一样将黑超眼镜推至头顶，脖子戴着大金颈链，两个纯金打造的耳环大得如同杂技团里专门让人狗表演穿越跳跃的火圈，她涂了如溶洞口一般的厚厚的口红——周昊南一向最反感女人弄巧反拙的口红，他只欣赏女性不加修饰的自然打扮，望着这皮肤如瓦片一样粗糙，而且疑似是来自菲律宾热带地区的黝黑妇人，周昊南一阵阵地晕眩，但想想自己现在全部身家只有几百元，他只得强忍了。

过了一会儿，妇人咧开血红的大口，微笑地对文腕汉子点了一下头，就上洗手间去了。

文腕汉子对周昊南说："恭喜你！客户看中你了，你马上就出钟，如果你能做到你所说的三个小时的话，你今天就可赚三千元。"

"三千元？"周昊南一愣，心想有这么好做的生意？真是又吃又拿啊！尽管吃的味道让他反胃。

"等一下，客户就去酒店开房，你要记住，客户可能还会提出特殊的要求，或者用上皮鞭和铁铐。如果你能合作满意，额外还可得两千元。"

"特殊要求？"周昊南有点不解，但又隐隐明白了。他低下头悲哀地想：自己现在已身无长物，就只剩一根鸡巴了！

"你放手去做吧！我们还有很多客户，就看你有没有这样的能力了。"文腕汉子笑着说，"先喝点水！"

过了一会儿，当周昊南打开一家酒店房门的时候，那金光闪闪的色彩炫目得他赶忙用手遮挡了一下眼睛。他一生中第一次走入这样豪华宽阔的大房。只见里面全是纯金打造的金桌子、金椅子和金茶儿，在墙边的金床上，铺了拉舍尔金棉被，软绵绵的地毯也是金色的，就连洗手盆和抽水马桶用的都是纯金材料。随即，那个妇人的声音叫他关上了门。同时，金棉被慢慢揭开，刚才见过的那位妇人半坐起身，只戴着镶了金边文胸的她轻轻地唤了一声："宝贝，进来。"

他就颤巍巍地向金床走过去。

她接着说："不要怕嘛！你今天的第一次要献给我，我今天还没让开处哦！"

如果在平时听到这样的话，他会哈哈大笑，但今天他笑不出来。

洗漱了一通后，他顺着她急不可耐的召唤，骑上了她如龟壳一般刺手的身体。

"你强壮的肌肉好有弹性啊，还滑溜溜的，好诱人的八块腹肌，天哪，你的两块胸肌比我的胸口还大。"妇人像品着一瓶陈年红酒一般陶醉，不停地说。

闭上眼睛的他开始启动并重复着活塞运动。

"不要停！不要停！"妇人有时候会强烈地要求，然后呻吟道，"Oh! My God！"再过了一会儿，妇人居然唱起了歌来。显然，在经历了兴奋之后，妇人自言自语道："这是一小时内的第六次高潮了，四十多年来的第一次奇遇，你让我的老公们情何以堪啊？他们一辈子都敌不过你的这一趟……"

他充耳不闻，憋着一口气的他处于不停的机械作业中。

有时候，感觉差不多要发射子弹的时候，他就稍稍地放慢一下节奏。但妇人马上就抗拒说："不能慢！"他才又匆忙提速。那根宝贝儿像一把专揽瓷器活的金刚钻一样，在刚硬中显得尤其灼热，不亚于一个滚烫滚烫的火钳。由于从一开始就忍着，那海绵体已严重充血，尽管他很不乐意，但为了最大限度地满足客户的需要，他还是坚持了两个多小时。

当两个多小时过去后，在他身体下的妇人摇着他的肩膀，突然间又像火山爆发一般嚎叫了一声："皮鞭和铁铐我都不用了。噢！第九次高潮了！我靠！"

然后，像并肩冲往马拉松终点的两名运动员一样，他和妇人都不约而同地瘫倒在金床上，不同的是，周昊南是愁，这妇人却是爽。

一会儿，妇人站起来后，在她塞满了各式银行卡的手提包中，她拿出一沓还带着银行白色封条的一万元，抽出一半往金床上一扔，拍拍他壮实的肩膀，然后开门，踱步离去。

周昊南这才急不可耐地抓起钱，应用起在银行工作时练就的娴熟的点钞术，数一把就是五张，以一种跟银行点钞机差不多同步的速度"唰唰"地数了一遍——五十张一百元的，一张不少！

蒙眬中，当他再次被人摇着肩膀的时候，一直趴在湖心咖啡厅台上的他这才抬起头，眯着惺忪的眼睛一看，原来是这咖啡厅的女侍应在叫他："醒醒！先生快醒醒！我们要下班了！"

原来他一直都趴睡在这咖啡台上。此前，文腕汉子离开时，偷偷对他下药的那杯如同"智取生辰纲"一般的蒙汗饮料，让他在梦中游弋了悠长的一个下午。大惊失色的他这才一摸口袋，"Oh, My God！"他自顾自悲哀地嘟哝了一声：手机以及仅装有几百元的钱包，全都不翼而飞了！

他赶忙冲去前台，按刚才抄下的电话一打，但电话里提示的回音在说："你拨的用户已关机！"

然后，放下电话的他就如同康宁医院里的住院患者一样喃念："你拨的用户已做鸡！"接着身体一摇一摇地离去。而当他快要步出门口时，一位在他背后像贴身保镖一样紧紧尾随的女服务员提醒他道："先生，你们三位还没买单。咖啡、水果和点心，一共二百四十元。"

站定转过了头后，他苦笑了一声，不停地翻找口袋。

谢天谢地，他早上来不及将这二百五十元放入钱包，只是卷着胡乱塞在另一裤兜的底层，就差没捻在内裤前面的夹袋里了。就这样，这钱才幸免于难。

在付款之后，他身上就只剩下了十块钱。

在步行到人烟稀少的街边拐角时，愁绪又再涌上心头，他真想再大哭一场。但这一切能怨谁呢？他自怨自艾地走到站台，搭上票价两元的中巴，回到了他租住的小房子，衣服没脱，就将疲惫无力的身子丢在床上，将头埋在枕头里。

在有地方任他哭的时候，他却又哭不出来了。

哭，原来也是需要灵感的。

他痛苦地睡去了。

当他迷迷糊糊地醒来时，看看时间，已是晚上八点，他已饥肠辘辘。茫然望着身边的一切，他觉得头愈发沉重。钱包里只剩下八元钱了，怎么办呢？站在窗前，他眼睛直直地注视着楼下。

在岗厦这"城中村"，晚上八点正是各行各业生意鼎盛的时候。放眼望去，那家潮州五金小店门前的喇叭，用典型的潮州普通话，几乎是二十四小时不停地播放着"最后一天，全盘清货；走过路过，不要错过！"旁边鞋店的广告牌上写有工整的柳体字："最后一天，跳楼清仓！"这些毛笔字其实是周昊南应邀帮他们写的，报酬是一双二百元的"老头"牌皮鞋。周昊南穿了半个月，鞋头就进水了，只要碰着下雨天，袜子就会被从鞋头进的水弄湿一半，他又爱又恨。在鞋店对面是一家"梅州客家菜馆"，由于老板让周昊南用钢笔写过菜谱，然后拿去印刷，所以周昊南一旦来不及自己做饭，就会到这家店里吃一顿对他有九折优惠的快餐。周昊南再往前一望，那是一家"时珍诊所"，这是他每次回来的必经之地。看到这家诊所，他就若有所思地走下楼去。

他先到客家菜馆吃了一个七元的木耳炒肉快餐。这次他如饿狼一般吃了八碗米饭——饭是免费任吃的。在平时，他一直吃四五碗米饭，现在这餐是将早餐和午餐都合并后，跟晚餐一起吃。他这时候吃着东西，脑里却仍思绪不断，白天的事一幕一幕地在他脑里放着电影。快吃完时，他走到洗手盆前面，双手捧着水向脸上面浇，然后抬起头，对着洗手盆上面的镜子看了一下憔悴的自己。这时，端着菜盘路过的小妹向熟识的周昊南打招呼，但她忽然停步问："你怎么流眼泪了啊？"

他赶忙低头又向脸上浇了一把水，高姿态地否认说："我哪里有眼泪？是水，是水啊！你看清没有？"然后，他又低头往脸上掬了一把水，再次向那小妹宣誓一般地说："哪里是眼泪？是水，是水啊，你看清没有？"接着，周昊南才回到餐桌边重新拿起筷子，低头向嘴里扒饭，头却一直都没有抬起来。他的脸与桌面平行，他担心脸一旦抬高，就有旁人看到他诈称是"水"的眼泪。

周昊南买单后，菜馆老板娘看着他离去的背影，狐疑地想：他为什么这次吃得这么多？然后她拿着电饭煲的煲胆淘米去。她对厨房里的小妹说："他明明是哭了，流眼泪了，还说是水？是饿哭的吧？"然后又补充了一句："如果每个顾客都像他这样吃八碗米饭，那我这店就得关门了。以后他如果再来我店里，他点什么菜，你都说没这个菜！不做他生意算了！"接着，她急急忙忙地将写了三行横七竖八的字的大红招牌，竖在菜馆门口："米饭任吃、用餐轻松，但吃八碗饭者及/或情绪不稳定者拒绝入内！"

周昊南顾不得这么多，快步离去，全身有且只有一块钱的他，一头没入不远处的"时珍诊所"里，装作对玻璃柜里的药品若有其事地看。他站的地方刚好就是计生避孕用品专柜旁。

"先生要杜蕾斯，还是诺丝？"一位穿着白大褂的中年女士落落大方地问周昊南，还耐心地解释说，"就一块钱一个，可以散卖。"

他赶忙摆手，而心里却在苦笑：我真是饱食思淫欲了。

"你一个大男人的不要害羞，杜蕾斯真不错的！"中年女士继续对他热情地介绍，一副深有体会的样子。

"不！不！"他只好腼腆地离开这个专柜，径直往诊所里边走，对另一位女医生说，"是你负责血液的吗？"

女医生一听就明白了，随即带周昊南走进一间僻静的房子。这里日光灯明亮地照着，桌上摆放着各式各样的医具、药品。女医生让周昊南坐好，用酒精对周昊南左手中指尖进行了消毒，然后用一块玻璃划破指尖，拿着取出的血去化验。过了一会儿，女医生拿着化验结果回来说："O 型血，转氨酶有点偏高，但还是在正常范围。你昨晚没睡好吧？"他点点头。捐血多年的他首次被检验出转氨酶偏高。

据说在欧洲有一种马，血管暴突，欧洲人选良种马时，就选这种血管暴突的马。而今，拥有粗壮血管的周昊南就是这样的良种马。当针管插入周昊南左肘弯粗壮的血管时，他根本没有什么感觉，血就沿着白色的胶管，像关不掉的水龙头一样汩汩地流入了血袋。女医生左右不停地摇晃着血袋，当容量达到八百毫升时，女医生拔出了针头，让他用药棉签压住针口十五分钟。

他平静地站起身子，收下了女医生递给他的六百元钱，女医生对他说："只要你感觉好，就常来我这儿吧！别人最少需要隔三个月，看你的体质，你隔一两个月来一次都完全可以。"

周昊南点点头。

这是他交房租限期的最后一天，他从卖血所得的六百元中抽出五百元来交房租。

晚上，开着奔驰 S320 来收租的房东写下歪歪斜斜的收据交给周昊南。这五百元，也就是周昊南约莫七百毫升的血，还不够钱让房东加满一箱 97# 的汽油。

离年关还差二十多天，两手空空的周昊南就史无前例地提早回家过年了。

一直以来，每逢过春节，他都会提前盘算春节期间能有多少天假期，能在家待多长时间，同时也会为假期太短，在家没待够而遗憾。而这一年，他既不用为订不到返乡长途车票发愁，也不用为过年后马上就得返回深圳上班而惆怅了。

那些日子，他以弥补休息为由在家长睡，父母哥嫂热切过问，他就巧言搪过。这样的深居简出，仿佛是终南山上专心面壁禅修的道士。一旦非得要外出时，他打开家门前总是先对屋外审视良久，方才举步，犹如一个专门在墙根打洞的褐家鼠在窜出洞口前，总会先警惕地四周望一番。然后，出得村里来时，他瞻前顾后，疾步快走，生怕遇到乡亲们对他"为什么这么早就放假？"之类问话。

大除夕，远近乡村喜气洋洋。而在周昊南家的伙房里，却是另一番愁绪。他与母亲坐在矮凳子上围着柴火取暖，干树枝和竹片子"毕毕剥剥"地响着，熊熊柴火将两人的脸映得通红。

母亲催问他婚事有没眉目，他的表白连接着她的叹息。

"工作的事情怎么样了？"老人先是关心婚姻大事，再说到工作。

到这时候，周昊南已没法隐瞒真相，只得将公司老总人间蒸发的事情一五一十地跟母亲说了。但是卖血的事，他绝不能跟母亲说，他怕引来母亲更多的埋怨和担心。本来他计划再卖一次血，可以换来给家里买些年货的钱，但最终因为未够康复期而作罢。

面对日渐年迈虚弱的母亲，周昊南负疚地张嘴："这次回家，我什么都没给你买……"说完，将头深埋在两个手掌中间。在以前，他总是拎着一大袋的燕窝、人参和鹿茸等营养补品回来孝敬父母的。

母亲先是愣着，沉默，然后温存地对他说：“昊南啊，你傻了，你年年在外辛苦，我还不知道你是如何过日子的。你能健健康康、平平安安回家过年，让我能见得到你，这就是对我最大的孝敬了！”

这一番话，说得周昊南从心底深处泛起一阵阵的酸楚。

这时候，父亲和大哥也走了过来坐下。周昊南就又将刚才的话说了一遍。

一脸无奈的父亲只是沉默，大哥的牙齿咬得咯咯响。

周昊南不由得又想起了父亲多年以前的苦难故事，以及母亲独力支撑这个家的凄凉历程。由于受到父母历史因素的影响，在父亲健在状态下的周昊南却从年幼开始，就被一些人讥讽为“遗腹子”。

此刻，满腔悲愤的周昊南再也控制不了感情，那如断线珠儿一般的泪水，就滴落到猛烈燃烧的柴火上，于是柴火烧得不断“吱吱”作响，并升起长长的黑烟。

不久，在远处的楼顶上，小孩们点燃了一个硕大无朋的火箭炮，它呼啸着冲向天空，炸出了一片色彩斑斓的礼花。随即，远近村庄鞭炮炸响。

此时此刻，新春已至。

第三十一章　良知

阳春三月的一天下午，从老家返回深圳不久的周昊南，来到深圳市人才大市场准备碰下运气，此时他很需要一份工作。由于已是下午时间，各个摊位上的人基本已经离开。

正徘徊间，一家公司摊位上的两位年轻女子向他招呼说："先生，你是想应聘外贸业务员吗？"

"是的！"看见有人对他主动地抛出绣球，周昊南走了过去，并递上自己的简历。

"你做外贸几年了？"

"十年左右吧！"

"那你肯定懂得 FOB 了。"她们想考一下他。

"不就是 Free on Board 吗？"听到他这么一说，她们面面相觑。

"明天就可上班！"她们又看了一下周昊南的简历，很确定地说。

第二天上午九点，周昊南准时来到新公司报到，新公司的全称是美国 NDN 国际贸易控股集团有限公司深圳分公司。当他步入国贸大厦二十二、二十三楼时，他发现这两层楼全都属于这家公司。办公室、走廊、过道和厕所都站满了人，员工们一律的西装领带，脚步匆匆，手捧 A4 纸大小的文件夹，像是业务很繁忙的样子。整个楼层用屏风隔成了一个一个约十五平米的小房间，每个房间都以背靠背的方式摆放了八张办公桌，而且是两人共用一张办公桌。幸亏空调开着，抽风机正超负荷地进行空气循环，否则难保里面的人不会窒息。周昊南觉得，也只有在"广交会"才能见到这样火热的场面了。

"业务员全都不拿工资，早晚吃盒饭，食宿自理，但利润对半分成，在这里工作极富挑战性。"昨天在人才市场见到的那两个女子，其中一位叫沈文英，此时她坐在洽谈室里正向周昊南介绍着公司情况。

“NDN 集团专门负责协助中国的工厂扩大出口业务，我们跟中国工厂签订出口协议，每次收取四万元出口作业费，然后将其产品发往美国推介，甚至能够打入白宫的政府采购。你很专业，有经验，你肯定行！”另一女子鼓励周昊南说。

周昊南从没做过没有薪水的外贸业务员。不过想想在何总那里，不也是半年的薪水都泡汤了嘛！再说这利润对半分成确实极有诱惑力，而且，NDN 集团坐镇罗湖区黄金宝地国贸大厦的两层大楼，足见其实力不俗。

“只要你将厂家的样品搞过来，跟我们签了出口合作协议，交了款，我们就肯定能将他们的产品打入美国市场。”坐在沈文英身边的老李振振有词。老李六十开外，头发花白，一副老成持重的样子，他普通话讲得很标准。

“但是价格都还没谈好，美国进口商对样品也没确认，还有付款方式没谈妥，工厂就愿意交四万元出口作业费？”周昊南问。

“这些都是小问题。”老李身边被别人叫作胡副总的高个子摆摆手说，他浓密的头发有规则地往后梳，与澳门赌王长得有几分相似。周昊南后来才知道，在这个公司里，每次与工厂谈判，都是胡副总与老李一起出场。胡副总因了这一副长相，被喻作“镇山之宝”，加上老李的辅佐，号称 NDN 集团的“两大金刚”。两人一携手出现在洽谈现场，一人靠一尊形象，一人靠一副口才，很容易就取得工厂的信任。

“好好地大干一场！”胡副总和老李又一起鼓励着周昊南。

沈文英说：“你就将工厂厂长一个一个地邀请到我们公司来，我与胡副总、老李都会配合你的工作，我们是一个团队！”

周昊南遂决定做下去试试，大不了情况不妙，就立马走人。反正是入职，又不是被绑票。他心想：自己这样一文不名的外贸业务员，还够不上让人绑票的 Quali 呢！

周昊南与沈文英刚回到办公室，正赶上外贸业务员小陈“呼啦啦”地从座椅跳上办公桌面，振臂高呼：“成了！成了！打款了！”

然后，几个同事一起为小陈鼓起了掌！几个正排队等着向厂家发送传真的业务员也停下手，参加了这实时的庆祝活动。原来小陈昨天与江西一家纺织厂签了出口合作协议，刚刚收到 NDN 公司财务部通知：纺织厂打来的四万元出口作业费收到了。换言之，小陈马上就可从财务那里支取两万元的提成——还不用扣除 20% 的个人所得税。

此犹未了，隔壁房间里也传来了喝彩声，原来是那里的另一位业务员也收到了工厂的合作款！

周昊南看着、听着，心头不免一动，心想：出一个单子，就等于自己以前干一年的工资啊！

此后每天，周昊南就这样与十多个同事一起，靠一部电话联络各自的工厂，这些厂家有的之前他认识，有的来自电话黄页。不管谁往办公室一站，在热哄哄的气氛中都会听到众口一词："你好！我们是美国NDN国际贸易集团深圳分公司，专门负责帮你们的产品推向美国市场，扩大外贸出口……"

大家所打的大都是长途电话，每个业务员利用自己的200卡拨打长途。

但周昊南发现这些业务员凭的全是一腔热血，是利欲熏心的热血，根本不懂什么外贸，更不懂外语。比如英文字母"C"，他始终就没听谁标准地说过"C"，全都说成"Sei"这个拼音。周昊南不免担心，这样的文化水平能搞外贸吗？他于是把自己的想法向公司领导和盘托出。也不知道是真是假，公司领导还真听进去了一些。

翌日，公司所有外贸业务员都集中在布满桌子的会议室，由胡副总安排让周昊南给大家上一堂外贸普及课。周昊南也是首次登上这样的讲坛，但关于外贸业务的内容他太熟悉了，所以尽管面对黑压压的人群，他还是能挥洒自如，任由大家发问。

"在外贸出口中，一般都用什么价格术语？"有人问。

"用得最多的就是FOB、CFR和CIF。"周昊南简明扼要地说，"前者俗称离岸价，后面两个叫作到岸价。"

"出口报价，包括了什么？"

"包括四个组成部分，它们是价格术语、货币符号、价格数字和计量单位，缺一不可，比如，USD5.00/Pc FOB Tianjin，"说着，周昊南拿起了黑油笔，在白板子上书写了起来，"在此我说一说Pc，这是piece的简写，以前我看到有的人写1 pcs，这是不对的，1是单数，只能写成1 pc；如果是复数2以及2以上的，才能写成pcs，譬如说6 pcs。"

"周老师，你为什么能将中文和英文两种字都写得如此清秀、工整？"有人站起来问。

"没什么，首先是要有兴趣，然后是多练。"周昊南回答，然后接上刚才的话题，"有一点需要注意的，省略号，中文的是六个点；而英文的，只有三个点，这是中、英文之别。”

“在外贸开发信中，look forward to 后面不能跟动词原形，它必须跟动名词，或者名词，比如，look forward to doing 或 look forward to sth，Deposit 与 Down payment，是极为接近的两个概念，一是定金，一是预付款，两者又有什么区别呢？”

胡副总站起来示意说：“周昊南不要讲得太专业、太深奥了。”

周昊南就说：“好的！因为这可不是一朝一夕能弄懂的事情，大学国际贸易专业，是四年的课程。在工作中，半路出家搞外贸的，大家还是边用边学吧！”

两小时的外贸业务普及课完毕，周昊南心里却感到莫大的悲哀。

很多年以后，周昊南回想起在国贸大厦给这些外贸业务员上课的一幕时，不禁暗自窃笑：没想到这家所谓的国际贸易控股集团公司，除了我，竟没有一个外贸业务员是科班出身的，这样的公司也能搞外贸？

上班半个月后的一天，周昊南接到一个电话，是安徽明光工艺玩具厂朱厂长打来的，电话中说他已到达深圳，刚下飞机。他带来了一大袋长毛绒玩具样品，马上就到公司里来。

“朱厂长，久违了！”在 NDN 集团的洽谈室，周昊南紧握着朱厂长的手说，“很抱歉！我当初没跟你一起到洛杉矶。”

“现在还不是一样又快要合作了嘛！”

“你厂里现在业务怎么样？”

“一步步扩大，但还不是最理想，你都不帮忙怎么行？只不过，既然你现在能帮我扩大出口市场，就最好不过啦！”

这时候，胡副总和老李走进了洽谈室，周昊南对朱厂长一一介绍。

当研究起 NDN 公司的出口合作协议时，朱厂长提出一个问题：“我们的货物还没出口，就要交出口作业费？”

“是的！”老李抢先说。

“成交后，出口收款时再从我们的货款中扣除，不可以吗？我们可以向你们 NDN 集团支付佣金。”朱厂长说。

“但前期工作谁来做？我们要将你的样品寄到美国，看样成交。”胡副总说。

“万一出口业务做不起来，我们公司就双倍赔你，赔你二十四万；你不是还有你最信得过的周昊南，在这里替你监督执行嘛！”老李笑着说。

朱厂长仍一脸狐疑，只是看到老李说得多少在理，以及胡副总那一脸的沉着镇定，更主要是看着周昊南在场，他才打消了顾虑，所以，最终签署了这份协议。

“我们一定给你理想的业务回报！你就等着报关出货吧！”老李激动地握着朱厂长的手。

“祝贺你！你有了一个好的开始！”在朱厂长走后，胡副总、老李和沈文英都纷纷对周昊南道喜。

是的！周昊南终于签了一单，根据NDN集团所履行的义务，这是十二万元的出口作业费。那么，过两天等朱厂长的款一到，周昊南就可得到六万元的提成。这简直是久旱逢甘霖！这六万元提成对他而言，实在太及时太重要了。在遭受何总人间蒸发这一重创之后，周昊南早已锐气尽失，最需要一单创利可观的业务让他重拾信心。“三年不出单，出单胜三年！”这是外贸同行以前常与他戏说的一句行话，想不到他就快在这家公司应验了。

晚上，周昊南单独宴请了朱厂长，古道热肠，把酒言欢，两人痛快淋漓。

“还记得那年夏天我住在你厂里，那座楼的楼顶‘哔哔’响的事吗？我后来跟人讨论，应是热胀冷缩现象。”周昊南旧事重提。

朱厂长若有所想，然后认同了这一解释，不过还大笑说：“我还以为是两个寂寞的年轻女鬼看上了你呢！”

第二天一早，朱厂长就飞回厂里去了。

按协议规定，朱厂长应该是在签约后三个工作日内打款。NDN公司的出口协议在打款时间方面，从不让厂家拖拉。

这天是第三个工作日，周昊南静静地等在那里。但此时周昊南的心情却沉重起来，他开始琢磨这是一家怎样的公司。因为他看到那些签了单的外贸业务员在收到工厂的作业费之后，就完全埋头于对新客户的开拓中，之前的客户却一股脑儿地让遗忘了，NDN公司也不闻不问，这怎么能为厂家的产品打开出口销路呢？他越想越觉得不对劲。

他去了趟洗手间。回来的时候，透过玻璃窗，看到胡副总的小房间里摆满了小熊、米老鼠、咖啡猫，周昊南不禁兀自一愣：这些不是前两天朱厂长带来的长毛绒玩具样品吗？怎么还没有快递到美国？他想起之前对这班业务员授课时，连胡副总、老李也都毕恭毕敬地坐在下面听课，他们连最起码的外贸业务都不懂，怎么搞的外贸呢？他更想起当初在明光工艺玩具厂所见，那些女工们通宵加班后躺在地上的辛苦情景，还有平时在公司里见到的那些黑不溜秋的将厂家搞得心服口服的外商，多是来自印度和孟加拉，就租住在附近的湖贝村里。周昊南突然明白了：原来，他们根本就不是真正的外商！而是为了支撑公司门面来蒙骗厂家的“托儿”。

他不禁轻叹了一声：真是盗亦有“道”啊！

周昊南赶忙掉头，坐电梯急速到了楼下，来到国贸旁边的IC卡电话亭，拨通了朱厂长的手机：“到厂了吧？”

“到了，你不要催，我已安排财务人员到银行打款了！”

“款打了没有？”

“不用焦急！你还信不过我吗？我说到做到，反正款正在办理，上午肯定能到账！你让你们财务准备查账就行。”

“真的上午就肯定到账？”周昊南问。

“你看看你！你怎么啦？多年不见，你就不相信我了？”朱厂长有点生气。

“你真的就打了十二万？”

“唉呀呀！我的乖乖！不是签好的十二万吗？嫌少吗？不过，你如果觉得还不够开拓费用，我还可以考虑多打一两万。”

周昊南深吸了一口气，突然吼叫着对朱厂长说：“不——要——打——款！”

“怎么啦？你变卦了？咱们合同都签过了，再说就算是没有合同，只要你一句话，我就信你啦！你怎么一下子说变就变？你不像以前诚信的周昊南啊？”

“不！不是这个意思，不要打款。”周昊南急得有点说不清了。

“那怎么了？你又要毁约？你已经毁过一次啦！”憨厚的朱厂长显得很不满。

“不！不是这意思——”此时此刻的周昊南不知为何如此难以组织词句。

“那又是怎么回事？”

“不！”周昊南在表达上的突然被动，多半是因了快人快语的朱厂长的抢白。情急之下，周昊南慌乱之中对着电话筒吼了一声，“NDN是一家骗子公司！”

一语惊醒梦中人！在电话的另一头，乐呵呵的朱厂长瞬间如遭漏电击中，一下子慌了，“拜拜”都来不及说，就掐断了与周昊南的电话，然后马上拨通正在银行办事的财务人员的手机，大叫道：“对深圳NDN公司的十二万元汇款，马上止付！”

“啊？为什么？我差点就将汇款单递入窗口了！”财务人员回答。

“马上止付！马上止付！”朱厂长歇斯底里地吼叫。

“好！没问题，你放心！”财务人员说，“我这就撕掉付款单了。”

然后，周昊南又打通了朱厂长的手机，得悉了结果。

周昊南这才如释重负，他挣扎着将电话筒挂好时，全身疲软的他几乎要瘫倒在地，然后慢慢站稳，就像刑满释放的犯人走出监狱大门一样，他举头望天，心情终于像湛蓝的天空一样辽阔高远。但他突然间又全身一震，赶忙走到马路对面的罗湖派出所，对值班人员说："我要举报国贸大厦二十二、二十三楼，NDN 公司涉嫌巨大外贸诈骗……"

"NDN？这家公司是干什么的……可真是 NND——奶奶的！"一位警员愤怒地说。

在快速做完笔录后，周昊南信步走出罗湖派出所。为安全起见，民警建议他不要再返回 NDN 办公室。而事实上他根本就不需要再返回 NDN 公司，因为此时他与这家文具也无处存放的公司已毫无瓜葛。

第二天周昊南从报纸上获悉，深圳市公安部门已经一举查封了 NDN 集团，来自美国的总裁 David 已被刑事拘留，将以商业诈骗罪交由检察院提起公诉。

第三十二章　转战东兴

天空湛蓝，秋日阳光普照大地，北仑河横亘于广西东兴与越南芒街之间，中越边境友谊桥是东兴与芒街之间唯一的陆上通道。在东兴桥头，用毛巾将脸裹住的黝黑的越南女人以不太标准的中文，不断对游人兜售各色越南特产。随着中国—东盟十国贸易条约的签订，中国与越南的外贸活动越来越频繁了。

2007 年 8 月，周昊南又从深圳来到东兴，他曾花三个月时间上了位于东兴市的越南语培训加强班，学会了足够基本应用的越南语。

和他一起来到东兴的还有一位名叫冷斤芎的生意搭档。五十多岁的冷斤芎是湖南人，身材高大，在深圳独自经商。他们初次见面是在这年的五月份，那晚在深圳福华路“面点王”餐厅，由于两人都已吃过晚饭，就只点了少量的面食和饮品。他们谈了三个多小时，达成了费用分担，客户共享，利润对半分成的合作模式，约定在各自的住所以电话、网络进行办公联络，最后他俩形成了一份书面的合作协议。结账时冷斤芎一直用牙签剔牙，装着不知道结账这回事的样子。其实只是三十元的餐费，周昊南就直接付了，两人走到公交车站等车。

“我这里有两块的零钱。”周昊南对冷斤芎说，只想表示自己的热情。

冷斤芎心中有数，他兜里不光有百元人民币，也有两元的零钞，但锱铢必较的他说：“好啊！”就伸出手接过这两枚一元的硬币，不巧两硬币“当、当”地掉到地上，滚出好几米远。冷斤芎赶忙弓着腰去追这两枚硬币，好不容易追到并拾起，然后紧握在手掌心。这情景让周昊南看在眼里，心里却觉得有些异样。

接下来的一个月，两人去了一趟广东兴宁，谈的是越南无烟煤输入梅州电厂的业务，是经广东揭阳口岸进口。他们认识两个兴宁当地想做煤的中年人，自称说是认识哪一位省长，一个电话过去，梅州电厂的煤炭进口业务就由他们两人包办。周昊南与冷斤芎坐火车到达兴宁，洽谈结束后就等着接收越南无烟煤的样品检验，即可操作。那天四人吃饭以及晚上桑拿，不是兴宁主人宴请来客，也并非冷斤芎买单，却全由周昊南一人支付，包括两人从深圳至兴宁往返的车票、住宿，均为周昊南一手支出。

对于周昊南在深圳岗厦的住处，冷斤芎来过好几次。很多时候，冷斤芎的纸质业务函件和包裹都是由周昊南收转的，周昊南搞不清冷斤芎为什么不使用自己的地址来接收这些东西。难不成他还想经我手来收转大麻、海洛因？周昊南不禁恐怖地想。有几次，周昊南路过冷斤芎家楼下，周昊南提出说想上去坐下，但每逢这种情况，冷斤芎总是说："我现在正准备外出。"所以，周昊南一直没能去过冷斤芎的办公地点。

这年 11 月的一天，在紧邻东兴口岸的农行东兴支行的顾客中，有一半是用毛巾遮脸的越南女人，身上还散发着鱼露之类越南特产的味道，这些人从事边贸，或者专门兑换越南盾。

这天，周昊南与东兴商人蒋矶连签好了一份大红酸枝购销合同，周昊南是卖方，他从上一手货主叶峰手里购入这批木材，等于三个 40' 大货柜的数量，再转手给蒋矶连，周昊南是一个中间商角色。在这一单业务中，叶峰与蒋矶连相互不认识。周昊南购入的合同总额是一百四十万人民币，然后他卖给蒋矶连的合同金额是两百万人民币，利润六十万。这也就是周昊南和冷斤芎合作的业务。但之前两天，为了落实一单印尼烟煤的供货事宜，冷斤芎临时从深圳经香港，去了苏门答腊看货。所以，东兴这边的事情就由周昊南一人打理。

当天下午，三方当事人相约在东兴农行给付定金。

身材瘦小的蒋矶连头发稀少，手里拿着一个最原始的砖头般大的复古手提电话，脖子上挂着一串如拇指一般粗的金项链。他也是湖南人，所以说"开会"的时候他总是说成"Kai Fui"，就连说自己的籍贯"湖南"也说成"Fu Nan"。周昊南招呼蒋矶连坐在银行大厅的东边，让叶峰坐在西边。叶峰是一个三十多岁来自广西的长相白净的年轻人，是他从一名越南商人手中买入的这批大红酸枝。

说实在话，作为一个中间商，一个人不时地游走于上下两手客户中间，周昊南感觉相当被动。尽管蒋矶连拿着银行叫号小票正等着提现金，但他的三角小眼不停地往叶峰身上瞄，他很想接近叶峰，只是碍于周昊南在场，实在不便；而叶峰对于蒋矶连在那边向他频频发出的信号也心领神会。周昊南知道，在自已收到蒋矶连的定金之前，如果蒋矶连有机会与叶峰坐在一起，哪怕只有一分钟时间，在这一分钟内一旦他俩透露了价格，那么他的这单业务就会立即告吹。

半小时后终于叫到了蒋矶连的号码，他慢吞吞地从银行小姐手中取过他的二十万现金。然后，他拿着已打印好的收条叫周昊南签字。周昊南一提笔，就指着里面的“订金”二字对蒋矶连说：“这个应该是‘定金’，你打错了。”

周昊南其实明白，如果他在这张收条上签了字，然后收下蒋矶连的二十万元，万一周昊南日后反悔说，根本就没有收过蒋矶连的二十万定金的话，一旦诉诸法律，周昊南是稳赢无疑的，原因就是“订金”与“定金”的一字之差。只不过，一心按规矩做事的周昊南只希望赚到自己应得的合理利润。于是周昊南另外找了一张白纸，重新写好了将“订金”更正为“定金”的二十万的收条，然后一本正经地签上了自己的姓名，才收下了这二十万定金。

站在旁边的蒋矶连却一直在笑着说：“‘订’与‘定’，两个字是一样的，是通用的嘛！我写给别人的，以及别人写给我的，一直都是这样用，没人提出过，也没发现过什么问题啊！”

但周昊南还是坚持使用了正确的写法。

蒋矶连离开后，周昊南将其中的十五万现金交给叶峰，周昊南自己留下的五万元作为提前实现的利润。叶峰同样地写好了十五万的定金收条交给周昊南。至此，这一单由三方都完成了定金收付手续的生意是铁定成功的了！事实上，即使签订好的合同也可以是一纸空文，但交付了定金的合同就不可能不执行，严格地说，不少合同是在收到定金之后才真正生效的。

当天晚上，冷斤芎从印尼回到了深圳，当他从电话中得悉进展之后，就马不停蹄地赶来东兴。

第二天上午，冷斤芎、周昊南与蒋矶连一起出现在东兴海关罗浮货场，这里是他们交、提货的地点。

位于东兴市区东边的罗浮货场是东兴海关的监管场所，货物进入中国国境后会堆放于此，在进口关税和增值税向当地中央金库交纳完毕之后，才可以提货。货场大门外是清一色排列着的代理报关行，南边是海关大楼，大楼内露天存放着木材、橡胶和干果等越南货物。在货场的东北角，是叶峰在露天停放了半年之久的一堆大红酸枝。

此前来看过这批木材的买家有好几十个，但这批货最后还是由周昊南成功买下。事实上蒋矶连也是一个中间商，他也是将这批大红酸枝倒卖给下一手，他早就收到了别人的二十万定金，所以他交给周昊南的这二十万，也不是掏他自己的腰包。

当周昊南他们一起走向那堆交叉放置的大红酸枝木材时，远远就看见有一群人在那堆木材上上上下下地走动。有人手里拿着大砍刀，用力劈开木头，那木头便露出了鲜红如血一般的横切面，然后有人将鼻子贴近那个横切面去嗅。

这时候，一位戴着老花眼镜的老者走近蒋矶连，失望地摇摇头说："这批货不是大红酸枝，只是像大红酸枝，也不是来自老挝产地，而是来自非洲的铁木豆。大红酸枝时价是三万，而非洲铁木豆只是三千！"

"什么？"听到这话的周昊南心头冷了半截。

冷斤芎不动声色，而蒋矶连只是淡然一笑。

"这批货物，我们不能要！"那位老者，也就是蒋矶连的下一手买家，鲜明地表示。周昊南心里往下一沉。

大家凑在一起交谈了许久，但也没讨论出什么结果，只得分头返回各自住宿的宾馆。

第二天上午，蒋矶连那边未能传来准备支付余款然后提货的消息，周昊南和冷斤芎只得等候。既然买家认定不是大红酸枝，那么成交的可能性已大大减小。

秋日的阳光洒在东海酒店外墙，楼下的车子缓缓驶向东兴口岸。在酒店602房间，周昊南与冷斤芎刚刚一起吃过午饭，此时正在闲聊。冷斤芎坐在窗边，周昊南躺在床上。

二十多岁的时候，周昊南曾与人笑谈过失眠。那时他曾大惑不解地对别人说，这个世界怎么会有失眠呢？那时候的他觉得失眠现象真是滑稽——人累得不行，不就睡着了？可这些年来，周昊南始料不及的是：他居然偶尔也失眠了！在到达东兴的这几天尽管连日奔波劳累，却没有催发他的睡意，昨晚他不得不服用了一粒安眠药才睡着。这药一服，他确实是睡得香，但副作用大。所以，尽管他已经忙了一个上午，但到这会儿他仍然是手脚无力，脑袋昏昏沉沉。

"那五万元定金，你要交出来给我。"坐在墙边的冷斤芎阴沉地对周昊南说。

周昊南转过身问："你说什么？"

"我说，你收下的五万元定金，要交出来给我。"冷斤芎重复。

"我们俩不是合作的吗？定金在我手上，你信不过我？"周昊南不解地问。

"我叫你交钱给我，你就得交钱给我！"冷斤芎加强了语气。

“不是等业务操作完毕后，大家再平分利润的吗？”周昊南提醒。

“不行，你现在就要去银行，将定金取出来给我。”冷斤苎不依不饶。

周昊南仍躺在床上：“既然你这样说，那我就把话挑明了。八月份你在越南海防操作那批大红酸枝，这是我们合作的第一单业务，尽管当时我不在越南，但我是在深圳操办着我们共同做的无烟煤进口业务。当然，很遗憾这单无烟煤业务最后还是没做成，但大红酸枝做成了，而且有三十万元的利润。按照我们的合作协议，你应该给我十五万元，但为什么到现在，你都还不给我？”

冷斤苎鬼精鬼精，在越南海防那单大红酸枝快要做成的时候，他借口进口无烟煤业务需要在广东租车租船，故意把周昊南支回到了深圳，于是周昊南就无法参与那单大红酸枝业务的操作。冷斤苎宁愿在海防花重金另请越南语翻译，也不要周昊南这一免费的翻译来沾边。冷斤苎最后就这样卸磨杀驴，一人独吞了那笔利润。所以现在的周昊南明白，既然这第二单大红酸枝业务的定金在自己手上，那么买家就会根据合同将余款支付给自己，到时分利润的时候再算总账，周昊南留下自己应得的，另一半他会一分不少地划给冷斤苎。

看到周昊南这样说，他气急败坏地骂道：“你他妈的——”

“你骂人？”周昊南大吃一惊。

“骂你又怎么样？”冷斤苎突然跳起，冲到周昊南床边。周昊南赶忙支起软绵绵的身子坐在床上，而已冲到床边的冷斤苎，对着周昊南的左脑就是一拳！

震惊！绝对震惊！几个月来大家朝夕相处，两人一起进出贵州、越南和老挝等地，而今在利益面前，这位合伙人居然动手打人了！这让周昊南猝不及防，但周昊南居然仍没想到要还击。冷斤苎并不知道他现在欺负的是一位曾经叱咤擂台的散打悍将，就只是依仗自己身高体大，要将周昊南按在床上继续施暴。周昊南本能地跳下床来，安眠药的副作用让他仍然使不上劲，所以他只是拉开散打防守架势，保持距离，但并没真正出击。

两人这样僵持了一会儿。这时候房门突然推开，与两人相熟的东兴本地人程欣岁走了进来。程欣岁见状赶快站在两个人的中间，冷斤苎只好回到原来的座位坐下，而坐回了床沿的周昊南，内心却是翻江倒海。

得势不饶人的冷斤苎指着周昊南，嘴里骂骂咧咧：“你敢跟我作对？我打死你这小子！在这里，我黑白两道都熟，只要我一个电话，你就挫骨扬灰，死无葬身之地！”

好大的口气！

“有话好说，有话好说。”程欣岁不停地劝着冷斤苎，他依然站在两人中间，免得他们再次动起手来。

“马上交出五万定金，否则，我绝不放过你！”冷斤苎咆哮。

这样认钱不认人？周昊南心想。他木然地坐在床上，对着冷斤苎，坚决地摇了摇头。

“好！你等着！”冷斤苎气哼哼地起身收拾自己的行李，然后走出这个房间，程欣岁跟在他身后。

冷斤苎临出房间前，又回过头对周昊南喊道：“今天你不交出钱来，到了明天我一分都不要！你等着！有你好看的！”

后来，安眠药的效力终于散尽，周昊南的头脑才清醒如初。他和冷斤苎合作以来，因为冷斤苎年长一些，而且还有糖尿病，所以他一直照顾着冷斤苎，为他四处寻找治疗糖尿病的特效药。他足够尊敬长辈的了，可是冷斤苎为什么这样冷酷地对自己？为什么能打出如此绝情的一拳？

为了离开这个是非之地，周昊南决定退房，他搬到了东兴汽车站旁的上海滩宾馆。

傍晚，叶峰来了电话：“什么时候提货？”

“现在出了点意外，买家不认可这批货物。”周昊南回答。

“那我不管，那不关我事，反正你是认可了质量的。”

“推迟一下吧？”周昊南语气诚恳。

“最迟到这个月底，也就是还有十六天时间，你是知道的，我们双方合同的有效期是到月底为止，我按合同办事，到了月底你若不提货，我就只能卖给其他买家了，定金我是不会退的。”

周昊南别无良策，他也只能催促蒋矶连尽快提货。

周昊南记得，他与叶峰的合同原本是没有有效期的，但冷斤苎到达东兴之后，鬼使神差地涂改了合同，并让周昊南与叶峰重新签订合同，这份新合同中加上了“有效期到本月底止”这一条款。

叶峰的电话刚挂，蒋矶连的电话就打了进来，但他对提货的事只字不提，只是问怎么打起架来了？

“哪一天提货？”周昊南着急地发话。

“提货？呵呵！”蒋矶连说，“这批货不是大红酸枝，而是非洲铁木豆，我的客户不要了。”

“什么？但是当初你不是看过货，我们才签合同的吗？”周昊南问。

“那又怎么样？我们合同上不是写着‘大红酸枝’的货名吗？”蒋矶连轻描淡写。

“那怎么办？你交了定金，就等于认可了这批货的货名和质量。”周昊南说。

“该怎么办就怎么办呗！”蒋矶连不紧不慢，语气轻松。

“什么意思？”周昊南觉得苗头不对。

“你懂的，你要知道，我们的合同没有有效期，是永远有效的……”蒋矶连嘻嘻地笑。

仿佛一阵阴风从地府吹来，周昊南倒吸了一口凉气，他赶快找出合同翻看。天哪！尽管他与蒋矶连在签约前，也谈妥了合同有效期到本月底止，以及在七日之内交提货这两个条款，但情急之下，这些居然都没有形诸文字。换言之，他与蒋矶连的一纸合同永远有效，蒋矶连完全可以不提货，拖过十几天后的月底，或者他根本就不想提货；而一旦过了月底，叶峰的货物将卖给其他客户，周昊南就无货可供。而根据《中华人民共和国合同法》："收受了买方定金却不供货者，必须双倍定金返还。”那么，他就得赔偿蒋矶连人民币四十万！

四十万！

“能不能通融一下，商量商量——”周昊南诚恳地问。

“商量？商量什么？谁给我通融？你是聪明人，你好自为之！”蒋矶连言语间没有任何回旋的余地。

周昊南感觉自己正“轰隆隆”地坠下万丈深渊……

第三十三章　白热化

中国之大，宾馆之多，住宿价格之公道，非东兴莫属。

当晚八点，在上海滩宾馆一个单人房内，刚刚简单吃了快餐回来的周昊南，就坐在床沿上回想着当时签合同的每一个细节。他身体一动不动，但脑里在飞快地转动。

“有效期到本月底止”，他念着与叶峰的合同条款，而这一条款，却居然不存在于他与蒋矶连的合同之中。自己怎么签的合同？为什么这两份合同的条款没有完好地对接？现在，怎么补救？

十点时，他仍坐着不动，但他的思绪却像在夜间到处飞越觅食的蝙蝠一样，不断游动。

订金和定金，他当时善意地提醒过蒋矶连，并及时更正。但这家伙对合同不曾描述的交货日期以及合同有效期这两条款，却不声张，他是装作不知，还是有意而为之？

当时针指向夜里十二点的时候，在以前，他已刷牙洗澡，然后酣然入睡。而在今夜，劳累了一整天的他尽管已一身汗臭，但完全没有冲洗的意欲，他只是静静坐在床沿，紧抱着随行李从深圳带来的那个枕头，他仍在回想，仍在懊悔……

不喝、不洗、不睡，就这样想着，已经是夜里三点了，周昊南仍然坐在原处纹丝不动。

在隔壁左边的房间，不知住着从哪来的胖子，他三更半夜的呼噜声震得宾馆地动山摇。而在右边的另一间房，另一个酣睡的人转了一下身，发出了稀奇古怪的呓语。夜，并不冷，但周昊南不知不觉地全身发抖。他越来越深刻地觉得，身处异乡东兴的自己此时是多么的孤立无援。

合同法、月底有效期、七日交货期……他仍在不断地喃念。

"呜……"不知从哪里飘出了一首越南歌。在东兴这个地方有时会听到越南歌。所谓的越南歌，其实只是照着中国音乐的曲，翻唱成越南语的词罢了。今夜，这越南歌唱得如同鬼哭神嚎一般凄凉。

东方既白，东兴汽车站骤然又热闹了起来。归来的长途大巴抵达了目的地，而出发的客车又启动了引擎。揽客摩托车的发动机声音漫过街市，夹杂着从越南芒街过境的越南人那叽里呱啦的越南语。有生以来，周昊南从来不曾试过像这样在一个房间里，在一根床沿上雷打不动地坐了整整一个通宵！而这一个通宵，他了无倦意，无意入睡。这一个通宵，他的手没动，他的脚没动，他的身板也处于静止状态，但是，他的心脏在加速地跳动，他的意识在无垠地游动。他感受到了从没有过的恐惧，他最后决定，不能就这样坐以待毙。

天大亮了。

"找律师去！"他对自己说。他要依靠法律来保护自己。

在北仑大道边，在东兴市人民法院对面的一间民房里，这里是东兴市正斜律师事务所的办公室。在这只有两名律师的事务所里，周昊南坐在沙发上，将事情始末对容本亮律师说了一遍。

容本亮是一个四十多岁的单薄汉子，眉毛一跳一跳的。周昊南乍一见面，还认为他像极了《十五贯》里面的娄阿鼠，周昊南本不想找他，但感觉律师大都是正气中人，我不能戴有色眼镜以貌取人啊，他想，加之自己身处异乡，病急乱投医，时不我待，周昊南就只得找他了。他参照周昊南提供的合同内容做了一份见证书，然后盖上律师事务所的公章。"有了这份见证书，打起官司来你就能赢。"容本亮信誓旦旦地说。

这份见证书原来是需要收费两万元的，周昊南好说歹说，容本亮降为一万。但周昊南心里还是犯嘀咕了，就这么一份手写的潦草的见证书，只是说明了合同签订的事实，能起到什么作用呢？一万元的费用委实不菲。只是，周昊南此刻已是鹿死不择荫了。

两人的委托与被委托关系就此正式确定。

然后，他们一起到罗浮货场看标的物。一路上，只要有人对容本亮打招呼，他就像初到这座城市一般忙不迭地递上他的名片，以期招揽生意。

当周昊南和容本亮两人走近那堆大红酸枝的时候，周昊南发现蒋矶连刚好也在那里。蒋矶连一见周昊南，就叫嚣着说："准备好吧，我会让法官判得你服服帖帖地将四十万交给我！"

周昊南心里一惊，真不知道该说什么好。现在看来，蒋矶连当初对这批货是否真的有购买诚意，已值得打一个大大的问号了。

在这时候，容本亮却笑嘻嘻地走向蒋矶连，恭敬地递上名片，两人一见如故！

在旁的周昊南猛地瞪大了眼睛，像又被泼了一盆冷水：天哪！这是什么律师？"两头通吃"啊！周昊南悔之莫及，自己付了款请来的律师，自己带到现场勘察的律师，自己正要依靠他向对方进行指控的律师，现在居然在周昊南面前堂而皇之地与自己的敌人建立了联系！周昊南简直睚眦欲裂！悔恨交加！但他现在又怎么阻止得了呢？他长长地叹了一口气，抬头望天，只感到椎心般的疼痛。

"哈哈，好！好！有什么事，我随时跟你联络！"蒋矶连笑着对容本亮说。

"很愿意为你提供法律援助服务。"容本亮紧紧握着蒋矶连的手回答。

此时的容本亮与蒋矶连如同一对多年失散而今有缘重逢的好知己，而被晾在一边的周昊南，却像是在无意中成功牵线搭桥的陌路人。

日子一天一天地过去，这几乎是周昊南的破产倒计时。蒋矶连拖着不提货，分明就是不想提货。而叶峰不停地提醒周昊南，月底的日子快到了，请尽快提货！

但周昊南确实看到过，有其他人到罗浮货场来察看这批货物了。

每天早上从上海滩宾馆出来的时候，周昊南得分外留神。

在他看来，冷斤莒在东海酒店的一席话也许只是虚张声势，可是人在他乡的自己也不能不提高警惕，明枪易躲，暗箭难防，他还特别留神传说中在东兴当地黑道很猖獗的"五连发"，这是一种"霰弹枪"，它射入人体的霰弹，也就是那些无从取出的粒粒沙子，将会永远埋藏于受击者的体内，让人痛不欲生。所以当周昊南坐上开往罗浮货场的中巴，或者是在罗浮货场转悠的时候，都会格外留意身前身后是否有陌生的人盯着自己。他还找到一家搏击用品商店，买了一副不锈钢材质的二节棍随身携带。

在罗浮货场上，不断有新近从越南入境的木材进场，也不断有之前入场的木材经报关后提货离开东兴，唯独堆放在东北角的那堆大红酸枝，不，是冒充的非洲铁木豆，仍然一动不动地堆在那里。经过了好几个月的风吹日晒雨淋，货物已积满了尘土。货物旁边偶尔会有海关关员和工人经过，他们都对这批货物投以疑惑的目光，不明白这批货何以会存放达如此之久。周昊南有时候会绕着假大红酸枝无目的地走，有时候，他会带着侥幸的心理，打通蒋矶连的电话问：“你什么时候提货？”

“到时候我自然会通知你。”蒋矶连冷冷地说。

有时候蒋矶连干脆就不接电话。

尽管合同没有标明交货期和有效期，但买方必须在合理的时间内提货，买方不得无限期地拖延而不提货，除非卖方无货可供。根据他对法律的理解，周昊南每天都要来到罗浮货场，等候蒋矶连提货，并让海关关员和货场工人都看到他来过，他要形成一个证据链，也就是自己有货可供，而且自己天天都守候在那里等待提货。他要做到的是：不是他无货可供或供不了货，而是蒋矶连故意不提货！

与此同时，他将以上这一事实，委托吃里扒外的律师容本亮写入见证书，以备打官司之用。

当时间进入签订合同后第十四天的时候，这天清早，周昊南又例行地到达罗浮货场，每次的目的莫不如是：一方面，他要等待蒋矶连的提货通知；另一方面，他想看看是否有新的客户看上这批货。

早上稍凉，穿了夹克的周昊南在木材旁踱步。货场上作业人员较少，远处的一台吊机正吊提着货物。

这时货场门口走过来高矮不一的五个年轻人，其中三个相当健壮，但都长得很黑，一看就知道是越南人。一言不发的他们径朝木材而来，不！是朝周昊南而来。周昊南心想，这么早就来了看木材的了，便准备迎上前去招呼，但他发现这几个人的目光紧盯着自己。他猛地感觉大事不好，心想该来的终于来了。既然避免不了，就只能坚强面对。可不！五个越南人快将走近周昊南时，其中两人倏地分别从衣服里掏出了扳手和短棍。周昊南立即一个滑步退后，伸手从后腰取出了二节棍。

“只有不怕死的人，才配活着。”在关键时刻，麦克阿瑟将军的这句名言让周昊南瞬间坚定了誓死面对危难的决心！

这副全长七十六公分的二节棍中包含了等长的 A、B 两棍，中间有一条链子连着。周昊南将齐头叠着的 A、B 两棍轻握在右手，拉开散打中的右预备式，以右侧对着这五人。五人显然没有在现实中遇过这种中国冷兵器，先是一愣，但他们自恃人多，嘀咕了几句周昊南听不懂的越南土语，就分散开朝周昊南进行攻击。其中一人首先冲过来，扬起扳手朝周昊南头上猛砸，闪身避过攻击的周昊南右手一扬，B 棍在手，A 棍脱手而出，一下子挑中对方下颌，那扳手随即落地，人向后倒，他下巴瞬时就肿起了一个黑包。周昊南 A 棍顺势甩至右肩背后，当另一个人手持短棍准备横扫时，周昊南再次以腰腿发力，将 A 棍从后背抡起，以车轮一样的圆形向前、向下劈去，这正中那人左肩，他痛得“啊”的一声，手捂左肩疾撤。周昊南紧接着将 A 棍收到肋下，以高马步站着，左掌前推，右手握着 B 棍，威风凛凛，气吞山河。

双方进入短暂的僵持状态。

连伤两人的对方当然很不服气，余下三人中的一个从左面扑向周昊南，周昊南将 A 棍往右肩扬了一下，来了个“苏秦背剑”，然后一招“雾里看花”，棍遮人影，人藏棍中，虚虚实实，水泼不进。对方只好止步观望。突然间，周昊南拧腰转胯，A 棍以四十五度角，从右上往左下，猛扫一个越南人的大腿。二节棍风驰电掣、摧枯拉朽而且神出鬼没，这速度、力度和角度完美的三位一体，超乎这五个越南人的想象，他们根本就闪躲不开，随着沉闷的撞击声，这一棍扫中对方大腿静脉处，只见他抱起大腿，痛哭着以另一腿为轴而转圈。余下两人见状，就怪叫一声，赶忙作鸟兽散。

适可而止的周昊南没追。

那边在货场干活的工人们发现这边五个打一个，正准备过来给劝架解围，但没想到一场鏖战在一分钟内已经结束。周昊南心里此时很明白，这五个越南人是让谁买通奔他而来的。

第二天，在距离合同有效期只剩两天的时候，叶峰的拍档姚计强、陈义权从越南回到了东兴。身为江苏人的姚计强天生有点口吃。他一见到叶峰，问清了这件事的来龙去脉后，就拨通了周昊南的电话，断断续续地说：“都发生了什么事情啊？有什么事情，好好商量嘛！为什么要——搞得这么僵？生意，不就讲求公平、真诚吗？”

“当然，我绝对遵循这一原则。”周昊南说。但他心想，事到如今，还有什么可能跟蒋矶连和冷斤芎之流谈公平，讲真诚？

“我们这批货压在罗浮货场已半年多了，我们也想早日出货。”姚计强说。

“是的！我也希望这样。”周昊南说。

“我跟蒋矶连沟通过了。他的意见是，只要你将定金交给冷斤芎，由冷斤芎来操作这单业务，他明天就会提货。”姚计强说。

由我，或由冷斤芎来操作同一批货，能有什么区别？定金要交给冷斤芎？周昊南一听到这个名字，就对这个贪得无厌的家伙恨得咬牙切齿。同时，周昊南脑子越来越清晰了，冷斤芎与蒋矶连显然是早就串通在了一起。冷斤芎从一开始就要求蒋矶连将这单业务交由他来操作，要不是临时去了印尼，才不会给了周昊南这个机会。

姚计强见周昊南很久没说话，就说："我知道你心里不好受，可这是蒋矶连作为买家的权利，现在一切都控制在蒋矶连手里。冷斤芎已承诺，业务操作完毕后，利润会与你五五分成。你要从大局出发！你想一想，如果你不交出定金，过两天，我们的货就会卖给其他人，那么你要赔蒋矶连四十万，划得来吗？……这样吧！你好好考虑一下。一个小时之后，你再给我电话。"

四十万！这确实不是小数目！尽管，一旦对簿公堂，周昊南可以提供证据奋力辩驳，未必会赔四十万，但为此所付出的精力和时间呢？有必要多此一举吗？再说，狼心狗肺的容本亮会站在委托人的立场吗？这样的无良律师肯定会倒打一耙！他甚至已让对方买通！

四十万！周昊南心里默念着这四十万！

"你要从大局出发！"姚计强的话又在他耳边响起。

当天下午，在东海大酒店咖啡厅，周昊南、冷斤芎、蒋矶连、叶峰、姚计强、陈义权和程欣岁一共七人围着圆桌而坐。面对着仍是一脸嚣张的冷斤芎，周昊南真想一个盖拳过去！但他又不得不强压怒火。在姚计强的电话之后，经过了潮涨潮退的激烈思想斗争，按照姚计强所说的以大局为重，周昊南妥协了。为稳重起见，也为实现蒋矶连的提货，他让步了。他决定交出五万元定金，然后一切由冷斤芎来操作。

"我希望冷斤芎写一份承诺书，在这单业务结束之后，他要兑现五五分成的承诺。"周昊南提出。

"可以。"冷斤芎嘴角里轻笑一下，拿起笔，歪歪斜斜地写了起来，并签好名。然后，周昊南将承诺书收起来。

"那么，你将定金交出来吧！"冷斤芎急不可耐。

"我要说明一下，"周昊南道，"五万元定金中，因为在律师见证书方面花了一万，由于我主动向叶峰提出承担部分仓租，我交了四千元，所以定金只剩三万六。"周昊南说。

冷斤芎很不高兴，但想了一会，觉得能得三万六，总比没钱收的好，就说：

“可以。”

“现在我要收回当初我写给蒋矶连的定金收条。”周昊南对着蒋矶连，也是对着大家说。

脸庞狭小的蒋矶连依然笑呵呵的，他不紧不慢地在公文包里找。不久他突然惊呼一声：“哎呀！没带来。”

周昊南的心猛地又揪紧了。

大家全都望着蒋矶连。

不久，蒋矶连又笑嘻嘻地说：“噢，在这里！在这里呢！你检查一下。”然后将一张A4纸递给周昊南，同时命令一般地说：“还不能撕啊！哈哈！”

在快速而认真地核对后，周昊南说：“这正是我写的收条原件。”

然后，周昊南将收条放在桌面，再从怀里掏出三万六千元，放在桌上。

在大家的一起见证之下，冷斤芎取走了三万六千元，周昊南拿起了收条，当众撕掉。

只见纸屑纷纷，周昊南将它丢进了桌下的垃圾埇。

从这一刻开始，周昊南才将压在自己胸口半个多月的一座沉重的大山彻底移走！

第二天一早，也就是在与叶峰合同有效期的最后一天，周昊南主动打电话给冷斤芎：“我在罗浮货场等你，你和蒋矶连一起过来，提货吧！”

在电话那头，冷斤芎说：“好，好。”

周昊南再打电话给蒋矶连，蒋矶连只是干笑了两声。

这一天，他们并没提货。

当合同最后一天有效期正式过去后，那批堆放在罗浮货场的大红酸枝依旧原封不动地摆在那里。其实周昊南早就猜到了：这货，蒋矶连根本就不会提的了，冷斤芎也要求了他别提货，冷斤芎只想拿那五万定金，为的是不让周昊南得到利益的一分一厘！

只是让周昊南不解的是，蒋矶连已收了下一手买家——那一位戴老花眼镜老者的二十万定金，由于蒋矶连并没交货，那下一手买家为什么不追索蒋矶连呢？当然，蒋矶连遭受追索时，不在现场的周昊南对此可能有所不知；但蒋矶连若真受到下一手买家的夺命追索，蒋矶连也不会整天如此一副乐呵呵的姿态啊！这葫芦里到底卖的什么药呢？

带着这样的疑惑，周昊南像逃避大瘟疫一般连夜坐车赶回深圳。

第三十四章　特殊租赁

年关将至，春花又开，2008 年春节近在眼前。

从东兴返回深圳的周昊南痛定思痛，他挂靠了一家外贸公司做外贸业务员，按照零底薪、五五分成的方式，依靠阿里巴巴作为出口运作平台，生意终又顺风顺水，在完成两单出口生意得到了十五万元的税后提成后，他实现了“咸鱼翻身”。

那天上午十点，周昊南每日例行性地打电话给母亲——阿婶。

如今，阿婶已告别了路边店的公用电话，她可以用亲情卡手机接听周昊南打回的电话了。他每次都是先打通阿婶手机，在响铃一声后就挂断，等五分钟之后再打。这样先是为了提醒阿婶做好接听电话的准备。这天他跟阿婶通话时，她又催问起他找女朋友的大事，为安慰阿婶，他就谎称今年春节一定会带女朋友回老家过年了。阿婶喜不自禁。

在向阿婶做了保证之后，周昊南还真有点犯难。他听说过别人租借女朋友回家过年的奇事，如今事急若此，他也只能临时草船借箭。于是他通过网络发帖“求租”，还很快就有了回应。

这天在福田中心区的一家上岛咖啡厅，周昊南约了一位陌生女子见面。

当他走近预订的餐桌旁仔细一看时，不禁惊呼一声：“李树雯！”

这就是那个在华强北曾经与他合租合睡的李树雯！他万万也想不到在失散多年以后，两人竟然以这样的方式又见面了！坐下一聊，双方无不觉得恍如隔世。多年后重逢，李树雯居然也还未婚，所以才有了这次应约。当年在上八约村一别，李树雯不久被迫回了成都老家，几年后她又来到深圳，供职于福田区一家大型外资船务公司，是一名专管外贸提单审核和发放的船务文员。刚好今年春节她不回成都过年，看到周昊南在网上发的匿名帖子，这个颇有胆识的川妹子就果断应征。

“以前在华强北出租的是一半房间和床铺，现在是出租一个人，但不是出租身体。”她一开口就澄清说。

“明白。我们这次回去，需要十天时间，我按每天三百元给你报酬，全程吃住费用由我承担。”周昊南说，“出发当日，我会先支付你 30% 的定金，等过完年回到深圳，我付清余款两千一百元。”

“一言为定。以前在华强北，有华强北的规矩，现在有现在的规矩。”她说。

事情很快就这样商定了，周昊南甘之如饴。

三天后，周昊南从岗厦开出一辆崭新的 BYD 车系的黑色 F6 轿车，来到福田新洲村接李树雯上路。F6 车子沿广深高速经虎门、中山驶向粤西，大约十个小时后，从化州出口下了广湛高速，渐渐驶近化北山区那务镇。家乡就在眼前，巍峨的六皇岭一片葱绿，蔚蓝陵江水缓缓流淌，路旁林立的商铺摆满了应节的烟花爆竹，这是一派喜迎新春的热闹景象。

BYD 车子直奔那务镇上大哥的家，三年前父亲去世后，阿婶就随着大哥从城边村搬到了那务镇上。

快到大哥的房子时，周昊南看到了正手拄拐杖等在门前的阿婶，转眼间车子就停在阿婶面前。下车的高跟鞋一落地，李树雯就对着阿婶打招呼说：“奶奶好！”

“什么奶奶？”停好车走出驾驶室的周昊南闻言一惊，赶忙介绍说，“她是我母亲，要叫‘阿婶’！在我们家乡习俗上，通常将母亲都叫作‘阿婶’。”

“母亲？”李树雯掩面大惊，她为自己的失语而大为抱歉，但她想象不到面前这个面容如古树盘根一般的老婆婆，与周昊南体征相差至少四十年，这样的老婆婆怎么可能是周昊南的母亲呢？

“这里面有一段不幸的历史，等我以后再说。”忙不过来的周昊南先搪过。

阿婶早已习惯了这种称谓一直错乱的尴尬场面，所以她并不在乎，只是一脸微笑，两眼直勾勾地盯着李树雯看。显然，她对这个“未来的儿媳妇”很是喜欢。一脸绯红的李树雯就开始忙着回答阿婶没完没了的各种刁钻问题——由周昊南做着从化州方言对普通话的翻译。不久，周昊南侄儿以及左邻右里乡亲都不约而同地过来了，他们把李树雯围在中间，像说笑，又像是盘问。李树雯更加脸红，微低着头，仿佛一朵雨后的水莲花，格外清新美丽。

大哥这房子是一栋四层半的楼房。晚上，阿婶将几天前她就洗晒一新的两个大红绣花鸳鸯枕拿到了周昊南的床上。别看阿婶年岁大了，可脑筋一点也不封建，她早早就准备好了这对枕头，而这种枕头通常是在媳妇进门入洞房的那天才用的。周昊南看着，心里一愣，而坐在椅上的李树雯脸又“唰”地红了。周昊南想了一下，没有拒绝，他不能拒绝，就将两个枕头整理好放在床头。

四楼是两室一厅套房。夜里，周昊南与李树雯一起与阿婶促膝长谈。

明亮的日光灯下，周昊南看到阿婶又明显地苍老了，便问这问那。可阿婶全然不理周昊南，只管一个劲地问李树雯老家离深圳有多远，有几个兄弟姐妹，父母身体怎么样，如此等等，不一而足。

忽然阿婶说：“明日又要变天，要下雨了。”

“你怎么知道？”李树雯好奇。

周昊南接过话来：“她年轻时打柴种地，身上的衣服湿了干，干了湿，这让她患上了风湿病，只要腿一痛，第二天就肯定下雨。”周昊南说完，就找来一个小木槌帮阿婶敲腿。他一边敲，一边对阿婶说：“时间已经不早了，有什么话明天再说吧。”

阿婶答应了。

他又端来一盆热水，坐在阿婶跟前帮阿婶洗脚、按脚。最后，他将充好电的“暖宝”放入阿婶的棉被，安排阿婶睡下。

在旁边默默注视着这一切的李树雯，内心一阵阵地温热。

家里的热水器不怎么好用，有时会因水压过低以致水温太高，调不下来。李树雯习惯了淋浴，所以在她洗澡前，周昊南先在浴室里帮她调好水温才让她进去。她洗浴时，站在外面的他还不忘特意喊她两声，以防一氧化碳中毒的人会晕在里面没了反应。直到她洗完才一起进了他俩的房间。

望着房间里的床，周昊南对李树雯说：“这里没有席梦思，你要委屈一下了。”

“当初在华强北的条件那么差，我们都睡过了。”她笑笑。

“不，现在是你一个人睡我床上。”他说。

“那你睡哪？”

他指了指在房间边角的长沙发，神秘地说：“以前在华强北，按合租合睡的规矩；现在，按照租赁的规矩。但天亮之后，我沙发上的毛毯，要铺在你睡过的毛毯上面，棉被也一样，你懂的。”

忽然，她指着周昊南的枕头问：“这不还是当初我们在华强北合租时你用的枕头吗？”见他笑着点头，她就更加惊奇地问：“你用了这么多年的枕头都还挺新的，里面到底藏了什么秘密？中草药？但你没失眠吧？或是你跟很多情人睡过这个枕头？”

对这枕头，张福强也曾调侃过他“下有命根，上有枕头”。

而对这一切，周昊南总是讳莫如深，笑而不答。

灯光从蚊帐顶柔柔地渗入床内，将柔软丝绒被盖到胸口的李树雯安稳地睡着了，一缕长发从额角跨过脸庞，她发出了均匀香甜的鼻息声。多年后重逢的周昊南看着她熟睡的样子，回想起华强北的那段奇缘，还有他帮助李树雯实现的虎口脱险，一切又变得那样的亲近，他内心不由得又涌起一阵冲动。但他立刻想起了两个人的“君子之约”，于是关了灯，缓步走向沙发。

看着这一切，假装睡着的李树雯偷偷一笑，然后，由于这一天中千里长途奔波，更主要是在这天堵车的倦意促使之下，两人一躺下，就立刻安然地入睡了。

夜里醒来的阿婶起床如厕，她轻轻地走到周昊南两人的房门前，用耳朵贴着门面。她像是听到了周昊南和李树雯睡在一起时发出的均匀的鼻息声，就开心地笑了，然后走回自己的房间。

到了后半夜，外面零零散散地有人燃放起鞭炮和烟花。

李树雯睡不着了，她叫醒睡在沙发上的周昊南，两人各躺在原来的地方，开始说话。

她这时候才问他，为何他母亲看起来像是奶奶，同时深有感触地问他，怎么对阿婶如此充满感情？

周昊南睁开迷蒙的双眼，凄然一笑。接着，他就对李树雯说起一段家史往事——

周昊南那个年代的家庭，大都无可避免地深受历史问题的牵连。解放前，他曾作为乡村小学教师的父亲周为罗颇有文化，就被推举为保长。而刚走马上任，周为罗没抓过一个壮丁，也没克扣过一两公粮，没做过任何亏心事，甚至是坐着的凳子都还没被焐热。在这问心无愧的三天后，全中国就解放了。

后来，看着贫穷的乡村们深受疾病所困，周为罗就改行做了一名乡村中医，每天背着十字药箱奔走于村舍、田埂和深山之中，挽救过不知多少垂危的病人，从而以一个“粤西扁鹊”的美誉，深得那务方圆几十公里几万人家的传颂和爱戴。但之后，那场史无前例的浩劫爆发了。三天的“伪保长”经历没能让周为罗幸免，他被辗转流放到几千里外的湖北劳改，去修建武汉长江大桥。这一去，阿婶也深知丈夫凶多吉少。

就这样，在周为罗被押解北上劳改期间，含辛茹苦的阿婶对上供养年迈的家婆，对下拉扯周昊南的哥哥和姐姐。阿婶一方面做齐了杂、重、脏、累的农活，另一方面受尽了世人的白眼。势单力薄的她在田间扛着锄头一走，都让人欺负骂成偷番薯的逆贼，时刻蒙受着窦娥之冤。

在经年累月间，从来不曾收到过丈夫任何音信的阿婶，却不可能丢下家婆和两个儿女，北上去寻找或探望丈夫。而且，没有盘缠还不懂认字的她如果出门，也寸步难行。同时，她相信丈夫的结局肯定是活不见人，死不见尸，她只能认命，从而默默地承受着。但她从没想过改嫁，这就等于是活活守寡。

日复一日，年复一年。

家婆因流泪过多，已哭瞎了双眼。

阿婶抚养的一儿一女，也就是家婆的孙儿、孙女，在一口番薯、一口树皮的糊口日子中慢慢长大。

三年后的一天，在家婆的要求之下，阿婶只得在屋厅里郑重其事地竖起了丈夫的灵位。然后，一逢清明或年关，就含泪祭拜、凭吊，口中不断地喃念，她希望通过这样诚心的祈求，最起码能将丈夫的魂魄招回来。

八年后的一天上午，太阳当头，外出干活的阿婶在村口居然看到了丈夫拄着拐杖返家的身影！

当时的周为罗全身衣服破烂，面容憔悴，仿佛是从死人堆里爬出的一个幽灵，或者说是遇着监狱暴动从而趁乱逃脱的一个苟延残喘的死囚，将整个村子里的人吓得魂飞魄散。

阿婶匆忙间将锄头往身边一扔，相拥在村口的两人就合成了一座屹立不动的雕像。

本以为已生离死别的两人，都万万想象不到还有相见之日。

那天，在这幢五间过的泥瓦平房门口，第一次响起了年节之外的震天动地的喜庆爆竹声！

那天，所有的亲戚都过来了，父亲一家里破天荒地宰猪杀鸡——尽管只是赊账。

整个长岭大队乃至那务公社，都轰动了！也沸腾了！因为，一个饱经八年异地苦力磨难、死后重生的魂魄居然从遥远的湖北返回了粤西！

父亲说，靠着无比顽强的意志和生存能力，也靠着日夜惦记着生母和妻子的深爱，父亲才有幸回到家乡。回到广州后的父亲搭了一程的顺风车，然后靠两只脚板走路，就这样一段路接一段路地跋涉，历经关山重重，风餐露宿，父亲能够回来，还得益于他作为医生的自我保健意识与方法。在近两个多月的时间里，就像英国剧作家蕾秋·乔伊斯的作品《一个人的朝圣》中以两个脚板步行横跨英格兰六百二十七英里的哈罗德一样，父亲同样地凭着一个信念，如同乞儿一般硬是死撑着，回到了家乡那务……

后来，父亲的名声得到了平反。

而后，婆婆的眼睛居然渐渐地见到了光明。

在父亲回家后第二年，周昊南出生了，一家人对这个额外增添的新生命都殊为疼爱，可是由于当时的生活实在困难，周昊南差点要给别人抱养！

由于周昊南与父亲年纪相差五十多岁，他与阿婶的年龄界限也有四十多岁，久远的岁月让父母更显苍老，所以，年幼时在家门口玩耍的周昊南，一遇着生疏的人来看病或家访，他们就总是低下头问周昊南：“你爷爷在家吗？你奶奶在家吗？”

周昊南一顿好气，无可奈何的他只得帮他们一一地纠正说：“他是我爸爸！她是我母亲——也就是阿婶！”

听者无不愕然，心想老来得子也常见，但怎么会有这么小的儿子？而在得悉事情原委后，才又痛惜世事蹉跎，叹周昊南父母都命途多舛。

那时候，周昊南很羡慕别的孩子都有一对年轻的父母。

此尚犹可，更有甚者。本来，周昊南的父亲回到家乡后，也一直明晃晃地健在着，但一些别有用心的人就因为周昊南阿婶八年的守寡经历，居然讥讽周昊南为“遗腹子”，于是，年幼的周昊南一直受尽了歧视和凌辱。父亲的重大厄运和母亲的八年隐忍，一直深深地刺痛着周昊南的心。所以，小小年纪的他就十分懂得珍惜与父母一起相处的日子，他深知年迈的父母生下并养大自己，实属不易。三年前，享年八十八岁的父亲去世后，周昊南就加倍地体恤老态龙钟的母亲。

周昊南说，他八十多岁的父母一生中从没做过一次生日，父亲的意思是，这样的活动是亵渎了“生日”这个神圣的名词。有很多次，周昊南与兄姐倡议为父母做生日，但都被父亲生气地一口拒绝了。受这影响，周昊南以及兄姐也都从没搞过生日会，那些吹蜡烛许愿的斑斓片段全是别人的故事。

对于父亲，周昊南一直习以为常地叫“爸”。但周昊南一直有个愿望，想称呼母亲一声“妈妈”，虽然在他家乡存在着那个改称“阿婶”的习俗，但他其实听到一些同龄人也叫他们的母亲为“妈妈”，所以他想，自己为什么不能叫“妈妈”呢？小时候，他都曾有一次兴奋地叫“妈妈”了，当时正在喂猪的母亲也惊奇地回应了一声。但面面相对，他的情致一下子就被淹没在阿婶深深的抬头纹和鱼尾纹里了，识趣的周昊南只好理智而且无奈地止住了这不合时宜的称呼。

一直听着的李树雯久久没有说话，然后她翻转身，将脸深深地埋在枕头里。她无法再入睡，直至天明。

第三十五章　拜神成亲

第二天，周昊南早早就起了床，他先帮阿婶煲好了燕麦。

阿婶一直以来血脂偏高，而血脂之中尤以胆固醇为高。所以周昊南叮嘱阿婶每天都吃一碗燕麦，这既是早餐也是降脂食物。本来，即冲型燕麦对阿婶来说最为方便，但是大凡即冲型食品都易上火，而且纤维素不够理想，所以周昊南一向叮嘱阿婶要买那种非即冲型的粗燕麦。

燕麦煮好后，他开始扫地拖地，帮李树雯洗衣。迷糊地醒了过来的李树雯抢着要自己洗衣，她觉得自己的内衣让周昊南来洗，怪不好意思的，可周昊南已帮她洗好，并晾干了大半。

吃过早饭后，阿婶嘱咐周昊南带李树雯回到老家的庙山祠堂去上香，拜祭神灵，这是当地的一种习俗，也是通过这样做，婚姻才更有保障。

正如阿婶预测的一样，天空一早就下起了小雨。BYD 车子慢慢地驶向老家。山路崎岖，周昊南不时地向李树雯介绍家乡的风土人情和山山水水。

周昊南望着路边笔直的柠檬桉树和挺拔的尤加利木，思绪万千，这条从那务镇通往城边村的八公里的山路，正是他年少时背着大米、萝卜干和书本每星期来回步行的路，一直到他念完了中学；他还记得每逢周末放学回家时，他与三五同学结伴而行，他们对着群山、溪流和鱼塘，唱着那首《谁不说俺家乡好》——

一座座青山紧相连，
一朵朵白云绕山间……

也是在这条路上，阿婶经常挑着柴草，一步一步地走向那务墟市，以微薄的收入来养家。如今这条路已扩为十五米宽的县级水泥路，路上满是各式各样从广深等地返乡的小车，以及装满高岭土出口欧美的货柜车。由于车牌号码是以广州粤A、深圳粤B和东莞粤S居多，所以路上就出现好一串长长的ABS。

十五分钟后，车子驶到了庙山祠堂。

在这庙山祠堂前，曾是一条大河，这曾是周昊南儿时与张福强一起捉鱼摸虾的好去处，也是他们学会游泳的练场。那时周昊南与张福强全身光溜溜的，依次从七米高的桥上一头扎入河中，却在十米开外的水面上悠悠然露出头来。沧海桑田，而今这河已夷为小溪，鱼虾都极为鲜见。

年关时节，前来上香的乡亲近邻很多，相聚中大家少不了问长问短。多年不见，哪家建了新居，哪家又娶了媳妇，哪家又抱上了儿女乃至孙儿，四世同堂，喜事桩桩，不绝于耳。周昊南在庙山祠堂的祭台上摆好供品，点燃香火、香纸，李树雯站在旁边，阿婶迫不及待地拜祭说："神灵保偌昊南与阿雯早日结婚，早生贵子……"

周昊南吃了一惊，李树雯则瞪大了双眼，但相视一笑后很快恢复了自然。

周昊南虔诚地说："神灵保偌我阿婶身体健康平安，安度晚年；保佑李树雯顺利……"

而此时，李树雯赶忙双掌合十，轻声地拜祭说："神灵在上，我要解释清楚，我和周昊南不是夫妻……"

他们俩草草拜祭完，不少乡亲邻居聚拢了过来，对着周昊南带回来的漂亮新媳妇问这问那。周昊南忙帮李树雯打圆场，王顾左右，巧妙地避开了关于婚姻方面的话题。别人问："什么时候办登记手续？"他就答"她不太会听当地白话"，别人问："什么时候摆酒？"他就答"刚刚回到那务"云云。周昊南让满脸红霞的李树雯尽量不语，而只以点头配合着他说的话。

"这样不行！"阿婶忽然生气地说，她发觉周昊南和李树雯拜神诚意不足，就急忙走过来，拉着他们两人复又走到神台前，她跪下后，要求他们两人在身后并排跪下，说："你这样拜神，神听不到的，你要讲出声来才有效。这样吧！我先说，你们再跟着我念！"

阿婶就闭上眼睛双掌合十，大声说："神灵在上，我叫李树雯。今日与周昊南来到神灵面前，希望神灵保佑我们两人早日结为夫妻，早生贵子！"阿婶说完，没听到李树雯开口，就转过头来睁开眼，对周昊南说："你用普通话说，让阿雯跟着我说呀！"

"我——"周昊南和李树雯都犹豫了。

“阿雯你说吧。昊南你用普通话说，让她跟着念。”阿婶继续要求。

“我——”李树雯的脸色变得更红，继续望着周昊南。周昊南就向她示意，那目光是在说：看在我苦难、年迈的阿婶份上，为了让阿婶心里好过一点，你就说吧！何况，还有乡亲都站在旁边监督着我们呢！

环视了一下的李树雯显得有点无奈，只好双掌合十，闭上眼睛，学着由周昊南翻译成普通话的阿婶的原话，吞吞吐吐地说了。

“这样还是不行的，要一句话流畅地说完。”阿婶还是不满意。

李树雯只好又将刚才的话从头到尾有条有理又说了一遍，然后叩了三个头。

阿婶笑了，说：“我们这里的神，很灵的。”

“啊？”李树雯叫出了声，旁边的人不知这是惊奇，还是惊喜。

接下来，阿婶又要求周昊南，要他按刚才的意思在神面前说一遍。周昊南不好意思地看了一眼李树雯，然后照做。看着、听着的阿婶终于心满意足。旁边的乡亲们也都笑了。

但到了晚上，在家里躺着准备睡觉的阿婶却偷偷地嘤嘤地哭了。

当时，周昊南和李树雯都听到了啜泣声，然后，哥、嫂和侄儿都过来了，异口同声地打探，一问究竟。

周昊南小时候就听说过，曾经独力苦苦支撑最困难那八年的母亲，在那些艰难年月里也很少哭泣，更不会在众人面前流露悲伤，但现在她怎么如此伤心？何况周昊南已终于将“女朋友”带回了家里，也让阿婶看到了。

阿婶其实是病倒了！是心病！

周昊南坐在床前，聆听着母亲断断续续地说——

她看到周昊南的房间里，他与李树雯的枕头根本就没摆在一起。她也看见他与李树雯今天勉为其难的情况，只是滥竽充数。老眼昏花的她在这方面却最清醒，她识破了：原来李树雯根本就不是他的女朋友！她想不到自己心爱的儿子竟这样欺骗母亲！但她只是默默地嗔怪自己，没有给到儿子很好的家庭条件，以致周昊南如此大龄都还找不到女朋友。

大家一听，就愕然地看着周昊南和李树雯。

两人就赶忙低头走出了屋子，在快速、果断地商量了一会儿之后，两人再走回阿婶的床前。周昊南说：“不会，我们是真的，只因李树雯在这里人生地疏，还不适应。如果不信，我们后天就在那务举行婚礼！”

“真的？”阿婶竟以惊人的速度坐了起来，转愁为喜，好像大病一下子就痊愈了一般。

大家也疑惑地看着他们两人，但周昊南仍然坚定地对大家说："是的，后天就可举行婚礼！"

阿婶这才心满意足地睡下了。

从这个晚上开始，周昊南就连同哥、嫂和侄儿一起筹办婚礼，周昊南就一再笑着叮嘱：一切从简！

到了后天，在婚庆公司的帮助下，在匆促的张罗之后，周昊南和李树雯真的在那务镇"聚龙轩酒家"的一间大包房，双双穿起礼服和婚纱举办了婚礼。出于某种原因，酒席只设三桌，周昊南没有宴请太多的亲友，更没有安排婚礼司仪。当时，坐在正中间的阿婶看着周昊南与李树雯双双交拜。阿婶终于等到了这一天，就如释重负，也如愿以偿地笑了。

其实，这也是周昊南与李树雯临时性的一个假办婚礼的决定，李树雯本来不同意，因为这超越了双方租赁合同的规定，可是考虑到周昊南一家苦难的历程后，李树雯就噙着热泪答应了。无论如何，周昊南也是想先让阿婶开心再说，至于以后如何圆谎，就走一步看一步了。

十余天的春节假期眨眼间匆匆而过。

临离开那务那天，阿婶执意为李树雯准备了本地各色特产，有桂圆、山楂、黄榄和芒果等，全让她带上。

周昊南和李树雯先向哥、嫂和侄儿们作别，再向阿婶千叮万嘱完日常的各种事项后，上车准备启程。

拄着拐杖的阿婶颤巍巍地跟在车边，周昊南摇下车窗，再次望着头发花白、满脸皱纹的阿婶，他的脑子里一下子又出现了读中学时，每个周日傍晚都经历的阿婶送他上学时，向他招手挥别而又不肯停步的那一幕。尽管时光流逝多年，但每次周昊南临离别阿婶前，总是久久地凝视着阿婶，以期将阿婶的身影清晰地摄入自己的眼帘。至于阿婶，此时此刻也呈现了难分难舍的悲伤。她总想跟着周昊南一起出发，长伴在爱儿身边。只可惜，在深圳打拼十几年的周昊南由于住房一直没有着落，他就只有对自己的这一桩未遂的夙愿长长地叹息。

看着儿子与"儿媳"离去，阿婶现在的满门心思就是等着周昊南补办结婚手续，然后生儿育女，做母亲的就等着抱孙了。这时候，阿婶语重心长地叮嘱："路上要开慢点啊！"

"嗯！"他回答。

"见到红灯要停！要注意避让其他车辆！也要提防追尾！"

阿婶从哪里学的"追尾"这一驾驶专业名词？他惊奇地想，于是问阿婶。

"我们一班老婆婆，她们的子孙都懂得开车的。早上我们一起散步时，什么都谈，我就学到了。"阿婶笑着说。

其实周昊南多年前报考驾照时，对笔试、桩考和路考等所有课目，他都是以满分或不需计分的合格评语一次性通过的。除了开车第一年偶有小擦碰外，从第二年起，他就一直以零事故、零违章和零出保的优良驾驶纪录走到今天，所以阿婶的担心纯属多余。但一辈子不曾握过方向盘的阿婶仍然放心不下，居然对他指导起交通规则来，这就义同是"媳妇教家婆生子"了。

阿婶接着唠叨说："开车不要太快，变道要打转向灯，何况车上还有阿雯。"

就差叮嘱打火时，手波车宜同时踩离合了；就差叮嘱下长坡时，为安全起见要带挡下坡，而不宜空挡了。周昊南心想。

车子缓慢地向前开着，阿婶仍然不停地跟着车走，一边走，一边又旧话重提："一到深圳，就要想办法买房啊！"

"嗯！"他应付式地点头回答，但又方寸大乱。他心里何尝不想，可一考虑到住房，很多年以来他就像是让大石头压着的螃蟹。

李树雯只是静静地听着。

"阿婶，我下次回家后，我买一台可视手机回来帮你装上，那么我跟你通电话的时候，你可以看得到我，我也可以看得到你。"周昊南说。

"有这样先进吗？"阿婶怀疑。

"有的，快有了。"他高兴地答道。

"如果你妈会用 QQ 就好了，QQ 里面可以讲话，又有视频，双方就都可以看得到对方了。如果你跟阿婶通一次视频，就等于回了一次那务老家。"李树雯感慨地说。

"是的，但上 QQ ？这对阿婶怎么可能？除非有年轻人陪着用。"他轻叹一声。

"就是嘛，让你哥和侄儿帮忙。"李树雯提议。

他倒觉得这是一个好方法。

这时候，后面响起了一排小车和摩托车的喇叭声，原来他慢驶的车子一直阻碍着后面的车辆通行，于是，他的车子不得不轻加速，也就离阿婶渐行渐远。

然而透过车的后视镜，他清楚地看到阿婶依然慢慢地跟着。然后，阿婶停步，拄着拐杖站在路边，两眼直勾勾地看着车子前行，左手仍在不断比划。她的意思好像是在说：注意前面有车来了！而且转弯时要注意主动避让直行车辆哦！

周昊南一手抓住方向盘，一手抹了一下双眼。

李树雯掏出两张纸巾，一张递给周昊南，一张用来擦拭着自己的眼睛。

第三十六章　诉讼

在过年后的四月，周昊南竟然收到了福田区人民法院寄来的一份传票!

一生中他第一次收到传说中庄严、冷峻的传票!

他拆着信封，心里“怦怦”直跳。他想起惊蛰之前在竹子林海边垂钓时发出的两条手机短信，原来还是没能压住蒋矶连?那百年不遇的开年雷声、霹雳闪电与倾盆大雨，原来是昭示了我今年如此深重的灾难?来了，该来的还是来了，蒋矶连终于出手了!

也好，来吧，兵来将挡，水来土掩!我严阵以待。

而当他展开传票时，却愣住了:原来是冷斤苎把他告上了法庭。

事实上冷斤苎从东兴回到深圳后越想越气，他觉得当初那五万元定金本应就是他的囊中之物，结果周昊南只给了他三万多。于是，他出具《民事起诉状》，事由是他在与周昊南合作期间向别人借了一百六十万元货款，根据合作协议中双方共同承担债务的原则，向周昊南索赔八十万元。

周昊南没想到自己没去起诉冷斤苎，而冷斤苎反而倒告过来了!但这一百六十万的借款，怎么从来没听说过呢?他确信这是子虚乌有。但悲亦罢，喜亦罢，一切已经发生，他只有抖擞精神，认真应对这场严峻的官司了。他接着来到福田区新华书店翻遍了相关的法律类书籍，买了两册鲜红的单行本，一本是《中华人民共和国民法通则》，一本是《中华人民共和国合伙企业法》，回家后埋头钻研起来。

那一段时间里，他要么咨询律师，要么上网查询同类的案例，他成了半个律师。

官司不久后如期开庭，周昊南有生以来第一次进入法院。福田区人民法院民事二庭在法院二楼，庄严的国徽高悬于法庭正中，身穿法袍的审判长、审判员、书记员和记录员已悉数就位。周昊南平静地坐在被告席，他没有聘请律师，而是自己为自己辩护。原告冷斤芎没有出庭，但全权委托了一名代理律师。周昊南定睛一看，这代理律师居然是他曾在东兴委托过的两头通吃的容本亮。心头一惊的周昊南再往旁听席扫了一眼，那里还坐着一个戴着粗大黄金项链的蒋矶连，他正对着周昊南歪头狞笑。

法槌一响，审判长宣布庭审开始。

“被告周昊南，你与冷斤芎在 2007 年 1 月 1 日至 2007 年 12 月 31 日是不是存在外贸业务上的合作关系？”审判长问。

“是的。”周昊南如实回答。

“你们两人是否签过合作协议？”

“是。”

“这份合作协议的有效期是两年吗？”

“是的。”

“在 2007 年 9 月 13 日，你的合伙人冷斤芎向他人借贷了一百六十万元人民币，用于支付一笔越南无烟煤的货款，这里有一份他与越南商人阿洪签订的外贸合同正本。根据《中华人民共和国合伙企业法》第三十五条——合伙的债务，由合伙人按照出资比例或者协议的约定，以各自的财产承担清偿责任。再根据你们之间的合伙协议，你应承担一半债务，你知道这回事吗？”

“这笔借款，我不知情。但请允许我先描述一件事！”周昊南向法官请求说。

“可以。”审判长允许。

“2007 年 8 月，也就是在我们的合作协议有效期内，我在深圳打理两人所属公司的煤炭进口业务，当时冷斤芎在越南海防、芒街和广西东兴操作一批大红酸枝木材进口业务，从东兴口岸入关。当时他没有将这批业务的执行情况知会与我，这违反了双方的合作原则；更有甚者，这批业务由他一人在那里单独操作，这单业务利润为三十万元人民币，这是我们双方共同的利润，而在这批业务完成之后，他个人独吞了这三十万，没有与我分享。他违背了我们之前的合作协议，我要求他赔偿。”周昊南说。

“你的证据在哪里？”审判长问。

“我手上有双方的合作协议。”周昊南答。

“但是，支持这份合作协议的业务证据呢？”审判长问，见没有回声，就催促，“请你出示证据原件！”

“我没有这些证据。”周昊南说。

“被告没有足够证据，这诉求本院不支持。”审判长发言。

周旲南继续说：“2007 年 11 月，在广西东兴东海大酒店，我与冷斤芎住在一起，当时因业务意见不合，在我服用了安眠药的情况下，冷斤芎对我实施突然袭击，用拳打击我头部。根据《中华人民共和国刑法》，冷斤芎打人触犯了刑法，属故意伤害罪。”

“你当时有没有报警？”

“没有，当时太突然了，没想到。”

“你有没有当时的视频录像？”

“没有，当时没想到，也来不及。”

“你有没有医院鉴定？”

“也没有，但我有人证。”周旲南这么一说，才觉得于事无补了，因为人证是事后在场，说服力不强，而且人证现在都不在深圳。

“被告的证据不足，诉求依然不能成立，而且此事独立在本案之外。请注意！”审判长说。

“原告提交的这份借条，有冷斤芎本人的签字，有原告所开办的‘香港晏乌达资源集团有限公司’的印章，原告的诉讼请求成立，你有什么异议？”容本亮开始发言了。

周旲南从所携带的证据中取出了合作协议，向法官展示说：“根据我们合作协议的第二条，甲方（冷斤芎）和乙方（周旲南）共同使用甲方所在的香港晏乌达资源集团有限公司为业务的履行公司，该公司必须为合法有效的纳税人资格，方可执行双方所从事的外贸业务。但据我所知，这单越南无烟煤进口业务最终并没有履行，所以说，这笔借款缺乏事实依据。与此同时，香港晏乌达资源集团有限公司是一家离岸公司，甲方在深圳操作的这家离岸公司其实是一个空壳公司，它在国内大陆和香港均不纳税，不具备纳税人资格。这家所谓的在香港注册的公司，冷斤芎只是一个光杆司令，他每年支付一千五百元人民币给香港的一位小姐，由她负责接听电话，只要电话一来找冷斤芎，这位小姐就说冷斤芎正出差国内，请打其手机之类托词。甲方从没到过这家公司所在地，而香港晏乌达资源集团有限公司在香港也没有合法的办公场所。那么，以香港晏乌达资源集团有限公司名义出具的借条，根本不具法律效力。”说完，周旲南经工作人员，向审判长递上了合作协议以及由香港税务局出具的证据原件。

“本院不支持不依法纳税的离岸公司履行的外贸业务，被告申诉成立。”审判长在细察证据后发表意见。

“我们还有另一份证据。”见势不妙的原告代理律师赶紧说，然后出示了一张借条。

这是一份原件，上面显示了他所熟悉的冷斤芎那歪八字亲笔签名，而且居然还有周昊南自己的签名！

他清清楚楚记得，冷斤芎从没与他提过有借款一百六十万的事情，而即便有，周昊南也不曾在这样的借条上签过字，但借条上面自己的签字从何而来呢？

周昊南立即陈述说：“这份证据明显是伪造的，请审判长明察。我手上也有一份证据，是我获得全国硬笔书法比赛第一名的证书，上面有中国书法家协会的印章和我的获奖作品，而且有我的亲笔签名。可以证明这份借条上我的签名，不是我的亲笔签字。”

说完，周昊南将这份证据交给工作人员，再转给审判长。

看到这获奖证书时，审判长不禁愕然。从当初的案件阅卷开始至今，他都觉得周昊南这姓名有点面熟，再看一眼这源自白居易《长恨歌》的大幅获奖作品，原来审判长自己家里在墙壁装修时裱上的书法，以及他幼儿每天照章临摹书法的字帖中，所引用的范文竟大都是来自周昊南的手迹！审判长办案多年，经验丰富，再加上这两个签名的每一细微之处都有着明显的差别，经过仔细比对，他心中已经有了自己的判断。不过，审判长还是微笑地发问：“你怎么证明借条上的不是你的签字？”

周昊南胸有成竹地说：“请允许我先简单说一下书法的渊源！秦始皇统一六国，让李斯规范了文字。楷书起源于魏晋，成熟于唐。楷书字体源于汉代的隶书。书法的三要素是笔画、结构和章法。楷书的结构是上紧下宽、左紧右宽，重心在左上方，楷书最明显的特征之一是它的一横，是向右上方倾斜，起笔时微弯，结束时稍顿，好像弧形波浪。借条的签名与《长恨歌》同为楷书，但看看借条中的‘昊’字，我《长恨歌》这篇得奖作品里面的‘昊’字正是上紧下宽的，但借条中的昊，偏偏是上宽下紧，比例失调；另外关键一点是，‘天’里面的两横，我一向是按楷书的规律，向右上方走的，但借条里面的两横，上一横是平平带过，下一横还向下坠落了下去。此外，书法上要求在同一幅作品中凡是重字和重复笔画，那么后面的字和笔画都得产生变化，才能体现书法的美感。但在都有两横的我姓名的三个字中，后面的笔画都没产生变化，可见明显不是我获奖作品中的签字特征。这人的字还算漂亮，但摹仿我笔迹的水平，还没入门！以这样的手段向我勒索八十万元，是藐视国家法律，诚望法官主持公道！”

一阵沉默，好像大家都在消化着法庭上这别开生面的一场书法讲座。

然后，周昊南又向容本亮发问：“既然原告说这笔借款用于对越南无烟煤的付款，那么请问，你能出具这笔货物项下的进口货物报关单，以及向海关交纳进口关税和增值税的缴款书吗？”

“没有。”开始迷糊的容本亮不知如何应对了。

“你有证据能证明这两笔税款都汇入了国家中央金库吗？”周昊南乘胜追击。

对方沉默。旁听席上的蒋矶连此刻也没了嚣张气焰，差不多要瘫痪了。

最后，审判长宣布休庭，择日宣判。

十五天后，法院裁决：原告冷斤芎索偿八十万的诉讼请求被驳回，理由是香港公司借款合同属于无效，冷斤芎的一百六十万元借款也不具事实支持。此外，借条伪造周昊南的笔迹属于违法，被告保留另行诉讼的权利。根据最高人民法院关于民事诉讼证据的若干规定第二条“当事人对自己提出的诉讼请求所依据的事实或者反驳对方诉讼请求所依据的事实有责任提供证据加以证明。没有证据或者证据不足以证明当事人的事实主张的，由负有举证责任的当事人承担不利后果”，所以冷斤芎败诉。

自知理亏且无力回天的冷斤芎放弃了向深圳市中院上诉的权利。

不过周昊南倒没有对冷斤芎提起刑事诉讼。

第三十七章　船务女友、蛇员及日记

一个夏日，李树雯约周昊南在福田红树林见面。

那天，穿着一袭洁白连衣裙的李树雯像一朵百合花，长发披肩，悠闲从容。当时阳光灿烂，红树林里游人簇拥着，打扑克的、放风筝的，五花八门，各尽其乐。海水轻拍红树林边的海岸，一群又一群不知名的海鸟逡巡其间。两个人慢慢走在滨海长堤之上。举目远望深圳湾西部大桥，它已豪迈地耸立于蛇口东角头与香港元朗之间，那东角头一度是他与林莱贞如胶似漆依偎的好去处。在一年前的今日，正值大桥的启用通车之际，那里曾醒师劲舞，锣鼓喧天，好一番热闹喜庆的剪彩景象。周昊南始料不及那里也会建起如此宏伟壮观的一座海湾大桥，以致现在的车辆从香港一入蛇口，就循着蛇口东滨路地下的开窗隧道，静悄悄地通过蛇口，再驰进 107 国道或广深高速，深入到泛珠三角。据说桥西边还将兴建又一个深圳湾主题公园，然后，始于蛇口“海上世界”的全长十五公里的滨海长廊，将途经南山区后海地带，再抵达福田这里的红树林，成为深圳湾的又一道绿色风景线。

自 1993 年算起，十五年来周昊南不曾到过蛇口，而他的心一直牵挂着蛇口。

两人边走边聊，气氛亲热。她并不忌讳地说：“我一直都是乖乖女，可是年岁渐长，还不结婚，乖女都变怪女了。”

“有可能。”他答道。

她又说：“如果还不抓紧，岁月如飞刀，刀刀催人老。乖女右边一把刀，就变剩女啦！”

他认同。

“今年春节你租我回家过年，如果有机会，我也想让你陪我，回我老家见我的父母，当然是我租你，可以吗？我父母也希望我早日带男朋友回家，让他们了却心愿。”

他有些吃惊，但故作迟疑地说：“可以考虑。”

在与他相识相处的日子里，她看到了他的本分、善良和诚信。最主要是她亲眼看到他对母亲的孝顺，她一向觉得孝顺的男子坏不到哪去，男人的人品是她最看重的因素。而他这样一个在粤西穷乡僻壤长大的农家子，为考大学一直苦苦读书，能坏得到哪去？事实上与他同龄的老乡、同学中，绝大部分人就连抽烟这些习惯都荡然无存。

“怀瑾握瑜的人，让我遇着了。”她掩饰不住喜悦说。

“那你准备租我多久呢？”他问。

李树雯主动拉起了他的手，他的心弦瞬间被拨动了！她慢慢地拉着他走到一个石凳前坐下。

“我租你一辈子！”看着他的疑惑，李树雯显得很大胆。

“租我一辈子？那租金怎么支付？”周昊南微笑着问。

“理应你支付给我才对。”

“你租我，怎么要我付租金给你？”

“那你就认真考虑一下为什么了。”

“你——”

两人又心有灵犀地伸出了手，紧紧地握在了一起。

他的大手布满厚茧，孔武有力；她的小手温润软柔，不失弹性，特别是川妹子那自幼得益于当地水土滋养的白嫩肤色，从手指一直贯穿到脚底。看手知肤色，手往往是少女肤色的一面明镜。如今又看着她的小手，“一白三分靓”。海风轻轻拂来，她的发际和衣服都散发着如薰衣草一般的淡淡的清香，坐在身边的他真心希望能像十五的月亮一样将她抱个满怀。可身处大庭广众之中，更主要的是双方感情未臻完全成熟，他只得克制着自己的感情。与当初在华强北“合住”的心境截然不同，当初那是对一个匆匆过客的浮光掠影，而现在，却是对自己一生所维系和相依的一种真心感受。

然后，羞赧的她只好将头拧了开去。

岁月，已将林莱贞的形象从他心底里大大淡化了出去，就像邋遢废旧的水池换了一池水。

不久后的一个晚上，周昊南的旧同事匡大伟约他在上海宾馆咖啡厅见面。

刚一坐下，匡大伟就意气风发地对他说，马上就要在福田保税区买房了。

两人交谈后周昊南才知道，当年与自己患难与共的匡大伟，再回深圳后生意兴隆，发达直到现在。

匡大伟对他说，你给我弄出国邀请函吧，只要是法国公司发出来的，每一份我出两千元收购，有多少要多少。

弄邀请函还不容易？周昊南心想，在他十几年的外贸生涯中，他发出的和接到的各国邀请函不计其数。周昊南就说这个好办，让自己的法国客户发邀请函过来就行了。

匡大伟说，那太好了，你赶紧做吧。

第二天，周昊南利用在外贸公司无底薪的挂职外贸业务员工作，开始同时从事“外贸邀请函业务”。他首先联络自己的法国客户 Caroline 小姐，说要进口她们生产的润滑油到中国来。

Caroline 一听，喜出望外，她一直期望打开庞大的中国市场。

周昊南若有其事地问了价格、包装和技术参数等。

接下来他说我们需要到你那边考察一下，费用自理，请你发一份邀请函给我，我的随行人员有三人。

Caroline 二话不说，立刻将英文内容的邀请函拟好、扫描，通过电邮发给他核对，在他确认 OK 之后，用特快专递寄了过来。

他将邀请函交给匡大伟的时候，匡大伟立马掏出两千块钱给了周昊南！

周昊南很想知道这邀请函做什么用，匡大伟则说这你不用管。

周昊南这样搞了五份邀请函之后，很快就挣到了一万元。

后来，他对匡大伟说，你若不告诉我真相，我就不再为你搞邀请函了。

匡大伟一听慌了，只好如实说了：是通过外贸手段，将一些农民工搞到法国去打黑工。他们以随行人员的名义申办商务签证，但周昊南不需申办，因为他并不出国。

原来，这些农民工在法国那边的收入多着呢！根据商务邀请函，赴法人员只准在法国逗留七天，但他们一过了七天，通常全都不回来，而是申请在法国的庇护，而且事实上自从飞机在法国巴黎一落地，那边就有人等着这些打黑工的人了。

匡大伟说，他手里有大量的本子（护照），也就是有大量的农民想去法国。当然，不懂英语也不懂外贸的他们自己肯定搞不了这样的函。匡大伟说他只差邀请函，不差本子。

后来据说像匡大伟这样每搞一个人到法国去，可挣三几万元不等！真是暴利中的暴利了！哪有不暴富之理？但匡大伟一直控制着他的本子资源，从不让周昊南插手，因为匡大伟生怕周昊南分了他这一大杯浓羹，所以，匡大伟就只是要周昊南搞函。

此后一天，周昊南看到报纸上说中国有大量黑工涌入法国，某某某出境未遂，某某某蛇头被捉。

至此，周昊南才彻底醒悟：既然匡大伟是“蛇头”，那么自己就是“蛇员”了。

天哪，好险！

然后，在较长的一段时间里，匡大伟竟失去了联络。一打听，原来匡大伟已身陷囹圄，财产充公，他为之前的不法行为付出了沉重的代价。

在果断放手“外贸邀请函”业务之后，周昊南应聘到深圳市鞍邯钢铁贸易有限公司做外贸业务员，由于公司地处南头检查站外的宝安区西乡，他就从岗厦搬到了位于西乡的公司集体宿舍，于是，大家每天工作、吃、住都在一起。

白天忙着外贸活，晚上他还不时写写日记。

2009 年 3 月 × 日 深圳宝安 阴

钢铁出口业务是大买卖，运作资金相当雄厚，动辄几百万。公司王总相当年轻，开着宝马 760，这位来自粤东的“富二代”只需继承父业就行。公司一直做钢铁内销，没有进出口经营权。我花了两个月，将公司的进出口权和外汇账户跑了下来。

第四个月，依靠阿里巴巴出口电商平台，我联系上了中美洲哥斯达黎加首都圣何塞的客户 CRC GROUP 公司，他们想进口一个 20' 柜的镀锌钢卷，这事由他们深圳南山办事处的安娜小姐负责。

安娜讲西班牙语，英语一般。我接她来公司仓库看过样品并取样、封样后，签了合同。不久她就让总部 CRC GROUP 公司通过花旗银行圣何塞分行，开来了金额为 USD36,316.00 的保兑信用证。只要我这边如期履行合同，在出口单证交到我方的议付行——花旗银行深圳分行之后，就可收到这笔信用证货款。

作为大宗货物，钢铁市场也是一天一个价。我们这些钢铁贸易商没有定价权。由于要靠钢厂给我们货源，也就由钢厂定价，我们就只能随行就市。在我们收到哥斯达黎加的信用证后，镀锌钢卷的价格就翻番，那批货的总值于是比原合同升多了USD7,895.00，那么，这批货是出还是不出？不出，等于我们毁约；但出，我们就亏损了。

我于是跟王总商量对策，但他总是像西方哲人一般对我说："办法总比困难多！"

废话！每一期的《读者》杂志里还有更多、更响亮的格言！牛顿、黑格尔、伽利略、亚里士多德……我知道的哲人更多。但如何才能找到最佳办法呢？王总无言，这就只能靠我自己了。

看到我还是疑惑的样子，王总就加多了一句惯用的"腔调"说："你明白我的意思吗？"

"明白明白。"我应付式地点头。

幸好，我预先就在合同中写明：签约后若国际钢铁市场价格大幅波动，买卖双方可另行商量价格。就靠这一条款，我提出让安娜与她总公司协商，总公司爽快地同意了我的要求，准备将这差额通过银行电汇过来——这是独立于信用证之外的货款，可叫作预付款吧。随即，我将公司的银行资料通过电邮发给安娜，只等这笔预付款打到我们公司账户，就可出货了。

我与安娜的联络大都靠电邮。而通常，在安娜对我电邮回复的下面，电脑系统总会自动附带我之前发给她的电邮原文。我一向有个不定期查看历史电邮的习惯。那天，在安娜回复我的电邮下面，我居然发现一则无声无息的收款资料在跟随着——

* BANK（开户银行）: HUA NAN COMMERCIAL BANK LTD. YUAN SHAN, TAIWAN（台湾华南商业银行）

* ACCOUNT（账号）: 107970020298

* BENEFICIARY（收款单位）: DE PONY ENTERPISE CO., LTD

B'rgds

Bruce Zhou

我大吃一惊！这些显然不是我们公司的银行资料！

原来有人冒充我的名义跟安娜说，预付款要打到他们以上的账户中来！原来黑客早就盯上了我，利用木马盗取了我公司的邮箱密码，从而攻入了邮箱。只是这种骗子躲在暗处，我在明处。黑客一直在不动声色地看着我们的往来电邮，等到了付款的这一重要关头，他们就出手了！

而安娜以及她哥斯达黎加公司总部，都是如此信得过我，“我”说款打哪，他们就打哪了。

我瞬间如急火攻心，赶忙打电话给安娜说账户不对，让她马上通知总部停止付款。

安娜说哥斯达黎加与中国有十二小时的时差，现在总部的人都在睡觉着呢！要等到我们中国时间的第二天中午，也就是哥斯达黎加的上午，他们才醒来，所以，我只能等！

黑客骗子可怕！黑客骗子可恨！

那晚我一夜无眠，生怕哥斯达黎加客户已完成了以上这一付款。

第二天，整整一个上午，也就是哥斯达黎加全国人民都还在梦中时，我每隔十分钟就打一次安娜的电话，她手机一直是通的，但一直无人接听；她办公室电话同样如此。都大军压境，兵临城下了，她去了哪呢？我想。一直打到下午两点，安娜终于接了电话——原来她才刚刚睡醒，她真能睡！说不定天天都在倒时差。我急问结果，打着哈欠的她才不紧不慢地说：“没付。”

我问多一句，真的没付？

她回答：“是的，没付。”

至此，我的心头大石才怦然落地！

后来，通过电脑重装、杀毒，修改密码，我才敢再次使用公司的电子邮箱。

时至今日，尽管我也向公安局网管处报了案，但黑客骗子是谁，以及骗子在哪，我都无从得知。他们实在是无影无踪，踏雪无痕。我准备将以上这一公司英文名称告诉我所认识的数百外贸同行，让他们注意防备。

2009年4月×日 深圳宝安 阴

在收到安娜总公司的预付款后，好了，轮到对付安娜这帮骗子了！

安娜来过我们公司三次，我送她回其公司时，她总像冷斤苛那样，从不让我进入她办公室，一到楼下她就用各种理由将我支走了。这不能不让我生疑。

我跟她这单出口业务做的是FOB离岸价，也就是由客户CRC GROUP公司负责租船订舱。做我们外贸这行有个大忌，就是尽量不要与进口商按FOB价格术语来成交，因为这是由进口商租船，若果出口商未收齐全款就发货，很有可能就是货物一上了他们租的船，就收不到货款了。与此同时，CRC GROUP公司开给我们的信用证错漏百出，当初我审核后多次通知安娜修改这信用证，但改来改去仍改不正确，比如某一点改对了，但另一点又被改错了。这让我相当警觉。

偏偏在这时候，受CRC GROUP公司指令的哥斯达黎加船公司主动跟我们联系，要将货物装上他们的船。

奇怪了，进口商的船公司主动跟出口商联络，这还是我十几年外贸生涯中的第一次！

为了稳妥，我一方面严正通知对方将信用证修改正确；另一方面拒绝哥斯达黎加船公司主动跟我们联络。由于存在明显纰漏的信用证仍然不被改正，可想而知，如果我使用这张信用证，报关出货后，他们就可轻而易举地找到不符点，对信用证进行拒付。但货物，他们却会通过他们这家相熟的船公司提走了。于是，我再次要求对方，不做信用证了，得将余款通过电汇打来，我们才发货。因为，十几年前，我在招商公司遭逢的油画货物出口给帕里奥却没法收回货款的悲剧，我不想重演。

后来，双方展开拉锯战，互不相让。由于对方的定金（也就是预付款）已在我手上，货物也摆在我们公司仓库，所以我胜券在握。最后对方仍然要求我将货物交给他们指定的船公司，我始终不干，就扣下了对方的定金，当作是这单业务的利润。

以前做大红酸枝进口时，收了定金但渐渐没了货，这曾让我狼狈不堪，但这镀锌钢卷不同，货物一直在我手上。即便我这批货物没了，也随时可向钢厂购入另一批同样质量和规格的货，所以我不会重蹈东兴之覆辙。

后来，哥斯达黎加客户还是没将余款汇过来，不提货也不索要定金，他们仍坚持使用那错漏百出的信用证，但我绝不给他们可乘之机，可见他们这单业务的确有诈。

到最后，我们公司就只能没收这定金，当作了利润。买家不提货，我们就没收定金，这与国家合同法并行不悖。

两战告捷，我有效地截住了受骗。

2010年6月×日 深圳宝安 阴转晴

回想一年多来我为钢铁出口业务的筚路蓝缕、披荆斩棘，我感慨万千！

曾几何时，通过阿里巴巴，我一天发出三百多封开拓业务的电邮，然后时刻关注着邮箱来函；曾几何时，众人皆为节假日举杯相庆，而我却独坐办公室，反复敲着计算器报价，收发样品。而我仍始终感觉时间不够用。

公司是作为大型钢厂的一级代理，但就只是一个钢铁出口贸易商。我本来就不看好贸易商，只因这是钢铁大买卖，才做尝试。

我有收过信用证的欣喜，也有订单告吹的落寞。公司有强大资金优势，但始终摆脱不了一个作为中间商的被动角色——尽管也是一个库存商。平时联络比如鞍钢、宝钢等等那些大爷时，他们爱理不理的，直叫我们这种贸易商受气。内销，公司是早上轨道的了，每天货如轮转，开平压瓦，吊搬剪裁，进仓出仓。但内销与我关系不大。

铁矿石是钢铁生产的原材料。在澳洲和巴西，世界最大的铁矿石生产商"一谷两拓"仍然死死地控制住他们本国铁矿石资源的出口，由于他们垄断了资源，价格就由他们说了算。

今年春节之后，钢铁市场的剧烈波动，导致了我在业务上的深度受困。有时候苦心孤诣与外商谈好了价格，准备签单，但突然间早两天与钢厂谈好的人民币价格，随着市场的变化，一下子涨个三五百元，于是这一本来只是我此单业务毛利的涨幅，一下子又没了，导致我无法签约。

有时候我根据钢厂当时给我的价格，与外商终于达成共识，但行情持续看跌，外商就迟迟不肯正式下单，何解？外商声称：等再跌到一定程度再下单，也不为迟。原来是持价观望的外商在等行情探底。

这也就是今年四、五月份的钢铁行情。有的外商的观望期居然可以长达两个月。

我们不求暴利，只求有利、微利，即可成交，但几千元一吨的钢材，冷热卷、彩涂和镀锌，欲求一吨三五十元的毛利，已如南柯一梦，也就是说，有时候想实现千分之五的毛利，都已成为了不可能。

面对行情之变，做出口与内销如天壤之别。内销，有足够的时间来应对涨跌，出口则不然。打个比方，做内销的，买家要买五十吨钢材，一个电话打到钢铁贸易商，什么价格？这么高？低两百元可否？只五十元？可以？OK！成交！买家马上打款或开车过来仓库付款提货。这样的流程，两天、一天、半天甚至一个小时即可完成。第二天，如果行情升了，买家则窃喜；如果跌了，买家也不得不认账。吃到肚里的还能呕出来不成？

但这种情况在出口业务方面就迥然不同，比如出口商跟进口商谈好价格，讨价还价，因两国时差关系可能需要一两天；签约，来回传真或电邮扫描签订合同，可能也需要两天；如果打货款或预付款，外汇入账，最快也得四个工作日；如果开信用证，直到出口商收到这信用证，至少要四到七个工作日；如果信用证需要修改，则等于此订单尚未正式确认。而这四到七天，钢铁行情已像孙悟空的筋斗一样不知翻滚了多少个来回。设若是信用证，一旦价格行情跌破五百元或更多，对于远洋贸易，对于三十至四十五天才能到达目的港的非洲和南美等国，你能保证进口商还要货吗？你敢肯定进口商不会挑不符点，从而正常付款吗？一旦这风险发生，出口商就得不远万里飞到目的港进行拍卖，或退运，甚至货被吞掉，那么出口商的境况就如江心补漏了。

在必要时，我将这类困境跟王总商量，但他与我的谈话从来不超过三分钟，他无甚良策，总是像哲人一般地对我背诵说："办法总比困难多！"据说他家墙上装修没有裱画，全是高山仰止的孟德斯鸠和索罗斯的格言录。

末了，王总还增加他招牌性质的一句"腔调"说："你明白我的意思吗？"

"明白明白。"我又应付式地答道。

当然，我们最好在发货前能收到进口商全款，但很多时候这只代表一厢情愿，你会算账，进口商也不是傻子。

钢铁如股市，一天一个价，或三几天一个价。钢铁出口贸易商缺乏定价权，左右受制，只有大钢厂，只有市场，才可操控升跌之砍刀，除非出口商已屯好几十万吨的货物，那么，行情之大起大落已让外贸业务员无所适从。据悉，近几个月不少外贸业务员已转为内销，或大幅度地侧重于内销。

未入钢铁中间商行业的外贸业务员，不要再踏上这一独木桥了。

要做出口业务，就做成品吧！原材料如钢铁这种一波又一波的价格起落，搞不好会让外贸业务员得抑郁症的。除非你供职于大钢厂国贸公司或二线钢厂这些制造商，才能觅得一线生天。

第三十八章　中风

2010年中秋节前的一天下午，周昊南准备飞往上海，他有六个20'货柜的镀锌钢卷将从上海洋山港装船，发到芬兰赫尔辛基。作为深圳市华钢集团的一名外贸业务员，在最近半个月里，他与芬兰外商Bora的MSN洽谈已超过了三百页，之后终于与Bora签约，并收到了Bora电汇过来的20%定金。十天后，船期和货物都已订好，报关出口在即。

“各位旅客请注意！由深圳飞往上海的ZH4365航班现在开始登机！”这时候机场广播响起。

周昊南走过去排队登机，手机忽然响铃，他左手拉着行李，右手接听电话：“周先生，你购入的新房在五天后可正式入伙。”

“好！谢谢！”周昊南喜形于色。上个月底，他一次性付款买下了福田区华强北花园六楼的一套两房一厅居所，来深圳快二十年的他现在终于拥有自己的住房了。周昊南畅想着，新房一入住，他就将年迈的母亲从粤西接到深圳，朝晚共处。这个他为之打拼了快二十年的夙愿，眼看着就要达成了。

快到登机口的时候，他的手机又响了，他还以为是刚才售楼小姐说漏了什么，可看电话号码却是从粤西家乡打来的，打电话的是二姐，她急促地说：“麻烦大了！阿婶刚才不小心，从四楼的六级楼梯上滚下，中风了！现在昏迷不醒！”

“怎么可能呢？今天上午十点，我还跟阿婶通了电话！”一下子懵了的周昊南惊问道。他记得在上午与阿婶的电话中，已年届八十四岁的母亲谈吐清晰，但怎么就发生了这样的事情呢？

“是真的！那务镇卫生院的医生说抢救不了，阿婶已被安置在老家城边村的厅堂，你得马上回来！”二姐郑重叮嘱。

“医生说抢救不了！”二姐的这句话在他耳边炸响，他知道在他老家农村，老人如果被安置在祖屋的厅堂，就意味着时日无多了。“怎么办呢？”他焦急地问自己。他必须赶往上海出货，可知上海的这单出口业务他殚思极虑，来之不易；可母亲万一离世，就永远都没有了！他在极短的时间里终于做出了决定，就毅然拉起行李，朝机场外跑去。

当天傍晚，早早挂上新月的天空深邃高远，深圳城万家灯火，周昊南驾着自己的黑色 BYD F6 轿车，正以一百二十公里时速自东向西奔驰在广深高速公路上。慢慢地细雨纷纷，呼呼风响，是谁在呜咽？谁在号哭？这是周昊南在呜咽，是周昊南在号哭。青山不改，绿水长流，而他最爱的阿婶此刻危在旦夕。问世间，万一阿婶逝去，那么就算身家千万还能叫财富吗？对着山珍海鲜，还能吃出味道来吗？周昊南一边手握方向盘，一边擦着眼泪。

第二天蒙蒙亮，周昊南赶到了粤西老家城边村。

在这栋两层的楼房内，一楼正中央的厅堂靠西墙处，水泥地上铺了稻秆和棉胎，再盖上一张草席，没有床架，在临时匆忙搭起的蚊帐内，阿婶正在昏睡。周围神色凝重的人们看到周昊南赶了回来，就让开了一条路。按照习俗，周昊南一入大门就脱了鞋，赤脚走进厅堂。他一下跪在阿婶床前，眼泪扑簌簌地落下。他大叫一声："阿婶！"阿婶没有回应，苍老而布满皱纹的脸上双目紧闭，盖到胸口的棉被急促地起伏。周昊南拉起她的手试了试，却像枯枝败叶一般地垂落了。

"昨天下午至今一直昏睡，没睁开过眼。"站在旁边的二姐说。

周昊南小心翼翼地搬弄一下阿婶的右手，阿婶的嘴巴微动，说出了一个十分含糊的字："痛——"她右手摔伤，动弹不得。"她还有知觉！"周昊南惊叫一声，内心却比阿婶痛得更厉害。

"阿婶，我回来了，你知道吗？你的昊南从深圳赶回来了。"

阿婶的嘴巴又微动了一下。

"阿婶真的还有知觉！"周昊南继续惊喜地叫道。接着他将嘴巴靠近阿婶的耳朵说，"阿婶，我回来了，如果你知道的话，就睁开眼睛吧！"

在众人的注视下，阿婶的两条睫毛竟然动了一下。这一动宣示着她知觉的存在以及对生命的强烈渴求。"阿婶真的还有知觉！"周昊南赶忙站起身，握着拳头说，"我不能这样白白地看着阿婶离开我们，我们快叫医生！"

十分钟后，大哥带着乡村医生来了，这是一位很有经验的老医生。初步诊断后，医生帮阿婶挂起了吊针输液，周昊南就坐在床边守候。

阿婶一直都是跟着周昊南的哥嫂一起居住的，二姐昨天刚好回来探望阿婶。

原来，估计是阿婶在上楼梯时，血压突然升高，头晕引致身体失衡，才从楼梯上滚了下来。这个年岁的老人最怕摔。至于她为何走上楼顶，原来是她知道中秋节快到，周昊南就将回家，所以她拿周昊南的被子到楼顶上晒。两小时后，她又上去准备翻转来晒。结果，悲剧就这样发生了。周昊南得知这缘由时，悲痛得“哎呀”一声，以右拳猛击左掌，然后闭上眼睛低下了头。他心想，千不该，万不该，这张被子，就算等自己回来，拿到外面的烘干机来烤干，也不迟啊……

中午时吊瓶的药水已经滴完，阿婶似乎有了朦胧的意识，眼睛半开，但仍然不能说话。村里的乡亲陆续过来探望，全都扼腕顿足。

下午，周昊南为阿婶喂食，阿婶只能半张开嘴，好半天才吃上一点点米汤。

“嘟——”周昊南的手机铃声响起，他放下手中的碗和汤匙，是上海市万通船务有限公司的业务员孙小姐发问：“周先生，你不是说来上海出货的吗？怎么还没看到你？”

“真对不起！因为十万火急的事，我临时回了老家，忘了和你说了，对不起。”他回答。

“那怎么办？”孙小姐问。

“让我想想办法，迟些复你。”他答道。

这单自营出口业务是以深圳市华钢集团的名义进行报关。如今他不能前往，就只能委托其他同事代为操作了。他马上联络公司同事王小姐，让她帮忙将所有报关单证重做一份，特快寄往上海，一切提货、运输和报关事项全交由孙小姐办理，自己电话操控配合，一切很快安排妥当。

晚上，灯管幽幽地亮着，飞蛾与蚊子围着光管猛转。厅堂之内，阿婶仍在昏睡，周昊南揪心地坐在床边。夜深了，他到厨房烧了开水，加少量冷水后，用毛巾蘸着帮阿婶擦身，然后再换上干净的衣服和纸尿裤。阿婶的裤子散发着浓烈的尿味，他一边换，一边痛苦地想：阿婶，我出生的时候，你帮我更换了不知多少次尿湿的衣服，而现在却是我为你更衣了。这是一个轮回吗？为什么来得这么快？又来得这么不幸？换衣时，阿婶模糊地发出极度痛苦的呻吟，这呻吟再次勾起周昊南撕心裂肺般的痛。

他找来一把躺椅放在阿婶的床边，然后和衣躺下。尽管昨晚开车一夜未眠，但至今仍然全无睡意。他脑子里在问：阿婶究竟是怎么摔倒的？她难道忘记吃降压药了吗？周昊南辗转反侧，一夜无眠。

第二天，医生又来给阿婶挂好吊针后，对周昊南和他大哥说："生命迹象还有，但要有心理准备，因为她不能吃东西，可能难以维持生命，万一有奇迹出现，也有可能成为植物人。"

"不！我要阿婶站起来！"周昊南高声说。

"这几乎是不可能的。"医生平静地说。

周昊南痛苦地垂下了头。"难道，我们就这样看着她死去吗？"他抬起头问医生。

"吃不了饭的话，后果就只能是这样了。"医生摊摊手。

大家沉默。

"你太累了，大家轮流值班打理吧！"一位乡亲建议说。

"不行，就由我来打理。"周昊南说，他不是不希望多些人来打理，但他总觉得对于阿婶，只有他亲自照顾才能达到细心、周到。

农历八月十五临近，周昊南原本打算在上海出货之后，就回家看望阿婶的。一年之中，他总要回家四五趟，每次在家逗留三四日。天气预报说，热带气旋已经生成，三十年来肆虐广东的最强台风"凡亚比"逐渐逼近广东。尽管在时令上已经入秋，但在台风到来之前，受副热带高气压影响的天气就异常闷热。

阿婶卧床进入了第四天时，依然长睡不醒，周昊南只能为她艰难地喂食牛奶，每天为她擦拭身体再换上干净的衣服，因为他从小就知道，虽然家里不富裕，但阿婶极爱干净。

这一天在为阿婶换衣服的时候，周昊南突然发现，她后腰正中处之前的一个水泡破了皮。

"这是褥疮！"他知道，长期躺着的病人由于血液不畅通，后腰、肩膀处散热不佳，就会发生红肿直至糜烂，这对阿婶来说简直就是雪上加霜！他赶忙帮阿婶的褥疮涂上紫药水，防止扩散，但重中之重是让长睡四天的阿婶侧身睡。"怎么就忽视了这个问题，一直仰睡到现在？"他百般责怪自己。

为了生计，大哥在外面忙着生意，大嫂也一直没空，所以守在阿婶身边的任务主要就靠周昊南了。

这天下午，二姐又过来了，多一个人守护，就多一份方便。但村子里有这么一个古怪习俗，说是父母临终时，作为女儿的不能守在身边，否则很不吉利。所以，忌讳着这一迷信的二姐很想守护阿婶，却又时刻提防着要躲开阿婶。其实周昊南心想：都是自己的亲人，会有什么顾忌？但他说服不了二姐。

周昊南一脸迷茫地看着阿婶。阿婶以右侧睡的方式对着墙壁，她有时眼会睁开一点点，但很快又合上。这时，她顶着墙壁的右脚尖不停地微动，瘫痪了的左脚叠在右脚上，没法动弹，却加重了右脚的负担，但左脚不这样放着，又能放到哪里呢？看到阿婶如此无力，纳闷了一会儿的他猛然醒悟：原来阿婶早就想借力顶转自己的身子了！但她对周昊南说不上话，今天的阿婶居然连一个转身的愿望都达成不了！周昊南赶忙跪在床边，小心地帮阿婶转换成左侧睡姿。但医生讲过，由于阿婶左侧已无知觉，如果左侧睡得过深，一方面会压迫心脏，另一方面会导致脸部深埋在枕头里，那么，左右都转不了身的阿婶就会发生瞬间窒息的危险！

于是周昊南决定每隔一两个小时就给阿婶换一下位置，特别是朝左侧睡时，他更是寸步不离地守在旁边，并仔细观察阿婶的呼吸。

“这样守，真不知道要守多少天。”从外面回来的大哥说。

“能守多少天，我就守多少天。”周昊南头也没抬。

“嘟——”周昊南的手机又响了，电话是自己公司——深圳市华钢集团吴总打过来的，“上海的出口业务办得怎么样了？”

“我已委托王小姐替我办好，进口商已支付了 20% 定金，不可能不要货的。”周昊南答道。

“这已没问题，但你请假的期限已经到了。”吴总说。

“可我阿婶重病，能不能延长三天？”周昊南恳求道。

“不行，不能耽误工作，这些钢铁出口业务全都是你跟开的，一天都不行。”只关心公司生意的吴总已有些不近人情了。

周昊南握着电话，看着没有丝毫好转的阿婶想了片刻，对着电话那边平静回答说：“那我决定现在辞职！”

“你辞职？”吴总吃惊。

“是的！”周昊南确认。

在阿婶昏睡进入第六天时，强台风“凡亚比”最终没有正面袭击粤西，而是登陆粤东和闽南，但受台风环流影响，周边地区产生的台风雨“哗哗”地泼个不停，大雨带来的寒气正侵入昏睡中的阿婶身体。周昊南赶紧为阿婶盖好了棉被。

到第八天早上时，阿婶仍未见好转。这天他产生了一个新的想法，就叫来一家人坐在厅中商量。

周昊南想做最后的努力，他说："我决定送阿婶到茂名市人民医院，或许阿婶还有希望。"他深深懊悔在阿婶出事的当天，未能在电话中提醒家里的哥嫂和二姐将阿婶送往市级大医院，以致阿婶错过了"黄金抢救时间"。

"没用的，那只能是浪费钱。"大哥和大嫂说。

"所有费用全由我出。"周昊南明确表态。

"医院好远，至少八十公里，路上会不会有闪失？"二姐担心说，"而且老人都不愿意在路上或医院里归老，都希望在祖屋里终老。"

"是要注意，但我们不能不做这最后一搏。"周昊南坚定地说，"如果真的是没救了，我心服口服。但是，如果错过了一线生机，我一生都会觉得遗憾。"

"如果救过来，拖上一个月、三个月或半年，甚至一年，结果还是一样。"大哥说。

"我愿意一直照顾下去，只要阿婶能醒过来，只要是她活着，不管是躺在床上还是坐在轮椅上。阿婶有多久的命，我就照顾多久。"周昊南说着说着，就又哽咽了。

"这要很大一笔钱呀。"大嫂说。

"由我承担。如果不够，我就卖车卖房。反正我要救阿婶！绝不能留下遗憾！"周昊南言之凿凿。

大家缄默了，确切地说是无言以答。这时候，躺在不远处的阿婶"啊"的一声，嘴巴动了一下。大家都吃了一惊，赶忙拧头看去，却见阿婶马上又沉默如初了。周昊南感觉阿婶是很努力想说话的样子，但始终就是没法实现。

"既然你这样说，那我就不拦阻你了。"最后，大哥同意了。长兄为父，家中大事都得大哥同意。

"那么，我现在就打电话联络救护车，为了不让阿婶在路上出意外，请那个医生跟我们一起走，明天一早，无论如何大风大雨，我们都要出发！"周昊南补充。

大家散去后，周昊南开始给阿婶喂米汤，但奇怪的是，阿婶却开始坚决地闭着嘴巴不吃了，换上牛奶也这样，任凭他如何使劲哀求，她都是不张嘴。他记得，之前几天，阿婶多多少少都吃一点牛奶或其他流质食物的，但现在她明显地拒绝了。周昊南疑惑地低着头问自己：这是怎么回事呢？

在这一天，乡村医生照例过来为阿婶用药。为了第二天的起程，医生吊足了加强型的葡萄糖和氯化钠针水。不过医生说老人的血管收缩得厉害，身体很多脏器已接近衰竭，难以吸收药物，所以针水就滴得很慢。

傍晚，周昊南一边帮阿婶换衣服，一边低声地对阿婶说：“阿婶，你再坚持一下，明天我就送你到茂名市人民医院去。你要坚强！你会再站起来的！”

没法动弹的阿婶只是显得呼吸更加急促，在旁的周昊南只能是一阵又一阵地干着急。

当晚夜深时，仍然大风阵阵，骤雨骤停。在漆黑中，在大厅门口的屋檐下，憔悴无助的周昊南对着上天，竟然虔诚地跪下了。他使劲地不断叩头，额头满是泥浆和雨水，印堂还因重重地磕中了地上两颗三角形的小石子而破皮出血，但他全然不顾这些。他只是苦苦地反复大声乞求喊道：“天神在上，苍天在上，请救助我可怜的阿婶吧！如果可以，我周昊南宁愿折寿，愿意将我后续的生命转让给阿婶……”

站起来后，还不放心的周昊南就又跪了下来。为了寻求“双保险”，他继续以头磕地，向另一个真神哀求道：“伟大的主耶稣啊！十几年前，我曾是三个月的虔诚的基督徒。首先，请主耶稣以广阔的胸怀原谅我后来少了祷告。现在，我以十二万分的真诚祈求您拯救我的阿婶，我周昊南宁愿折寿，愿意将我后续的生命转让给阿婶……阿门！”

在大声的乞求中，他好像听到身后的阿婶突然含糊地“啊”地叫了一声。

他赶忙站起来，扭头一看，布满飞蛾的烧黑了一半多的灯管下，阿婶又合拢了嘴，一动不动，但胸脯却在更加猛烈地起伏，然后就张开更大的嘴，大口大口地喘气，一会儿紧过一会儿。

对这样的动静，他怔怔地觉得有点异样，却又想不清个所以然来。低下头后，他又回忆起了阿婶年轻时走八公里山路挑柴到那务墟市，只卖得两元的永远让他心酸悲痛的情景……

八天，阿婶卧床已整整八天。对于健康的青壮年人来说，卧床一天一夜不吃不喝，都已全身发软，腰酸背痛，而对于一个八十四岁高龄的孱弱老人，八天里不进一粒米饭，不喝一碗米汤，这样长睡不起，又怎能支持得住？难道是阿婶当初那异乎常人的“八年抗战”的艰苦生活，造就了阿婶让人无法想象的生存能力？守在床边的周昊南心想。

阿婶昏睡的第九天是农历八月十六。在这个清早，台风“凡亚比”刚刚逝去，暴雨已经消停。但据说，在周昊南当年前往广州读大学报到时所路经的北边信宜地区，因“凡亚比”的肆虐而爆发了汹涌的泥石流，并引发了人畜的重大伤亡。

这时候，在从茂名通往长岭的乡村公路上，茂名市人民医院的120救护车正鸣叫着疾驰而来。

周昊南和家里人一起，正围在阿婶床前做各种启程准备。此时他发现阿婶面色微微转好，居然也睁开了眼睛，周昊南有些吃惊，心想：说不定是昨天的加强输液起了大作用？

“啊——”阿婶居然可以开口说话了！

周昊南赶紧走到床前蹲下。

“昊南！你——不应辞职，也——不能卖车，更不能卖——房……”阿婶断断续续地说。

周昊南吃惊地问：“阿婶，你怎么知道这些事情的？”

“不要救——我，车和房子，都——要留着——让你和阿雯——成家用——反正不能卖。我我我——没有遗产留给你。你在深圳，要有车、有房，你——才能结——婚的。”阿婶吃力地说。

在前年那次与李树雯假办结婚之后的两三个月内，在清明节前又再回乡祭祖的周昊南，在当面面对母亲是否已让李树雯怀上孩子的追问时，说话直打哆嗦的他回答不出，此刻无法圆谎的他不想也不能再“续谎”，就只好将实情和盘托出地说了。当时，在客厅内站着的母亲马上就晕眩了，她赶紧坐下——像一个没有拐杖的盲人一般摸索着，紧紧地抓住椅子的扶手坐下，以免跌倒……周昊南急忙扶稳母亲，然后在母亲跟前“扑通”一声跪了下来，他发誓一般地保证说：他跟李树雯已开始了真正的恋爱关系，而且关系正一步步地稔熟。这桩婚事不像跟以前的林莱贞，更不像与重庆的付小红，这桩婚事肯定能成！

当时，无奈的阿婶听着，信了——看着诚实的儿子，她不信他，还会信谁？于是，她在凄凉的表情中露出一丝笑意，然后，只好又再耐心地等待他下一步的好消息。当时她想，八年隔空隔世的等候，他都等得到丈夫回乡的旷世奇迹了，那么，对于儿子的婚事，她相信，虽是迟到，但总会到。

此后的两年间，尽管周昊南可以迎娶早已愿意向他托付终身的李树雯，但一直没有深圳户口和住房的他对这桩婚事，依然没有底气，就只能继续执行着别人经常建议的“慢慢来”的婚姻政策——他常常自嘲地说：够慢的了，自己都已成为全国晚婚晚育的标兵了！

这时候，阿婶痛苦地喘息了一会儿，又说：“昨晚，你——求神时说的话，我也——听到了。昊南，我生有——你，我——满——足——了。”

阿婶说话的逻辑竟然如此清晰！周昊南瞬间明白了，原来在这九天里，不能言语也不能动弹的阿婶在潜意识里，一直都是清醒着的。太神奇了！原来这九天里，她听到了所有人在大厅里说的所有的话。

看来奇迹真会发生！已跪在席子上的周昊南流下了大喜之泪、激动之泪。看来，是他昨夜诚心的乞求，终于感动了上苍！是天神和主耶稣都终于眷顾到了阿婶！又或者，是长年苦苦打柴种地、仰事俯畜的阿婶，终于以顽强的生命力挺过了这又一难关！

阿婶又断断续续地说：“我不去——茂名市——人民医院。我不去深圳——你要——好好工作，不要——再为我花钱，让我走吧！我——不能连累你。”

大家猛又愕然相对。

突然间，周昊南明白了！阿婶这是不想拖累儿女……怪不得昨天，周昊南在喂食牛奶时，阿婶却决意不肯再吃了。

原来阿婶刚才的情景，只是回光返照！

“你辛苦——打理了我这八天,我——很安慰了。你——要好好——对待——阿雯。我——走——了……”阿婶吃力而模糊地说。

此时阿婶喉咙里涌出了很多白色唾液，呼吸变得特别急促。周昊南赶忙帮阿婶换成左侧睡姿，这样能让她的痰液顺利流出，他又用纸巾把痰液擦掉。可是不一会儿，阿婶头一歪，呼吸就停止了。

他后来才知道，原来这叫作口吐白沫，而且在医学上不论谁到了这一地步，大都是无力回天的了。

正在这时候，救护车的鸣叫声由远而近传来，伴随着急促的脚步声，三位穿着白大褂的茂名市人民医院医护人员赶到，医生仔细检查了阿婶的鼻息和脉搏，然后摇头宣布说：“她去世了。”

“不！——”周昊南手压胸口对着厅堂，从心底最深处喊出了这歇斯底里的一声。

随着这一声嘶号，厅堂里一片失声号哭：“阿婶啊，你还未能享福，就这样离我们而去了……”

周昊南和大哥等人对着阿婶的遗体跪下，头，都深深地埋在了胸前。

第三十九章　惊天孝

刚刚度过中秋的人们，嘴角还留有昨夜月饼的余香。昨夜之月，因为台风大雨，已隐没在云层之中，所以无论它如何圆满，都是留下遗憾，而对周昊南来说，更是一种残缺。“千山鸟飞绝，万径人踪灭。”在这个清早，周昊南内心充满了这样一种虚脱、撕裂的感觉。

在祖屋的厅堂，母亲静静地仰躺着，身穿周昊南刚刚帮她换好的平时她最喜爱的蓝布格子衣服。母亲双目紧闭，嘴巴合拢，脸色红润依旧，黑白参半的头发已梳齐整。她的脸是这样的安详，虽然经历了九天没法言语的痛苦。此刻，她好像无怨无悔，从容得让周昊南依然觉得，母亲仅仅只是还在睡着。

一批人黯然散去，另一批人纷纷赶来。这个平时静悄悄的粤西“留守乡村”里，不知怎么突然间从各处冒出了这么多的老少乡邻，都过来见老太太最后一面，大家无不垂泪，哭泣声此起彼伏。

周昊南默默地走出祖屋大门。八天形影不离的日夜照料，让他脚步沉重，但心情更沉重。他掏出手机，拨通了深圳一家防腐剂制造商的电话后说：“我要订购一副长 1.70 米、宽 0.75 米、高 0.75 米的玻璃匣子，一整套由福尔马林等物质组成的防腐剂、特效长效防虫蚁药，以及装配工具。请用特快专递，加急——加急费由我照付，马上装货，货到付款，明天抵达我这里，我地址和电话——我马上另发手机短信给你。”

“好！照办，既然你是早几天就有订购意向的，所以我们会按时到货。”对方利索回答。

大哥这时候带着儿子外出，在屋东边一公里外的山上，为母亲找好了一处坟冢。

站在屋前空地的大家你一言我一语，都神色凝重地商量着母亲的后事。

大哥回祖屋后叫来了道工佬商量，准备在第二天晚上打斋做法事，唱空灵歌。

“我建议，不要安葬阿婶。”周昊南忽然说。

“你说什么？”大哥、大嫂和二姐等人都惊奇地望着周昊南。

周昊南沉默，他实在不忍心这样让母亲离去，还想在以后回到老家的时候能看到母亲的身影，但母亲确确实实已然去世，这明显是无法逆转的事实。于是，鼓足了勇气的他平静地公开了一个久藏于心底的惊天计划：“我要将阿婶永远地安置在祖屋的厅堂里，将阿婶的遗体放入玻璃匣子，调好遗体防腐剂，永远保存阿婶的遗体。”

仿佛天外一块巨大的陨石突然坠落眼前，大家浑身一震，面面相觑。

德高望重的七旬村长最先站出来严肃表态：“你这样做，是空前绝后的大事，我作为村长负不起这个责任。如果你一定要这样做，那你以后就别再回我们这条村了，你的名字将从全村姓周的族谱中剔除出去！民政所也不允许你这样做，或对你重重处罚！”

并不存心得罪村长的周昊南觉得，自己以后回村的权利谁也剥夺不了；至于自己的名字从族谱中消失，实也无足轻重，就答道：“我愿接受民政所更多、更重的罚款。我只想日后回到老家时，还能看到阿婶！”

村长气得掉头离去。人群中与周昊南关系很熟的一些村民惊骇地问：“不怕腐烂吗？”

“不会，现代科学已相当发达，我曾做过多方面考究。只要调好防腐剂，封好，就可长期保存，跟真人睡着一模一样。”周昊南答道。

“但尸体摆在厅堂，既不吉利，也会吓到人。”大哥说。

“自己的母亲肯定会保佑子女。”周昊南解释。

“可按我们当地的风俗习惯，从来没有谁这样做。”有些乡亲仍然不解。

“是的，但希望大家能体谅我。我给你们讲一则真实的故事。”周昊南说——

在印度南部安得拉邦地区的一个乡村内，有一位名叫赛义德·阿卜杜拉的英语教授。1985 年，他的母亲去世后，因为深爱自己的母亲，就做出了一个骇人听闻的举动：他不忍心母亲埋葬，不忍心让母亲从自己的视野消失，就把母亲的遗体用防腐剂处理好，放入一个玻璃匣子内摆放在家中。为此，赛义德·阿卜杜拉的妻子因不堪忍受他的这个做法而离他远去。这事在当地也引起了相当大的争议。后来赛义德·阿卜杜拉一直完好地保存着母亲的遗体，过着独居生活，他可以天天看到自己的母亲。二十年后，也就是 2005 年 10 月初，赛义德·阿卜杜拉去世。遵照他的遗愿，后人把他和母亲合葬在一起，让这对母子生死都不分离。

大家听后才有所认识，全都感叹唏嘘。周昊南补充说——

在我国魏晋时期有个山东人叫王裒，他母亲生前最怕惊雷。母亲死后，每逢雷雨天气，王裒就走到附近葬母的山林中，在母坟前跪拜安慰说：“裒儿在这里，母亲不要怕。”这是我国历史上的“闻雷泣墓”故事。还有一个丁兰“刻木事亲”的逸闻，说是东汉时期的河南人丁兰，常念已经双亡的父母的养育之恩，于是用木头刻成双亲的雕像，当作父母仍然在世的样子放在家中供奉。他凡事都和木橡商议，每日三餐都敬过木橡后自己才吃，出门前后他都向木橡禀告。据说丁兰还看到了木橡眼中垂泪……

大家都像已被点穴一般，一动不动地瞪大眼睛听着，然后全都啧啧称奇。但无论如何，大哥、大嫂和二姐仍不同意厅堂中“匣子存母”的奇异做法。

阻力其实是在周昊南的预料之中。众命难违，低头沉思的他不得不启用第二套方案，就是会将玻璃匣子装入一副用最优质不锈钢焊好的板架里，然后放入坟冢中。不锈钢板架的作用是承受上面泥土对玻璃匣子的压力。同时，依靠从地面通入坟冢的两排粗大的PVC塑胶管，来保证对地下新鲜空气的输送。PVC管的地面部分设计成倒V形，这既可防御雨水的灌入，又可在每年清明节时，定期向坟冢下面增补超强力的长效杀虫蚁药。周昊南这样做，是想在若干年后开棺时，仍可看到“长睡中”的完整的阿婶——到时还会进行“二次防腐”。由于遗体埋地，苦心孤诣的周昊南不敢保证阿婶的遗体能保存多久，但能多一天就是一天。只要这愿望能够达成，他愿倾尽所有。

这个方案尽管仍然奇特，但好说歹说，毕竟离开了祖屋厅堂，所以最后还是得到了大家的理解和接受。

晚上，又抱着阿婶遗体痛哭的周昊南惊奇地发现，阿婶这时候的身体仍然是热的，周昊南不禁诧异地想：阿婶仍在沉睡？又或者，阿婶一生中顽强的生命力在她的身上万古长存？这样的体温，不正是对生命的渴望吗？他将这现象求教于那位乡村医生，医生首先确切地说，阿婶的确已经去世，但这久久不散的体温连医生也鲜有所闻。他叮嘱周昊南，一定要等这体温散尽才能入殓，否则，将是忤逆不孝。

第二天早上，一辆快递公司的专用小货车快速开到周昊南祖屋东边的公路。停车后，快递人员将一个精心封好的硕大包裹风风火火地送到周昊南跟前，这就是他昨天订购的水晶玻璃匣子和全套防腐剂等物料。

大家将这些物品搬回屋里一起动手。周昊南基本上不用看说明书，就熟练地操作好了。原来，在水晶棺和防腐剂方面素有研究的周昊南，对今天这样的旷世举动早有思想和行动准备。三个小时后，在厅堂中央，他将阿婶已经凉了的遗体妥善地安放在玻璃匣子里。

在阿婶的左耳旁，周昊南放着一部装有“亲情卡”的超长待机可达半年之久的黑色手机。从此以后，周昊南若再拨打这个手机，通了的电话将无人接听。但他仍将继续在每天上午十点拨打，他仍想在电话中问阿婶：昨晚有没睡好？血压有没升高？降胆固醇用的粗燕麦片早餐有没有每天都煮来吃？他也想到了，当某一天，这断电的手机已连接不上时，他还能听到“你所拨打的用户已关机，请稍后再拨”的提示音，但他宁愿相信阿婶因睡着了才没有开机，那时，他或者会对天吼叫一声：“阿婶，快起床开机啊……”

玻璃匣里的阿婶仰躺着，穿了周昊南帮她换上的一身红花寿衣、寿帽和寿鞋。她的面容是那样平静，仿佛真的仍在沉睡。

周昊南在建材店定做了一副相匹配的最优质地的长方体不锈钢板架。

第二天清早，深秋冷风飕飕。在通宵的法事之后，呜咽的唢呐声响起，鞭炮炸响。穿了一身麻布的周昊南和家里人走在前面，在号哭声中，身后是四人抬着的躺着阿婶的玻璃匣子和不锈钢板架，大家一起走向半山腰已经选好位置的坟冢，那正是阿婶年轻时砍柴去卖的大山坡，阿婶在此入土为安。

大家肃穆地立在坟前。周昊南最先跪下叩头，犹如猿猴于深山哀号一般长嚎了一声：“阿婶——”

接着，哥、嫂、二姐、侄儿点起香火香纸，对着阿婶跪拜。

“亲戚或余悲，他人亦已歌。死去何所道？托体同山阿。”迷茫的周昊南默念着陶渊明写的这首《挽歌》。

在坟冢后方，刚刚竖起的墓碑的背面，刻着周昊南写的一首诗：

里面外面
——悼亡母

周昊南

在那遥远偏僻的粤西乡村，当母亲怀我时，
我在里面，母亲在外面。

在我呱呱坠地后，我常常躺在带着蚊帐的摇篮里面，
母亲总是不断地念着儿歌，在摇篮外面。

当母亲背着我插秧、打禾及晒谷时，
我在背带里面，母亲在外面。

年幼玩耍时，我与小伙伴们在山野外面，
时刻惦念着我的母亲啊，在家里面。

我上小学后，我在学校里面，
母亲就在学校外面。

之后，我独自外出远方读书，继而步入社会，我一直在外面，
母亲始终就在村子里面。

终有一天，我与母亲的里外位置互换后永远定格，
是在这天，八十四岁的母亲最终归老，
从此，母亲永远躺在坟茔里面，
而全身匍匐、两眼红肿的我啊，就跪在外面，在外面……

“阿婶，你就这样走完了人生路；阿婶，二十年来我竟无法接你到过一次深圳……”周昊南哭诉着。他深深谴责自己常年在深圳奔波打拼，无暇长伴于阿婶身旁……自责之后，还是自责。

回家后的第二天清早，思母心切的周昊南就再次来到阿婶的坟冢前。跟之前步行不同的是，在晨曦中，这一公里长的路，他竟是以膝头着地，跪着一膝盖一膝盖地膝行到阿婶前面的。早起的村民看着，无不双手掩面，连声发出了这个村子里亘古未有的惊叹。

然后，周昊南在阿婶的坟冢边搭了一个简易帐篷，带着干粮和水的他就痴痴地守在坟茔前，不怕漆黑，不惧鬼神，不顾迷信，人们无法劝阻他的这种行为。周昊南知道自己年幼时，躺在摇篮里的他是听着阿婶的摇篮曲，由阿婶摇着长大的；而今世道悲痛地轮回，已躺在坟里的阿婶就由周昊南陪守在坟冢边，“听”着周昊南如同精神病人一般的傻痴痴的呢喃与悲鸣。

在这样连续两天的陪守之后，那天上午，在他对阿婶作最后的离别时，在离他两米开外的坟冢后枕的柴草中，爬出一条大约六十厘米长的青蛇。从小就最怕蛇的周昊南正要转身就跑，但全身一如翡翠般翠绿的青蛇却并不主动攻击周昊南，而只是停在原地，并没吐舌，还友好地睁大眼睛盯着他。后来，周昊南才慢慢地离开阿婶的坟冢。而一步三回首的他猛地看到，那条青蛇仍是在原地一动不动，只对着他高高地昂起头，然后蛇头微摆，好像是在目送着周昊南的离去……

第四十章 “广交会”游击战

永别阿婶的周昊南在搬入华强北花园新居的时候，脚步蹒跚，心情特别沉重。

那时，他本来待遇还不错的深圳市华钢集团外贸业务员的工作辞掉了，他舍弃了所有家当，只带着那个从安徽带返的珍贵的枕头，搬入了崭新的两房一厅。他心里清楚，这两房中的一间原是为母亲所准备，当初选择住在深圳市中心公园附近的这个位置，也是为了让母亲早晚有个散步的好去处，殊不知人算不如天算……

有时候他在想：如果能换得母亲健在，那他宁愿不要这一套房。

但这一切，都只能嵌入常常让他在深夜惊醒的梦中，或融进他每天对着厅堂中母亲遗照的久久凝视里。

他还不时会梦见母亲，以及母亲坟冢上的那条青蛇。

他需要重新振作起来，决定放弃参与大公司从事的大宗贸易。他看好当时华强北电子数码产品贸易这一朝阳产业，便注册了深圳市蓝天科技进出口有限公司，公司就他一个人，以电脑零配件出口业务为主，他因循挂靠工厂的办法，换得了一个制造商的重要角色。

平常，将住处当作办公场所的他就靠着网线和电话处理业务，一旦需要验货出货，他才开车到工厂。他这样运行的是一个移动办公模式，也就是说，他手机上捆绑了业务 QQ 和电邮，行车中若有业务电邮收到，他就寻找安全路段靠边停车，从车后备厢搬出笔记本电脑，依靠移动网卡，无线上网，在回复完外商的询盘和其他邮件后，再驱车上路。

所以在很多时候，坐地铁的时间，也是他握着手机上班工作的时间。

创业之初，他急需一个平台来激活外贸业务，但是申请十月份秋季“广交会”展位已不可能，从其他公司那里买入，费用又过于昂贵。最后，他决定单枪匹马，到“秋交会”打“游击”。

在这年10月15日的广州琶洲，第108届中国进出口商品交易会一开馆，庞大的参展商和采购商队伍就鱼贯涌入。周昊南胸挂每天三百元买来的“参展代表证”进入展馆，肩背一个比A4纸稍大的挎包，里面装着公司产品目录彩页以及名片、计算器和笔记本。他知道五号馆二楼是计算机及通讯产品展馆，所以先花一个半小时走遍了每一条通道，看清每一个展位上面的公司名称和参展人员。他发现有十家展出鼠标的企业，就锁定了位置最好的展位，站在这个展位的不远处。

“同志！你的证件！”两位值勤的武警战士突然走过来威严地对周昊南说，他吓了一跳，因为不管是有没有展位的人，都不允许在展馆内到处派发资料的。但没想到武警战士只是告诉他，参展代表证戴反了，只是要核实一下他证件的真伪而已。他这才唯唯诺诺，惊魂稍定。

被周昊南盯上的展位属于深圳一家电脑配件产品进出口公司，这是一个相当专业的全部摆满鼠标的展位。周昊南看着远方，只见一名身体黝黑的外商从摊位里走出来，就悄悄地跟了上去。两人一前一后地走到G通道的尽头，他赶上两步，果断用英语对这位外商说：“Hello！做鼠标业务吗？”

“你要干什么？”被打搅的外商一愣，用英语问道。

周昊南赶忙介绍说，自己是做鼠标出口业务的，想给他一份自己的鼠标产品目录。

“你是制造商吗？”外商对出口商是否属于工厂角色视作首要条件。

周昊南公司其实就是一个贸易商，但无论如何他得首先承认是工厂，否则目录就派不出去。得到肯定的答复后，外商欣然接下周昊南的目录，放入手提包里。然后，周昊南接过对方的名片，他终于顺利派出第一本目录。

不久，展馆拐角处发出吵闹声。周昊南望去，两名保安正扭着一年轻人往保卫科走去。原来这年轻人站在过道上对来来往往的外商派发目录，所以保安对这人的目录进行了没收处理，而且还没收参展证并将这年轻人逐出展馆。周昊南这才看到墙壁上一张通知的第八条，赫然写着“严禁在过道内派发宣传资料，否则……”这一处罚事项。

在金碧辉煌的交易馆内站着，周昊南不禁打了个寒噤！原来交易会比以前管得严多了！他下意识用手摸了摸自己背包里的目录，看来这目录不能轻易拿出来了。但他又想好了，只要不是纹丝不动地站在某一个地方，而且是在游走间问清外商真正有需要时，再递上目录，那么被发现的可能性就不大。

突然，从另一个展位里面走出一位一看就知道是来自欧洲的外商。周昊南觉得机不可失，就紧跟上去。不料那个外商越走越快，边走边接听手机，周昊南就相应地加快了步伐，一直跟到了远处的工艺陶瓷展馆。就在周昊南想放弃再跟他的时候，那外商终于停下了脚步，原来他在急着找自己的同事。周昊南审时度势，果断地走到商身边说："我可以将我的鼠标目录给你吗？"

外商先是惊愕，然后宣称他并不做鼠标业务。

骗人！周昊南心里说，因为他刚才分明看到外商在展位上指点着那些鼠标，而且举着计算器与业务员讨价还价，还对鼠标样品拍了照。现在，周昊南好不容易把他追到了，外商却说他不做鼠标业务……

但周昊南还是只好说声"sorry"怅然离去，沮丧地走回计算机及通讯展馆。

展馆楼顶的空调机强劲地输出冷气，国内参展商、展馆工作人员、清洁工人、各语种翻译以及各国外商来回穿梭。周昊南慢慢踱步，又来到五号馆入口。这里的门边不论什么时候都会摆有两张椅子，以方便客人休息。他忽然想，入得这展馆来的多半属计算机及通讯产品买家，正巧那椅子就坐着一位满头大汗的黝黑外商。周昊南赶忙在他旁边的一张椅子坐下，主动向他打招呼说："Hello！ Latoku 先生，在此见到你真好！"

Latoku 看到周昊南居然叫出了自己的名字，就以为是从前见过面的老朋友。两人一下子就感觉亲近了许多。其实周昊南掌握一个小窍门，每个外商胸前都挂着一个"Buyer（采购商）"证，周昊南老远就看到了这些外商证件上面印的名字。对于这一位"Latoku"，搭上话后的周昊南就跟他聊起鼠标业务，拿出袋子里的一本目录来问："对电脑鼠标感兴趣否？"

Latoku 收下了。

周昊南窃喜，好不容易找到一个可坐下来跟外商面对面洽谈的地方，这里还有桌子，也可以大大方方地铺开笔记本做记录了，同时正儿八经地敲打计算器。这位 Latoku 是苏丹的一个电脑周边产品进口商，他到广交会是来寻找鼠标制造商。比如，有线光电鼠标，在苏丹可卖 USD5，而周昊南给他的只是 USD2.2 的到岸价，利润率居然超过 120%！

第一天，时间眨眼就到了下午。周昊南就这样游弋在展馆的各条走道，实在累得不行，就回到门口那个椅子小憩一下。他只针对那些在鼠标摊位上看过、问过、摸过和谈过的外商，以保证自己弹无虚发。他想，与其那样漫山遍野地散发目录，还不如扎扎实实地确认目标，然后拿下目标。

到了 10 月 17 日，也就是交易会开馆后的第三天中午十二点光景，周昊南看到一对外商夫妇在一个展位上坐了很久，一动不动，当然，他们的眼在动、手在动、嘴在动。他们摆动着桌上的鼠标样品，同时拍照，也许是双方语言沟通有些障碍，他们与参展商代表不断地比对样品，交换计算器上显示的数字，那是在讨价还价。

站在不远处的周昊南以鹰一般的眼光注视着这一切，他暗暗鼓励自己：我一定要将这两个客户拿下！ 所以他静等他们谈完后远离这摊位，到时他就会立刻上前搭讪。

忽然他手机铃声响起，是李树雯的来电。她以甜润的声线，关心地问他参加“广交会”的效果怎样。她的电话让他感到了极大的鼓舞。可他眼睛不敢离开盯了多时的目标，只简单与她说了几句，就把电话挂了。

周昊南坚定了不撞南墙心不死的决心，眼看着两位外商与展位代表开始共同吃起了午餐盒饭，周昊南咽了一口口水，决定继续等。

晕，饿得头晕。这时他很想喝一口水，但他不能离开现场去买。

外商越是不肯走，就越明显是一个大客，是相当真实的买家，于是周昊南就越是要等。

站起来了！站起来了！当北京时间到了下午四点的时候，这对夫妇终于站起来了！他们坐着的四个小时，就是周昊南站着忍饥挨饿不敢远离的四个小时。看到那对夫妇移步离去，周昊南抖擞精神举步跟上。

这对夫妇径直走出了五号展馆。

人潮汹涌之中，周昊南正要加速走到与他们比肩的位置，但突然间，刚才展位上的一位女外贸业务员背着挎包满面春风地跟了上来，然后与两夫妇一起三人并肩往前走。他们三人转乘扶手电梯下行，一边说笑，一边前行。周昊南心想，说不定是外商不认识路吧，这位业务员肯定是带路的，那么要等他们分手之后再找话茬。于是，他还是以相隔五米的距离跟着。

三人出了展馆大门口后，进入新港东地铁站。他仍不紧不慢地跟着他们三人，可周昊南完全想不到的是，那业务员掏出三张五元纸币，买了三张地铁票，然后又是三人一起走向地铁闸口。

跟，还是不跟？ To be，or not to be？这时候的周昊南再一次犹豫了。但如果这个时候放手，他将前功尽弃。人来人往，眼看他们三人就要入闸了，周昊南果断将五元纸币投入售票机购买了地铁票，继续跟上这三个人，一起上了刚好到站的地铁列车。这时，可能是紧张的原因，他疲惫笨拙的身体不幸让车门夹住了。瞬间，“嘟——”的一声警笛响起，车门再次打开，然后重新关上，众人埋怨的目光都聚焦于他。好险！好笨！他对自己暗骂一声。

地铁车厢内异常拥挤。周昊南挨在他们三人旁边，听到他们在谈着广州，谈着亚运。一路听着他们谈话的周昊南知道了，两夫妇住在流花宾馆，他们带的一个待开发的蓝牙鼠标样品放在宾馆里，要让那个业务员跟着过去拿。

周昊南在地铁中再次产生了打道回府的念头，然而强烈的不甘心驱动着他的步伐继续跟进。他心想，即便最后搭不上话，他也愿赌服输。

当四人走出火车站地铁出口的时候，周昊南拉长了一些跟踪的距离。过马路，让车，走走停停，终于来到了流花宾馆。他坐在大堂沙发，一边佯装看报，一边斜睨着他们三人。他看到，两夫妇上楼又很快下来，交给那个业务员一个小包裹。然后他们一起走进了西餐厅，在中间的一张桌子边上坐了下来。

五分钟后，软绵绵的周昊南从沙发站起时，强烈的饥饿感在摇晃着他的身体，他只好走进了西餐厅北边的一个角落，那里可以清楚看到他们三人的位置。周昊南点了一个黑椒牛柳快餐，但五十元的单价可让他心痛了。

慢慢地，远近都亮起了灯。西餐厅内一直响着悠扬的音乐，那是一首经典的《无心快语》。当西餐送上来的时候，周昊南像是一个刚从废墟救出的弃儿，狼吞虎咽起来。快吃完时，他弱弱地问了一下侍应，能否免费加饭？侍应愉快地满足了他这额外需求。他看着外商三人还在谈笑风生，不过周昊南心想，我就不相信那业务员还会跟着进到他们房间去，要去刚才就去了，干吗还在楼下等？

快八点时，他们三人终于结账了。那业务员与两夫妇挥手作别，然后头也不回地走出宾馆大门。

两夫妇再慢慢地走向宾馆的电梯时，周昊南紧走几步，与两夫妇一起走入电梯。

谢天谢地，偌大电梯内就只有他们三人了。两夫妇按了十一楼，周昊南深吸一口气，终于开口了：“对不起！很抱歉打搅你们两位！”

“什么事情？”高大的外商夫妇先是愕然，然后微微退后。

周昊南说：“今天在‘广交会’见到你们两位是做鼠标的，自己也做鼠标，所以一直从‘广交会’跟到这里。”

两夫妇惊呆了！然而他们的目光告诉他们，的确与周昊南很面熟，都说怪不得今天总感觉有一个影子在跟着他们。他们说在“广交会”接到不少派发目录的中国的外贸业务员，但像周昊南这样竟然从“广交会”跟到流花宾馆的，参加“广交会”多次的他们却是第一次遇到。与此同时，他们不无惊恐地问，你不是私家侦探吧？

电梯很快到了十一楼，三人就站在楼道里继续说话。周昊南问，自己可否派发鼠标目录给他们？

两夫妇好像找不到拒绝的理由，然后问：“请说你名字！”

“Bruce Zhou（布鲁斯·周）。”周昊南一边说，一边与他们交换名片，“你一定知道布鲁斯·李！”

“Why not（怎么会不知道呢）？”

周昊南没想到这夫妇俩都是李小龙的超级粉丝，所以一提到李小龙，好像就有说不完的话题。两夫妇热情邀请周昊南进入自己住的房间，他们谈着李小龙，当然也谈了鼠标的样式和价格。通过交谈，周昊南知道这对夫妇来自德国，男的叫梅川那依，女的叫卡罗琳。

夜里十一点，周昊南从流花宾馆回到了借住的老乡家，一身疲软的周昊南感觉全身已经虚脱。就在这时，李树雯又一次来电，她的嘘寒问暖，让周昊南的内心再一次充满了动力和温情。

坚持到最后一天时，周昊南如有神助，那一番情景，正是山水有相逢！

由于这一天是外商到访高潮已过的最后一天，“广交会”都会提早闭馆。其时，参展商和采购商们都像蚯蚓一般向展馆出口处慢慢蠕动离馆。又站了一天的周昊南两腿都实在难以搬动，于是整个队列的慢速移动正好迎合了他的疲态，他正准备找个地方歇一歇，甚至想一屁股就跌坐在地上，哪怕是只有五分钟的休憩。

在他的前面，是一个中等身材的黝黑外商，这外商最明显的体征，就是脖子后面长有一颗形状如蘑菇般大的黑肉痣。周昊南的记忆瞬间穿越时光隧道，立马就打捞到了这位外商多年前在自己脑中清晰形象的沉淀，他就猛地大力一拍这位外商的肩膀，用英文叫了一声：“亲爱的帕里奥先生！”

“嗯哼？”对方微笑地回头应了一声。

四目相对。

没错！这就是曾经让周昊南先甜后苦的在以色列“跑路”的帕里奥。在多年后的今天，谢天谢地，双方狭路相逢了！

当帕里奥醒悟过来是怎么一回事后，马上绷紧了脸，他突然推开拥挤的人群，冲出闸口，沿着新港东路往西，夺路狂奔。

“追！”周昊南对自己喊了一声，身体猛一抖擞，深吸了一口气，就脚底生风。他也拨开人群，不顾一切紧追在帕里奥身后。

看着这追逐一幕的路人不知就里，都感疑惑。两人一前一后，在面对新港东路时，帕里奥不顾危险而横冲过去。与他相隔五米距离的周昊南继续尾随。尽管又站了一整天，但他心里只有一个念头：再累也得追上！他们两人这样猝然冲过马路，以致路上行驶的车辆不得不紧急刹车，地面就出现了长长的轮胎擦地的车胎痕。

从以前流花路的“广交会”展馆到现在的琶洲，每年两次定期到中国“掘金”的帕里奥这次亦如期参加“广交会”，入住新港大酒店。这时候，找不着酒店方向的他在慌乱中，就冲入了前面的一家医院。虽快到下班时间，但人满为患的医院从来就不缺人。帕里奥一拐弯，就消失于蹒跚行走的患者和看护人员之中。站在医院大厅的周昊南左看看，右看看，愣是发现不了帕里奥的踪影。

藏在一处拐角的帕里奥没看到周昊南的身影，惊魂稍定，但胸膛仍然急剧地起伏。或许，由于一天都没怎么喝水，跑累了的他正急需补充能量和水分。又或者说，为了下一步的狂奔，此刻，他急需喝一点水。

正在这时候，一个弱小女子从他面前经过，她的手里，正端着一个只剩三分之一黄色饮料的没有盖子的宽口矿泉水瓶。帕里奥一眼瞅见这像橙汁一般的饮料，就像饿虎扑食一般抢了过来，一口往嘴里灌。

“你不能喝！”弱小女子大叫了起来。

可帕里奥管不了这么多，女子越叫，他就喝得越快，再说，他根本就听不懂这中国话。

“你不能喝！”弱小女子跺着脚继续大叫。但帕里奥木无反应，“饮料”眨眼间已被全部输送入了他的胃中，还用舌头舔了一下嘴唇，然后他丢掉空瓶子，准备继续逃走。

弱小女子啼笑皆非，她仍在大叫：“我要送检的尿液你也喝？害得我又要喝水准备了，我本来就排尿困难！”

一大帮人站在旁边哄笑。

循着不断响起的大叫声，周昊南追了过来。

当帕里奥再要拔腿时，周昊南那铁钳一般的大手就将他拖到了医院大厅的公共座椅旁。

大堂里走走停停的人们都不解地看着这一幕，有人甚至对这个不尊重外商的中国人颇有微词。

帕里奥只好乖乖地在座椅上坐好，周昊南坐在他对面，两人都气喘吁吁。

“我不是你要找的帕里奥。”外商英文的意思如是说。

“那你是谁？”周昊南未免一惊。

“我是他的堂弟。”

“堂弟？”周昊南还未能从疑惑中走出来，就问，“那你为什么要跑？”

“你追我，我能不跑吗？”外商自圆其说。

“那我为什么不追别人呢？别人又为什么不跑呢？”周昊南反唇相讥，然后再问道，“你真的是帕里奥的堂弟？”周昊南知道，长得相像的外商也有不少，如果对方真的是帕里奥的堂弟，是不同的当事人，那他还是无从追究当初那份合同的责任。他一边想，一边目不转睛地盯着“帕里奥”。周昊南也认为，可以有更多的人长有同样大小的肉痣！对方既然矢口否认，那怎么办呢？他忽然灵机一动，就要求对方手签一下帕里奥（Pario）这个名字，对方就用右手在纸上轻描淡写地写了起来。

“用左手！”周昊南要求对方说，他清楚记得帕里奥是个“左撇子”。

对方只好换用左手来写字。

周昊南觉得，不同相貌的人的姓名可以相同，不同姓名的人的相貌也可以相同，但是不同的人的签名，绝对难以相同，或者说签名相同的概率实在太微太微，所以在国外，判断一张银行支票的真假，关键的不是看公司印章，而是别人无法摹仿的当事人的亲笔签名。

多年以来，潜心研习中文书法的周昊南对英文也具备了异乎寻常的笔迹鉴别能力。这下可好，当他拿到对方的亲笔签字后，他记得，当初帕里奥书写这个“r”时，不会像绝大多数人书写的“r”印刷体，而是娴熟、漂亮、一气呵成的手写体“r”，它就像是在草丛中弯弯地昂起头的一条微微吐信的小蛇，相当夺人眼目。这跟深受法语影响的越南人手写的那个“r”极为相像，很多英语特别优秀的人都未必写得出如此漂亮的“r”。而能满足“左撇子”以及“写得娴熟、漂亮、一气呵成”这两个条件的，在周昊南的视野中就有且只有帕里奥一人了！

多年前因为合同的失败，周昊南曾常常对着那份合同发呆，无奈的他不停地书写着帕里奥的这个名字，然后画上一个代表愤懑和攻击性质的大叉叉！所以对帕里奥所签的笔迹记忆犹新。如今，经过认真审视，他终于可以从这笔迹上确认：面前的这人，正是当初在国贸大厦旋转餐厅上与之当面签约的帕里奥！

他将这些依据向对方一五一十地阐释，还胸有成竹地说：“我可以将你的笔迹，参照你在我们当初合同里的签字，走法律程序，进行司法鉴定，我可以保证情况属实，你就是当事人帕里奥，那么，你将赔偿更大的损失！”

帕里奥只是随手一签，没想到却成为了周昊南做笔迹鉴定的标本，更想不到周昊南在英文书法方面具有如此高深的造诣。毕竟做贼心虚，帕里奥只得垂头丧气地承认了。

“既然如此，我们都得真诚地面对当初的那份合同。我想，我们的业务问题，不需惊动公安部门吧？”周昊南警告对方。

“你的那批货质量有瑕疵。”帕里奥却又狡辩。

“但你收了货，就等于默认和接受了货物的瑕疵（若有）！我们合同里有个条款，收货后如果发现有质量问题，那么必须在七个工作日内向出口商反馈！”周昊南反驳说，“但你反馈了吗？就算有质量问题，你当时为何不联络我，进行索赔呢？为什么你的电话、传真号码全都成了空号呢？”

自知理亏的帕里奥最终没法逃避。

在大家热切关注的目光中，帕里奥羞得脸皮像六月的杜鹃那样深红，他只好从口袋里拿出钱包，痛苦地抽出三十二张绿色的美元纸币，每张一百元。

周昊南将美元一张张往桌上的白纸一擦，白纸上就出现了一道绿色的印痕，然后他两手捏着美元的两端，快速地一拉一抖——“啪！”的声音清脆作响。他再用手捏捏纸币，质地坚硬，同时对纸币进行目测。他这样小心地验过真伪，才写下收条，然后将一张百元美钞退回给帕里奥说：“我没零钱找，剩下的七十六美元，我就不收你的了。”

帕里奥沉默。

“欢迎你再下油画订单！我会让我们大芬村的画工画一幅最逼真的人物肖像送给你，那将是你的肖像！你的嘴脸！”离开酒店大堂时，周昊南主动地握住了帕里奥的手，笑逐颜开地说。

没有作答的帕里奥只是低着头，悻悻然走出医院大厅。

第四十一章　出奇制胜

从“广交会”回到深圳后，周昊南最先接到的询盘不是关于鼠标的，而是泰国客户 Chin 从曼谷打来电话咨询的另一产品，她用英语问周昊南：“你能不能供应生物显微镜？”凭语感，周昊南听得出 Chin 是以泰文为母语的本土泰国人，英语应是她第一外语。

“可以。”周昊南答。

“但你必须是制造商，如果是贸易商，我不予理会。”Chin 强调。

周昊南犹豫了，但脑筋一转弯，就说：“是的，我们广州昱日光学厂专门生产生物显微镜，我公司持有这家工厂对泰国市场的独家出口代理权，我可以让工厂出具这一证书。”

“那好，我需要八百台，你报给我 CIF 曼谷到岸价。”对方回答。

其实周昊南并不是广州昱日光学厂对泰国的独家出口代理，但在华强北混的时间长，就学会了潮汕人“先把生意揽下来再说”的理念。随即他打通了广州昱日光学厂朱厂长的电话。朱厂长的话让人一听，就知道是一位女强人。他对朱厂长说，为了开拓泰国业务，你能不能出具他作为泰国独家出口代理的证书？朱厂长的产品从没进入过泰国市场，就应承了，但条件是三月内必须签单，否则无效。

第二天，周昊南就收到工厂特快专递寄来的代理证书，他扫描好后通过电邮发给了客户，同时报出相匹配的生物显微镜 L2100 型号的价格。之后两天里，双方经三轮讨价还价，终于谈拢。在付款方面，Chin 提出采用信用证方式，周昊南觉得公平合理，可以接受，不过他又愣是说服了对方接受签约后预付 50%，在货物装船前再支付 50% 余款的合同条款。

然而周昊南在出货数量上犯难了：是八百台一次性出货，还是分批呢？尽管这完全由周昊南自行决定。他觉得让八百台产品一次性出货当然最好不过，工厂刚好也有现货，但由于是新客户，万一出了问题，数量越大，风险越大，责任也就越大。为了在一定程度上降低风险，他决定老老实实地分两批出货，先出二百台，权当试单；一切顺利的话，再出第二批余下的六百台。

只是还有一个条款，Chin 要求在货物内挂一个 QC 吊牌，周昊南将这一方案转告朱厂长，得到的回答却是不行，声称从来不曾这样操作，而且宁愿不接这个单，也不做这样的配合，但她欢迎周昊南亲自带客人到厂里来当面磋商。难以理解此意的周昊南心有不甘，这时候也不可能让外商到厂，但转念一想，就又答应了 Chin 的要求。

几天后，货物运抵周昊南公司租用的华强北仓库。周昊南过去将二百箱货物一箱一箱地拆开，把他事先让印刷厂印好的二百个精美的 QC 吊牌，一个一个小心地悬挂在生物显微镜内的棱镜位置，然后才将这二百台货物一台一台地装回。为了让自己的首单业务顺利完成，也为了节省费用，他没请工人，而是自己亲力亲为地干了整整三天时间。

当他核对公司银行账户，在确认收到 50% 余款后，货物顺利报关，装船出口。

没想到这货一出，居然有一位名叫马拉车夫斯基的外商也发来了关于生物显微镜的询盘电邮，这是在那天中午，周昊南在“广交会”餐厅吃快餐时主动聊上的俄罗斯客户，当时双方只是交换了名片。马拉车夫斯基回国后拟购入四十台生物显微镜，但同样强调，非制造商则免谈。更有甚者，马拉车夫斯基在下单之前，将不远万里从莫斯科飞来中国看样品、看厂，马拉车夫斯基还一再表示：严正拒绝跟贸易商合作。

生物显微镜是广州昱日光学厂的拳头产品。周昊南觉得，如果带马拉车夫斯基到广州昱日光学厂看厂，不是不行，却容易为人作嫁，因为这工厂一直驻扎着一家名为 LQ 的进出口公司，工厂自己接的出口订单，全都由 LQ 公司代理出口。自己一旦带外商踏足这家工厂，业务就必将旁落于这家对外商“有杀错，无放过”的 LQ 公司。

怎么办呢？周昊南又陷入了沉思。他知道，广西桂林光学厂与广州昱日光学厂都是有二十年生产历史的显微镜生产厂家，但广州的主打生物显微镜，桂林的专做体视显微镜。生物显微镜和体视显微镜有分歧也有共同点，非行内专业人员就难以识别其异同。

周昊南就打通桂林市光学厂张厂长的电话说：“你能不能将我蓝天公司视作

你厂在深圳的出口代理处？能否出具一份你厂驻深圳出口代理处的证书给我？三个月有效期。”

“我听说你跟广州昱日光学厂签了八百台显微镜的大订单，我正想找你。我们也想在深圳成立出口代理处。但这份证书，不是你想要就能给的，我得向厂里交代。最起码，你我得有过业务关系。”张厂长说。

“要怎样才算是有业务关系？”周昊南问。

“首先是你们蓝天公司要向我厂买过货，要有交易记录，三几台显微镜都行。”

放下电话的周昊南又陷入了思考。

过了十分钟，他又拨通张厂长的电话：“我现在马上与你签二十台 GL-99TI 的体视显微镜合同，下午我款到，你就发货。那么过几天，我就带俄罗斯外商到你厂。”

“这么快？那这合同一签完，我就给你发证书！”张厂长为周昊南业务的高效率感觉惊讶，一个新买家在十分钟内签订一张二十台体视显微镜的合同，这甚至比股票交易和外汇交割还快。

其实，周昊南无法在十分钟之内找到买家，这一买家事实上就是蓝天公司，或者说是周昊南自己。他只不过是先买下了这二十台体视显微镜当作库存，他知道这一型号的产品在华强北不愁销路，那些 IC 裸片、LED 和 PCB 板生产厂商对这产品都有需求，所以他可大胆购入。这单交易让他顺利获得了桂林光学厂驻深圳出口代理处的资格。

几天后，从深圳直飞桂林的周昊南在桂林两江国际机场等候，将由莫斯科经停北京飞来桂林的两位俄罗斯客人接到桂林光学厂。人高马大的马拉车夫斯基头发棕黄，汗毛直竖，与他同行的是壮实中显胖的助手兼工程师卡博兹，这卡博兹讲得一口流利的英语。

那天在桂林光学厂，周昊南和张厂长陪同两位俄罗斯客人参观宽阔先进的模具、研磨、装配、成品车间和仓库。人到中年的张厂长已有丝丝白发但红光满面，从一名普通工人做起的他全待过这些车间，工厂里不存在他没做过的工种，也没有他不曾坐过的凳子。工厂改制在即，他将顺理成章成为董事长。周昊南带他们进入偌大的样品间时，壁橱的柜台里摆满了各类体视显微镜整机以及物镜、目镜、钨卤素灯和冷光源等零部件，屋子中间的展台上放着一台硕大沉重的生物显微镜样板。

卡博兹用显微镜测试了血液标本，调节各部件的功能。

俄罗斯客人最后表示：样机测试 OK！样机买走做大货验货比对之用。

首战告捷，周昊南当天下午就跟两位俄罗斯客人坐同一班机飞返深圳。

回到华强北后，周昊南引导两位首次来到华强北的客人采购了一批日用电子产品，然后在华强北圣庭苑酒店宴请了他们。夜渐深，走出酒店门口接听手机的周昊南忽然看到，卡博兹也站在门口打电话。周昊南竟然听到卡博兹在电话中说着纯正的普通话！噢，My God！周昊南赶忙退回房内。卡博兹一整天与他沟通时说的是英语，他还自以为卡博兹只会说俄语和英语，原来是卡博兹刻意假装不懂中文，以刺探对手的商业机密。周昊南这才警醒：以前自己在广州外贸学院读书时，学中文的老外并不多见，可如今在华强北，很多外商跟中国人使用普通话甚至是粤语砍价。周昊南心想，商场险诈多端，更得随机应变了。他回想了一下，幸好今天在跟张厂长的对话中没出现什么破绽。

第二天上午，周昊南在宝安机场送别两位俄罗斯客人，跟着就马不停蹄地赶回公司处理其他业务。

这时，在飞机上的马拉车夫斯基正陶醉着依靠这一产品打开俄罗斯电子工业市场，但他以及通晓中文的卡博兹都永远不会知道，他们带走的这一台沉重的生物显微镜样机，并非桂林光学厂的产品，而是广州昱日光学厂的样机，是周昊南特意从这工厂买下的样品，然后像搂抱着亲生儿一般飞到了桂林，并摆放在桂林光学厂的样品间内，任由俄罗斯客人考究。

周昊南对自己将两家工厂产品的移花接木曾一度心存忐忑，但很快就释然于怀了。你且莫管我在哪家工厂生产，反正我能保证货物跟样品完全相符，参数绝对正确，横竖都是“中国制造”，自己并无违约，这就行了。

马拉车夫斯基回国后以电邮方式签约，并电汇了 30% 的预付款。然后，周昊南向广州昱日光学厂下达了四十台生物显微镜的订单，开始生产。一个月后生产完成，在收齐 70% 余款后顺利报关出货。这单子让周昊南每一台货物净赚一万元，他实现了四十万元的单笔利润之巨！

只是那泰国客户收到二百台生物显微镜之后，不再执行余下的六百台的订单，后续订单就此夭折。

在忙完泰国和俄罗斯单子后，他终于接到了关于鼠标的三个询盘，其中两个是印度和巴基斯坦的客户。这些印度买家，几乎派员天天睡在华强北，所以对中国通讯产品价格了如指掌，价格对他们没有最低只有更低，所以只有一个荷兰的询盘尚有可为。

这天晚上十一点，周昊南在家里打开手提电脑，用 Skype 打通了对方的电话。

“我这里有你在‘广交会’给我的目录。”身处荷兰的进口商穆罕默德用英语说。

“穆罕默德？你这名字我很熟悉。1992 年 1 月的时候，你是不是做五金工具的？”周昊南问。

“是啊！你怎么知道？”对方觉得惊奇。

“你当时是不是跟招商（福田）进出口贸易公司一位叫 Bruce Zhou 的外贸业务员签过合同？当时签约地点就在蛇口上海酒家，你当时穿着一身白色长袍……”

“让我想一想，我只去过三次中国。Bruce Zhou ？是啊，你是——Bruce Zhou ？”

“对呀！”周昊南大叫一声。

“原来是你！”穆罕默德也激动地说，“我很多年没去‘广交会’了，那年跟你做了一单之后，再也联络不上你，我就不做五金工具了。最近这些年，我改做电脑周边产品。”

于是周昊南提议，两个人打开电脑 MSN 视频。是的！将近二十年了，双方不曾谋面。而今，蓄了满脸胡须的穆罕默德和饱经磨砺的周昊南都变得老成持重了。然而友情归友情，在商言商。穆罕默德说：“你原来的招商公司是一家贸易公司，现在时代不同了，我必须跟制造商做生意，否则我不签约。”

“这——”不过，周昊南瞬间找到了应对办法，就说，“我们有工厂，你可以过来看厂，然后再签约。”

“我们在中国有代表处，也在深圳市福田区。”穆罕默德说。

周昊南一听，不禁慨叹：现在的外商做电子生意，都打到我们中国的电子心脏地带来了。

周昊南公司在鼠标方面的确只是一个贸易商。如果这生意可做，周昊南会将单子下给宝安区西乡的一家鼠标工厂。他随即跟鼠标工厂文厂长通了电话，提到了外商看厂问题。只是，文厂长的厂名跟周昊南的蓝天公司格格不入。这怎么办？周昊南深思熟虑之后，对文厂长耳提口授，让他到时如是这般地配合。文厂长应承，还对周昊南称赞说，你这个变戏法的招式，真叫一个绝。

几天后周昊南将穆罕默德的中国代理 Eli 接到了公司。Eli 蓝眼高鼻，一看就知道是纯正欧洲血统。Eli 也讲一口流利的英语，经周昊南巧妙投石问路试探，在确认 Eli 的确不会中文后，周昊南才放下心来。两人在公司小坐后，就开车来到西乡看厂。

车子在北环大道一路驰骋，四十分钟后到了西乡。周昊南将他带到工厂楼下，双双走进办公楼。在二楼门口，一幅中英文对照“深圳市蓝天科技进出口有限公司”的牌匾鲜明地挂在门口的墙上，Eli 忽然停步，出神地看着上面的字，久久不愿离去。“这种是什么字体？”Eli 笑着用英语问。

莫非 Eli 认为这种字体也有问题？周昊南慌了神。

“我准备从下周开始学习中文，参加培训班，还要学习中国书法，我很喜爱中国书法。”Eli 指牌匾上的中文说。

周昊南这才舒了一口气，就如实相告：“这中文是我国柳公权所创的柳体书法，那英文体其实就是英文最常用、最漂亮字体 Times New Roman 的手写体变异——你肯定懂的。实不相瞒，这块牌匾上的中英文全是我的手迹。”

“你？”一脸惊讶的 Eli 看看周昊南，对他竖起了大拇指。

“我的工厂，用上我亲笔书写的字，这才是亲上加亲嘛！”

周昊南将 Eli 领到厂长办公室后，自己就端坐在文厂长的大班椅上，而且吩咐文厂长为 Eli 倒茶。周昊南向 Eli 介绍生产设备 SMT 贴片机和鼠标原材料 IC 芯片，以及生产流程。Eli 的眼睛骨碌骨碌地转，大家相谈甚是投机。

离开工厂后，周昊南宴请了 Eli 一顿麦当劳。啃着牛柳汉堡的 Eli 给老板穆罕默德打电话汇报说：周昊南的确是制造商！

鼠标订单终于签署。

其实，当时在厂里，文厂长只是临时配合周昊南，他还装作周昊南的下属来斟茶递水；至于门口墙壁上“深圳市蓝天科技进出口有限公司”这一中英文牌匾，是在 Eli 到厂前，文厂长临时性地卸下了自己的厂名，然后改挂上周昊南的公司牌匾。而等 Eli 前脚一离开，文厂长就换回了自己的厂名。

迟些 Eli 再来厂里验货时，两人还将再如法炮制一次。

Eli，就活脱脱地成为了《三国演义》中酒足饭饱之后与周瑜“同榻而眠”的蒋干。

第四十二章　假途灭虢

近期外贸征战势如破竹的周昊南，在9月中旬突然接到东兴中年商人陈义权的紧急电话！

四年前，在东海大酒店举行的那场定金和收条相互返还的仪式上，两人有过一面之缘。

而今，刚从越南回国的陈义权首先热烈祝贺周昊南三年前赢得了与冷斤苛的官司，还恭喜周昊南最近的外贸生意做得顺风顺水，然后说他从越南带回了两支小塑料瓶包装的胶水样品，这是拜越南西贡商人阮棉棉所赐。作为日用化工品，这胶水目前在越南和邻国柬埔寨已卖到断货，供不应求。由于越南没有这样的轻工业生产厂家，就只得向相邻的中国寻求进口。在越南和柬埔寨两国政府都有相当可靠关系的阮棉棉已跟这两国买家签订了长年供货意向合同，他将按每星期的进度向中国购买胶水，每批货共一百箱，每箱装一千二百支，合计十二万支。每月需进货四批，那就是四百箱，亦即四十八万支，在中越边境交货，再报关出口。所以，向来不懂胶水业务的陈义权说他讲完电话后，就会将样品以特快专递寄给周昊南，并千叮万嘱周昊南火速找货！说是随着中国与东盟十国双边贸易的逐步扩大，对越来越多涌现的出口商机的把握，要快！要快！

本来，已侧重于电子数码产品出口的周昊南自认品种不宜做杂，然而想到腾出一点时间找一下胶水货源，又未尝不可，再说陈义权这电话打得仿如花木兰从军，声声战鼓，催人上阵。真个是时不我与，时不我待。三个字：急！急！急！

第三天收到样品后，周昊南发觉这其实就是与国内502类似的普通定型胶水，多做金属、塑料、橡胶和皮革等的瞬间黏合之用。他就先进行网络搜索，再躬身到深圳一些商场、杂货店，还发动朋友帮忙打探。一星期后到了9月20日，居然还找不到相匹配的生产厂家！

他将这结果致电陈义权。

陈义权就说，阮棉棉讲过，如果找不到供应商或工厂的话，就打电话给他吧！然后将他的手机号码告诉了周昊南。

打向越南的国际长途电话，每分钟六元人民币的费用还不算很高。不会中文的越南人阮棉棉说的就只是越南语，此刻周昊南不禁莞尔：当初强化进修的越南语又派上用场了。阮棉棉在电话中告诉周昊南，他手中有一个名叫刘荣铭的中国胶水供应商的手机号码，是他从另一家越南胶水进口商GI公司那里好不容易偷窥才抄来的，但他与刘荣铭从没见过面，也从没打过电话。阮棉棉还郑重其事地叮嘱，这电话号码切切不可透露是由谁所给的，更不能让第三者知道这电话号码哦！

周昊南马上打通了这个手机号码。这原来是在海口注册的手机号码。对方一开口，就对周昊南哈哈大笑说："你找我，算你幸运，找对人了！"

"那好啊！你认识越南商人阮棉棉吧？"周昊南问。

"不认识，但认识我的越南人可多了去了。"刘荣铭答，然后宣称作为进料加工企业，他的海口工厂起用了从越南进口的优质天然橡胶原料，所以质量属全国最佳，连502也无法与之媲美。

接着，刘荣铭又说，此货已由越南胶水进口商GI公司买断了其在越南和柬埔寨两国的独家代理权，还垄断了这货物从东兴陆路进入越南的独家口岸权，除了GI公司外，任何越南人都不得向刘荣铭买货。但他对周昊南建议，可从另一中越边境口岸——广西凭祥报关进入越南。他可在凭祥与周昊南一手交钱，一手交货，无需合同，看好货再给钱。而等周昊南这生意做强做大后，他还可授权周昊南为凭祥路线的出口总代理。

周昊南赶紧问价格，答复是人民币三块六一支。

"这偏高了，502也才卖一元的零售价。"周昊南说。

刘荣铭就生气而且坚定地回答："一分一厘都不能少！看你购货有诚意，才跟你谈。我有货给你，都已给足你面子了！"

周昊南看到阮棉棉的样品上粘贴有一张红色中文标签纸：建议零售价人民币4.60/支。

在盘算后，周昊南以自身3.95元的价格加上中间人陈义权主张的五分钱佣金，就以四元的单价报给了阮棉棉。

没想到阮棉棉竟二话没说就接受了！一分都不砍价！他说他在乎的是有没有货，而不是价格。这还是从事外贸十几年的周昊南从没遇过的大好事。

然后，他盘了一下账——

每月利润：¥168,000！

全年盈利竟逾两百万之巨！

周昊南精神猛一抖擞！内心美美地想：俗话说失之东隅，收之桑榆。当初多次往返越南，苦苦打拼，在大红酸枝业务上颗粒无收，但现在，东山再起的日子逼近了！而这一利润率，比他目前在做的电子数码产品还高得多！莫非我要抛开电子数码产品，转而专做胶水出口？他高兴地问自己。

那时李树雯已辞掉船务公司的文员工作，转而帮助周昊南，这对恋人就携起手来一起打江山。

第二天，陈义权来电说，阮棉棉第一批货 10% 的定金四万八千元人民币，已转到东兴口岸，放在专门兑钱的越南女人那里，正等周昊南打银行账号过来认领。但收受定金之前，周昊南必须确保有货。

周昊南心头一喜！打了定金的生意就差临门一脚了。他向来知道跟越南人做生意，如果没打定金，合同怎么签都是枉费心机。同时，对于这单生意，他照样也可以利用越南人的资金来运作呢！

当然，这不像在四年前的东兴，那大红酸枝无货可供的惨重折翼一幕，他决不会重演。

当晚，他与李树雯从深圳出发，开着 BYD 车子驰骋于广深、中江和茂湛高速上，过秀英港，渡琼州海峡，一夜无眠，翌日早上即到达海口。本想先到刘荣铭厂里察看的两人，却被安排在另一方天底下的肯德基见面。脸颊瘦削、中等身材的刘荣铭指着门外他货车上正等候别人提取的一百箱胶水，欢迎周昊南开箱，随机抽样。眼前一亮的周昊南就走出去检查，发觉里面装的果然就是胶水，于是支取了十支样品。只不过，刘荣铭始终以生产技术机密和知识产权为理由，严词拒绝实地看厂。他只是振振有词地说："货你都看过了，你还不相信我有工厂吗？"但对此，周昊南还是有点想不通。

三人见面时，周昊南的手机不断接入阮棉棉从越南打来的网络长途电话，他追着要货。

“三人会”自始至终，刘荣铭都在信誓旦旦地说着一句话：“只要你付款，我就保证有货！”

从海口回到深圳后，整天掂着胶水样品的周昊南，本想测试一下瓶子倒放时胶水会不会从瓶口流出。当他将胶水倒置，平放于桌面时，发现胶水倒并不会流出。而当他晃头晃脑间以四十五度角审视时，突然看到瓶底荧光一闪一闪，他就对李树雯一声惊呼：有机关！两人赶忙拿来微型显微镜一看，只见瓶底竟然刻有如针尖一般细小的生产厂家的电话号码：071×一6633××9！

原来这电话号码还运用了独具匠心的高科技荧光技术来制作，只有倒置、平放，再按四十五度角审视，并且借助显微镜，满足这四大条件，才能发现！换句话说，按四十四度或四十六度的倾斜角度，还根本就无从发现！连日来天天翻来覆去琢磨这样品，甚至还握着它睡觉的周昊南，居然是在不经意间，才发现这奇幻的只有纳米一般微小的电话号码！

两人的心猛地一紧！不禁疑窦丛生……

后来，他灵机一动，他没有直接打这厂家电话，而是由李树雯来操作，还让她用了一个非深圳区域的外地手机号码来拨打。他不希望让厂家知道有一个叫周昊南的男子曾试图联络过要货，也不想让厂里知道曾有深圳的人打电话咨询过这一业务——当然，如果有其他深圳人做过联络，他无从掌控。

原来这胶水生产厂家名为湖北一通粘霸胶水厂，胶水出厂单价仅为四角人民币！如果一个月走四批货给阮棉棉，可赚一百七十多万，在900%这罕见的巨大利润率之下！通过出口这种普通的胶水，一年竟然可以斩获两千万人民币的特大暴利！

谁能不怦然心动？

两千万！

坐在办公桌前计算的周昊南与李树雯不由得惶恐地瞪大了眼睛，虎躯与香躯几乎同时一震！两人都惊呆了！

这是在整个华强北任何做电子产品生意的商家除双色球外，做梦都梦不到的特大暴利！

李树雯跟湖北厂家联络时，是嘱咐厂家将样品寄给广州的表妹的，她表妹再将样品转寄给李树雯。

国庆假期后，李树雯收到了这六支样品。

周昊南在从刘荣铭那里拿回的样品中抽出六支，一起寄给了陈义权，由陈义权中转寄给了阮棉棉。

几天后，阮棉棉给周昊南来电，惊喜不迭地说：样品全部确认，要的就是这些货！

周昊南当即要求阮棉棉签字、封样，并复印好他的越南身份证、护照，一起寄回。

多年前在苎麻业务上因没有封样来比对货物，从而吃了一大堑的周昊南，早已长了一大智。

阮棉棉应允，然后重申：货物必须完全与样品相符，不得显示任何厂家名称、电话和地址等资料——这叫“中性包装”，只有这样，收货后的他，才能重新贴上他自己注册的越南文和柬埔寨文商标 Logo，否则他卖不动。接着，阮棉棉急问：什么时候有货？

周昊南就又让李树雯向湖北厂家问及交货期。

出人意料的是，厂家声称他们从来都没有现货，其销量之火爆，已导致全国买家全都得排队等货。而且每次下单前，买家都得打齐全款，还不管数量多少，全都是一个月后才能交货。

当周昊南转而跟阮棉棉通话时，阮棉棉宣称周昊南一收到他的定金，当天就得交货。跟当初相比，阮棉棉大脑中已完全没有了生产期这一概念，仿佛要生即生的孕妇都不得存在十个月的怀胎期。理由是随着市场行情看涨，越南和柬埔寨买家现在全都最看重现货，要快！否则，阮棉棉说，他面对越南和柬埔寨买家对他制定的“交货如果逾期而导致的五倍重罚”，他赔付不起。

周昊南低头沉思。

在这种情况下，他就只有考虑随时随地都有现货的刘荣铭了，他的价格尽管偏高，但仍有 10% 的薄利。

贵就贵点吧，先开个头再说，万事开了头就好办！周昊南暗自忖度，等第一单做完，与阮棉棉建立了业务关系，他就再争取用湖北一通的货物来对接也不迟！

那么，第一单必须向刘荣铭购货，这已成为周昊南无奈而又明智的不二之选！

十万大山其实也绵延至凭祥附近。一看到喀斯特地貌，那些千奇百怪的钟乳石芽、坡立谷和漏斗，就让人感觉仿若到了桂林。由于山多林密，从深圳经湛江过来，一进入凭祥地域，在这金秋十月的天气，就好像提早进入了初冬，以至一身秋装奔驰在南友高速上的周昊南和李树雯一打开车窗，就感觉到了丝丝寒意。渐渐地，可见一处高高的烈士墓碑树立于中越边境友谊关上，一动不动地肃立着的武警们正在庄严地执勤。不久，在中越边境过往的人群中，周昊南的这辆 BYD 车子一溜烟驰到了友谊关前面的空旷地上。

在不远处，站着一个戴着墨镜、肤色黝黑的中年越南人，他正是阮棉棉。提着皮箱的他上午从越南河内出发，经同登，从中国口岸友谊关入境。

“幸会！”相互间素未谋面的周昊南与阮棉棉都以越南语互相问好，同时伸手相握。

然后，两人同时从皮箱里拿出双方之前通过电邮扫描而签订的进出口合同。

“事不宜迟！我们就按合同条款的流程来走！这定金，还害得我让东兴的人退回来，我再带到这里呢！”阮棉棉用越南语说。然后，他从皮箱里拿出四万八千元人民币定金交给周昊南签收——当然，这时候的定金，在某种意义上也可叫作“预付款”了。刚才为兑换这些现金，他在越南同登抛出了两大麻袋沉重的越南盾。

按照合同，周昊南收受定金后，阮棉棉就会验货，如果货物与合同要求相符，阮棉棉再当场支付 90% 的余款。

在周昊南对定金核实无误后，一辆货车快速驰到了他们面前。然后，司机下车打开车厢，是已打好了包装带的一百箱胶水。小货车司机正是刘荣铭，他车上还坐了三个年轻人。他与周昊南约好了在此一手交钱，一手交货。

周昊南平静地打开箱子，拿出六支胶水倒置、平放，再按照四十五度角，用微型显微镜看了一会儿，然后用手指着瓶底说：“这批货印有厂家电话号码，不符合我交给阮先生的‘中性包装’的要求，所以，我不能收货。”

不远处的阮棉棉吃惊地看着，他做梦也想不到周昊南发现了瓶底的电话号码！

刘荣铭就愤愤不平地说：“你耍我？当初你寄的样品，不就是从这批货里抽出的吗？”

“是，但到底谁耍谁，你心中最清楚！我千里迢迢从深圳开车到海口，你连厂门口都没让我进。事实上，你有工厂吗？”周昊南响亮地回答。

沉默！阮棉棉与刘荣铭愕然相对。

见势不妙，李树雯赶忙替周昊南收好合同，并帮忙拿好皮箱。

这时候，周昊南向天猛拍了三下手掌。随即，不远处一辆已停泊多时的物流公司的货车就开到了他们四人面前。司机打开车厢，只见里面同样是包装完好的一百箱胶水。

这是周昊南在临到凭祥之前，在深圳另一家制造商那里以三角的单价购得的胶水！

然后，周昊南指着这车内纸箱上面的物品说："这是阮先生你寄给我的封样，以及你的身份证明资料，上面还有深圳市进出口商品检验检疫局出具的正式文件，是关于我这批货与你样品质量完全一致的检验报告！不就是一瓶普通的定型胶水吗？别那么玄乎！环氧树脂含量和黏性等等指标达到标准就行。当然，你如果不服，完全可以随便抽样，然后我们双方封样，再交由北京中国国际贸易促进委员会对外贸易司进行仲裁！由于货物尚未运出中国国境，所以请注意：执行地点和仲裁地点都是在中国，而不是越南！"

阮棉棉与刘荣铭猝不及防，不知所措，他们身后的三个年轻人就围着团团转。他们都看着周昊南的货车，就像哑巴吃黄连一般沮丧难言。

事实上，周昊南在警觉之后，逐渐得到了证实：阮棉棉和刘荣铭，刘荣铭和陈义权，他们在电话中对周昊南都说互不相识，但他们三人各自担当什么角色，周昊南慢慢地已洞若观火。

他早已醒悟到："建议零售价人民币 4.60/ 支"只是有人故意粘贴上去的虚高抬价！因为，经过大量市场调查的他发现，同等质量和容量的胶水在中国最多只有一元的零售价，而相对贫穷落后的越南和柬埔寨不可能接受得了四块六的天价。否则，难不成全国人民都到越南和柬埔寨摆地摊卖胶水去了！

他同时明白：瓶底隐形的电话号码，原本是厂家在开发模具时特意制成的高科技荧光防伪专利，旨在暗中提防其他厂家冒充做赝品，没法去除。陈义权特意将生意介绍给周昊南来操作。周昊南如果向湖北一通粘霸胶水厂订货，由于这工厂得先预付全款，这一巨大风险就遏制住了他的行为；同时交货期得一个月，那么迢迢几千里之外的他为实现当日交货的条件，就不得不临时抱佛脚，向刘荣铭买货。

而周昊南一旦付款，刘荣铭这一单的利润就将是三十八万四千元！利润率高达 800%！

那么，周昊南就将四面楚歌，无法销售，从而陷入万劫不复的境地！

这时候，阮棉棉走到周昊南另外向深圳胶水制造商订购的这批货面前。他开箱拿出胶水后一看，与湖北厂家不同的是，这批货没有任何 Logo 或文字。他赶紧将胶水同样地倒置、平放，再按照四十五度角，用微型显微镜一看，这瓶底下居然并没显现那个电话号码，这是名正言顺的“中性包装”！他脑里就“嗡”的一下更乱了。

他本来已精心策划好要钻这个空子来拒收货物，同时让周昊南退回定金的，但在众目睽睽之下，他现在找不到任何拒收货物的理由。事实上他皮箱里也没有 90% 的余款，一早就盘算好找碴违约的他本来就不打算再付 90% 的余款。

而早有准备的周昊南并不勉强阮棉棉在收货后支付余款，因为勉强也是白搭。他就以阮棉棉的定金当作了他的货款，将货卖给了阮棉棉；同时支付了深圳胶水制造商应收的货款。这样一来，周昊南利润不多，在扣除将支付给陈义权的佣金后，仍有六千元的收入，这用于弥补来回凭祥的油、路费还绰绰有余。

末了，在大家都站着的空旷地上，周昊南庄严地表明说：如果阮棉棉收此货后不悬崖勒马，那么他就依照合同，通过越南政府及商会，向阮棉棉行使追讨 90% 余款的法律权利！借此来牵制阮棉棉。

耷拉下头的阮棉棉只好无奈地点头同意。

然后，周昊南拉着李树雯大大方方地上车，启动前行。

在即将离开友谊关前，周昊南在匆忙间，居然发现在不远处停着的一辆小车的正副驾驶室里，静静地坐着油头粉面的陈义权和戴着粗大金项链的蒋矶连，两人表情相当晦气！中间人陈义权竟然跟曾欲置周昊南于死地的蒋矶连凑在了一起！他甚至看到后排坐着的大个子竟像是冷斤苛！猛然一愣的周昊南就放慢车速，但随即释然，并视而不见。接着，这辆豪迈大气、沉稳扎实的车子“呼”地绝尘而去，以澎湃的动力重上南友高速，赶返深圳。

第四十三章　重入蛇口

几回梦里入蛇口，双手搂定大南山。

为应一个越南商人之约，2011 年秋，从凭祥回到深圳后，周昊南重入已暌违十八年之久的蛇口。

BYD 车子自南海大道进入了蛇口。在当初最大的打工者宿舍区——四海附近，曾横跨南海大道之上的那块蓝底白字的“招商局蛇口工业区”大招牌已被移走。太子路上熟悉的 204 车站已远迁妈湾，新时代广场已巍然耸立，周围的海景大厦、明华中心、海洋大厦如众星拱月，而不远处的招商局广场无疑已成为蛇口更新换代后的最显著地标。“时间就是金钱，效率就是生命”、“空谈误国，实干兴邦”这些标语依然熠熠生辉。一切都仍然显得生机勃勃！而蛇口依然遮天蔽日一般的绿化也让周昊南心驰神往。

这一次，素来驾车追求如水银泻地一般顺畅的周昊南，开起车来居然一生中第一次拒绝绿灯，因为一遇绿灯，车子就得倏忽驰过，对路边的新景便如白驹过隙，失之交臂。只有当他频遇红灯和长遇红灯时，坐在驾驶室里的他才可以左顾右盼，将沿途的美景一览无余地摄入眼底，并与旧日的足迹一一比对。

不久，当车子驶过他夜夜梦回的“上海酒家”时，他心头一震。其时酒家已然易主，原址也改成了休闲会所，门口当初那面枣红色印花旗帜已不知飘向何方。十八年前，他与林莱贞在这酒家的停车场上偶遇，而后双方在福田“猛龙夜总会”有过惊鸿一瞥，从此已成诀别的两人各奔西东，不知所终……往事历历在目，仿若昨日再现。他黯然神伤，就像《简·爱》中重返芬丁庄园时抚摸断垣败瓦的罗伯斯特一样，满心悲凉——当然，这“断垣败瓦”指的只是他缅怀当初的痛苦内心。

过了一会儿，作为他手机铃声歌曲的那首《You were my everything》响了起来，周昊南接通电话后，那位邀他过来蛇口相见的越南商人问：“周昊南先生吗？你到了哪里？”

周昊南答：“蛇口。二十分钟后我会到达你办公室。”

这是大南山麓半山工业区的一栋三层现代化厂房，是刚刚开办半年的一家电子厂。这里专门生产 PCI 卡槽，成品大部分发往越南。

前段时间深圳的各大媒体刊出一则紧急公告，说是一名越南商人因患急性淋巴细胞疾病危在旦夕，紧急向社会征求骨髓捐献者，偏偏很多人的配型都不合格！周昊南闻讯，就赶忙前往医院检验。屈指算来，周昊南在深圳无偿捐血已有十五年，其中以捐献全血为主，机采成分血、采集白细胞和骨髓捐献都比较少。而他这次的配型检验结果是：他是唯一一名配型超过六点的最理想捐赠者，恰恰适合这名越南商人。在骨髓被正式采集并移植到那个越南商人身上后，这越南商人转危为安。出院后他就千恩万谢，明察暗访，想方设法通过医院查找捐献者的联络电话。本来，工作人员说根据献血规则，供受双方资料严格保密，是绝不允许两人见面的，但这越南商人拳拳地坚称，今生今世，无论如何都要见到恩人一面，否则他还会患上更严重的心病。无奈的工作人员只好破例一次，提供了周昊南的联络资料。周昊南在电话中得知这位越南商人也姓周，他心想：原来五百年前还是一家，同姓一家亲呢！

而今两人终于聚首。

这名中等身材、长相很老的越南商人穿着蓝衫黑裤，黝黑的肤色宣示着他长期生活于越南西贡一带的热带气候。周昊南乍一看，发觉他五官长得居然跟父亲有几分相像。越南商人一边翻找他的名片，一边为周昊南倒上绿茶，这是他从越南带过来的极品茶叶。周昊南看到长者为自己倒茶，就赶忙从他手中夺过茶具，然后帮他注上茶水。不久，越南商人接到一个越南电话，他就搁置了翻找名片，专心接电话。等他讲完后，周昊南说：“你好像带有广东口音。”

“我祖籍广东。”对方操着广东话说。

“啊？你还会说广东话。你是越南西贡的，怎么会到广东来办厂了？据我所知，在中国办厂的越南商人不多。”

“树高千丈，落叶归根嘛！我是在解放前让国民党抓壮丁半路逃跑，与老乡们一起逃往南洋，辗转文莱、印尼、马来西亚，最后到了越南的。”

“怎么想到蛇口来办厂呢？”

“当年我是从蛇口下水逃往南洋的，所以就回到这里，就当作是一种怀念吧。”

“听你口音，应该是粤西化州人。”周昊南判断。

“对。等病情好一点，工厂再顺畅一点，我就回老家寻根。自从出走南洋至今，我从没回过老家。”

“你是化州哪里的呢？”

“是现在的那务镇城边村。”

周昊南眼睛瞪得老大，直接问：“你名字叫周为鼎，你大哥叫作周为罗，对不对？”

对方怔住了：“是啊，你怎么知道？”

这时候，猛地站起来的周昊南紧紧地抱住对方，激动地叫了起来：“叔父！周为罗是我父亲，我是你的亲侄儿啊！”

这名越南商人正是周昊南的亲叔父周为鼎，如在梦中的他惊诧万分，赶紧问：“那我大哥呢？我大嫂呢？”

周昊南止不住悲伤说：“阿爸在2005年去世，阿婶也在去年中秋节后去世了……”

周为鼎仰头发出了长长一声叹息，然后他用手掌拍打着大腿，懊悔不迭地说：“我回来得太迟了！太迟了！”接着他走到窗口前，向外久久地呆望着南海。

周昊南也万万没有想到，叔侄以这样的方式终得相认相聚。

两人感慨万千，叹世事苍茫，造化弄人。

“我到越南后一直经商，做过大米、橡胶、木材，现在做电子、电脑周边，将中国的电子产品输往越南。”叔父说。

“你做过什么木材？”周昊南好奇地问。

“在越南，肯定是做红木、实木的啦！比如鸡翅、红檀，其中以大红酸枝为主。当然，珍稀的黄花梨，也少量做过。”

“你做过大红酸枝？”周昊南对这特别感兴趣。

“是啊！2007年，中国都在爆炒大红酸枝的那一年，我每月做二十个大货柜的大红酸枝，主要是老挝的大红酸枝。”

周昊南一听就陷入了沉思。

叔父见状忙问：“你对大红酸枝很感兴趣？”

“不仅是很感兴趣，2007年我也做过，在广西东兴。”

“你也做过这木材？我们的大红酸枝，当时全部出口卖到东兴。”

“大红酸枝，是不是很像非洲坦桑尼亚的铁木豆？”

“是的，但一般人是分不出来的，我做熟了大红酸枝，才敢做铁木豆。2007年，我也进口过十个货柜的非洲铁木豆，卖到东兴，到2008年年初就停手了。”

“你也卖过铁木豆到东兴？”

“是的。”叔父继续说，“当时分两批货，前三个货柜卖给了深圳的一个姓冷的商人，后三个货柜卖给了广西一个叫阿峰的。”

“姓冷的？还有一个叫阿峰？”

“是的！等我想想——他叫冷斤苛，阿峰叫叶峰。”

“你真的卖过铁木豆给他们两人？”这些可信度不容置疑的话，周昊南却翻来覆去地问了好几遍。

“是的！我怎么会骗你呢？亲侄儿！”

“卖给冷斤苛、叶峰！原来叔父是他们俩的供货商！”周昊南不断地念着，内心五味杂陈：叔父啊叔父，为什么我们不能早几年就相遇相认啊？

叔父见周昊南一脸痛苦，忙问缘由。周昊南就一五一十地将当年在东兴的遭遇全倒了出来。

叔父听完，又长叹一声，不停地摇头：“如果那时我们相认，不要说三个货柜的铁木豆，就是三百个货柜的铁木豆，或者是大红酸枝，我都可以给你供货。当时大红酸枝的单价是三万元，而铁木豆也就两千元一吨。”

周昊南现在也只有摇头惋惜的份了。

过了片刻，叔父像是想起了什么：“我这里保存有我与冷斤苛签的进出口合同，与叶峰的也有，全是正本，还有冷斤苛将木材货款支付给我的银行转账单，以及我出具的产地证副本、出口报关单等等。这些东西对你是不是有用？你可以拿去，而且我还可以做你的证人。”说完，叔父叫人去找这些资料，不一会儿这些已归档的文件就交到了周昊南手上。

周昊南看着合同，这是中越文对照的一份木材进出口合同正本，签订日期是2007年8月13日，上面有冷斤苛的签字，周昊南太熟悉这个歪歪斜斜的签名了。看来，冷斤苛自己一早做的就是铁木豆，但将它冒充成老挝大红酸枝，卖给了广东新会的一位木材商邓先生，邓先生也分不清大红酸枝和铁木豆，就收货付款了，昧着良心的冷斤苛就这样大赚了一笔。

周昊南说：“两年的民事诉讼时效已过，法院已不会受理。算了！就当是我的一个深刻教训吧。”

“越南人当中，骗子很多。”叔父说。

“但有一事我始终不明白。我刚才跟你说了，当初我收了蒋矶连的二十万定金，如果无货可交，蒋矶连可以根据《合同法》向我追讨四十万赔偿；但是据我所知，蒋矶连的这笔二十万定金，也是其他买家交给他的，既然我交不了货给蒋矶连，那么同样的，蒋矶连也交不了货给他的买家；那蒋矶连不也得赔偿四十万给他的买家吗？”周昊南不解地问。

“这就是了！在中越进出口业务中，也叫边贸吧！不少骗子专门玩弄这种‘定金双倍返还’的把戏，屡屡得手。我卖了不少的大红酸枝和铁木豆，所以清楚这一行当。据我判断，蒋矶连的买家、蒋矶连和叶峰，这三个人是互相认识、串通一伙的，那批木材是他们共同拥有的货，那二十万定金，也是他们三个人共同的钱，他们是在合伙坑你。”叔父一语道破天机。

周昊南震惊得两眼瞳孔放大！茶杯里的茶水泼了一地。

“你跟蒋矶连签那份合同时，他们当时肯定是借故干扰了你，让你在这或那出漏洞，如果是对卖方毫无纰漏的合同，蒋矶连才不会跟你签；而即使签了，也不会交定金给你，那么合同就自动作废。你当时天天待在罗浮货场等他提货，也形成了有效的证据链，那么他们提出的‘双倍定金返还’，法院不会采纳。所以如果真打起官司来，蒋矶连赢不了。他们无非是看你初到东兴，孤立无援，所以才恫吓你，步步进逼。”

是的！周昊南想起当初签合同时，在旁边游走的蒋矶连不断打开他挎包里的另一沓钱给周昊南看，说快要交定金了，而合同只是一张纸、一个形式而已。眼看着成交在即，利润马上到手，这美好的前景就干扰了周昊南的合同法律意识。

“原来如此，他们真是机关算尽。”东兴事发四年，周昊南现在才豁然开朗说，“我也在想，冷斤芎跟蒋矶连会不会也是一伙的？”

“我判断，冷斤芎与他们原本不认识，但因为他当时去了印尼，你作为他的代表签了合同，而五万元又在你手上，他就与蒋矶连一拍即合，被拉入伙了。说不定他们而今还在东兴，也干着这样的勾当。”叔父踱着步说。

周昊南感叹：“上个月，我在凭祥跟他们又鏖战过一次。也不知道还有多少人被他们坑了。”

几天以后，周昊南陪着叔父回了一趟粤西老家。

周昊南带着叔父走到祖屋东边一公里处，在奶奶、父亲和母亲的坟前上香。

叔父口中念念有词，痛责自己的不孝。过了很久，叔父站起身来，仰起苍老的面容对着连绵山岭和高远的天际，再次感叹世事无常。从山上下来后，周昊南陪叔父走遍了家乡的地头和山边，叔父触摸着家乡的山山水水，一草一木，嗟叹连连。

回到深圳后，周昊南跟着叔父，又一起来到了胡志明市。在那里，叔父拥有自己的独幢物业以及一个自建出租的木材仓库。当年适逢越南驱赶华侨回国，叔父的一子一女在动乱中不幸被活活打死，以致叔父膝下无后。所以，叔父此次带周昊南来这里，就是为了将他在越南的所有家业转到周昊南名下。

其实，周为鼎曾私下决定，谁捐骨髓救了他，他就会将自己的全部财产赠予对方。只不过，他的这一决定不曾与任何人说过。而今遇到的居然是自己的亲侄儿，他就更是毫不犹豫。而周昊南这次捐献骨髓，不曾想过会有回报，却不曾料想还遇到了自己的亲叔父。

再回深圳后，叔父又将他名下在蛇口的所有产业，都提前当作遗产转给了周昊南。叔父对周昊南说，他只求有朝一日他辞世时，周昊南能将他的骨灰运回老家，安置在大哥坟茔旁，与周昊南奶奶的坟冢相依，一家人相伴到永远，他就瞑目无忧了。叔父当初进入无菌仓，原有的造血系统被全部摧毁，在植入侄儿的骨髓后才再获新生。从此他更强调健康无价，平安是福，财富如过眼云烟，生不带来，死不带去。如今他把一切都交给了周昊南，他说他可以提前引退，在蛇口颐养天年了。叔父还说他想一两年后在老家建一幢小房，在屋后锄一方菜地，养猪养鸡，度尽此生。

而周昊南此时还不太可能真正领悟到其中的深意。

从此，周昊南将他设在华强北的蓝天公司当成窗口和样品室，蛇口工厂就是他的大本营，他终于实现了出口制造商角色的成功定位。之前曾有两次，作为出口贸易商的他在两批出口非洲的货物中，未提防到厂家偷偷在货物里放入了厂家的两张名片，结果，这样的生意就是一次过了，收到货物的进口商就撇开周昊南，从而直接跟厂家交易了。但从今开始，周昊南不会再有此虞。

在这天，他正式到他当初入职的新加坡联华银行深圳分行开立了基本存款账户，他所有的出口结算业务就都在这家银行办理，也算是回报了当初这家银行对他的知遇之恩。在那天，他见到了退休后还不时过来中国巡查的吴行长。那晚，吴行长因急事返回新加坡，周昊南就宴请了当初相识的那班银行同事。

第四十四章　三百万之赎

2011 年金秋，周昊南从深圳返回粤西高凉县城。

源自两广交界云开大山的鉴江河穿过这高凉县城，在县城东南侧，高凉中学一座“高”字形的教学大楼，方方正正地矗立在鉴江河畔，大楼四平八稳，气势非凡。在高凉中学教学大楼前面的操场上，全校千余师生正在集会，会场上挂着的一条横幅上写着：“周昊南先生荣归母校三百万人民币捐款仪式！”

在主席台正中，健硕的陈文超校长拿起麦克风介绍说：1987 年，周昊南以全校文科第一名的高考成绩，考取当时炙手可热的广州外贸学院。后来他一直在深圳打拼，事业有成。今天他特地回校，带给家乡一份浓重的心意，向学校捐款人民币三百万，设立“周昊南奖学金”！接着，一张大号的由周昊南签发，经招商银行深圳福田支行向高凉中学转账的三百万元支票，由两名工作人员拿上主席台，向大家展示。

于是，师生们的掌声如海啸一般淹没了全场。

坐在陈校长身旁的周昊南一身秋装，嘴角带笑，但又一脸忧郁，整个一副心事重重的样子，陈校长宣布请周昊南先生讲话。周昊南就拿起麦克风，语调沉重地说——

羊有跪乳之恩，鸦有反哺之义。他深深感谢母校！作为粤西最有名的省立重点中学，高凉中学可谓钟灵毓秀，人才辈出，每年都有不少学生考上北京大学和清华大学，还曾连续两年出现过广东省高考文科状元。他在深圳，是深圳成就了他，但全靠之前他在广州读大学所获得的专业英语和外贸知识；换言之，在他考入广州之前，全靠有幸在高凉中学读书！深得这里优良的校风熏陶！“少年心事当拏云”。但遗憾的是，1986 年，他在家乡化州县那务中学遭逢过高考预考惨败，无缘参加当年的高考。当时为了第二年的高考，他就梦想能到高凉中学补习班来读书。然而大家都清楚，高凉中学高考补习班并非人人能进，这必须是高考上线却录取落选，或差几分未能高考上线的考生，而当年他连高考预考都没过关，当时竟是一分之差，那他怎么入得了高凉中学补习班读书呢？——周昊南郑重其事地说他深深对不起高凉中学！所以今天，他要向母校赎罪！

突然，周昊南离座上前，对着全校师生“扑通”一声地跪了下来！他两手下垂，耷拉的头没敢直面会场，而他那粗壮的脖子好像是心甘情愿地伸向断头台，并横陈于闪光的铡刀之下一般。

所有人都目瞪口呆。陈校长赶忙走过去，一把拉住周昊南说：“周先生别这样，快起来！你都捐出巨款了，怎么还下跪？这款也是我校有史以来收到的最大一笔个人捐款。”

“我对不起高凉中学！”不肯站起的周昊南低着头说，“我只有捐出这三百万，才有机会在全校师生面前这样一跪，以表达我的诚意和愧疚！只是我当年的所作所为，实在是走投无路，万般无奈，却并非我当年的初衷。”

师生们交头接耳，议论声鹊起，大家都怔怔地望着周昊南。

浓重的悔意依旧笼罩着周昊南的脸，他低头念道：“1986 年，我万般无奈之下，做了一件偷天换日的孬事，才得以入读高凉中学的高考补习班。此后二十五年来，我内心一直背负着沉重的十字架。我必须在今天说清楚，以求大家的原谅，否则这种负罪感将陪伴我终生。”

一位副校长走过来，与陈校长一齐用力拉起了跪着的周昊南，说：“那你就坐回原位说吧！”

周昊南终于站直身子，走回原位坐下，半低着头说：“感谢母校给我这个机会！”

他定了定神，接着沉重地说：“那时，作为‘脸对黄土背朝天’的粤西农村学生，无任何社会背景，在高考中若考不上大学，就一辈子都得在家务农，所以，高考是我命运的风向标，是我前途的分水岭。父母一直指望我能考上大学，从此改变命运。1986 年，高中毕业的我参加高考预考，但好像一锅仅差一度没能煮沸的水，我偏偏就以一分之差，在当年的高考预考中败北……”

周昊南心情仍然沉重，就开始向全校师生讲述当年事情的原委——

那是 1986 年 5 月的一个上午，艳阳高照，在得知高考预考不幸落选后，背着沉重书籍和行李的周昊南单独一人偷偷地溜出了那务中学，走路回家，他沮丧得像是拄着拐杖从战场上败退下来的伤兵。这十多里路途中每每遇到熟人，他都扭过头去不敢面对。中午十二点，当他走到离家还有一里路的公路边时，就再也不敢向前了。因为那一里路正是大队办公所在地，会有很多人在路边。此时他心情愈发沉重，如果乡亲们问他预考成绩如何，他将无法回答……他更不敢回到家里，因为他真不知道如何向家里交代，可知父母辛辛苦苦打柴种地供养他读书，一直指望他能考上重点大学。可是他连预考都没能过关，就差这可恨的一分，名落孙山……

他呆呆地站在路边。忽然，他看到了和他一起长大的伙伴张福强，张福强是从深圳回家探亲。在得知周昊南的情况后，也跟着长吁短叹。两人走进了路边的树林，坐在龙眼树下交谈，周昊南吐了一肚苦水，张福强则百般安慰。交谈中，周昊南依然连连悔恨，本就数学偏科的他在预考数学科目的考试中，居然漏看了最后一页的背面还有一道试题。等他发现时，离交卷时间仅剩八分钟！在惊惶中，他匆匆忙忙地赶做，奈何时间不足。在交卷铃声响起时，他焦急得不知所措，裤子里居然就射出了一道黏糊糊的带腥味的热流——处于青春发育期的他平时夜里也不会“梦遗”，却因为考试这一紧张，就“考遗”了！然后他仍在不停地书写答卷，等监考员过来硬是把他的试卷扯走后，他还迟迟不敢站起。最后，考生全部散尽，他才离位，用一本书挡着裤子湿漉漉的裆部，蹒跚走回宿舍。一路上，低头走路的他感到一些男女同学对他侧目，有些人还叫了他的名字，他却不敢搭理。

在这沮丧归家的一天，他与张福强两人聊了整整一个下午！难分难舍！

到了傍晚两人必须分别时，张福强对周昊南说，如果还是无脸回家，就到他家借宿一晚。

无法逃避现实的周昊南，最后是硬着头皮踏入了家门。

那个晚上他家里充满了一屋子的悲伤，阿婶尤其揪心。

在接下来的暑假，周昊南开始张罗为第二年高考报名参加读补习班的事情。当时的他无限憧憬邻县的高凉中学。他想，如果能入读点石成金的高凉中学补习班，第二年高考肯定大有希望。但他想，自己连预考都未能过关，怎么入得了高凉中学呢？

一个就读于高凉中学补习班的老乡在高考后回到了那务，周昊南从他那里打听到，入读高凉中学补习班必须提供四份材料：1. 个人高考准考证；2. 高考成绩单，这是一张电脑打印单，高凉中学补习班仅招收高考上线但落选，或高考成绩离当年高考录取分数线差三五分的考生；3. 学生鉴定表；4. 高凉县的户籍证明，因为高凉中学从不招收外地学生。

他在跟张福强商议之后，开始了秘密行动。家里人都大惑不解，预考都不过关的他，怎能到高凉中学复读？他说试试，就骑上父亲的“五羊牌”自行车，东奔西走。如同“及时雨”的张福强此时还决定推迟返回深圳，先留在家乡帮助周昊南争取入读到心目中理想的高考补习班再说。

那年广东省高考文科录取分数为520分。周昊南就筛选出了一位平时很相熟的同姓的高中同学，他叫周笑天，他那年的高考成绩为516分，在学校时周昊南常常赠送周笑天饭票，所以两人关系稔熟。但由于周笑天的家远在化州县最南疆的杨梅镇，离那务一百多公里，客车不到他那小村，所以来往一趟还相当困难。

那天早上四点，报晓的雄鸡尚在沉睡，但周昊南一骨碌就起了床。他戴上草帽，穿着背心、凉鞋，独个儿骑上单车往杨梅镇匆匆出发。当时他口袋里只有阿婶给的二十元钱，这是阿婶打了十天的柴才卖得的二十元钱。一路上太阳像在头顶烧着，他在客货车飞驰扬起的尘埃中眯眼赶路。下午两点钟到了化州县林尘镇时，他已口渴难忍，经过剧烈的思想斗争，才花五毛钱在路边小店买了一瓶冰冻“亚洲”橙汁汽水，接着赶忙仰起脖子，一口把汽水倒进了喉咙，然后继续赶路。在到达化州县城时，他又花四毛钱吃了三大碗化州白粥和两碟小菜。他一路打听，终于在傍晚时分，赶到了周笑天家里。

但他只见到了周笑天的父母，因为周笑天去了湛江亲戚家，周昊南一听，当即呆若木鸡。但在认真思考之后，“一不做，二不休”的周昊南就向同学父母要了周笑天亲戚家的地址，马不停蹄，继续骑车赶往湛江，行程又是一百多公里。

那天夜里，他途经的一段三公里长的公路两边全是高山，三三两两的坟墓突然升起了“鬼火”，还跟着他走！大惊失色的他猛然摔下了车，“鬼火”却居然就罩在他头顶上盘旋。当时一片空灵，漆黑之中前后无车无人，他倒在路边，跌坐在沙子上，两股战战，肘关节还被擦出了血。良久，“鬼火”才终于消失，他赶忙振作着站起，扶起自行车，用两腿将车的前轮夹住，两手握着左右车把，将摔歪的车把拧正。“鬼火”的出现逼他加快了车速，他一路狂蹬。尽管他明知那只是从坟墓旁升起的磷火，但孤身一人处于三更半夜的荒山野岭中，有谁不胆战心寒？

后来他累得实在不行了，在到达廉江县良垌镇时，住进了三元一晚的小旅馆。

第二天一大早，他又骑车上路。

傍晚，他终于赶到了湛江，在周笑天的亲戚家里，当周笑天吃惊地看到面前如天兵天将一般降临的周昊南时，周昊南只是轻松地傻笑。随即周笑天问明了来意，说是要借他的高考准考证一用。周笑天更是惊呆了，这一路过来，可是骑了两百多公里的长途路程！周笑天早就说过，当年考不上大学的话就不再考了，会跟着家人做生意。也幸好周笑天这张高考准考证就随身放在行李里，于是翻出来爽快地交给了周昊南。

真是谢天谢地！如获至宝的周昊南在周笑天亲戚家住了一夜，菜香饭饱的。

第二天，周昊南又独自从湛江出发，骑车一天一夜，回到了化州县城。他没有顾得上休息一下，就径直来到化州县教育局办公大楼“踩点”。其时，到教育局大院内看成绩榜的师生家长们人头涌涌，无不各怀心事，悲喜几重天。

当天夜里十二点，月黑风高，周昊南悄悄翻墙潜入了化州县教育局的办公大院。他摸到白天仔细观察过的张贴着考生成绩单的那堵墙边，借着星光和一只手电筒，找到了周笑天的名字。他用小刀轻轻地割下了他的成绩单。不过周昊南不是只割周笑天一个人的，而是将上下五人，一共十一个人的分数单都一起割了下来，目的是不让人猜出他是奔哪一人而来。尽管周昊南当时感到这样很对不起这些考生，但他实逼至此，他赶忙小心地藏好这些成绩单，然后又如雪落无声一般，轻轻地翻出了教育局的高墙，就像蹿房越脊成功盗得“金枪手”徐宁金盔甲的“鼓上蚤”时迁一样，飘然离去。远处，不知是教育局哪一家属饲养的家犬正趴在地面上，酣然入睡。

然后，悄然出得高墙后的周昊南赶忙骑上自行车，连夜赶回那务。

他宁愿赶回家里再补睡，也不愿在化州破费住上一宿。

第二天早上回到了家后，一身疲惫的他足足睡了一天一夜。

但他清楚地知道，还有不少事情要做，也就不敢再睡了。

他躲进房里，在桌子上展开周笑天的高考准考证，小心翼翼地取下周笑天的一寸黑白免冠相片，再将自己的照片替换上。然后，他又用牙签蘸上红色印油，将原印章“化州县教育局招生办”之中跟随周笑天照片撕掉而缺失的其中三个字，仔细地描好对齐——他充分地运用了自年幼起就苦练的书法临摹功底，将字雕刻得与原来的毫无二致。接着他将周笑天的成绩单用刀裁下来，再用糨糊小心地粘贴到准考证的顶头上面。

阿婶走近来问他，神秘兮兮地在忙什么，他就用手按住准考证，笑而不答。

第二天，周昊南找大队书记开了一张证明，说是为了读书需要，将户口迁到家住高凉县城的舅父家中。他侧重跟大队书记陈述了，说由于预考失败，想转下运气，所以要改名。于是，那张证明就出现了这样的描述："周昊南，曾用名：周笑天"……

接着，他又和张福强一起，携着一本空白的高中毕业生专用的学生鉴定表，去那务中学找姓朱的教导主任。为了到高凉中学补习的需要，周昊南希望朱主任和各科老师们帮忙重写一份鉴定，希望他们能多美言几句——尽管如同让梨的孔融一般的周昊南在别人的眼中印象一直不赖，当然，学生鉴定表与他高考预考是否过关没有直接关系，也就是说，从中无从甄别。

那时站在教学楼二楼朱主任房门口的两人正在耐心等候，在这下午时分，处于暑假中的校园内，师生寥寥无几。偶有一两个人在校道内踢踏走过，两人就赶忙别过脸，退到墙根。在整个大校园的围墙之外金黄一片，水稻收割快将开始。风夹着酷热吹来，伸手可及的菠萝木树和龙眼树上蝉声一浪紧过一浪。在朱先生房门大开的屋里，就只他一人在内，在用屏风间隔开的里面的床上，肥胖的朱先生睡意正酣，如同拉着风箱一般，鼾声和着蝉声齐鸣，仿佛整个学期里的操劳在这暑假方才得到最大程度的休憩。

张福强就说："要等他醒来，不知要等到什么时候？"

周昊南道："还是要等吧！不好意思叫醒他呢！"

眼尖的张福强忽然瞥见朱主任办公桌半开的抽屉没有上锁，他就对周昊南使了个眼色，说："你看那抽屉会不会有那务中学的公章哪？"

周昊南正疑惑间。高瘦个子的张福强随即走到窗口，踮起脚尖一望，果然看到一颗红色的圆图章。

忽然间，朱主任转了一下身，嘴里说着什么。虽是大白天，周昊南却产生了以前语文课本中名篇《口技》里"其夫呓语"的那种微妙感觉。未几，朱主任又呼呼地鼾声炸响。张福强忽然说："不等他了，何必麻烦朱主任？我们自己动手就可以啦！等，还说不定他肯不肯按我们的意思来写呢！"

周昊南微微一惊："你是想我们自己盖章，我自己写鉴定？"

张福强神秘地点了点头。

看看周围无人，张福强就忙一拉周昊南的手，要入屋去。

周昊南尽管产生了不小的反作用力，但还是被张福强拉进了屋。

两人蹑手蹑脚地走到了办公桌前，他们将半开着的抽屉再拉出，拿起那个图章向上一翻，果然看到了“化州县那务中学”的字样！周昊南正犹豫着铺开鉴定表，张福强就麻利地揭开了桌上的红色印油，照准周昊南用手指着的鉴定表上几处相应的位置，静悄悄地盖上了印章。然后，两人马上掩饰好现场，再猫着腰，四个脚掌像鸡毛落地一样毫无声息地移开了。

床上的朱主任又转了一下身，呓语了一句：“谁呀？”接着，更深沉地睡去，鼾声与蝉声互相呼应。

拿着这鉴定表回到家里后，周昊南参考旧鉴定表的评语进行优化、重组，打好草稿，再依照不同学年几位老师以及朱主任不同的笔迹临摹——由于涉及的老师众多，所以，在周昊南一个人的笔下，如何区别各位老师不同的笔迹，周昊南可谓煞费苦心，但最后，“该生勤恳好学”、“有培养前途”、“同意”如是这般，他终于完成了一本新的学生鉴定表。

眼看着就要大功告成了，周昊南就独自骑单车跑了一百多公里，来到高凉县城的舅父家里，由舅父带他到当地派出所办好了“读书专用”的户籍挂靠迁入。就这样，周昊南名正言顺地拥有了高凉县临时户口。

那晚回到一人独居的舅父家中。吃过晚饭后，周昊南问舅父，晚上有地方住吗？舅父说睡他的床就行。那个晚上，风尘仆仆的周昊南洗完澡一躺下，就酣然入梦了。凌晨四点他醒来上洗手间时，在走廊被绊了个趔趄。借助昏黄的电灯，他定睛一看，竟然发现一个人躺在地上，而他却不小心踢中了这个人的头。大吃一惊的周昊南定睛一看，原来是舅父。他忙问舅父，你不是说有地方睡吗？舅父憨厚地笑了笑，指着地板说这不是地方吗？原来，舅父将他的床让给了周昊南……万分内疚的周昊南在第二天一早，就谎称要赶回那务老家，早餐也没吃便辞别了舅父。

其实这天他赶往了高凉中学，这天正是高凉中学补习班开始报名招生的第一日，他第一个来到招生办，将所有资料递交上去。

由于学校将于第二天公布录取消息，所以，急等结果的他这天就不宜回那务了，但晚上的住宿就成了问题，怎么办呢？他忽然想到了白天逛过的潘州公园。

这个晚上，他就睡在了潘州公园的石椅上！十二点时公园管理人员清场，他就爬到五米多高的龙眼树上，抱着大树杈睡。到了深夜，半梦半醒的他猛然看到一根弯曲的树枝向他慢慢伸来。他想树枝怎么会动的呢？他突然醒悟：是蛇！他从小最怕的动物就是倏忽不定的蛇！赶忙逃跑的他一松手避蛇，就从树上摔了下来。但他趁着未被蛇咬中，马上爬起来夺路狂奔……

第二天，走路一跛一跛的他到高凉中学看榜。只见陈文超校长拿着粉笔，在门口黑板上的文科补习班录取名单中，工整地写上了“周笑天”等学生的名字。

高凉中学，这所远近驰名的省立重点中学，周昊南终于赢得了“入门”的机会！

他喜不自禁，却又时刻担心东窗事发……

带着这样的大喜事回到那务后，“周昊南可以入读高凉中学高考补习班了！”——这对他家里以及整个家乡来说，无疑是一条爆炸性新闻，大家啧啧称奇，都以为预考都未能过关的周昊南走通了哪个县长的关系，得到了特殊照顾；又或者，不知是不是高凉中学的校长看中了周昊南的哪一项特长，才给予的批准。总之，议论纷纷，甚嚣尘上，不亚于周昊南已经考上了名牌大学，而事实上任何能够入读高凉中学应届或补习班的学生，基本上就可被理解为进入了重点大学的预备班。

于是，在那个暑假后期，周昊南顶着烈日，满心欢喜、劲头十足地与家里人一起完成了家里分田到户的晚造“割禾”（收割水稻）农活。在那几亩田里，那是高达六十摄氏度的地面温度，对于这些两头见星星而且中午在田头吃饭的重活——那时，阿婶就负责煮饭、送饭，为了集中精力尽快干完这些活，家里就一鼓作气，连续收割达七天之久。当周昊南在９月１日拖着“发痧”的身体踏入高凉中学报到时，除了牙齿之外，他全身都是黑漆漆的，仿佛是一块可移动的人状“朱古力”。师生们还惊讶地以为，高凉中学什么时候开始招收非洲刚果或索马里籍的生源了！然后，周昊南全身那黝黑的皮肤就像蛇皮那样一块一块地吹弹可脱。再过大半个月后，他的肤色才完全还原。

而在开学后，班主任俞老师居然让他担任学习委员，周昊南诚惶诚恐但又不敢推辞。

在开学两个月后，他又心生一计，跟班主任说“周笑天”这个姓名太特殊、太出格了，当初用这个名字参加高考也没考出好成绩，所以想用回“周昊南”这个名字。一脸慈祥的俞老师同意了，说名字的事纯粹由学生自己决定。于是，他的名字大大方方地又叫回周昊南了。

周昊南人小鬼大，偷梁换柱，其实也只是因为当时身份证制度还没有实施。

在高凉中学背水一战的一学年里，周昊南顺利地通过了1987年的高考预考这第一关，在接下来的一个月里，他破釜沉舟再下一城，终如范进中举，高考及第，心底一雪前耻。

在这2011年的秋天，坐在主席台上的周昊南羞愧难当地对全场师生说："此时此刻，我对自己曾经的所作所为万分抱歉！就像阿富汗旅美作家卡勒德·胡赛尼笔下长篇小说《追风筝的人》里的阿米尔一样，他不远万里从美国重返阿富汗，是为了对他曾背叛过的儿时好友哈桑进行赎罪；今天，我千里迢迢从深圳专程回到高凉中学，也是为了赎罪。三百万捐款抵销不了我当初的罪孽，我只希望借这机会，真诚地请求高凉中学对我当初的行为给予原谅和宽恕，使我能从二十五年忐忑不安的心境中解脱出来……我还愿跪在高凉中学的大门口，对着高凉中学这招牌跪个三日三夜，为我当初的罪孽进行忏悔，进行偿赎……希望大家好好读书，不要学我！"说完，周昊南再次离座走到主席台正中，这次他没有跪下，而是对着广大师生深深地鞠了一躬。

沉默，所有师生都在沉默。

良久，陈校长发话了："古语说，人非圣贤，孰能无过？过而能改，善莫大焉！周昊南先生他今天说起这事，体现了他不曾泯灭的良知。如果他今天没说起来，这事其实谁也不知内情，无人追究，也无从追究。但他今天能够主动、勇敢地说了出来。那么就算他并没捐款，我们都可以原谅他……"

大家于是对周昊南报以代表谅解和感动的响亮掌声。

如释重负的周昊南抬头目视全场，他凝重的脸色终于像冰雪消融一般，挂上了舒心的微笑。

从高凉中学回深圳后不久，依靠公司的年度纳税额，周昊南终于申请得到了按政策分配的深圳户口指标。

然后，在第二年一个春暖花开的日子里，周昊南开着BYD车子专程回到了粤西，他拿着深圳的调令，申请办理从粤西调往深圳的户口和人事档案关系手续。

那天在人事局里，他从工作人员的手里签领了自己尘封多年的牛皮纸档案袋。在办公室里，他一直都是喜气洋洋的，但一出到门口，他就触动了愁绪。然后，在走回到车子的一路上，他一直满脸悲恸而又小心翼翼地捧着这个档案袋——他仿佛是在捧着自己的“骨灰盒”。当他将这重重密封的档案袋轻轻地放在车子副驾驶座位上时，这多年来让虫蛀蛾噬的档案袋却像脚手架崩了一样，稀里哗啦地散落在座位上了。

然后，在收拾整理文件时，他从中瞥见了他曾与张福强一起炮制，而今让他浮上一丝苦笑的学生鉴定表，而当看到那套一度让他在 1986 年风雨飘摇的高考预考试卷汇总时——他想不到预考资料也归入了档案，就忍不住悲从中来。在这六科的试卷中，他曾因一分之差痛失当年参加高考的宝贵资格，现在又再次面对前尘往事，就如同揭开了昔日的伤疤。语文、数学、历史……他不断地翻看着这些已经发黄且已霉变的旧日的足迹。

忽然，心血来潮的他打开手机的计算器，随意地计算了起来。

突然，他的心猛一揪紧，惊叫一声，狠狠地拍了一下大腿。原来，在语文试卷的总分合计中，115 分的成绩居然被少算了一分，也就是说，应该是 116 分！他不敢相信，心头怦怦直跳，然后又反反复复地算了五遍，结果没错——的确是少算了一分！天可怜见，原来在当初，在那个“千刀杀”的高考预考制度里，在本来就等同于一场赌博抓阄的智力游戏中，他像是蒙受了六月飞霜这奇幻冤孽的窦娥一样，居然被白白地少算了这关乎生死存亡的一分！

而这一分，却又像秋夜里静静飘落树根的一片叶子一样，无人可知，无法弥补，也无从追究。

那一年，他因少了这一分，整整一个暑假都在颠沛流离，苦日何多！也让急切地望子成龙的母亲一夜之间苍老了十岁！

在二十六年后的今天，沉冤虽得以显露，但他只感到无力回天的无尽悲凉。随即，他的整个身体就像一根本来直挺挺的挂面一样，被滚烫的开水一冲，就软绵绵地瘫倒在这司机驾驶座位上。

第四十五章　一物降一物

在将户口和人事档案资料带回深圳上交申办后，周昊南眼下的工作，除了接洽维护叔父之前已做开的海外电子买家，他更珍惜自己在“广交会”打游击后辛苦得来的那些客户资源，不懈地跟进。

这天夜里九点，周昊南独自开着 BYD 车子从西乡固戍一个电子厂返回华强北，在快到北环大道彩田路段时，在最右车道的他将车速降为每小时三十公里，因为他发现前面一辆“B”字车标的黑色车子开得很慢。

周昊南知道这是欧洲名车宾利，它远非奔驰 S 系和宝马七系可比！看来名车就是霸道，它像是故意开慢。周昊南跟了几百米，宾利依然故我。他一向反对超速飙车，同时也讨厌那蜗牛般的慢车老占着快车道。他就计划变道超车。于是他打左转向灯，斜斜驶入中车道加速向前。然而当他与宾利持平，然后再加速前行时，宾利同时加速。当他打了右转向灯，一脚油门，准备超过宾利再拐回刚才的右车道时，却见宾利也加速与他并行。周昊南赶紧将车头向左一拐，回到原中车道，否则他车头若擦着宾利，就不知要赔偿多少。然后，准备驶出北环大道的他又将车子转入在宾利后面的右车道，但宾利还是慢腾腾地开着。此后他又尝试了两次，都是你快他也快，你慢他也慢，看来是蓄意的了。宾利就像是小瞧国产 BYD，所以要专门压着周昊南一般。突然，周昊南脑中如梦初醒般一惊：自己遇上“碰碰车”了！

在这个晚上，单枪匹马的周昊南准备跟这辆名车叫板！

这时候，前后路面少车，深吸一口气的周昊南就又驶出到中车道与宾利并行。一不做，二不休。不久他又像多年前在华强北的那个深夜一样，将宾利抛在身后，再来一个急刹，一打双闪危险灯，随即靠边停车——车身还标准地与车道白边线平行。士别多年，周昊南现在的驾驭技术更不可同日而语！让别人心服口服。宾利也不得不也来个急刹，否则追尾 BYD，就将是宾利全责。

随即，打开车门的周昊南平静地走了出来，他要看看坐在宾利里的那帮人是何方神圣。

只见宾利司机以及同车的三位汉子急忙下了车。

夜色中那司机长得精瘦，嘴巴像类人猿一样明显向前凸出。周昊南这才猛地大叫一声："原来是你！真是大水冲了龙王庙了！"

"屌头！"对方也大嚎一声。原来是张福强！

随从的三位汉子见是熟人，就放下心来，站到了路边。

"很多年前在华强北的一个深夜，我也这样以捷达跟一辆蓝鸟交过手，那捷达还是手波的呢。"周昊南说。

"那个人是你？"张福强大吃一惊，然后若有所悟，"怪不得当时那么面熟。"

"难不成那个开蓝鸟的人也是你？"周昊南吃惊。

"正是。"张福强说。

"天！这么巧？……你还做这一行？"周昊南惊问。

"No! No!"张福强在周昊南面前，才敢说着这蹩脚的英文发音，"我也就是偶尔实在闲得无聊，才在路上转转，今晚这也是刚刚和朋友一起出来，还真是我这辆宾利的'处男驾'，偏偏就又遇上你了！"

"哈哈，怎么？换宾利了？"周昊南问。

"还不是二手车翻新、喷漆，再抛光、封釉就得了，加速肯定不及新车。但开车也看是谁开吧。"张福强说。

"是的，但你若做'碰碰车'，太危险，也太损人利己了，你真的不能做这行当。现在我带你去下沙斩个'化州白切鸡'，好久没品尝了，我们得好好喝几杯，然后就住在那。"周昊南说着，就走到张福强车子的副驾驶室旁，打开旁边的储物箱，拿出了三支尚未使用过的牙膏，在张福强面前扬了一下，说，"准备得很充分啊。你很讲卫生吗？在行车途中也经常刷牙吗？或随时住宾馆？"说完就手一扬，将三支牙膏扔进了不远处的垃圾桶。

"你两次都能截停我们的车子，技高一筹。所以这些牙膏，你应该知道它们的作用了！"张福强身边的三位助手就明言。

是的！周昊南是知道的，做"碰碰车"的大都自备牙膏，动手前先让司机或随从的嘴里含些牙膏，等车子一碰，他们就故意趴在座位上，从嘴里吐出这些牙膏，让人看作是口吐白沫的重伤状，以此作为敲诈的筹码。

接着，周昊南又从储物箱里搜出一瓶红药水，晃了晃后，也将它扔入了垃圾桶，说："这东西，跟血还是不同'血型'的吧？这是AB型还是XYZ型？"

张福强他们就脸红了起来。

周昊南再查找一下，车里还有一包黄榄核。他记得少时在村里常与张福强一起爬树摘黄榄，但想不到这种坚果现在差点成了"碰碰车"敛财的工具。据说现在有的车都不怎么撞了，而是在行车中，冷不丁将这些果核掷向人少的车子或单身女司机所开的车子，对方听到"啪"的一声后，双方都会停车。"碰车党"就指着自己预先故意搞花的二手靓车车身跟对方说，我的车子让你碰凹了。于是软硬兼施，三几千元会轻松到手。

周昊南将这包黄榄核丢进垃圾桶后说："我替你们的生命担心。人在做，天在看啊！做'碰碰车'行当的，十有八九都断手断腿，或已一命呜呼！"

随后，周昊南还从张福强的车上看到好几本橙红、空白的交通罚单，这些罚单印着广州、深圳和东莞等地交警部门的抬头，他惊问："你还冒充交警？"

"不！不！不敢！"张福强连连摆手摇头说，原来——

开着宾利到处游弋的张福强每遇到停车困难时，却在繁忙的马路边照停不误。在司机位上坐着的他，就拿出跟停车地相匹配的交通罚单，用笔写上自己的车牌号码，再写上当天的日期等内容，然后走出驾驶室，将"罚单"贴在自己的车窗上，再与兄弟们哼哈着扬长而去。等当地交警真的过来执罚时，一看到这车已被"开了罚单"，就嘀咕一声："噢，罚过了！"遂放过这辆车，驾车前去。张福强这样假罚自己，屡屡得手。

周昊南听后不能不感慨唏嘘："你们如果实在不行，就全到我们公司来吧，将你们的'歪点子'都用到我们公司的正规业务上来！'苟富贵，毋相忘'，我们一起打江山吧！"

"好吧！我答应你，不干这个了。"张福强赶忙回答，然后似笑非笑说，"现在你在哪里高就？拿个'Pianzi'过来。"

周昊南愕然："拿个'骗子'？什么'骗子'？"

"哈哈！我说的是'片子'！"

"片子，就是名片嘛！"旁边的三位汉子笑着说。

"你这家伙！等下给你。"周昊南一拍张福强的肩说，"走，我们斩'白切鸡'去。"

此前的一个晚上，在冷斤苕近年借住的他女婿位于宝安区的一处住宅内，他的卧室就是他的办公室。凭着一条网线，他一直在玩着“空手道”生意。忽然手机响铃。冷斤苫接通电话后，对方说：“冷先生吧？我是香港黄子良，还记得我吧？我们曾在越南见过面。你现在还做老挝大红酸枝吗？”

“记得，做，还做着，你要多少？”

“先要十个货柜，哪里有货？”

“我哪里都有货，只要你想买，我让老挝王室帮你扛大红酸枝过来都行！”

“这么厉害？好，你有样品吗？我准备从香港过来专程找你。明天晚上十点，我们在东门湖贝路皇朝酒家见面如何？由于涉及我的商业机密，只限我们两人见面。”

“好，那我自己一个人过去。明晚见！”

第二天晚上十点，两人如期在皇朝酒家见面，冷斤苫带来了大红酸枝样品。两人谈了半个小时后基本敲定买卖意向，黄子良说，等他将样品拿给正在香港的美国客户确认之后，会与冷斤苫通过电子邮件签约。

在皇朝酒家门口，两个人握手告别。

走了老远的黄子良，仍然不停地回过头来挥手，他好像是表现了相当的热情，但其实又是在监视着冷斤苫。

背着挎包的冷斤苫看着黄子良的背影，心想已经有四年多没开张了，这次又将大赚一笔，他的办法依旧是以非洲铁木豆来冒充老挝大红酸枝。想到数钱时的那一幕，冷斤苫得意地笑了笑。夜色中，冷斤苫看着黄子良一边打着电话一边往前走，自己转身来到了湖贝路边的公共汽车站。

一辆面包车由西往东“唰”地开到了冷斤苫面前停下，车里面的人叫了一声“冷斤苫”，冷斤苫自然地应了一声。面包车门就猛地打开，里面冲出两个青年壮汉一把将冷斤苫扛起丢入了面包车。任凭冷斤苫如何牛高马大，奈何已年逾六十。曾几何时，冷斤苫口口声声说自己黑白两道都熟，可如今就如同风卷残云一样，被陌生人拎入了面包车。面包车马上箭一般向东冲去。

这车很快就开到了东门一家宾馆前，冷斤苫被壮汉们挽着肩膀，一起走进宾馆。

尽管四个人的动作有点不协调，但表面上，他们看着却像是一帮好朋友。冷斤苫知道有备而来的他们三人身上有家伙，所以，不敢造次声张的他只好乖乖地顺从。

他们来到606房间，开门后，将门紧锁。

然后，开车的那位来自广东新会的邓先生坐在床上说："冷斤苎，我们又见面了！我无数次地打你手机，但你就是不接。我到处找你也找不到。明人不做暗事，我今天找你，你应该记得在2007年，你卖过三个货柜的大红酸枝给我。现在我问你，那批货是大红酸枝吗？"

三十出头的邓先生比另两个同伴长得更壮实，一看就知道是个性格刚烈的人。

"怎么不是大红——酸枝？你——都签字确认了。"冷斤苎站在地上直打哆嗦。

"你拿非洲铁木豆冒充大红酸枝，骗了老子！"邓先生说着，"啪"的一个巴掌招呼了过去。

"我们签了合同，你也——签了货物验收报告。"冷斤苎全身如筛糠一般，捂着脸辩解。

"我们的合同上面，写的是大红酸枝，但实际货物不是大红酸枝。你坑得我好惨！我付了二百二十万大红酸枝货款给你。今天不搞清这件事，你就别想离开这里！"邓先生怒吼说，又踹了冷斤苎一脚。

这时，另两个壮汉拿出绳索，将冷斤苎的双手双脚绑住，还用布团将冷斤苎的嘴巴塞住。

邓先生说："恶有恶报，不是不报，日子现在已到！"

瘫坐在地的冷斤苎自知"大限"将至，对死亡一向谈之色变的他此时显得万般的无助。

当晚上时间快接近十二点时，周昊南与张福强一共五人正在福田下沙"化州白切鸡饭店"一包房内海侃神聊，原来另外三个"屌头"也来自那务，大家都在异乡品尝着从化州本地运来的"白切鸡"和家乡的番薯叶，这美味完全不亚于深圳香格里拉的豪宴。

张福强抽着从宾利车里取出来的"大碌竹"，吞云吐雾。他带在身边的两位手下又开始研究今晚应该买猴还是买马了，但这完全没有周昊南的份，从没买过"六合彩"的他对这一直了无兴趣。

席间周昊南发现，那三个人当中，有两人非常眼熟，原来其一是邻村的杨五；至于另一个，一聊才知，却是三十年前曾将自己"拎起来打"的陈玲芳。三十年不曾见过面，两人都模样大变，尤其是经过了残酷的习武熔炼加之投身擂台征战的周昊南，已不再是当初那弱小可欺的单薄样子。而初中毕业后的陈玲芳没读上高中，就一直在社会上混，通过老乡介绍，现在投靠到张福强麾下，没想到碰上了周昊南。

真是又一出世道轮回，当初的“打架之王”陈玲芳，现在在周昊南面前走不过三十秒了。不过陈玲芳倒是先端杯起身，为他三十年前的任性和霸道真诚道歉，如今已饱经风雨的周昊南自然大度，何况更得益于张福强此时从中斡旋，于是周昊南与陈玲芳握手，一笑泯恩仇。

然后气氛复又轻松。另一位精干的助手阿明就转过话题对着周昊南说：“我们强哥，真是一位‘擦边球王’！”

“这话怎讲？”周昊南有点好奇。

“那次强哥跟我打赌，说他不用钱，也能开一辆奔驰 S320 过来！我想这不可能吧！他就跟我赌了起来。”阿明说，“后来他果真开了一辆崭新的奔驰 S320 过来！”

“是二手翻新的？”周昊南问。

“不，全新的。”伶俐的阿明看到张福强一副笑嘻嘻、不欲隐瞒的样子，就打开了话匣子——

那段时间，重开餐馆的张福强生意惨淡。那天他闲得慌，就走入奔驰 4S 店说要买一百多万的 S320。苗条白嫩的销售小姐见大客已到，就热情接待。他认真地看了车的参数后，说要试驾。然后他用一张模糊的驾驶证副本复印件做了登记，再坐进驾驶室。销售小姐就坐在副驾位置，两人一车。

张福强对车问个没完没了，销售小姐一一作答。车子本来是不能驶出那个车城的，但他说慢速试不出性能，就坚持要开到 G107 国道。销售小姐看着生意在望，就同意了。他在 G107 国道上提速跑了一会儿后，忽然将车慢慢地靠着路边开，然后笑嘻嘻的，左手抓着方向盘，而他那瘦削的右手，伸向了销售小姐白皙的大腿。销售小姐顿时花容失色，大叫：“你干什么？停车！”他就将车子停定，销售小姐一拉车门，飞一般冲出去，然后在马路边狂奔。这下可好！他一脚油门，奔驰车很快就在销售小姐视线中消失。销售小姐这才如梦方醒。接着，他一口气将这辆未上牌的奔驰 S320 开到阿明面前，说“你输了！”阿明目瞪口呆，但心服口服。张福强还让阿明上车兜了一会儿。

“这样也行？”周昊南吃惊地说，“后来呢？这车就这样开走了？”

“不！”阿明说，“不久，强哥还是将车开回了车城门口，车钥匙留在车里面，熄火后打电话给刚才那位销售小姐，先道了歉，再叫她前来提车。接着强哥一个转身，就离开了现场。那销售小姐正准备报警的，见车回来就算了，她与四位男同事匆匆跑到车城门口，将奔驰 S320 开了回去，她惊出了一身香汗……”

张福强就一个劲地在旁边笑，哼哼地说：“其实，这车让我开走，也用不上的，上不了牌嘛。”

其他三人连说笑得腰痛。

但这时笑不出声的周昊南却凝神说：“你呀！‘擦边球’就别再打了！”周昊南也知道，张福强曾因当初的不法所为进过短期的班房，非法所得的财产也已罚没充公，于是他那台风光无限的“大哥大”也不得不折价卖掉了。这早让周昊南不幸言中，他为张福强心疼着！

“不打了，不打了。”张福强答应后，拿起酒杯说，“从此后我一心向善。来！再祝我们全都夏利变宾利！”

夜已渐深，饭毕，周昊南正要跟服务员结账，张福强却对着服务员手一扬，说：“我来买单！”

而当服务员走到张福强身边时，他才伸手向屁股后的口袋解纽扣，掏钱包，但疑似因为钱包太鼓、纽扣太紧，或者其他什么缘故，总之，摸了很久也没能将钱包掏出来。

周昊南心里早已明白了八九分。一直以来，张福强慷慨好客，但或许已今非昔比，他现在的钱“掏”不出来了。周昊南三下五除二就拿出餐费，交给了服务员。

张福强还在嘟哝说：“我说让我来嘛！”

“哈哈！我们俩谁买单还不一样？”周昊南笑着。然后，他走到车前拿出一部价值六千元的崭新的滑屏智能 iPhone 手机，赠送给已濒临山穷水尽的张福强。

张福强一看，如获至宝，就紧抓不放，但他连称不会用。这不，他一下子揭开了手机的保护膜，将他的手机卡放了进去，一用他那长了厚茧的右手食指一划，那亮晶晶的屏幕就被刮出了道道花痕。他不禁一阵惋惜。

这时候，周昊南的手机响了。

对方说：“我是新会姓邓的，四年前让冷斤芎骗了一批木材款。今天，我找了两个深圳的兄弟将冷斤芎控制了。他现在正在我手里，我们在东门一家宾馆的606房。听说冷斤芎也曾坑过你，你如果希望出一口恶气的话，就赶快过来吧！”

“冷斤芎！”一听到这个名字，周昊南就怒从心上起，仿佛一早醒来时，看到一只吸了自己一夜鲜血的肥大蚊子正在蚊帐内得意洋洋地翱翔，他正要一巴掌拍过去。但他这时先是好奇地问：“你怎么能找得到他的？”

“香港黄子良你也见过的，我让黄子良装作要买大红酸枝，引蛇出洞，好不容易才逮住了这老家伙。”邓先生长舒一口气说。

“原来如此。你等我。”周昊南一扬拳头，他准备带上张福强，然后五人一起前往。

四个人听了事情大致原委后，大叫：“来得正好！”就全都义愤填膺，跃跃欲试。

但忽然间，周昊南犹豫了，他对四人说：“你们稍等一下。”然后走到一边去，打通了李树雯的电话。他已养成了一个习惯，就是凡遇大事，都要先和李树雯商量，听听她的意见。

他俩在电话中说了好一会儿，周昊南才走了回来，对那四人说：“我们先不过去了。”

然后，周昊南又回拨了邓先生的电话说道：“我多谢你的好意！但你这样控制他，在法律上有点站不住脚。你为什么不走法律途径呢？”

“我怎么找得到他上法庭呢？他没有公司，没有地址，像个影子，足不出户。”邓先生吼叫道。

“但你这样做也是违法的。”周昊南明言。

“我管不了那么多了！”邓先生好不耐烦。

“邓先生，你看看他的嘴唇，现在是不是很黑、很紫？”周昊南问。

“什么？问这个干什么？——那好，等等，你别挂电话——嗯！是的，他的嘴唇真的很黑，一般人都没这么黑，没这么发紫。”邓先生回应。

“我告诉你，他患有多年的糖尿病。这糖尿病并不可怕，它的并发症才可怕。还有高血压，如果不按时服药，可能会搞出人命，那你就划不来了。”周昊南循循善诱。

这一提醒倒让邓先生迟疑了。

邓先生在房内来回踱步，与两位青壮年交换了意见。

三个人都在思考。

坐在地上的冷斤苎没有听清他们的方言，只是目光呆滞地看着地毯。

“那你的意见呢？”邓先生接着打回电话，问周昊南。

“我觉得——请你不要介意，你应该马上放了他。”

“不可能！”邓先生一听，就跳了起来说，“那我岂不是前功尽弃？我找这个骗子，找了四年，就这样放了他？”

“我理解你，其实我比你更恨他，我巴不得一拳砸死他。但是算了！他已六十多岁了，对他这样一个时日无多的人，我们就不跟他计较了，就算我们当年有眼无珠吧！”

周昊南的一番话，慢慢地才让邓先生冷静了下来：“那好吧，我这就撤了，有机会我们一起聚聚。我听你的，会盯死他，走法律途径。哼，真是便宜这个老小子了！”

一开始，张福强四人听周昊南说“先不过去了”，很是不理解，但当听到他与邓先生的一番对话以后，都对周昊南的做法表示敬佩，他们为自己终于找到这么一个明智的“带头大哥”而庆幸。

深夜，四肢无力的冷斤苎被遗弃在宾馆房间里。邓先生他们三人走后不久，他的病真的发作了。

接着，警笛声起，东门派出所的民警根据周昊南提供的线索，找到了事发地点。

民警见情况紧急，就不等120救护车了，赶紧将冷斤苎抬上警车，直奔罗湖区人民医院ICU病房。

冷斤苎的一只脚这才从鬼门关里抽了出来。

几个月后的一天中午，周昊南接到一个陌生电话，说是下午三点，有位外商在福田“猛龙夜总会”等他见面。周昊南忙问是从哪来的外商，对方说正在休息中的外商不宜打搅。一向以客为尊的周昊南没多问，下午就准时赶到了。

一走近这里，周昊南就深有感触，这是他一度纵横捭阖、遍洒血汗的人生大舞台。只是在这下午时分，基本上还处于无人状态。当他推开这夜总会偌大一间包房的木门时，只见在烟雾缭绕的漆黑中坐着一群人，仔细辨认才看出有两个打手模样的陌生黑衣人，挨着的是容本亮，还有拄着拐杖的蒋矶连，而坐在轮椅上的居然是冷斤苎，一共六人。孤身进门的周昊南还没来得及考虑是否掉头出去，门就被守候在门边的另一个黑衣人“吱”地关上了。

周昊南此时马上明白，一张阴森森的大网正对着自己罩下，他无处可逃。

只见一拐一拐的蒋矶连最先走到周昊南面前，扬了一下他手中的一张 A4 纸说：“你的那张二十万的收条原件，还在我这里，我们的账目未销哦！”然后又狡黠地一笑说：“你现在已经很有钱了，但是，我也不再需要你的钱了哦！”

天！周昊南最终明白，那时在东兴，他当众撕掉的，真的只是蒋矶连用高仿真彩色复印机制造出来的赝品！而千真万确的收条原件，还真的仍在蒋矶连手里！好一个云诡波谲、骨寒毛竖的“无间道”！他还是逃脱不了蒋矶连的魔爪，但他很快就镇定了，他说：“你当初作假。而你现在这张见不得光的收条在法庭上站不住脚，在五年后的今天，它已过了两年的有效的民事诉讼时效。”

“但这里不是法庭。”猴一样的律师容本亮嘻嘻发声。

“你不是做了当时的录音录像吗？播放出来听一听、看一看？哈哈！”蒋矶连欢天喜地得甚于过年。

就算周昊南当时做了，现在也已失真；而何况有，现在也没带过来。“那你想干什么？”他一声断喝。

“我想让你跟我一样！”蒋矶连指着自己的腿说。一向昂头向天走路的他今年在东兴突遇的一次车祸中断了一条腿。而在最近突然中风后已经说不出话的冷斤芎，只能对着黑衣人指了指周昊南，又指了指自己。他的意思是说：要让黑衣人将周昊南弄成跟自己一样——做个废人！

空气已然凝固。

这一刻，像是原子弹爆发之前的宁静。

门，周昊南是出不去的了；打 110 也没有机会。

这时候，一个“大佬”模样的黑衣人就站起来，他低沉地说：“周朋友，得罪了，我也是受人之托，没办法。你认命吧！”

在这初秋听着这话，比身处三九时节更感到彻骨之寒。

接着，这位“大佬”慢慢走到离周昊南左肩约三米远的地方，对照之下，他明显比周昊南多了三分之一的身高和体重。然后，“大佬”从身后的沙发上取来一卷报纸，“唰”地从中抽出了一把大约七十五厘米长的全钢砍刀，它背厚刃薄。他再“啪”的一声拍在屋子中间的圆桌上。然后，慢悠悠地踱着步说：“我的江山就靠这把刀，它跟我多年，刀口舔血，削铁如泥。现在，多砍你一个不多，少剁你一个不少。”

一直定定站着的周昊南，他“突突”的心跳声清晰可闻。

沉默，大家沉默。

此情此景，寡不敌众的周昊南明白，除非他拥有这把仿佛是《水浒传》里“青面兽”杨志售卖的宝刀，否则就是瓮中之鳖。少顷，曾经沧海从而见惯风浪的他，内心开始出奇的冷静：看来自己只有放手一搏了，而且无论如何他也不甘心，都得一搏。

于是，他细心观察。

逐渐地，随着这位“大佬”傲慢而无意识的走动，面对着圆桌，面对着桌上的这把长刀，周昊南、“大佬”与刀都形成了同样的等距离。这刀本来就是黑衣人“大佬”的囊中之物，而“大佬”这不断的游走，忽然间不经意地改写了局面，也就是无心地制造了一个他与周昊南都均等面对这刀的机会。

于是，两人刹那间都紧盯着这把刀，谁都想马上握起这把宝刀。而人多势众的“大佬”突然才后悔，他将本来就是向自己倾斜的天平拨到了与周昊南平等的境地。瞬间，不需发号施令，两人同时出手夺刀——

只见“大佬”的右手直奔长刀而去。可是，周昊南居然并没夺刀，因为周昊南清楚，一旦同时抢刀，自己只有 50% 的机会，未见胜算。于是，周昊南就用右手一拳砸向“大佬”抢刀的右手手臂，这“大佬”的右手就猛地一抖，抢刀未遂。周昊南紧接着一记闪电般的高边腿，它仿佛是多年前 75 公斤级中国散打王“白眉大侠”苑玉宝将对手脸颊迅疾击碎的那一招高边腿，这雷霆一击正中向前探身的“大佬”的面门，“大佬”马上闷声倒地。这一切都是在一眨眼间发生。而当沙发上另两个黑衣人同伙跃起来抢刀时，周昊南的右手早已如“燕子抄水”一般将长刀稳抓在手，然后以一个后滑步退后靠墙。周昊南左手护胸，右手持刀横在面前，他如炬的目光与刀光互相映照，气贯长虹。

所有人都大吃一惊，全都料想不到周昊南不去抢刀，反而是机智地砸向“大佬”即将操刀的右手。这需要何等的胆识和武技支持！可知周昊南一秒内若解决不了“大佬”，那么一进入两秒即叫持久战，然后“大佬”的手下就迅即抢到宝刀，从而劈向周昊南。“你抢利刀，他砸手臂！”他们被周昊南这闻所未闻的一种出奇招法震懵了。看来对决的不仅靠武技，更靠大脑，而武技与大脑一旦有机地结合，就更令人胆寒。

此时一刀在手的周昊南，刹那间就实现了惊天逆转，已化被动为主动。

鼻梁已断的“大佬”挣扎着爬起来，满嘴鼻血也顾不上抹，就踉踉跄跄地冲向门口，抢先逃了出去，两个同伙紧跟其后。接着是容本亮也逃走了。周昊南慢慢走到蒋矶连面前。

“有话好说！有话好说！”狂妄的蒋矶连在周昊南面前一直都是一副趾高气扬的样子，只有在今天，他才脱胎换骨一般满脸堆笑，如同见驾启奏皇上似的，想单腿跪下求饶，却又跪不成。

“滚！”周昊南手一扬，如同三峡泄洪一般地对蒋矶连一声怒吼。

蒋矶连就一拐一拐地走出门去。

周昊南这才走过去拾起地上的收条原件，然后平静地走向冷斤芎。

如今，只剩下墙角那边的冷斤芎在“呱呱”直叫，他半躺在轮椅车上瑟瑟发抖，然后绝望地闭上了眼睛。他感觉周昊南对屋内所有的人都放过了，那么很明显，仇恨就将全部集中在剩下的自己身上。

一步，两步，三步，周昊南持刀走近了冷斤芎。

轮椅车开始吱呀作响，它异乎寻常而且越来越强烈地抖动了起来……

周昊南走到轮椅车旁边伸出手时，却并没有攻击冷斤芎，而是平稳地抓起车把，并推出了大门。在将轮椅车停好后，他掏出手机拨打了 110。

这时候，六个提早到达夜总会准备上班的男女员工走了出来，他们都吃惊地看着这一幕。

周昊南将砍刀交给了快速到达现场的民警，还和民警一起推着冷斤芎到派出所做了笔录，警方当即依法以刑事案立案。

从派出所出来以后，周昊南取出那张可气可恨的收条原件，望了下自己的签名笔迹，感慨万千，然后一把将它撕得粉碎，抛向空中——

一阵风起，纸屑纷纷，全都被刮入了不远处的一个垃圾池。

他这才长长地松了一口气，变幻莫测的“收条梦魇”终于烟消云散，尘埃落定。

日子，终又正常如初。

第四十六章　新里程

2012 年深秋的一天，周昊南送一名外商到宝安机场登机后，开车往蛇口返回。

在这“全民外贸”的竞争年代，他将蛇口工厂的所有电脑周边及通讯产品都摆上了阿里巴巴出口平台，同时申请了参加每年两届“广交会”的正式摊位，从“游击队”整改成了“正规军”，于是，有的外商发来询盘，有的会到访公司、参观工厂、看样成交，周昊南开始应接不暇。他后来招聘了一男一女来自广东外语外贸大学国际贸易系的外贸业务员。周昊南尤其钟情于这所大学，是因为她系由广州外贸学院和广州外语学院优化合并而成。

在宝安大道固戍路段加油时，他看见在油站壁橱内镶嵌的大型 LED 电视屏幕上，正在直播的新闻说深圳福田警方刚刚破获特大电信犯罪团伙。这团伙作为网络黑客，经常侵入他人的业务邮箱，以钓鱼方式的骗财手段屡屡得手。周昊南想起当初遭逢的哥斯达黎加业务骗案与此手法毫无二致，原来正是这帮团伙所为。而今，天网恢恢，不疏不漏，这帮团伙终于被绳之以法，周昊南心中释放了一口闷气。接着，电视报道了一批老板跑路但悉数归案的新闻，周昊南从屏幕上惊奇地看到了何寒巩的名字和身影！他不禁喟然长叹：何总也有今日！

在将一箱汽油加到箱盖口后，他的 BYD 车子拐入 107 国道的滚滚车流，快速向蛇口驰去。

他经常逗留在华强北，隔天会到蛇口工厂。

每到公司，他第一个动作就是打开台式电脑上的电子邮箱、MSN。一般来说，如果是熟悉的邮箱地址，他一看就知道是哪个客户的来函。他想起很多年前踏足深圳之初，在招商（福田）进出口贸易公司，每天一到公司，就在公司传真室的玻璃窗口踮起脚尖，看着传真机里是否吐出传给自己的传真。世易事移，他再也不必这么费劲了。后来一经开通手机邮箱，实现了“开车办公”，收发电邮就整一个倚马可待。

这天他在工厂里打开的电子邮箱中，看到最近一封邮件是穆罕默德发来的，说是对刚收到的蓝牙鼠标货物很满意，所以发来了第二张订单。

第二封是马拉车夫斯基发来的，说是从现在开始按每月四十台的数量下达订单，除非美元大幅波动，否则价格不变。他还要求在显微镜里植入一块WCH芯片，周昊南淡淡一笑，心想，几毛钱一块的芯片，这个俄罗斯人也爱占便宜。但这无足轻重，正因马拉车夫斯基下的这续单，此后他每月都可实现四十万的净利润！

马拉车夫斯基又问即将在莫斯科举行的第一届俄罗斯电子工业展，周昊南是否参加。周昊南答复说会欣然前往。但他秘而不宣的是，仍以英语为沟通工具的他，会带上一个熟悉俄语却故意装作不懂俄语的女翻译随从。哈哈，请君入瓮！他想，你做初一，我做十五。周昊南自己也不禁发出了会心的一笑。

“周总，公司招聘的文员在等你面试，现在可以吗？”人事科长进来说。

周昊南手中的事情已经处理得差不多了，于是起身走向会议室。

透过会议室的玻璃，他看见一个女人坐在里边，身边还有一个男孩。推门进去后，他望着这个女人，同时打开人事科科长刚刚交给他的应聘者的个人简历，不由得惊叫了一声：“林莱贞？”

“周昊南？”对方站起来，怔怔地望着他。

她穿一身白色缀花长裙，仍是长发披肩，尽管岁月在她脸上留下一丝丝鱼尾纹，但仍掩饰不了她当初的风韵。风从窗口吹入，又飘来了她那曾经摄人心魄的馨香。想当初，他们俩在笔架山巅以及小单房里相拥燕尔。在他甫入深圳之始，她曾在他年轻的生命中，深深灼下痛心疾首而且终身不可磨灭的一道沟壑、一缕烙印！他当时委实不知，这是一个近乎灭顶的感情巨浪，向他如吞噬一般扑来。曾几何时，在南海酒店前面的海边树林，他在阵阵涛声中撕心裂肺地喊着她的名字；多少个夜里，抱着枕头惊醒的他仍以为是在搂着心爱的林莱贞。现在屈指算来，这么多年了，可一切恍如昨日再现。当初那一面迎风猎猎飘扬的印花旗帜，在经历了城头变幻之后，现在插到了他的办公室里。

他将个人简历放在会议桌上，用烟灰盅压住，然后转身走到窗前，看着远处辽阔苍茫的深圳湾。他使劲地握住不锈钢窗柱，然后走到不远处的洗手盆，一边说“好热”，一边用两手掬水往自己脸浇，确切地说，是往自己双眼浇。接着他转过身，从桌上猛抽几张纸巾将脸上的“水”拭干后，再走到窗前，深沉地凝视着海面，半天没有吭声。

她久久地凝视着他的背影，缄默不语。

沉默，双方沉默。

坐在林莱贞身旁的男孩好奇地看着他们俩，但也没有说话。

曾经，在上海酒家门口的停车场，这位卜伽丘《十日谈》里的“妇人”，不是对着周昊南说过“另一个人，我不认识”吗？可在近二十年后的今天，这位“妇人”不是一见面就叫出“周昊南”这个人的全名了吗？周昊南此刻痛苦地想，当初他心底里的猜测现在终于得到了证实。

“久违了！”他后来转过了身说，嘴角颤抖着。

“是的，久违了。”她重复。

“应聘文员？”

“是的。”她目光移向窗外，然后微微地低下头。

那年，认识了陈光伟后的林莱贞果断地放弃了周昊南。当时，她离开周昊南的唯一遗憾是，她在陈光伟那里，从没有过当初与周昊南续航两小时的美妙体验，她更不可能拥有九次快感，连一次都没有，只管自顾自的陈光伟总是在两分钟内草草了事。陈光伟并没有与她正式办理结婚手续，林莱贞希望通过嫁给本地人，然后实现拥有深圳户口与住房的目的没有达到。日夜寻花问柳的陈光伟逐渐对她产生了视觉疲劳，就以那句万能的“性格不合”为由，如同常人周期性地扔掉一支用过的旧牙刷那样，抛弃了她。那时的她还怀着身孕，后来只好独自在医院生下了这个小男孩，然后在蛇口租房，打散工。年岁渐长，少女风光不再的她已是地地道道的一个妇人——青春饭也存在有效期。十几年来，倒有不少人为她穿针引线，但一个带着小孩的单亲妈妈要找到跟自己条件相匹配的男子，确也何其艰难。

据说后来，陈光伟在澳门的豪赌中遭逢覆巢之灾，在签字画押回到蛇口后，变卖了所有物业才摆脱了高利贷者的追杀，穷困潦倒的他如同一夜之间回到了解放前。

坐在林莱贞身旁的小孩十多岁了，没发育好的他像个三岁幼儿。他目光呆滞，生活中毛病多多。看来，就像地球绕着太阳公转一样，基因遗传这东西真是恒久不变的定律。平时在家里去趟厕所，这小孩蹲着完事了才想到找厕纸；一旦没了厕纸，他就在里面拼命叫“妈”。吃饭后筷子一丢，碗莫说洗，就连放水先泡着都不愿做。那次妈妈带他到“青青世界”玩，进入厕所的他还喝着可乐，就这样边喝边走入臭气熏天的厕所深处，引致众人侧目惊奇，也让妈妈一顿好气！而这个小男孩在这些年又迷上了游戏，每天除了吃饭睡觉，就是守着看电视里人鬼不分的卡通片或打游戏。每当上学前逢着下雨，他就站在阳台上笑着望天，口中念念有词，那手舞足蹈的怪样子像是少年司马懿正在作法祈求大雨。事实上这小孩确实是在祈盼雨能下得更大些，巴不得电视里出现黄色暴雨和涝灾警告信号，因为一旦这样，他就可以不用上学，从而可以在家里专心看卡通片或打游戏。林莱贞气得真想勒令电视台停了所有害人的卡通节目。而一旦上学，这小孩有一个不喜欢穿内裤的癖好，所以每逢着上体育课，站在队列里的他裤裆里就翘得老高，真正成为了一个“领头羊”。这次她带着这小孩来应聘实属无奈之举，她害怕冷不防一个转身，小男孩就又不知没入蛇口或南头的哪个网吧彻夜不归，曾经多少次叫她一顿好找，有一回还是打 110 方才找到。她失业很久了，为养育这个男孩，生活难以为继的她急于创造收入。

这时候，周昊南把目光投向这个小男孩，看着他一副傻乎乎的样子，心想如果当初她与自己结合的话，孩子也有这么大了。只可惜，一切都只是前尘往事。他只有在心里叹息。

“打字快吧？”他问。

“还可以，中文一分钟还能打五十个字。”

“这个打字速度不错，可以录用。但文员是非技术工种，月薪是三千元，具体还有什么工作要求，你平时都可以提出。”

“能不能发周薪？”她忐忑地问。

“原则上不可以，我们近两百个工人，还没有谁可以这样做，不过我可以答应你，仅此一例。”

“那什么时候可以上班？”她有点着急。

“今天、明天都可以。”

“那我就明天上午过来报到，可以吗？”

“你决定。”

她点了下头，看看房间，然后拉起小孩走了出去。她一直没有正视周昊南。生活的冲击磨掉了她往日的矜持，她一脸无奈的表情在隐约的忧郁中犹显得梨花带雨。

他将林莱贞母子送出大门。

身材高大的门卫见这带着小孩的母亲姿色不俗，看样子是周总的尊贵客人，就笑脸相迎，毕恭毕敬地立正敬礼。这个门卫正是陈玲芳。在入职后，周昊南给了他比同行多一倍的薪水。

周昊南暂时没有返回自己的总经理办公室，而是在会议室内刚才面对林莱贞的位置上，失神地仄着头，坐了很久很久。

后来，是手机的提示音把他叫“醒”：有新电邮进来。

他打开一看，是德国客户梅川那依的来函，说是发了一份进口合同过来让周昊南审核再回签。梅川那依要下一个 5K 的鼠标试单，如果这张试单做好的话，后续订单将增至每月 20K 的数量。

周昊南心头不禁一热，当初在琶洲“广交会”上，他如私家侦探一般紧跟着梅川那依夫妇的悲壮情景又浮现在脑海中。他心想：正所谓王侯将相，宁有种乎？天道酬勤！如今梅川那依的这一订单，也终于来了。

在细心审核完梅川那依的订单后，他想起了一件一直欲办而未办的事情。于是他拨通了广州昱日光学厂朱厂长的电话，把当初出口泰国显微镜时，他自行在货物里加吊了二百个 QC 吊牌的事情，原原本本地告诉了她。朱厂长听后感到惊奇，笑称周昊南若不提起，就谁也无从得悉。

周昊南随后又给 Chin 打电话说，那二百个吊牌并非厂家所配，而是经自己之手印制并挂上去的。Chin 回复称这无碍她销售，还说如果你没放 QC 吊牌，那才麻烦大了，一台都卖不出去。她被周昊南的坦诚相告感动，于是，将当初六百台显微镜续单未执行的六千美元违约金打了过来。周昊南收到 Chin 的这六千美元后，却一分不留地转给了朱厂长，仿佛原封不动地转交一个异常贵重的藏金包裹。这让朱厂长感动、惊奇的眼睛瞪得像中秋月饼一般大。

李树雯早已成为周太太，也是周昊南公司的财务总监，她刚刚为周昊南生了一个八斤重的儿子。

周昊南一直盯着他俩当初曾租住过的华强北华联发大厦后面的那幢旧楼，同时蓄势待发。一年前这幢旧楼公开竞标拍卖，李树雯代替周昊南出场，在群雄逐鹿中以七千八百万夺标。然后，关于这幢大厦在结算、存款和按揭等方面的浩大金融业务，周昊南全都交给了联华银行深圳分行来操作，这也算是他对这家银行的又一支持。他从此开启了财富事业的新纪元。

在联华银行深圳分行签订系列合同时，周昊南在银行大厅居然碰到了同样到银行办理业务的旧同事许晏伟和佘铭儒。许晏伟就靠周昊南当初离开招商公司后的那个棉麻混纺纱信用证，多年来一直做着这一业务。两年后许晏伟自立门户，在安徽办起了纺织厂，然后，他的纺织品公司在美国纳斯达克上市。佘铭儒同样地在广西办起了藤筐柳编工厂，三年后以深圳公司为龙头，也在香港上市！

当时间迈进2013年岁末，华强北路边又耸立起了一幢二十五层高的大楼，大楼顶部上书“兆商电子数码大厦”，那笔锋瘦挺、体势劲媚的柳体字，一看便知是出自周昊南的手迹。这幢大楼的一至四楼为大小电子铺位出租，五楼以上为商住两用房。Eli捷足先登地购入了大楼里的一套公寓，作为穆罕默德驻扎中国的新办事处。身为专职司机的张福强和职工食堂经理的罗振锋也因股东身份，都获得了这幢大楼里的一套住房。当然，这里还有属于周为鼎的一套居所。

兆商电子数码大厦入伙那天，周昊南夫妇与叔父周为鼎一起联合宴请了家里家外的人，包括了：陈文超、张福强、罗振锋、周笑天、汪正茂、闻副总、陈小梅、许晏伟、傅严杰、李仁太、匡鸣、李凤、黄丽娟、杨小龙、匡大伟、朱厂长（安徽）、朱厂长（广州）、张厂长、Eli、邓先生（新会）和林莱贞等。那天，随着《走进新时代》乐曲的亢奋高奏，看着杯盏交错的热闹情景，张福强不无感慨地说：“昊南你尽管明修栈道，但不需暗度陈仓了。”

已经无偿献血十多年的周昊南，没忘记在四楼辟出一隅，成立“深圳市福田区无偿捐血者联谊俱乐部”。在这俱乐部内接纳的人，只要是曾经在国内任何地方无偿捐血达到四百毫升，不论来自何方，都可在此免费读报、看书、上网和健身。

有一个周末白天，周昊南正在自己的俱乐部里大汗淋漓地击打沙袋健身，直、摆、钩拳，边、蹬、踹腿，这散打里面的三大拳法和三大腿法，正按他控制的节奏，像雨点一般砸在黑色沙袋上。李树雯在旁带着小儿子玩。忽然遇到福田血站的三名工作人员来找，还带着一个有点面熟的女人，女人身边另有一位亭亭玉立的少女。他们说是想对这俱乐部送一面锦旗，并递交上一张五万元的银行支票。

对这三名工作人员，周昊南以前捐血时似曾见过，而他们外带的这位窈窕的女人，在细作打量后，居然是十几年前曾经欺骗过他的重庆美女付小红！

原来，当初付小红哄走了周昊南的四万多元拳酬回重庆后，不断接受良心的拷问。她后来试图联络过周昊南进行偿还，但总因通讯方式的更新换代而失联。最近，付小红带着女儿到福田旅游，女儿在玩“过山车”时突然遭逢意外而受重伤，就紧急送入深圳市第二人民医院输血抢救。在大难度过之后，付小红忽然想多谢这位用了他全血的义务捐血者，但当她来到福田血站提出自己的想法时，遭到了工作人员的严词拒绝。同样地，工作人员绝不能违规让供受双方见面，而最心疼女儿的付小红一听，她那娇美的身躯竟就在工作人员面前跪了下来。这一跪，其实也提前跪给了捐血者。等工作人员又破例一次将捐血者的联络资料向付小红公开时，她大吃一惊！全血居然是来自一位多年前相熟的名字：周昊南！

事实上这么多年来，周昊南的血液还真不知挽救过多少生命！也不知这些受益者遍布了国内多少个地方！

所以，感激涕零的付小红更是羞愧难当。她找到周昊南后，一方面，要赠送锦旗给周昊南的这个俱乐部；另一方面，要偿还十几年前的那笔良心债。当时的数目是四万多元，她就准备了这个整数：五万元。早几年，她在重庆的老家适逢拆迁征地，于是她得到了一笔可观的赔偿款，在迁往新居后，她拿出这五万元是小菜一碟。只有这样做，她日后的生活才安心一点。

付小红的突然出现，还让李树雯颇为敏感而且多心！但她很快就将情绪调整了过来。与周昊南在一起这么多年，举案齐眉，相敬如宾，她心想这还信不过周昊南的话，她就白活了。

无论如何拒绝，周昊南还是不得不收下了这五万元。也好，他想，靠这笔款，他就再添置一些健身器械吧，让到这里锻炼的捐血者借此多运动一下，血液更为旺盛一些，那么就会将血捐得更多、更勤一点。

经过好一番长谈，在送走了来找的五人后，周昊南夫妇偕小儿子回到家里。

物换星移，周昊南夫妇就住在“兆商电子数码大厦”顶层，从当初的“合租”到后来真正的心心相印，演绎了合而分、分而合的神奇嬗变过程。

很多时候，茶余饭后，两人偕着儿子闲坐琉璃阳台养神，遥望深纺大厦、现代之窗和群星广场；或凭落地玻璃俯瞰，见证华强北人流如鲫，货如轮转，经济发展一日千里，就像从当初的“门前冷落鞍马稀”，瞬间变脸为一幅栩栩如生的当代“清明上河图”。回首这些年在华强北度过的青葱岁月，从感情到工作、家庭，以及亲历华强北以至整个深圳社会的浩瀚变迁，无不觉得是种种匪夷所思的传奇，也不禁自豪地生出几分感慨、几分唏嘘。

而今，关于周昊南这个二十年来随身携带、形影不离的枕头的谜底，在李树雯、张福强和罗振锋的强烈要求下，周昊南才徐徐地揭开——

这是一个用篾笆和蔺草做成的绣了花边的普通单人枕头，50cm × 30cm × 9 cm 的长宽高尺寸与常用枕头无异，海绵枕芯充分发挥了冬暖夏凉的功效，只在寒冬时才需加盖一条厚枕巾。由于周昊南定期浆洗，所以这个枕头一直无臭无味，半新不旧——甚至是在他结婚时，一切家具都已置换，但就唯独这个枕头使用照旧。好一个让周昊南睡了二十年之久的枕头！这时候，在客厅 Hi-Fi 音响所奏的罗文凄婉催泪的《几许风雨》歌声中，小心拆了枕头封口的周昊南从它最内里取出一个如鼠标垫长宽的布袋，袋里还含有一个密封塑胶袋。当他将塑胶袋打开时，大家惊奇地看到里面装的竟是——

一把泥土！

这是当年周昊南跪别福田时，从荔枝林里掬起的那一把泥土！

当时，自以为永别深圳的他就只能带上这把泥土，身处异乡他就握着，在黯然神伤中聊以自慰。在安徽明光蹲点几天后，他买了这个枕头，然后小心地将这把泥土装了进去，再找裁缝店将枕头缝好。在一年后重返深圳时，他带回了这个枕头。此后他不管人到了哪，这个枕头都像并蒂莲一样跟到哪。他夜夜都枕着这个枕头，好像每夜若不粘上它，他就会注定失眠。

原来，唯其如此，他才感觉能与深圳这块土地依偎在一起！或者说只有这样，他才感觉身处于深圳这块热土的怀抱中。而每每若此，他就像在聆听着深圳的故事，触摸着深圳的脉搏一样，胸腹里才产生难以名状的快慰。

粘着这个枕头，他后来也常常梦见阿婶，以及在阿婶坟冢后枕那条高高地昂起头的青蛇。

“泥土你也装得入枕头，屌头！”百思不解的张福强自言自语地傻笑着说。

“慢火炆老龟啊！”罗振锋感叹说。

“原来我一个大活人，都比不上你这一把泥土！”李树雯不甘心地喃念。

在周昊南客厅墙上的牌匾中，挂着他不久前用正楷书法书写的入木三分的两行字——

吹尽狂沙始见金，

廿载乃圆深圳梦！

（完）

后　记

很多文学创作者的童年大抵一样：爱看小人书。

那时，我们一帮小孩儿总是交换着来看，诸如《红岩》、《鸡毛信》、《红灯记》、《沙家浜》、《白毛女》、《小兵张嘎》、《林海雪原》、《渡江侦察记》、《江湖赤卫队》和《孙悟空三打白骨精》等，其时可谓津津乐道，甘之如饴，那些都是我们小时候优质的精神食粮。

我至今也想不清是什么原因，从家乡的小学升上那务中学后，校长和班主任安排我到学校图书馆里帮忙借书。于是，在每天下午第三节课这自由活动的时间里，每当学生们从窗口外递入他们欲借的书名和书号后，在图书馆内等候的我就拿着这些纸条在书柜中游弋找书，然后将书递给坐在图书馆窗口的那位女老师登记、借出；当学生还书时，我会找到这书原来的位置，按顺序将其归位，等待其他学生的借阅。

借此天赐一般的近水楼台之良机，在学校图书馆里如鱼得水一般的我就随心所欲，想看哪本书就看哪本。从此，我接触了古今中外浩如烟海的文学名著，先后拜读了屈原、李白、鲁迅、巴金、茅盾、艾青、列夫·托尔斯泰、巴尔扎克和司汤达等文学巨匠的著作。当时最先翻阅的是《水浒传》和《西游记》。我犹记当初，拿着《三国演义》的我本就是想先瞄一眼，谁知一翻开第一页，目光一扫，我竟欲罢不能，接着就如饥似渴地读了下去，直至卒读。然后我涉猎过《史记》、"三言二拍"，还懵懂不知地翻看《资本论》、黑格尔和朱光潜！我至今仍然记得当初两次捧读巴金的长篇小说《寒夜》时，那种深受感染从而忧伤不已的感觉，我深深为书里汪母、汪文宣和曾树生三人抗战时期在山城重庆的困境而叹息憔悴，久久不能释怀。也是从那时候起，我读了《诗刊》、《人民文学》和《小说选刊》等大量纯文学杂志，那种沉醉于一堆一堆文学书籍的情景，仿佛是一个酒鬼跌进了酒窖。

那时，年幼的我还真料想不到，在若干年之后我也可以写书，写一本叫作《深圳梦》的长篇小说，而且前前后后、断断续续地写了大约十年。

跟许多文学爱好者一样，在博览群书之后，自己就动笔了。1984年，仍在读中学的我就斗胆开始创作中篇小说，但投稿后往往石沉大海。那时的我，整一个盲人摸象。

当时为丰富文学理论，兴之所至，我就自学了北京自修大学中文系的全部课程内容。本来，从小学到初中我还常得数学比赛名次，但高中数学成绩却一落千丈，那些排列、组合、微积分让我如坠云里雾里。我自知高考无望，就一心想走文学创作之路。

那些年月，我是偷偷地投稿的，虽然用的是另一个村子里一位文友家的地址，但我在文学创作方面的地下行动仍渐如冰山露出水面，于是遭到了家里的强烈反对。有一次，一沓厚厚的编辑部退稿信退到大队邮筒那里，不巧让大哥截个正着，他拿回家里后，将这封信往我面前生气地一扔说，这就是你的作家梦！那一刻，我真是无地自容。

事实上，这文学爱好确也阻碍了我的高考，那时可是20世纪80年代的高考，跟现在超高的高考招生录取率不同的是，那时的高考录取率也就是10%左右。搞文学的人基本上数学都不好，我也概莫能外。那时我特羡慕从上海华东师范大学附中保送到北大中文系的学生陈粤秀，以及从福建漳州一中被保送入复旦大学新闻系的学生胡晓梦。我也曾幻想能上北大中文系，投奔于王力教授麾下呢！但我实在是没能考上。

在高考失败后的暑假里，我在粤西家乡，也就是化州县（那时叫县）那务镇长岭大队务农。在青山秀水中干完农活后，或者适逢当天没有农活时，我就将书本插在后腰，到清澈的河边或幽深的山林里阅读——那山林还不时蹿出黄花蛇或青竹蛇（竹叶青），只是它们并不主动袭击路人。有时候，我会像粤西湛江诗人洪三泰那样，也爬上参天的龙眼树杈上看书（有点危险呢）。就这样，我读完了《说唐》、《杨家将》、《说岳全传》、《三侠五义》、《七侠五义》、《萍踪侠影》和《书剑恩仇录》之类令我血脉偾张的历史和武侠小说，以及《飘》、《简·爱》、《红与黑》和《野性的呼唤》等口碑载道的国外名著。

1986年暑假，因偏科再次导致高考失利的我只身前往广州，投宿于考上广东省商校的两个老乡那里搞文学。当然，文学没能搞出头，所以傍晚时，我常常与这两个知己老乡坐在珠江边，对着滚滚珠江水发愁，为我的前途忧叹。后来，胆大妄为的我，怀着仰慕之心到广东省作协的所在地文德路，拜访当时在珠江广播电台连播中篇小说《激流》的作者林经嘉，我得以感知一位杰出潮流作家在文学方面的创作心得。我这个人天生就擅长找人、找地方，不明就问而且绝对找着——除非所获信息有误。不久后的另一个夜晚，孤身的我在潜入美丽的中山大学校园后，冒昧拜访名闻全国的中文系教授黄天骥，对我这个贸然造访者，黄教授深感错愕，然后也就释然。于是，那晚我带着敬意，可以近距离聆听一位名教授在汉语言文学方面的谆谆教诲。

我不知道，时至今日，这两位前辈还记得当初我这样的一位不速之客否？

但我后来还是得参加高考，才能告别“脸对黄土背朝天”的艰苦的粤西农村生活！

王蒙说过，别挤在文学这条独木桥上。

是的，我挤不起。

那年九月初，已回到粤西家乡的我，有幸转而入读闻名遐迩的广东省名牌重点中学——高州中学的文科补习班，在经过翌年亦即1987年预考、高考这两次残酷的背水一战之后，终于高考及第，到了省城广州读书。可惜在是年人人皆得110多分的高考数学考试中，我却还是只得了76分（勉强合格）。我毕业后在深圳从事外贸外语工作至今，斗转星移，已逾二十年矣。这二十年，也是我酝酿创作这部长篇小说《深圳梦》的二十年。

1991年，我从当时毕业分配的所在地粤西茂名来到深圳蛇口，从事其时炙手可热的外贸行业，工作中频见外商，常赴“广交会”，而工作之余，却不忘自己一直痴心神往的文学创作事业。

那三年，我短期的文学导师是时任湖北省作协副主席的作家洪洋，那时，像候鸟一样，每逢冬天就从武汉来到蛇口避寒以便创作的洪洋就住在蛇口四海，我不时到他的住所聆听文学教诲，得益匪浅，与我一同而来的还有众多的打工作者。后来的一年夏天，从安徽外贸工厂蹲点返回深圳的我，专程路过武汉，到东湖去拜访洪洋先生。而今一别已臻二十年矣，一直没有洪洋先生的消息，甚念！

1993年起，我的文学作品不断发表于《特区文学》、《深圳特区报》、《深圳商报》、《蛇口消息报》和《蛇口工人》等，这样的练笔，为我后来长篇小说《深圳梦》的创作打下了文学基础。当时我算是深圳比较活跃的作者之一，随后的几年因工作和生活到处奔波，不得不搁笔，换言之是在切身感受体验生活。后于1999年经《特区文学》总编辑钟永华和深圳市作协副主席杨作魁介绍，我加入了深圳市作家协会。

我至今仍然清楚地记得在20世纪90年代初期，打工作家安子以长篇纪实文学《青春驿站》掀起“打工文学”热潮；后来，深圳大学学生郁秀以《花季·雨季》开创深圳“校园文学”现象。这两部作品都曾在《深圳特区报》“罗湖桥”版连载，出版后简直洛阳纸贵。受此影响，那些年我就暗下决心：我也要写一部长篇小说，写什么内容呢？就写我熟悉的深圳外贸生活，因为这一题材一直尚未有人系统、深入地描写过，可说是我国长篇小说领域的真空地带。

此后，在自己长年的外贸本职工作中，一方面，我将自己日常有意义的经历通过日记方式记录下来，同时留意汲取众多从事外贸行业的同学、同行的故事；另一方面，我出门必带钢笔，在工作中一旦遇有灵感闪现，我就像唐朝诗人李贺的“锦囊”方式一样，写下纸条，放入口袋中，到晚上再在灯下扩充整理。工作中或者下班后，正在坐车、走路的我没有纸张时，就将灵感或有特色的细节转化为“关键词”存入手机短信中，到晚上，我再像串珍珠一样在日记簿中整理成一个又一个段落或故事。

在深圳，我一直以自由、单干的外贸业务员职业为主，这毋冀职位升迁的主要原因是，希望在做好外贸本职工作之余，有更多时间进行文学创作。于是，从2000年起，根据日记簿记录的大量素材，我正式开始这部外贸励志题材长篇小说《深圳梦》的创作，不断增、删，此后有些年，我是边工作边创作；有些年则是停工专事创作。

这部长篇小说七分真实，三分虚构，写的主要是外贸业务员在深圳苦苦打拼的曲折故事，在深圳户口、住房和爱情等多重压力下艰辛寻梦、追梦，直至圆梦，是一部粤西人勇闯深圳、默默向上游的激情奋斗史。

惜乎书稿完成后，迟迟未能得到正式发表、出版，于是，我利用这时间对书稿不断进行反思、修改、完善。

文运者，亦人运也。

2013年，这部呕心沥血的作品（当时曾名《吹尽狂沙》）终于出现转机。其时，深圳市福田区政府向社会征集独具创意的文化作品，并将立项扶持。在经深圳市福田区政府组织的作家、专家、学者们半年多的层层审核后，2013年10月23日，本书稿获得了深圳市福田区宣传文化体育事业发展专项资金资助，支持出版，系2013年深圳市福田区立项支持文化项目中唯一的一部长篇小说。我居然有机会与福田区政府签约，在茫茫人海中隐没的我竟能得到福田区政府的发现和认可，我一如经历了山重水复乃至柳暗花明，一生何幸！

在几乎与此同时的半年多来，此书稿参与了天涯网站的征文角逐，由十一名评委交叉盲评，层层淘汰，加之全国网民投票，以从约一百部作品——> 七十八部 ——> 五十部 ——> 三十部——> 四部的方式，一步步过五关，终又获得了天涯“财经、职场”主题征文全国长篇小说大赛出版奖（一百选四）。这为书稿的正式出版夯实了牢靠的基础，是质的升华。

吹尽狂沙始见金，廿载乃圆“深圳梦”！

对于本书，可谓二十年外贸经历，廿年潜伏构思，十载潜心创作。

书中有一个“文眼”：离开深圳、重返深圳、四处闯荡，总之，不管身处何处的男主人公都带着一个神秘的枕头，夜夜枕之方能入眠，这是为什么？里面又有什么？

是催眠安神的中草药吗？非也！欲知端详，则书中自见分晓！

作为艺术的虚构，男主人公有我的印记，也有他人的足迹，更大程度上，在目前“全民外贸”的大环境下，它是深圳乃至全国数千万直接和间接外贸从业人员的一个缩影。

中国梦！深圳梦！

感谢福田区政府！

感谢作为中央一级出版机构、全国百佳图书出版单位的九州出版社！今年七月间，在与该社第二分社周春社长的短暂接触后，九州出版社很快就确认了本书稿的出版意向，并与我正式签订了出版合同，《深圳梦》终得以正式出版、面世。我亦商亦文，断断续续，三十年来在文学上的苦苦追求，今朝终得以开花结果，也等于是实现了自己的另一个“深圳梦”！

在此引用习近平总书记的讲话——

“中国梦是追求幸福的梦。中国梦是中华民族的梦，也是每个中国人的梦。

我们的方向就是让每个人获得发展自我和奉献社会的机会，共同享有人生出彩的机会，共同享有梦想成真的机会，保证人民平等参与、平等发展权利，维护社会公平正义，使发展成果更多更公平惠及全体人民，朝着共同富裕方向稳步前进。”

——选自《习近平在中法建交50周年纪念大会上的讲话》

（2014年3月27日，巴黎）

是为后记。

2014年8月5日

于深圳福田华强北